RACHEL LEE

Heißer Verdacht

Buch

Die Eröffnung ihrer ersten Ausstellung mit wertvollen Maya-Kunstwerken sollte ihr größter Triumph sein. Doch der sensationelle Abend endet für die junge Museumskuratorin Anna Lundgren mit einer entsetzlichen Nachricht: Während der Eröffnungsrede ist einer ihrer Museumswächter ermordet und ein unersetzbarer Jadedolch entwendet worden. Zu ihrem großen Entsetzen steht die Hauptverdächtige für die Polizei schnell fest: Anna Lundgren selbst gerät ins Visier der Ermittler und der aufgebrachten Museumsleitung.

Nur ein Mann scheint an ihre Unschuld zu glauben: Der Leiter der Ermittlungen. Detective Gil Garcia kann nichts mehr überraschen, das hofft er zumindest. Doch beim ersten Blick in die Augen dieser aufregenden Frau weiß er, dass ihm das Schicksal einen weiteren Streich gespielt hat. Auf Anhieb fasziniert, sagt ihm jede Faser seines Körpers, dass Anna unschuldig ist und mehr hinter diesem Verbrechen stecken muss. Zutiefst beunruhigt durch Strudel ihrer unerwarteten heißen Gefühle füreinander, beginnen Anna und Gil weitere Spuren zu verfolgen. Und Gil Garcia weiß, wenn er sich irrt, steht seine ganze Karriere auf dem Spiel. Wenn er sich allerdings nicht irrt, dann ist dort draußen ein hinterhältiger Mörder, der ein gefährliches Netz aus Lügen, Betrug und Tod spinnt – und sein Ziel ist Anna!

Autorin

Rachel Lee hat in ihrem Leben zwei große Leidenschaften: Romane schreiben und Romane lesen. Sie liebt hoch spannende Geschichten, in denen die Leser in ein Wechselbad aus Leidenschaften und Abenteuerlust getaucht werden. Mit dieser unvergleichlichen Mischung hat sie in den USA bereits ihre Leserinnen begeistert und es mit ihren Büchern zu einer Auflage in Millionenhöhe gebracht. Nach »Wilde Glut« ist der nächste Roman von Rachel Lee bei Blanvalet bereits in Vorbereitung.

Von Rachel Lee ist bereits erschienen

Wilde Glut. Roman (35910)

Rachel Lee
Heißer Verdacht

Roman

Aus dem Amerikanischen
von Uta Hege

BLANVALET

Die Originalausgabe erschien 2001 unter dem Titel
»Under Suspicion« bei Warner Books, Inc.,
a Time Warner Company, New York.

Umwelthinweis:
Alle bedruckten Materialien dieses Taschenbuches
sind chlorfrei und umweltschonend.

Blanvalet Taschenbücher erscheinen im
Goldmann Verlag, einem Unternehmen der
Verlagsgruppe Random House.

1. Auflage
Deutsche Erstveröffentlichung Januar 2004

Umschlaggestaltung: Design Team München
Umschlagfoto: Getty images/Ryan
Satz: Uhl + Massopust, Aalen
Druck: GGP Media, Pößneck
Titelnummer: 35975
Lektorat: Maria Dürig
Redaktion: Petra Zimmermann
Herstellung: Heidrun Nawrot
Made in Germany
ISBN 3-442-35975-9
www.blanvalet-verlag.de

1

Endlich! Der Abend fing an. Dadurch getarnt, dass er für alle sichtbar neben der Tür stand, verfolgte der Beobachter, wie die Direktorin des Museums der Antike das Foyer betrat. Anna Lundgren war eine hoch gewachsene, schlanke, rothaarige Frau. So weiblich wie heute Abend in dem eng anliegenden schwarzen Kleid und den hochhackigen schwarzen Schuhen hatte er sie nie zuvor gesehen. Sie blieb stehen, wechselte ein paar Worte mit dem Wachmann und sah sich in der Eingangshalle um.

Sie wirkte nervös. Was ihn nicht weiter überraschte. Als ihn der Blick aus ihren grünen Augen streifte, ohne dass sie ihn dabei wirklich sah, nahm er ein leichtes Unbehagen in ihrer Miene wahr. Dies sollte der Abend ihres Triumphes werden, und sicher hatte sie Angst, dass irgendetwas schief lief. Sie hatte ja keine Ahnung, ob oder was schief laufen würde.

Das wusste nur er allein.

Er verfolgte weiter, wie sie zwischen den ersten Gästen herumlief und sie freundlich begrüßte. Heute war der große Abend, die inoffizielle Eröffnung der neuen Ausstellung ihres Museums: *Geheimnisse der Mayas.* Gönner des Museums und Vertreter der Universität kamen einzeln oder in kleinen Gruppen, knabberten an den köstlichen Horsd'œuvres oder holten sich ein Getränk an der geöffneten Bar. Führer in dunkelgrünen, mit goldenen Wappen verzierten Blazern zupften in Erwartung ihres ersten öffentlichen Auftritts nervös an ihren Ärmeln.

Anscheinend ohne ein bestimmtes Ziel, schob er sich langsam, doch beständig dichter an Anna Lundgren heran. Sie unterhielt sich mit Mike Armbruster, einem der Kuratoren des Museums.

Schließlich war er den beiden nah genug, um zu hören, wie Armbruster erklärte: »Sammy Doe hat vorhin eine erste Führung mit mir unternommen.« Sammy war einer der Studenten, die sie als Führer angeheuert hatten, ein zuverlässiger, intelligenter junger Mann. »Ich bin ehrlich beeindruckt. Sie haben jedes Lob verdient. Genießen Sie diesen Triumph.«

Über Annas Gesicht zog ein glückliches Lächeln und brachte sie zum Strahlen. Er genoss ihre unverhohlene Freude. Je höher sie in den Himmel gehoben würde, umso tiefer würde sie am Ende fallen.

»Sie sollten öfter schwarze Kleidung tragen«, bemerkte Armbruster, der sich zum Gehen wandte. »Dadurch wird das Feuer Ihrer Haare besonders vorteilhaft betont.«

Annas Lächeln schwand. Anscheinend missfiel ihr die Bemerkung. Sie schien sie als bedrohlich zu empfinden. Oh, sie hatte keine Ahnung, was eine echte Bedrohung war.

Anna wandte sich zum Gehen, und als dabei ihr Blick auf ihn fiel, lächelte sie erneut, doch der Beobachter war sicher, dass sie ihn nicht tatsächlich sah. Wenn er sich nicht darum bemühte, die Aufmerksamkeit der Menschen auf sich zu lenken, nahmen sie ihn nur selten wahr. Genauso wollte er es haben. Behutsam folgte er ihr durch das zunehmende Gedränge.

Mehrere Senatoren, Richter und hohe Tiere der Universität und des Museums hatten sich die Ehre gegeben zu erscheinen. Der Beobachter bemerkte sie kaum. Er hatte an ihnen nicht das mindeste Interesse. Sie verursachten störende Hintergrundgeräusche und stellten auf seinem Weg lediglich eine Reihe elegant gekleideter Hindernisse dar.

Annas Haare in der Farbe blank polierten Kupfers machten die Verfolgung leicht. Sie wäre ein wunderschönes Opfer für die Beendigung des Fluchs, dachte der Beobachter zufrieden. Perfekt. Ausgezeichnet. Feuer zur Bekämpfung des Feuers. Wie passend.

Auch war sie äußerst elegant, dachte er, als er ihr weiter folgte und den bedeutungslosen Nettigkeiten lauschte, die sie mit Menschen wechselte, die sie gar nicht kannte. Huldvoll. Keiner dieser Leute kannte sie so gut wie er. Er hatte sie während der letzten Monate verschwitzt und schmutzig um die besten Rahmenbedingungen für die Ausstellung kämpfen sehen. Sicher war es für die anwesenden Gäste unvorstellbar, wie sie aussah, wenn ihr die Haare in die Augen hingen, während sie Kunstwerke nach ihrer Ankunft aus den Kisten holte, oder wie sie fluchte, wenn sie sich einen Fingernagel abbrach oder ihr bei einem Eintrag in den Katalog ein Fehler unterlief.

Er jedoch kannte auch diese Anna. Als einer der zahllosen freiwilligen Helfer, die sich abgerackert hatten, um Zeugnisse des Yucatán in ihrem Museum zur Schau stellen zu können, hatte er sie monatelang unauffällig beobachten können. Es gab vieles an ihr zu bewundern, vieles, was er respektierte. Andernfalls hätte sie ja auch ein dürftiges Opfer abgegeben.

Der Beobachter war ein intelligenter Mensch, und ihm war klar, er musste es so arrangieren, dass sie wüsste, was passierte, ohne dass er sich als Beteiligter an ihrem Niedergang zu erkennen gab. Deshalb würde er geduldig sein und den Ball an diesem Abend nur ganz vorsichtig ins Rollen bringen.

Er sah, dass Anna erfolglos versuchte, sich an Reed

Howell, einem Reporter des *Sentinel*, vorbeizustehlen. Howell streckte die Hand nach ihrem Arm aus und sah sie mit seinen Raubfischaugen reglos an. Der Beobachter nickte. Howell war eines von seinen Werkzeugen, und so schob er sich auch jetzt dicht genug an die beiden heran, um zu hören, was sie sprachen.

»Hi, Anna«, sagte Howell. »Aufregender Abend, oder?«

»Sehr aufregend sogar«, stimmte sie mit einem breiten, doch wie der Beobachter wusste, künstlichen Lächeln zu. »Wir sind total begeistert, dass unsere Träume Wirklichkeit geworden sind.«

Howell starrte Anna an, als wäre sie ein Köder, der direkt über seinem Haifischmaul im Wasser schwamm. Gut. Gleich finge es an.

»Das kann ich mir vorstellen«, erklärte der Reporter durchaus freundlich, zog einen Block und einen Bleistift aus der Tasche, schrieb jedoch nichts von dem bisher Gesagten. Stattdessen musterte er sie erneut. »Ich frage mich, was Sie als Museumsdirektorin dabei empfinden, dass das öffentliche Interesse an dieser Ausstellung dadurch geweckt werden soll, dass der Fluch des Pocal derart in den Vordergrund gerückt wird.«

Ihre Miene wurde starr, doch sie lächelte weiter. »Der Fluch des Pocal ist Teil der Geschichte einiger der von uns ausgestellten Stücke. Ich habe kein Problem damit, die Fantasie der Menschen anzuregen. Die Zeiten haben sich geändert; Museen können nicht länger davon leben, dass sie irgendwelche ordentlich getippten Kärtchen neben irgendwelche mehr oder weniger verstaubte Gegenstände hängen. So, wie ich es sehe, fördern wir lediglich die Allgemeinbildung der Menschen.«

Er nickte, und diesmal schrieb er wenigstens einen Teil von ihrer Antwort auf. Äußerlich geduldig wartete sie ab, der Beobachter jedoch bemerkte, dass sie darauf brannte, dem Journalisten zu entfliehen.

Reed hob den Blick von seinen Notizen. »Das ist die Standarderklärung für derartige Effekthascherei.«

»Ja, und zwar deshalb, weil sie gut ist. Wir würden diese aufregenden Werke und ihre wunderbare Geschichte gern einem breiteren Publikum zugänglich machen. Das ist der Grund, weshalb der Fluch des Pocal in den Vordergrund geschoben worden ist.«

»Nicht, weil Sie Geld verdienen wollen?«

Der Beobachter meinte, eine gewisse Anspannung in ihrer Miene zu entdecken, so, als müsse sie mühsam ihren Ärger unterdrücken. »Geld? Wir sind eine nicht am Gewinn orientierte Organisation. Wir hoffen, dass das Interesse der Öffentlichkeit groß genug ist, um die Kosten der Ausstellung zu decken. Wenn uns das gelingt, können wir weitere aufregende Projekte initiieren.«

»Und Sie haben beruflich kein Problem damit, die Leute durch das Gerede von einem geheimnisvollen Fluch hierher zu locken? Kommt Ihnen das nicht ein bisschen unwissenschaftlich vor?«

»Was soll daran unwissenschaftlich sein? Der Fluch ist Teil einer alter Legende, der zufolge die Grabstätte Pocals verflucht ist. Und wir machen deutlich, dass dem Volksglauben nach ein besonderer Fluch auf dem Jadedolch des Maya-Königs liegt.« Sie machte eine Pause, atmete tief durch und begann sich wieder zu entspannen. »Sie werden sich heute Abend doch die Ausstellung noch ansehen, oder? Dann können Sie sich persönlich davon überzeugen, dass wir die Sache höchst wissenschaftlich angegangen sind, statt sich lediglich auf mein Wort zu verlassen.«

Er lächelte, doch sein Blick blieb unergründlich. »Ich habe bereits gesehen, wie Sie die Sache angegangen sind.

In sämtlichen Lokalsendern wurde ausführlich gezeigt, wie Ihre Angestellten einige der Gegenstände ausgepackt haben, ohne sie dabei zu berühren. Angeblich wegen des Fluchs. Wie gesagt, reine Effekthascherei. Wenn auch sicher äußerst wirksam.«

Ihre Stimme bekam einen leicht abwehrenden Klang. »Ich bin nicht verantwortlich dafür, wie die Medien die Dinge darstellen.«

»Nein.« Howell behielt sein Lächeln bei. »Aber haben Sie nicht zumindest *persönlich* ein Problem damit, den Fluch derart in den Vordergrund zu stellen?«

Ihr Lächeln schwand, und sie sah ihn zweifelnd an. »Ich habe Ihnen bereits gesagt, wie ich diese Sache sehe. Der Fluch ist lediglich ein Mittel, um die Aufmerksamkeit der Menschen auf die Ausstellung zu lenken. Ohne ein gewisses Maß an Effekthascherei kommt man in einem modernen Museum nicht mehr aus.«

»Ich weiß, ich weiß. Aber ich spreche von Ihnen persönlich, nicht von Ihnen als Direktorin des Museums. Finden Sie es nicht ein bisschen Furcht erregend oder gar widerwärtig, die Leute ausgerechnet mit dem Fluch zu ködern?«

»Weshalb sollte ich?«

»Weil eben dieser Fluch vor sechzehn Jahren Ihren Vater das Leben gekostet hat.«

Anna gab den Versuch auf, gute Miene zum bösen Spiel zu machen. Mit hochrotem Gesicht und zusammengepressten Lippen wandte sie sich zum Gehen. Doch ließe sie dem Mistkerl bestimmt nicht das letzte Wort.

Sie bedachte ihn mit einem letzten eiskalten Blick. »Halten Sie sich an die Fakten, Reed. Ein *Erdbeben* hat meinen Vater umgebracht.«

Bald. Dieser Gedanke hielt ihn während der endlosen Stunden aufrecht, in denen Anna weiter im netten Plauderton mit ihren Gästen sprach. Bald müsste sie in ihr Büro gehen, wo, wie der Beobachter wusste, die Karteikärtchen mit ihrer Rede lagen, doch sie wandelte weiter lächelnd durch den Raum. Natürlich gehörte es zu ihrem Job, dass sie vor allem die Leute mit Geld nach Kräften unterhielt, doch während sich die Zeit in die Länge zog, verlor ihr Beobachter allmählich die Geduld.

Schließlich schlenderte er in Richtung eines Ganges, über dessen Tür auf einem Schild NUR FÜR ANGESTELLTE stand, und erkannte, dass ihm möglicherweise ein Fehler unterlaufen war.

Ein kleiner, seltsamer Kerl in einem dunklen, altmodischen Anzug und mit einer weiß getupften burgunderroten Fliege lehnte auf der anderen Seite des Durchgangs mit vor der Brust gekreuzten Armen an der Wand.

Der Beobachter betrachtete ihn unauffällig und fragte sich, was ein solches Fossil hier zu suchen hatte. Die dunklen, geölten Haare des Mannes waren glatt aus dem Gesicht gekämmt, und er trug einen mit Wachs verstärkten, an den Enden aufgerollten Schnurrbart. Ungewöhnlich für einen Menschen, der höchstens vierzig war.

Der Mann sah nicht nur seltsam aus – er passte auch nicht zu den übrigen geladenen Gästen. Inmitten der eleganten Fracks und Abendkleider wirkte es, als hätte er sich verirrt. Vielleicht gehörte er zu irgendeiner Fakultät. Dem Beobachter war aufgefallen, dass überraschend viele Professoren jeder Mode abgeschworen hatten und offenbar noch stolz waren auf ihre möglichst schlampige Garderobe.

In dieser Sekunde drehte sich der Mann, der seinen Blick anscheinend spürte, langsam zu ihm um. Der Beobachter hätte sich gern zurückgezogen, doch er zwang sich, äußerlich völlig gleichgültig zu bleiben. Anders als die meisten Menschen jedoch nahm der kleine Mann ihn wirklich wahr. Seine dunklen Augen musterten ihn gründlich, er nickte freundlich und meinte: »Ein ziemliches Gedränge, finden Sie nicht auch?«

»Äh, ja.«

»Diese Feier gehört nicht gerade zu den Veranstaltungen, die ich freiwillig besuche.«

Der Mann schien eine Antwort zu erwarten und sah ihm ins Gesicht.

»Warum nicht?«

Der Mann zuckte mit den Schultern. »Gefällt mir einfach nicht. Oh, ich würde mir die Ausstellung durchaus als ganz normaler Besucher ansehen, aber inmitten all dieser hohen Tiere... Tja, ich bin ausschließlich meiner Tante wegen hier. Sie wollte einen Begleiter.«

Der Beobachter nickte und schaute, vorgeblich als hätte er das Interesse an dem Gespräch verloren, zurück in Richtung des Gedränges. Er fragte sich, ob er seinen Platz wieder verlassen sollte, kam dann aber zu dem Schluss, dass das nicht nötig wäre. Dieses lächerliche Männchen hatte keine Ahnung, was er dachte, und hätte ihn spätestens fünf Minuten, nachdem es das Museum verlassen hätte, total vergessen.

Wo war Anna? Er fürchtete kurz, er hätte sie verloren, dann jedoch tauchten ihre kupferroten Haare hinter einem besonders großen Mann auf, und endlich bewegte sie sich in Richtung ihres Büros. Gut, sie kam, um die Notizen für ihre Rede abzuholen. Statt dessen jedoch fände sie auf ihrem Schreibtisch das von ihm für sie dort zurückgelassene Geschenk.

Freudige Erwartung wogte in ihm auf. Sein Mund

wurde trocken, und seine Hände wurden feucht. Endlich war der Augenblick gekommen. Unglücklicherweise, dachte er mit einem Seitenblick auf das merkwürdige Männchen, könnte er nicht den Gang hinunterschleichen, um zu hören, wie sie reagierte. Nicht, solange der Kerl als Zeuge in der Nähe war….

Ohne auf einen der beiden zu achten, fegte Anna an ihnen vorbei. Inzwischen wirkte sie ausnehmend nervös. Gleich müsste sie zu den Leuten sprechen. Er hatte sie in der letzten Woche mehrmals sagen hören, sie hasse es, Reden zu halten. Dieses Wissen machte ihn froh. Es gefiel ihm, jede ihrer Schwächen zu kennen, und er war sich sicher, im Verlauf der nächsten Tage würden ihm zahlreiche weitere Schwächen Anna Lundgrens offenbart.

»Eine wunderschöne Frau«, bemerkte das seltsame Männchen.

Der Beobachter nickte und wandte die Aufmerksamkeit wieder der Menschenmenge zu. *Verschwinde*, befahl er seiner unerwünschten Gesellschaft stumm.

Dann jedoch hörte er vom Ende des Korridors her Annas Schrei. Er zögerte, da er in Anwesenheit des kleinen Mannes nicht nach hinten laufen wollte. Doch seltsamerweise wurde er von genau dem kleinen Kerl gerettet, denn dieser rannte selber los.

Sobald seine Schritte verklungen waren, lugte der Beobachter verstohlen um die Ecke. Der Fremde stand in Annas Büro, die Luft war somit rein. Auf Gummisohlen schlich er geräuschlos durch den Gang. Neben Annas Büro befand sich eine schmale Nische, die für einen noch nicht aufgestellten Getränkeautomaten vorgesehen war. Dort konnte er sich hervorragend verstecken und zugleich jedes Wort, das hinter ihrer nur angelehnten Tür gesprochen wurde, genauestens verstehen.

»Es ist nichts weiter«, hörte er sie sagen. »Ich war lediglich überrascht.«

»Was ist das?«

»Nichts«, erklärte sie entschieden. »Nur ein kleiner Scherz.«

Ein Scherz? Sie sollte nicht denken, dass es nur ein Scherz war. Sie sollte sich fürchten. Ärger überspülte den Beobachter.

»Ist das ein Dolch?«, fragte der kleine Mann. »Er muss alt sein. Gehört er zur Ausstellung?«

»Es ist eine Kopie. Ich habe geschrien, weil ich einen Moment lang dachte, es wäre der echte.«

»Ach.«

Unglücklicherweise hatte der Beobachter den Eindruck, dass das Interesse dieses blöden Zwerges nicht abnahm, sondern wuchs.

»Wahrscheinlich bloß das Geschenk von irgendjemandem«, meinte Anna. »Zur Erinnerung. Oder, wie gesagt, ein Scherz. Hier ist ein Umschlag. Ich bin sicher, dass auf der Karte steht, wer mir den Dolch geschickt hat.«

»Machen Sie ihn nicht auf«, befahl der Fremde streng. »Vielleicht sind Fingerabdrücke drauf.«

Der Beobachter verzog den Mund zu einem Lächeln. Er hatte sorgfältig darauf geachtet, nirgends irgendwelche Abdrücke zu hinterlassen.

»Fingerabdrücke?« Annas Stimme klang verwundert. »Weshalb sollte das irgendwen interessieren. Sind Sie verrückt?«

»Oh, ich vergaß.« Der kleine Mann machte eine Pause, und der Beobachter vernahm ein leises Rascheln. Zog er seine Brieftasche hervor? Öffnete er sein Jackett? »Clarence Tebbins, von der Polizei in Tampa.«

Der Beobachter zuckte zusammen, und sein Herz schlug

schneller. Er hatte nicht erwartet, dass die Polizei bereits zu diesem Zeitpunkt ins Geschehen eingriff.

»Um Himmels willen«, erklärte Anna mit leicht gereizter Stimme. »Das hier ist keine Sache der Polizei. Es ist nichts weiter als ein … Geschenk oder halt ein Scherz.«

Dummerweise schien der Polizeibeamte anderer Meinung zu sein. »Sie sehen ziemlich blass aus. Ich schätze, dass Sie nicht wirklich denken, dass es so harmlos ist.«

»Hören Sie, ich habe keine Zeit für solchen Unsinn. Ich muss eine Rede halten.«

Der Beobachter hörte das Knirschen eines Stuhls. Hatte sich Tebbins gesetzt? Auf jeden Fall ging das Männchen achtlos über Annas Einwand hinweg. »Haben Sie eine Ahnung, wer den Dolch geschickt haben könnte?«

»Ich könnte den Umschlag öffnen«, erklärte Anna bissig. »Oder ich könnte spekulieren, dass es ein schlechter Witz meiner Angestellten war.«

»Weshalb schlecht?«

»Nun, angeblich lastet auf dem echten Dolch ein Fluch. Es heißt, dass jeder, der ihn berührt, eines grässlichen Todes sterben wird.«

»Verstehe. Dann ist es wirklich kein allzu netter Scherz.«

»Vielleicht aber auch nur ein dummer Jungenstreich.« Der Beobachter hörte das Rascheln von Papier. Ergriff sie den Dolch oder der Polizist? Oder packte sie den Dolch wieder ein?

»Sind Sie sicher, dass es eine Kopie ist?«, fragte Tebbins.

»Natürlich. Die Klinge ist aus Glas und nicht aus Jade. Der Griff wurde anscheinend galvanisiert. Und die Gravuren sind nicht die originalen. Jemand hat sich große Mühe mit dem Ding gegeben, aber nicht genug«, erklärte sie mit großem Nachdruck. »Ich bin sicher, es ist nichts, worüber Sie sich Gedanken machen müssen, Officer.«

»Detective«, verbesserte er sie. »Tja, wenn Sie darauf bestehen, das gesamte Verpackungsmaterial zu berühren, können Sie auch den Umschlag öffnen. Aber lassen Sie mich das für Sie machen. Es wäre nämlich sinnlos, mehr Abdrücke als nötig zu zerstören.«

»Wie ich bereits sagte, ist es gewiss nichts weiter als ein dummer Scherz.«

»Dann werden wir das bestimmt auf der Karte lesen.«

Anna seufzte hörbar auf. »Bitte.«

»Haben Sie einen Brieföffner?«

Der Beobachter hörte, wie eine Schublade aufgezogen wurde, und wusste, dass sie den Brieföffner mit dem Elfenbeingriff – ein Erbstück ihres Vaters – aus der Lade zog.

»Ein wunderbares Stück«, bemerkte Tebbins, und der Beobachter hörte ein paar weitere Geräusche, die jedoch zu schwach waren, um sie genauer zu benennen. »Da ist keine Karte – der Umschlag ist leer«, verkündete der Polizist in selbstzufriedenem Ton.

»Leer?« Der Beobachter hörte den Zweifel und die leise mitschwingende Angst in Annas Stimme. Die meisten anderen Menschen hätten sie nicht bemerkt, doch er kannte sie gut. Wenn auch beinahe unhörbar, war die Angst eindeutig da. Gut. Er hatte nicht versagt.

»Wenn Menschen einem nichts Böses wollen, haben Sie es für gewöhnlich nicht nötig, einem anonym irgendwelche Sachen zuzuschicken«, meinte Tebbins.

»Aber das Ganze ist *garantiert* völlig harmlos«, setzte sich Anna weiter gegen die Vorstellung zur Wehr, dass jemand etwas gegen sie im Schilde führen könnte.

»Zumindest sieht es auf den ersten Blick so aus«, stimmte der Polizist ihr unumwunden zu.

Dann folgte Stille. Der Beobachter spitzte angestrengt die Ohren und überlegte, ob die beiden womöglich angefangen hatten, miteinander zu flüstern. Aber nein, der Flur verstärkte jedes noch so leise Geräusch, und er hätte ganz bestimmt etwas gehört.

»Nun«, sagte Anna plötzlich mit entschiedener Stimme. »Ich muss eine Rede halten. Ich bin nur hier, um meine Karten zu holen.«

»Eine Sekunde noch«, bat Tebbins.

Das Klappern ihrer Absätze auf dem gefliesten Boden stoppte, und sie fragte: »Sind Sie immer so beharrlich?«

»Natürlich«, erwiderte der Cop, den es anscheinend überraschte, dass irgendjemand diese Eigenschaft an ihm in Zweifel zog. »Ich möchte die Verpackung und den Inhalt mitnehmen und untersuchen.«

Der Herzschlag des Beobachters setzte kurzfristig aus, und er musste die Zähne aufeinanderbeißen, um nicht laut zu schreien. So war es nicht geplant.

»Aber die Sache ist doch harmlos. Ein banaler Scherz. Es gibt keinen Beweis für eine kriminelle Handlung. Weshalb also sollte sich die Polizei in diese Sache einschalten?«

»Das kann man nie wissen«, antwortete Tebbins.

»Meinetwegen«, meinte Anna ungeduldig. »Nehmen Sie die Sachen mit. Was kann es schon schaden?«

»Danke. Kann ich sie hier liegen lassen, bis ich nachher fahre?«

»Kein Problem. Warten Sie, ich schließe hinter uns beiden ab.«

Der Beobachter zog sich in die hinterste Ecke der Nische zurück und lauschte auf die leiser werdenden Schritte von Anna und dem Mann. Er hatte Zeit. Er hatte Zeit, um den Dolch zu retten. Aber eine lange Minute stand er nur zitternd da und wartete darauf, dass er wieder zu Kräften kam. Er könnte den Dolch holen. Und er würde es tun.

Nichts durfte seinen Plan vereiteln.

Schmale Dschungelpfade führten vorbei an kleinen Nischen, in denen Gegenstände aus Stein und Gold zu sehen waren. Wilde Ranken verhüllten einen Durchgang, durch den man zu einer inmitten üppiger Vegetation und unter dem dichten Blätterdach hoch aufragender Bäume versteckten Steinpyramide kam. Später stieg man in die Tiefe der Pyramide hinab und fand dort eine kleine, dunkle Kammer, in der wunderhübsche Kunstwerke sorgfältig um einen reich verzierten steinernen Sarkophag angeordnet waren. Und die ganze Zeit hörte man im Hintergrund das Zwitschern exotischer Vögel sowie entfernten Donner …

Die Ausstellung war ein uneingeschränkter Erfolg. Als die Gäste in Gruppen am Ende des künstlichen Pfades wieder auftauchten, spendeten sie Anna und den Angestellten des Museums begeisterten Applaus.

Der Beobachter nickte. Anna hatte mindestens so hart wie alle anderen für die Verwirklichung dieses Projekts gekämpft und eine wahre Glanzleistung vollbracht. Er selbst hatte das Gefühl gehabt, als wäre er wieder im Dschungel von Yucatán, nur, dass die Ausstellung weit weniger gefährlich als der echte Urwald war. Sie hatte den Applaus verdient. Er hoffte, dass sie ihn genoss, denn wahrscheinlich war es der letzte Beifall, den sie jemals bekam.

In einem geeigneten Moment, während die Aufmerksamkeit der Gäste auf Anna gerichtet war, glitt er durch den inzwischen dunklen Korridor erneut in Richtung ihres Büros. Bereits vor Wochen hatte er dem Wachmann einen Generalschlüssel gestohlen, nachgemacht und das Original an seinen Platz zurückgelegt, bevor dem faulen Kerl auch nur das Fehlen des Schlüssels aufgefallen war. Und so verschaffte er sich ebenso problemlos wie schon zu Beginn des Abends Zugang.

In dem Zimmer war es dunkel, doch nicht so dunkel wie

im Flur. Vom Parkplatz fiel ein wenig Licht durch die schmalen Schlitze in den Jalousien. Es genügte, um die Kopie des Dolches, die Schachtel, in der sie gelegen hatte, und den Umschlag, auf den er Annas Namen getippt hatte, zu erkennen. Eilig streifte er seine Handschuhe über und nahm die Dinge an sich.

Die Schachtel und das Papier waren ein Problem. Er konnte sie unmöglich verstecken. Also legte er beides zurück auf den Schreibtisch, schob den Dolch in seine Hose, hielt ihn durch den Stoff der Hosentasche fest und suchte eine Stelle, um die Waffe zu verstecken, bis er sie wieder brauchte.

Selbst durch den Stoff der Hose lag die Klinge warm in seiner Hand. Der ungefähr fünfunddreißig Zentimeter lange Originaldolch hatte eine scharfe Jadeklinge und einen reich verzierten goldenen Griff. Der Maya-König Pocal hatte die ausschließlich für zeremonielle Zwecke verwendete Waffe wahrscheinlich bei bedeutenden Anlässen getragen. Niemand war sicher, ob die Klinge je mit Blut benetzt gewesen war, der Beobachter jedoch hielt es für wahrscheinlich.

Der Gedanke war erregend, und so umfasste er die Waffe fester und beulte dabei seine Hosentasche aus. Vorsicht, ermahnte er sich. Der Dolch musste unsichtbar bleiben für jeden außer ihm.

Er schlich weiter den Korridor hinunter, verschaffte sich mit seinem Schlüssel Zugang zu einer muffigen kleinen Abstellkammer und schob den Dolch in eine Kiste voller Akten. Die Waffe brauchte nur ein paar Stunden hier zu bleiben. Solange kam bestimmt niemand herein.

Dann huschte er wieder in den Flur und kehrte zurück auf seinen Posten. Das Einzige, was zählte, erinnerte er sich, war, dass er seine Mission erfüllte. Wenn der Dolch gefunden wurde... nun, dieser Verlust war zu verschmerzen. Dadurch würde lediglich die Botschaft etwas weniger deutlich. Damit könnte er leben.

Eine minimale Schwachstelle in seinem Plan. Und wenn er mit Schwachstellen nicht fertig wurde, wäre er kein Genie.

Die Schar der Gäste wurde allmählich kleiner. Er behielt Annas kupferroten Schopf weiterhin im Auge, aber folgte ihr nicht mehr. Vielleicht fiele sein Verhalten, nun, da sich nicht mehr so viele Menschen in der Eingangshalle drängten, irgendjemandem auf. Doch als er sie erneut mit Reed Howell sprechen sah, schob er sich diskret in ihre Nähe. Diese Unterhaltung wollte er auf gar keinen Fall verpassen.

Das Duell hatte begonnen.

Selbst Reed Howell schien sanfter geworden zu sein, doch der Beobachter nahm an, dass diese Veränderung einzig auf den Alkoholgenuss des Journalisten im Verlauf des Abends zurückzuführen war.

»Nicht schlecht, Anna«, meinte Howell gerade. »Wirklich nicht schlecht. Ich würde tatsächlich die vierzehn Dollar bezahlen, um die Ausstellung zu sehen. Nur eine Sache fiel mir auf... Die Treppen, über die man in die unterirdische Kammer kommt, wie sollen Behinderte die schaffen?«

»Wir haben einen Fahrstuhl, Reed. Ausschließlich für Behinderte.«

Er nickte. Mit dieser Antwort war er offenbar zufrieden. Gerade als der Beobachter dachte, er würde es dabei belassen, sagte er jedoch: »Eines Tages müssen Sie mir von dem Fluch erzählen und davon, wie Ihr Vater gestorben ist.«

Annas Miene wurde kalt. »Das ist allgemein bekannt, Reed. Er kam bei einem Erdbeben ums Leben.«

»Ja, aber der Fluch besagt…«

Sie schüttelte den Kopf. »Es war kein Fluch. Es war ein Erdbeben. Die gibt es dort unten häufig.«

»Aber haben Sie sich nie gefragt, ob nicht möglicherweise doch der Fluch der Auslöser gewesen ist?«

»Ich bin Wissenschaftlerin. Ich glaube nicht an Flüche.«

»Tja, dann…«, meinte er achselzuckend und schlenderte davon.

Einen Moment später wandte sich Anna an eine in der Nähe stehende Frau und meinte: »Himmel, ich bin ihm direkt in die Falle getappt.«

Janine Mason, die künstlerische Direktorin, trat dichter an Anna heran. »Na ja. Das hättest du besser nicht sagen sollen.«

»Ich weiß. Ich weiß. Aber ich kann es erklären.«

»Sicher.« Janine schüttelte den Kopf. »Wenn du von jemandem die Gelegenheit dazu bekommst. Hör zu, ich werde mir dieses Arschloch schnappen. Vielleicht kann ich die Sache klären.«

»Das sollte ich selber machen.«

»Verdammt, nein. Der Kerl ist ein Teufel, und er will dich an seiner spitzen, roten Mistgabel zappeln sehen. Also, lass mich da besser ran.«

Janine wandte sich zum Gehen, blieb jedoch noch einmal stehen und beugte sich so dicht zu Anna, dass der Beobachter sie kaum verstand. »Wer ist das Männchen mit den fettig glänzenden Haaren und dem seltsamen Schnurrbart? Es starrt dich schon den ganzen Abend an.«

Anna drehte kurz den Kopf. »Auf den brauchst du nicht weiter zu achten. Das ist Clarence Tebbins von der Polizei in Tampa. Ein Möchtegern-Hercule-Poirot.«

Auch der Beobachter richtete seine Augen auf den Polizisten. Ein Möchtegern-Hercule-Poirot? Der Gedanke gefiel ihm, auch wenn er nicht sicher wusste, was Anna zu diesem Satz bewogen haben mochte. Die Mission könnte amüsanter werden als gedacht.

Dann lenkte er seine Aufmerksamkeit wieder auf Janine, die in der Nähe der Ausgangstüren auf Reed Howell einsprach. *Schadensbegrenzung.* Er hoffte, es würde nicht funktionieren. Er hatte jede Menge Zeit und Mühe darin investiert, Reed auf Annas Geschichte anzusetzen. Die Welt sollte verstehen, was passierte. Und Reed Howell war sein Sprachrohr.

Trotzdem war es an der Zeit, sich zu verstecken. Er zog sich in die muffige Abstellkammer zurück, saß, den Dolch in seinen Händen, reglos in der Dunkelheit und stellte sich vor, dass der echte Dolch im Dunkeln aufgrund der Kraft des Fluches ein schwaches Licht verströmte. Er wünschte sich, er könnte hören, wie Anna und Tebbins darauf reagierten, dass die Waffe auf ebenso geheimnisvolle Art aus dem Büro verschwunden wie zuvor dort eingeschmuggelt worden war. Die Bilder, die dieser Gedanke in ihm wachrief, waren derart erheiternd, dass er eine Hand vor seinen Mund presste, damit niemand sein fröhliches Kichern durch die Tür der Kammer hörte.

Die Zeit verging im Schneckentempo. Er blickte alle paar Minuten auf seine Armbanduhr, aber bis ein Uhr schien es eine Ewigkeit zu dauern.

Endlich, dachte er, nahm zuvor in der Kammer die von ihm versteckte Thermosflasche, schob den Dolch sorgfältig in den Bund seiner Hose und machte sich auf den Weg, um das erste Opfer des Fluches zu begrüßen.

»Hi, Eddy«, sagte er zu dem Wachmann vorne am Empfang. »Ich habe dir wieder etwas Kaffee mitgebracht. Was gibt's Neues?«

2

Das Läuten des Telefons riss Gil Garcia gegen neun Uhr dreißig aus dem Schlaf. Auch wenn das für andere sicher spät war, fand er es, da er bis drei am Schauplatz eines Mordes tätig gewesen war, noch reichlich früh.

»Was ist denn jetzt schon wieder?«, murmelte er vergrätzt. Verdammt, auch sein Piepser schrillte. Bald würde dazu noch sein Handy die grässlich fröhliche Melodie erklingen lassen, die zu ändern er bisher zu faul gewesen war.

»Soll ich dran gehen, Dad?«, drang die helle Stimme seiner fünfzehnjährigen Tochter durch die Tür. Weshalb war sie schon auf? Himmel, sie war ein Teenager und hatte obendrein noch Frühjahrsferien. Wie war es also möglich, dass sie um diese Uhrzeit derart munter klang?

»Ich geh schon dran«, krächzte er mit vom Schlaf heiserer Stimme. Wieder schrillten Telefon und Piepser, und tatsächlich erklang zum selben Zeitpunkt aus dem Schrank die dämliche Weise seines Handys.

»Okay«, rief Trina. »Dann mache ich Frühstück. Würstchen, Eier, Maisbrei.«

O Gott, dachte Gil, während er sich aufsetzte und sich den Schlaf aus den verquollenen Augen rieb. Sie wollte was von ihm. Etwas, von dem sie meinte, dass es ihm nicht gefiel.

Endlich schnappte er sich den Hörer, hielt ihn sich ans Ohr, schaltete den Piepser aus und knurrte: »Garcia.«

»Guten Morgen, Schlafmütze«, grüßte ihn Louise

Oberns nervtötend gut gelaunte Stimme. »Sie spielen wieder Fangen, und du darfst auch dabei sein.«

»Scheiße. Louise, ich war bis nach drei an einem Tatort.«

»Tut mir Leid, Junge, aber du bist der Einzige, den wir zurzeit haben. Wir haben einen Toten an der Ecke Sechster/Dreiundvierzigste. Die Freundin kam heute Morgen heim und fand ihn leblos auf dem Sofa. Wir haben uniformierte Beamte hingeschickt, und die Spurensicherung ist ebenfalls schon auf dem Weg. Unsere Jungs behaupten, es sähe wie Tod durch Überdosis aus, dem Mädchen zufolge aber hatte das Opfer mit Drogen nie etwas im Sinn.«

»Himmel.«

»He, mir darfst du deshalb keinen Vorwurf machen. Ich habe all die Morde diese Woche nicht bestellt.«

»Lass mir wenigstens ein paar Minuten. Meine Tochter hat mir ein besonderes Frühstück zubereitet, also muss ich zumindest ein paar Löffel essen und mir anhören, was sie diesmal von mir will.«

»Klingt ziemlich dramatisch. Du tust mir ehrlich Leid. Armer Kerl, aber du brauchst dich nicht zu hetzen. Das Opfer hat es nicht mehr eilig, und die Fundstelle ist gesichert.«

Das Mitgefühl der Sekretärin hatte ihm gerade noch gefehlt. Gil legte das Telefon zurück in seine Schale und rieb sich noch einmal die Augen. Er musste schnell duschen. Sich noch schneller anziehen. In aller Eile essen. Nein sagen. Ein bisschen trösten. Zurück an die Arbeit. Ah, das Leben eines Mitglieds der Mordkommission und gleichzeitigen Teilzeit-Vaters war alles andere als leicht.

Zumindest wurde er unter der Dusche halbwegs munter, und als er dem Duft eines köstlichen Frühstücks in die Küche folgte, nahm er an, nach dem Genuss von ein bis zwei Litern Kaffee wäre er wieder völlig auf dem Damm.

Er war groß und schlank, mit dunklem Haar und dunklen Augen, die seine spanischen Vorfahren verrieten, und außerdem hatte er ein wunderbares Lächeln, das er im Rahmen seiner Arbeit schamlos zu seinem Vorteil nutzte. Grundsätzlich jedoch hielt er sich für einen absolut durchschnittlichen Mann.

Trina hingegen war eine frisch erblühte, dunkelhaarige Schönheit, die bereits jetzt die Blicke allzu vieler seiner Geschlechtsgenossen auf sich zog. Heute Morgen stand sie in einer ihm unbekannten Rüschenschürze vor dem Herd und rührte in dem Topf mit Maisbrei. Selbst gemachtem Maisbrei! Mann, sie kannte den Weg zu seinem Herzen.

»Morgen, Dad.«

»Morgen, Schätzchen.« Er küsste sie auf die glatte Wange und zog einen Stuhl unter dem Küchentisch hervor. »Ich muss leider gleich los. Es gibt schon wieder einen Toten. Hab gerade noch Zeit für ein paar Happen.«

»Kein Problem«, antwortete sie fröhlich, um ihm kurz darauf Eier, Würstchen sowie einen Berg buttergelben Maisbrei auf den Teller zu häufen.

»Wo in aller Welt hast du den Maisbrei her?«, fragte er erstaunt. In seiner Speisekammer fand sich bestenfalls die Sorte, die man in heißes Wasser rührte und bei deren Genuss man den Eindruck hatte, dass ihr bei der Herstellung mit größter Sorgfalt jeder Geschmack entzogen worden war.

Sie zuckte mit den Schultern. »Ich habe gestern die Zutaten von meinem Taschengeld gekauft. Selbst gekocht schmeckt er einfach besser.«

Er bedachte sie mit einem Lächeln. »Da hast du wirklich Recht.« Dann führte er, mit dem Gedanken, wie lange er wohl warten müsste, bis sie mit ihrem Anliegen rausrückte, den ersten Löffel zum Mund.

»Oh«, sagte Trina, als sie sich gerade zu ihm setzen wollte. »Ich habe vergessen, die Zeitung reinzuholen.«

»Kein Problem, mach dir darüber keine Gedanken. Ich habe heute Morgen sowieso nicht genug Zeit, um sie zu lesen.« Er blickte bedeutungsvoll auf seine Uhr. »In ein paar Minuten muss ich los.« Er wartete, doch es kam immer noch kein Geständnis oder ein Wunsch. »Echt ein Superfrühstück, Schätzchen. Danke, dass du dir solche Mühe gemacht hast. Gibt es dafür einen bestimmten Grund?«

Er hob den Kopf und sah, dass sie sich auf die Unterlippe biss.

»Oh …«, sagte sie nach ein paar Sekunden. »Ich wollte dir lediglich mal was Gutes tun.«

Scheiße. Dann ging es eindeutig um mehr als darum, dass sie mit ihrem Freund – den er nicht im Geringsten mochte – den Tag am Strand verbringen wollte. Plötzlich kam ihm ein schrecklicher Gedanke. Sie war doch wohl nicht schwanger? O Gott …

Aber sie blieb stumm, und er konnte sie nicht bedrängen, ohne sie wütend zu machen, weil er ihr unterstellte, ihn nicht ohne Hintergedanken mit einem derartigen Frühstück zu beglücken. Selbst, wenn dem so war. Er hatte mit der Zeit gelernt, dass ein solches Gespräch völlig fruchtlos war.

Also beschränkte er sich auf ein »Und, was hast du heute vor?«

Als sie ihm nicht ins Gesicht sah, nahm sein Unbehagen zu. »Ich werde einfach ein bisschen rumhängen.«

»Mit deinem Freund?«

»Weiß noch nicht. Ich habe daran gedacht, Sally im Einkaufszentrum zu treffen.«

Das machte ihm gewisse Hoffnung. Doch sicher konnte

er nicht sein. Verdammt. Es klang viel zu harmlos, um wahr zu sein. »Hast du das Geld für die Busfahrkarte?«

Sie verzog den Mund zu einem Lächeln. »Sicher. Mach dir um mich keine Sorgen.«

Das Problem bestand allerdings darin, dass er sich regelmäßig zu viele Sorgen machte, obwohl sie nur jedes zweite Wochenende und in den Ferien bei ihm war. Seine Ex-Frau überließ ihm Trina stets dann, wenn es ihr in den Kram passte. Er war sich der Tatsache bewusst, dass sich seine Tochter, wenn er sie zu sehr ärgerte, eventuell bei ihrer Mutter darüber beschweren und dann im Sommer nicht zu ihm kommen würde.

Andererseits …

Mit diesen Gedanken ging er durch die feuchte Hitze in Richtung seines Wagens. Sicher würde es ein drückend heißer Tag. Es lag etwas in der Luft, was ihn davor warnte. Nicht, dass ihn das besonders störte. Er hatte immer schon in Florida gelebt und Hitze machte ihm nichts aus.

Sie ließ ihn nur ein wenig welken.

Unglücklicherweise lief, gerade, als er die Tür des Wagens aufschloss, Zoe Fenster, auch bekannt als ›die Witwe von nebenan‹, eilig auf ihn zu. Heute Morgen trug sie ein fuchsienrotes hawaiisches Kleid und Gummischlappen, doch zumindest hatte sie ihre aschgrauen Haare frisiert und die Lippen nachgezogen, bevor sie aus dem Haus geschossen war. Das Schlimmste jedoch war, dass sie einen mit Folie bedeckten Teller in ihren Händen hielt.

»Ich habe gerade ein paar Plätzchen gebacken, Gil«, flötete sie mit ätzend heller Stimme.

Er hatte bereits einen ganzen Vorrat von ihren selbst gebackenen Plätzchen, die nicht unbedingt als köstlich zu bezeichnen waren. »Danke, Zoe«, sagte er mit geschäftsmäßiger Stimme. »Gib Sie bitte einfach Trina. Ich muss dringend los. Wir haben wieder einen Toten.«

Gott sei Dank wirkte sie entsprechend beeindruckt und nickte verständnisvoll. Wie ein verlorener Paradiesvogel stand sie auf dem Gehweg und winkte ihm, als er seinen Wagen aus der Einfahrt lenkte und die ruhige, von Bäumen gesäumte Straße hinabfuhr, traurig hinterher.

Die Flucht war ihm geglückt. Im Geiste schlug er sich dafür auf die Schulter, dann jedoch dachte er erneut an seine Tochter und runzelte die Stirn. Irgendetwas braute sich zusammen, und er hatte keine Ahnung, was er dagegen unternehmen sollte. Niemand konnte einem Vater besser das Gefühl vermitteln, ein Vollidiot zu sein, als eine heranwachsende Tochter.

Der Fundort der Leiche war sorgfältig abgesperrt, die Schaulustigen, die nicht zu verhindern waren, verrenkten sich die Hälse, und der Wagen von der Spurensicherung stand bereits vor dem Haus. Gil parkte hinter einem Streifenwagen und wünschte sich, sein Partner Seamus Rourke wäre nicht im Urlaub. Das blödsinnige Geplänkel, mit dem er und Seamus gemeinsam den Anblick irgendwelcher Toten überstanden, hätte ihm in diesem Moment geholfen.

Aber Seamus war halt nicht da, also musste es so gehen.

Er stieg aus seinem Wagen und verdrängte jeden Gedanken bis auf den an seine Arbeit: an die unangenehme Aufgabe, sich am möglichen Tatort eines Mordes gründlich umzusehen. Es sollte in diesem Fall nicht allzu schlimm sein, außer, das Opfer hätte man lange nicht entdeckt.

Er nickte den Wache stehenden Beamten, zwei Typen, die er nur flüchtig kannte, freundlich zu. Auf dem Rücksitz eines der Streifenwagen saß eine kräftige junge Frau mit rot verquollenen Augen. Wahrscheinlich die Freundin. Aber alles zu seiner Zeit.

Er betrat das Haus und traf direkt hinter der Tür auf Frank Delgado. Er kannte und vertraute Frank seit langem. Augenblicklich trug er dafür Sorge, dass niemand die Arbeit der Spurensicherung erschwerte, indem er alle nur auf einem bestimmten, markierten schmalen Pfad durch die Wohnung laufen ließ. Ein wirklich guter Mann.

»Hallo Frank, wie geht's?«

»Man lebt so vor sich hin«, kam die für Frank typische Antwort. Er war ein kleiner Mann, dessen Bauch das weiße Hemd der Uniform, je näher er den fünfzig kam, immer deutlicher spannte. In letzter Zeit war sein Lieblingsthema seine Pensionierung. Doch abgesehen von seinem wettergegerbten Gesicht und seinem grau durchwirkten Haar war Frank ein junger Mann. Ließe er sich tatsächlich pensionieren, dann nicht der Gesundheit, sondern seiner Psyche wegen.

»Wieder eine Überdosis?«

»So sieht es zumindest aus.« Frank zeigte mit einem seiner kurzen Finger Richtung Sofa. »Ist einfach friedlich eingeschlafen. So ein Glück möchte ich auch mal haben.«

Gil betrachtete den durchtrainierten jungen Mann, der in T-Shirt und Unterhose leblos auf der Couch lag. Um ihn herum verteilt waren die Utensilien eines Fixers. Die Nadel lag auf dem Boden, als sei sie ihm aus der rechten, schlaff über den Rand des Sofas hängenden Hand gefallen. Als behelfsmäßige Aderpresse war ein Gürtel um seinen linken Oberarm geschlungen, und auf dem Tisch befanden sich neben einer erloschenen Kerze in einem Messingständer ein Löffel und ein Beutel mit einem weißen Pulver. Was für eine verdammte Vergeudung.

»Ziemlich offensichtlich«, meinte Frank. »Die Totenstarre hat noch nicht eingesetzt, also muss es in den frühen Morgenstunden passiert sein.«

»Setz mich auf die Liste, Frank. Ich will mir die Sache näher ansehen.«

Jeder, der einen möglichen Tatort betrat, kam auf eine Liste, um eventuell zurückbleibende Fingerabdrücke oder Haare direkt von den tatsächlichen Beweismitteln zu trennen.

Als Erstes musterte Gil eingehend den Teppich. Er wurde anscheinend regelmäßig gesaugt, doch war seit der letzten Reinigung so viel darauf herumgelaufen worden, dass man inmitten all der Fußabdrücke nichts von Bedeutung sah. Also ging er durch den Raum und studierte den linken Arm des Toten. Die Einstichstelle in der Vene wurde durch einen Tropfen geronnenen Bluts deutlich sichtbar markiert.

»Wie ich gesagt habe«, erklärte Frank.

»Vielleicht.«

»Was soll das heißen, *vielleicht*?«

»Tja, es gibt nur eine frische Einstichstelle.« Gil wandte leicht den Kopf und inspizierte den anderen Arm des Mannes. »Am rechten Arm sind weitere Einstiche zu sehen, aber sie sind alt und nicht besonders zahlreich. So, als hätte er ein paarmal sein Blut untersuchen lassen.«

»Eventuell hat er nur ab und zu etwas genommen.«

»Möglich. Wäre nicht das erste Mal, dass jemand beim ersten Versuch das Zeitliche gesegnet hat.«

Trotzdem betrachtete er noch einmal den linken Arm des Mannes. Irgendetwas passte nicht. Das Szenarium deutete auf einen erfahrenen Fixer hin. Der Arm zeigte keine Übungsstiche, wie man sie bei jemandem, der erst versuchen wollte, was für ein Gefühl es war, ehe er sich tatsächlich etwas spritzte, regelmäßig sah. Es wirkte richtiggehend professionell. Und weshalb befanden sich die anderen, wenn auch alten, Einstichstellen rechts?

Er richtete sich wieder auf. »War er Rechts- oder Linkshänder?«

»Keine Ahnung. Ich glaube, danach hat bisher noch niemand gefragt.«

»Okay. Dann gucke ich mir jetzt den Rest der Wohnung an.«

»Da gibt es nichts zu sehen. Der Typ kam schlicht nach Hause, hat sich den Schuss gesetzt und ist gestorben.«

So einfach müsste es mal sein, dachte Gil, während er sich die übrigen Zimmer des winzigen Häuschens ansah. Zwei Schlafzimmer, von denen eins in ein Büro oder Arbeitszimmer mit zwei unordentlichen Schreibtischen und Bergen von Büchern verwandelt worden war. Der Junge und seine Freundin war also entweder Studenten oder aber Lehrer.

Im Schlafzimmer fand sich ein frisch gemachtes Bett. Dann hatte er also, bevor er letzte Nacht beschlossen hatte, sich einen Schuss zu setzen, gar nicht erst geschlafen. Hatte er möglicherweise eine Nachtschicht eingelegt?

Die Küche war nicht ganz so aufgeräumt. In der Spüle standen Teller mit den Resten eines Hamburgers und eine Schale mit angetrocknetem Müsli, in der Kanne der ausgeschalteten Kaffeemaschine fand sich noch ein Rest Kaffee, und auf dem Boden lag eine schmutzige Pfanne. Ihrer Lage nach zu urteilen musste das Mädchen sie heruntergerissen haben, als es in dem Bemühen, Hilfe zu holen, zum Telefon gelaufen war. Nirgends jedoch gab es Spuren eines Kampfes.

Vergiss es, sagte sich Gil. Das hier ist kein Fall.

Doch er war sich nicht absolut sicher. Als er vor das

Haus trat, kamen gerade die Leute von der Spurensicherung mit ihren Kisten, Kameras und Staubsaugern den schmalen Weg herauf.

»Seid besonders vorsichtig«, bat er, da er wusste, dass sie, wenn sie dachten, der Fall wäre eindeutig und es gäbe keine Verhandlung, nicht ganz so gründlich waren.

»Na klar«, antwortete Henry Beaudry. »Dann ist er also nicht an einer Überdosis gestorben?«

Gil zuckte mit den Schultern. »Irgendetwas stimmt nicht.«

Er hatte Vertrauen zu Beaudry.

Die Freundin des Opfers saß nach wie vor heulend auf dem Rücksitz des Polizeifahrzeugs. Dies war der Teil, den Gil am meisten hasste, doch er ließ sich nicht umgehen. Er brauchte Informationen, die nur diese Frau ihm geben konnte, und er durfte nicht so lange warten, bis ihre Erinnerung verblasste.

Er öffnete die Tür des Wagens und ging vor ihr in die Hocke. »Hi«, sagte er mit sanfter Stimme. »Ich bin Detective Gil Garcia.«

Sie hatte kastanienbraune Haare, große braune Augen und war dank ihrer Jugend trotz einiger überzähliger Pfunde eine wunderhübsche Person. Sie fuhr sich mit der Hand über die Augen und sah ihn abweisend an. »Er hat keine Drogen genommen. Eddy hätte dieses Zeug niemals auch nur angerührt. Er hat immer gesagt, Drogen zu nehmen wäre dumm.«

»Ich glaube Ihnen.«

»Das sagen Sie doch nur so dahin.«

»Nein, ich meine es ernst. Aber Sie müssen mir helfen, die Sache zu verstehen. Sie müssen mir alles sagen, was Sie wissen, damit ich in der Lage bin herauszufinden, was wirklich vorgefallen ist.«

»Ich weiß, was passiert ist«, erklärte sie ihm schluchzend. »Jemand hat ihn umgebracht!«

Gil richtete sich auf, lehnte sich gegen den Wagen und wartete darauf, dass sie sich beruhigte. Es wurde von Minute zu Minute wärmer, und er zog in Erwägung, seine Jacke auszuziehen. Die beiden uniformierten Beamten hatten sich in den Schatten einer alten Eiche zurückziehen können, er jedoch hatte kein derartiges Glück. Der Wagen parkte direkt in der Sonne, und er stand abwartend daneben.

Seine Gedanken kehrten zurück zu seiner Tochter, und er überlegte, was zum Teufel mit ihr los war. Von Tag zu Tag gab sie ihm größere Rätsel auf. Sie hegte Träume und Gedanken, die sie sorgfältig vor ihm verbarg. Er wünschte sich, sie wäre wieder sieben und spräche jeden Gedanken, der ihr in den Kopf kam, in der nächsten Sekunde aus. Eventuell erschien ihm die Mauer, die sich zwischen ihnen auftat, deshalb so bedrohlich, weil er nicht ständig mit ihr zusammen war.

Er sagte sich, es wäre vollkommen natürlich, dass sich ein heranwachsendes Mädchen so benahm. Natürlich wollte sie verstärkt ihr eigenes Leben leben. Trotzdem dachte er unweigerlich an all die Gefahren, in die sie sich begeben könnte, vor allem, da er Polizist und deshalb mit sämtlichen schrecklichen Möglichkeiten vertraut war.

Seine Ex-Frau hatte sich darüber stets beklagt. Sie hatte gesagt, er dächte zu viel nach, er mache sich zu viele Sorgen, er könne kein normales Leben führen, weil er zu viel Zeit mit dem Abschaum der Gesellschaft verbrachte. Womöglich hatte sie damit sogar Recht. Auf alle Fälle war sie selbst anscheinend nie in Sorge um ihr Kind.

Das Schluchzen im Wagen ebbte langsam ab, und er beugte sich erneut zu der Frau hinunter. »Geht's?«

Sie wischte sich die Tränen von den Wangen und nickte. »Tut mir Leid.«

Erneut ging er in die Hocke, damit er mit ihr auf einer Augenhöhe war. »Schon gut. Sie haben einen schlimmen Schock und einen schrecklichen Verlust erlitten. Aber ich muss mit Ihnen reden, um herausfinden zu können, was wirklich passiert ist. Und je eher wir miteinander sprechen, umso besser.«

Sie schniefte und nickte heftig.

»Ich werde Ihnen jetzt nur ein paar Fragen stellen, okay? Wir können uns dann später auf der Wache weiter unterhalten. Zumindest sind die Räume dort klimatisiert.«

Sie verzog den Mund zu einem gequälten Lächeln. »Sie müssen doch entsetzlich schwitzen.«

»Ach wo, ich bin die Hitze gewohnt.« *Lügner.* Niemand könnte sich je daran gewöhnen, bei Short-und-T-Shirt-Wetter in einem dicken Anzug rumzulaufen. Er zog einen Block und einen Stift aus seiner Tasche.

»Wie heißen Sie?«

»Carole Efrem.« Sie buchstabierte ihren Namen.

»Und Ihr Freund?«

Sie kniff die Augen zu und ihre Lippen bebten. Nach einem Augenblick jedoch erklärte sie gepresst: »Eddy Malacek.«

»War Eddy Rechts- oder Linkshänder?«

Sie riss überrascht die Augen auf. »Was macht das für einen Unterschied? Aber er war Linkshänder.«

Gil machte sich eine Notiz und ließ sich nicht anmerken, dass er innerlich erbebte. Er kannte das Gefühl. Mit dieser Antwort war die Jagd eröffnet. »Und Sie sagen, Eddy hätte niemals irgendwas mit Drogen zu tun gehabt?«

»Nein, nie. Himmel, ich selbst habe es ein paarmal ausprobiert. Das machen schließlich alle. Was ist schon groß dabei? Aber Eddy wollte nie auch nur etwas davon hören. Er hat dauernd gesagt, es wäre reine Zeit- und Geldverschwendung und außerdem gefährlich.«

»Hatte er irgendwelche Freunde, die Drogen genommen haben?«

»Zumindest nie, wenn er dabei war. Falls ja, habe ich nichts davon gewusst.« Sie wandte sich ihm mit tränenverhangenen Augen zu. »Eddy hat Rollenspiele geliebt. Er hat sich oft mit einer hiesigen *Star-Trek*-Gruppe getroffen, bei der er der Mr. Spock war. Und ein Vulkanier würde niemals Drogen nehmen.«

»Natürlich nicht.« Da er selbst während der Schulzeit ein Fan der Serie gewesen war, kannte er sich ein wenig damit aus. Trotzdem hätte dieses Argument vor Gericht wohl kaum Bestand. »Was hat er sonst noch gern gemacht?«

»Oh, er hat *Dungeons & Dragons* mit ein paar Leuten gespielt, die sich samstags drüben in Tampa getroffen haben. Und manchmal auch *Warhammer*.«

Er hatte sich also regelmäßig in irgendwelche Fantasiewelten geflüchtet. Vielleicht passte dazu der Konsum von Drogen. Vielleicht aber auch nicht. Schließlich war Eddy relativ jung gewesen. »Später werde ich Einzelheiten über die Leute wissen müssen, mit denen er Umgang hatte, okay?«, sagte er mit sanfter Stimme.

»Ja. Aber ich glaube nicht, dass einer von ihnen … dass einer von ihnen ihn … *ermordet* hätte!« Die letzten Worte brachten sie abermals zum Heulen, und er sagte, um sie zu beruhigen: »Nein, wahrscheinlich nicht. Aber eventuell wissen die ja noch etwas von irgendwelchen Leuten, die Sie gar nicht kennen.«

Sie nickte und wischte sich erneut die Tränen aus dem Gesicht. »Er war ein netter Junge. Niemand hätte ihm ein Leid zufügen wollen.«

»Was hat er schulmäßig oder beruflich gemacht?«

»Er studiert, und nachts arbeitet er als Wachmann auf dem Campus. Zirka zwei, drei Nächte pro Woche.«

Gil schrieb sich diese Dinge auf. »Auf welchem Campus?«

»USF.«

»Okay. Und Sie waren letzte Nacht nicht da?«

»Ich war zwei Tage weg.« Sie schniefte. »Ich war bei meinem Dad. Er lebt in Melbourne. Aber ich bin früh dort weg gefahren, weil ich hier sein wollte, wenn Eddy heute Morgen heimkam. Wissen Sie, sein Dienst ist immer gegen acht vorbei.«

Er nickte.

»Aber ich kam erst um neun und da … da lag er auf der Couch … und ich konnte ihn nicht wecken …«

Gil tätschelte ihr, als sie erneut anfing zu schluchzen, begütigend die Schulter, richtete sich auf und winkte einen der uniformierten Beamten, einen Neuling, der ihm inzwischen ein paarmal über den Weg gelaufen war, zu sich heran.

R. Ortiz. Ramon. Ja.

»He, Ramon, könnten Sie Ms. Efrem aufs Revier fahren? Ich muss noch weiter mit ihr reden, und da machen wir es uns besser ein bisschen bequem. Und es soll sich jemand um sie kümmern. Die Sache setzt ihr ziemlich zu.«

»Natürlich«, kam Ortiz' bereitwillige Antwort.

Gil beugte sich noch einmal zu Carole Efrem in den Wagen. »Falls Sie eine Verwandte oder Freundin in der Nähe haben möchten, sagen Sie das bitte Officer Ortiz. Er wird Ihnen helfen, jemanden anzurufen, okay?«

Carole streckte die Hand aus und packte Gil am Arm. »Er hat sich nicht selbst umgebracht. Hundertprozentig nicht.«

»Ich glaube Ihnen.« Und das tat er wirklich. Denn es war schlichtweg ausgeschlossen, dass sich ein Linkshänder selber mit der rechten Hand eine Spritze geben würde. Total ausgeschlossen.

Er blickte zurück zum Haus und konnte beinahe die Stimme seines abwesenden Partners hören, die ihn fragte: »Na, was für eine Schandtat wurde hier begangen?«

»Tja«, hörte er sich laut die Antwort murmeln. »Ich habe keine Ahnung. Ich habe absolut keine Ahnung.«

3

Anna erwachte spät und fühlte sich beinahe so gut wie in den Jahren ihrer Kindheit, wenn sie am ersten Tag der großen Ferien wach geworden war. Sie räkelte sich genüsslich und freute sich über die Anspannung ihrer Muskeln und über das Gefühl des glatten, weichen Baumwoll-Lakens auf ihrer nackten Haut. Wie herrlich war es doch zu leben.

Der Gedanke an den Erfolg vom Vorabend ließ sie vor Freude strahlen. Ihre erste Ausstellung als Direktorin des Museums war ein durchschlagender Erfolg. Zumindest aus der Sicht der geladenen Gäste. Vielleicht sah es in ein paar Monaten effektiv anders aus.

Aber daran – an das enorme finanzielle Risiko, das das Museum mit dieser teuren Schau eingegangen war – wollte sie jetzt nicht denken. Sie hatte vorgeschlagen, die Maya-Werke aus Mexiko zu leihen, und der Verwaltungsrat hatte ausführliche Machbarkeitsstudien angefertigt und war zu dem Schluss gekommen, dass zumindest kein Verlust zu erwarten wäre.

Aber wer würde daran noch denken, würde die Ausstellung ein Flopp?

Sie schob diese lästigen Überlegungen beiseite und genoss die Gedanken an die Gratulationen, mit denen sie am Abend überschüttet worden war. Das war eine schöne Erinnerung.

Sie setzte sich auf, schlang die Arme um die Knie und sah sich fröhlich grinsend im Halbdunkel des Zimmers um. Ein paar bleiche Sonnenstrahlen schoben sich an den

Jalousien vorbei und tauchten den Raum in ein weiches, pastellfarbenes Licht.

Sie war zweiunddreißig, und dies war ihr erster großer Triumph. Bis vor ein paar Monaten war sie als Assistentin kaum mehr als eine kleine Helferin gewesen, mit nichts als der Sorge um die Einzelheiten der permanenten Ausstellung betraut.

Gründerin des Museums der Antike war eine Professorin der Universität, die vor Key West ein versunkenes, mit einem Schatz beladenes spanisches Schiff gefunden und geborgen hatte. Professor Veronice Coleridge, eine wohlhabende, unabhängige Archäologin, hatte nicht nur das Gebäude finanziert, in dem das Museum residierte, sondern ihm auch sämtliche Artefakte überlassen, mit denen das von ihr entdeckte Schiff beladen gewesen war. Im Verlauf der Jahre hatten sich weitere Gönner gefunden, und vor zwei Jahren waren sie umgezogen in einen neuen, auf Universitätsgelände errichteten Bau.

Sämtliche Gegenstände, die vom Grund des Meeres geborgen und gereinigt wurden, kamen anschließend zur Lagerung oder um ausgestellt zu werden in das neue Haus. Anna hatte viele der Stücke katalogisiert und in den Räumlichkeiten verteilt. Es war ihr sogar gelungen, ihren engstirnigen Vorgänger dazu zu bewegen, die Ausstellung zu erweitern und den Besuchern des Museums anschaulich zu zeigen, wie es zu der Entdeckung des Schiffes und der mit ihm versunkenen Kostbarkeiten gekommen war.

Die von ihr vorgeschlagenen Veränderungen waren derart erfolgreich gewesen, dass sie auf einstimmigen Beschluss des Kuratoriums hatte die Nachfolge antreten dürfen, als ihr Vorgänger in den Ruhestand gegangen war. Was hieß, dass sie für die permanente Ausstellung und jetzt auch für die *Geheimnisse der Mayas* verantwortlich war.

Doch die neue Schau war zeitlich begrenzt, und heute kamen neue Stücke aus Key West, sodass sie wahrscheinlich ihren Tag damit verbringen würde, das Auspacken und Katalogisieren ordnungsgemäß zu überwachen. Aber das war in Ordnung. Sie brauchte sich nicht mehr ständig um die Pocal-Ausstellung zu kümmern. Sie war offiziell eröffnet, einfach fantastisch und würde fast von allein laufen.

Jetzt musste sie sich wieder auf die permanente Ausstellung konzentrieren und sich überlegen, wie sich ihr der gleiche Zauber einhauchen lassen würde. Begeistert dachte sie über einige der Möglichkeiten nach. Jetzt konnte sie noch träumen. Selbst wenn die Wirklichkeit so aussah, dass jede noch so kleine Änderung ein langwieriger Prozess war, der mit der Überzeugung der Mitglieder des Aufsichtsrats begann, wäre dies genau der richtige Zeitpunkt, um damit anzufangen. Denn jetzt sonnten sich alle in ihrem jüngsten gemeinsamen Erfolg.

Sie griff nach dem Telefon, um ihrer Zwillingsschwester Nancy die frohe Botschaft von der geglückten Eröffnung der Pocal-Ausstellung zu überbringen. Nancy lebte in Austin und arbeitete als Computerfachfrau für ein High-Tech-Unternehmen. Sie war ein verrückter und zugleich wunderbarer Mensch. Beide hatten sie von jeher ihre dunkelsten Geheimnisse und ihre größten Freuden miteinander geteilt.

Nach dem Tod des Vaters, als sie beide sechzehn gewesen waren, war die Zwillingsschwester ihrer Mutter zu ihnen gezogen, wodurch das Chaos in ihrem Haushalt statt kleiner noch größer geworden war. Nancy, die nach ihrer Mutter und ihrer Tante kam, hatte die Atmosphäre geliebt, während Anna, die mehr vom ruhigen, ausgeglichenen Wesen ihres Vater mitbekommen hatte, wie zum Ausgleich noch ernster geworden war. Nicht, dass das schlimm gewesen wäre; die in ihrer Familie herrschende liebevolle Wärme hatte nichts jemals getrübt.

Aber… nein, sie konnte jetzt nicht anrufen. Nancy war bereits im Büro und auch für sie wurde es Zeit. Heute Abend konnten sie, ungestört durch Zeitmangel und Bosse, ausführlich miteinander sprechen.

Als sie eine Stunde später im Museum eintraf, nahm sie zu ihrer Freude den Strom Neugieriger wahr. Anscheinend hatten die Morgenzeitungen die Ausstellung gelobt. Sie fragte sich flüchtig, was Reed Howell wohl geschrieben hatte – er hatte ein besonderes Talent dafür, Seitenhiebe zu verteilen –, doch im Grunde wollte sie es gar nicht wissen. Momentan würde sie den Erfolg einfach genießen. Für mögliche negative Kritiken war später auch noch Zeit.

Auch in der Eingangshalle des Museums herrschte ungewöhnlicher Betrieb, und im Zwischengeschoss wartete schon eine Gruppe auf den Beginn des einleitenden Films. Die Hälfte der Plätze war besetzt, für einen Mittwochmorgen echt gut. Im Verlauf der nächsten Monate kämen Busse voller Schulkinder und zahlreiche private Gruppen, aber am meisten interessierte sie die Zahl der aus eigenem Antrieb erscheinenden Besucher. Die Zeit würde deutlich machen, ob das allgemeine Interesse abnahm oder wuchs.

Leise summend winkte sie anderen Museumsangestellten zu und ging zu ihrem am Ende des Korridors gelegenen Büro. Die Tür stand offen, doch das war nicht weiter überraschend. Ihre Assistentin, eine zierliche, dunkelhaarige Studentin namens Vicky Leong, kam für gewöhnlich vor ihr und schloss sie auf. Wie üblich lag die Post ordentlich auf ihrem Schreibtisch. Was eher ungewöhnlich war, war der große, farbenfrohe Blumenstrauß daneben.

Als sie jedoch den Raum betrat, sah sie statt der Briefe und der Blumen vor ihrem geistigen Auge den Glasdolch, der am letzten Abend dort gelegen hatte und wie durch ein Wunder wieder verschwunden war.

Sie hatte den Vorfall als einen üblen Scherz betrachtet und den Gedanken daran im Hochgefühl ihres Erfolges vorläufig verdrängt. Nun jedoch, während sich das helle Licht der Morgensonne durch die Ritzen in den Jalousien in schmalen Streifen auf der Platte des Schreibtisches malte, fiel ihr alles überdeutlich wieder ein.

Als der Dolch am Vorabend verschwunden war, hatte Detective Tebbins den Karton und das Papier an sich genommen. Selbst wenn sie den Eindruck gewonnen hatte, dass er sich nicht das Geringste von der Untersuchung der Gegenstände versprach, empfand sie eine gewisse Unruhe bei dem Gedanken, dass er wegen des Verschwindens der Waffe besorgt gewesen war.

Bis dahin hatte sie ihn lediglich für einen aufdringlichen Kerl gehalten, der dem Dolch aus bloßer Langeweile mehr Beachtung schenkte, als geboten war. Dann jedoch hatte sich etwas an seiner Haltung verändert, und sie hatte gespürt, dass er echt beunruhigt gewesen war. Sie hatte es gespürt, gleichzeitig jedoch beflissen ignoriert. Jedes Mal, wenn sie auf seinen gewachsten Schnurrbart gesehen hatte, hatte sie Hercule Poirot vor sich gesehen, und es war ihr schwer gefallen, diesem lächerlichen Männchen irgendeine ernsthafte Bedeutung beizumessen.

Doch das war nicht fair. Schnurrbart hin oder her – er war schließlich Polizist, und heute Morgen ließ der Gedanke an den Vorfall sie regelrecht erschaudern.

Widerstrebend ging sie um ihren Schreibtisch und setzte sich auf ihren Stuhl. Sicher maß sie dem Ganzen viel zu viel Bedeutung bei. Weder das Auftauchen noch das Verschwinden des Dolches war eine Bedrohung. Es war einfach ein Scherz gewesen. Ein lächerlicher, dummer Scherz.

Trotzdem zitterten ihre Hände, als sie nach dem zwischen den Blumen steckenden Umschlag griff. Was, wenn auch dieser Umschlag leer war? Der Gedanke, dass jemand sie verfolgte, ließ sie regelrecht versteinern.

Mit steifen Fingern klappte sie den Umschlag auf. Er enthielt eine Karte, und unvermittelt wurde ihr bewusst, dass sie die ganze Zeit furchtsam den Atem angehalten hatte. Großer Gott, normalerweise war sie nicht derart paranoid.

Angewidert von sich selbst, zog sie die Karte heraus und stöhnte. Sie war von ihrem Verehrer Peter Dashay. *Glückwunsch! Gehen wir heute Abend essen? Peter.*

Seit sechs Monaten, nach dem einen gemeinsamen Essen, in dessen Verlauf ihr bewusst geworden war, dass sie sich nicht im Geringsten zu ihm hingezogen fühlte, er sich aber mit einer bloßen Freundschaft nicht zufrieden geben würde, wies sie ihn regelmäßig und unverdrossen ab. Trotzdem tauchte er genauso oft wieder bei ihr auf und versuchte sich auf diese Weise in ihr Leben einzuschleichen. Das gefiel ihr ganz und gar nicht, doch wollte sie eigentlich seine Gefühle nicht verletzen. Aber unglücklicherweise schien ein Mensch wie Peter nur die Holzhammermethode verstehen zu wollen.

Vicky streckte den Kopf durch den Türspalt und strahlte sie an. Glatte, kinnlange Haare rahmten ihr Gesicht, und ihre braunen Augen blitzten.

»Hallo, Heldin«, sagte sie. »Ich nehme an, es geht Ihnen heute Morgen fantastisch.«

»Bis eben, ja.«

Vicky kam herein. Mit ihren kaum einen Meter fünfzig weckte sie in Anna stets eine Spur von Neid. Vicky selbst ging es andersherum genauso. Sie wünschte sich verzweifelt, groß genug zu sein, um endlich einmal die Aufmerksamkeit anderer Menschen zu wecken, ohne zu diesem Zweck zu schreien. Erst vor kurzem hatten beide Frauen einander lachend gestanden, sie würde, ohne zu zögern, ihre Körper miteinander tauschen.

»Was soll das heißen?«, wollte Vicky jetzt von ihrer Chefin wissen. »Der gestrige Abend war ja wohl ein uneingeschränkter Erfolg.«

In der Hoffnung, Vicky würde sie als Antwort auf die Frage akzeptieren, reichte Anna ihr wortlos Peters Karte.

»Oh, Mann. Der Typ ist wirklich total vernagelt.«

»Allerdings.«

Vicky gab ihr die Karte zurück. »Aber den Strauß wegzuwerfen wäre schade. Er ist nämlich wirklich hübsch.«

»Stimmt. Vielleicht könnten wir ihn draußen in die Eingangshalle stellen.«

Vicky kicherte vergnügt. »Ich nehme ihn gleich mit. Ich bin auf dem Weg zu einem Seminar. Falls Sie mich für irgendetwas brauchen: Ich bin in anderthalb Stunden wieder da.«

Anna schüttelte den Kopf. »Ich glaube, es wird ein ziemlich ruhiger Tag. Ich muss mich mal wieder um die *Alcantara*-Ausstellung kümmern – wir kriegen heute eine neue Lieferung herein –, und ich glaube nicht, dass es was Besonderes geben wird.«

»Oh, da fällt mir etwas ein. Larry hat gesagt, der Spediteur hätte angerufen, um zu sagen, sie kämen gegen zwei. Ich werde mich also beeilen, bis dahin wieder hier zu sein.« Vicky schnappte sich die Blumen und ließ Anna allein mit zwei uninteressant wirkenden offiziellen Schreiben, aber seltsam unruhig in ihrem Büro zurück.

Ein verschwundener unechter Dolch und Peter. Beide sollten ihr absolut egal sein.

Aber irgendwie war ihr bewusst, dass dies nur der Anfang eines fürchterlichen Tages war.

Kurze Zeit später beschloss Anna, sich noch einmal die Pocal-Ausstellung anzusehen. Die Lieferung für *Alcantara* kam nicht vor zwei, und sie wollte warten und sehen, welche neuen Stücke dabei waren, ehe sie mit konkreten Plänen für die Verbesserung der Ausstellung begann.

Also hatte sie ein wenig Zeit und beschloss, sie sinnvoll zu nutzen, indem sie den Besuchern lauschte. Ihre Gespräche würden ihr verraten, was gut war und was schlecht.

Den Film – eine allgemeine Einführung zu den Mayas und den Dschungeln, in denen die Kunstwerke gefunden worden waren – ließ sie aus. Auch an dem Museumsführer, der den Besuchern Kassettenrekorder und Kopfhörer anbot, ging sie freundlich nickend vorbei.

Sie hatte sich die Kassette einmal angehört, das reichte. Das Material stammte von ihr, ein paar Studenten und Professoren der theaterwissenschaftlichen Fakultät hatten das Script geschrieben, und einer der Studenten hatte den Text mit dunkler, sympathischer Stimme gesprochen.

Die Erzählung von der Entdeckung der Maya-Kultstätte unter Einbeziehung besonderer Informationen über die ausgestellten Stücke war wunderbar geworden. Anna fand sie gut, nur nicht ihren Schluss.

»Zwei Tage, nachdem Pocals Grab geöffnet worden war, wurde die Gegend von einem Erdbeben erschüttert. Es setzte in einem Bereich von zwei Quadratmeilen die Ölleitungen in Brand und tötete Hunderte von Menschen. War es ein Naturereignis? Ein schlichter Unfall? Oder könnte der Fluch des Pocal der Auslöser gewesen sein …?«

Das Band einmal gehört zu haben, war eindeutig genug.

Sie ging durch die Flügeltür in den kühlen, gedämpft beleuchteten Ausstellungsraum, ging auf einem schmalen Pfad durch den künstlichen Urwald, lauschte der Aufnahme von Vogelzwitschern und entferntem Donner und dachte erneut, wie bezaubernd das Szenario doch war. Zu beiden Seiten des Weges waren in diskreten, kleinen Nischen die Werke ausgestellt. An einigen Stellen luden Bänke die Besucher zum Verweilen ein, obwohl sie eigentlich in relativ gleichmäßigem Tempo durch den unechten Dschungel gehen sollten, bis sie die Räume mit den größten Schätzen erreichten. Unter großem Aufwand hatten sie versucht, die Wände so zu bemalen wie die Innenräume einer Pyramide. Sie war sich da nicht ganz sicher, ob die gewünschte Wirkung tatsächlich erreicht war, doch es war auf alle Fälle besser als den Raum zu belassen, wie er gewesen war.

Prachtstück der gesamten Schau war eindeutig das nachgebaute Grab. Auf dem Weg dorthin lauschte sie den Gesprächen der Besucher, die ihr deutlich machten, dass ihnen die Atmosphäre und der Bericht von der Entdeckung der Grabstätte außerordentlich gefielen. Einige der strategisch günstig verteilten Führer gaben interessierten Gästen genauere Informationen zu den ausgestellten Stücken, und die anderen nickten ihr, als sie vorbeiging, lächelnd zu.

Das nachgebaute Grab fand sich am Fuß einer kurzen Treppe, über die man in einen unbenutzten Lagerraum in der Hauptetage kam. Natürlich war es etwas völlig anderes als die mehr als dreihundert Stufen, die man hätte hinabsteigen müssen, um von der Spitze der echten Pyramide in die echte Grabkammer zu gelangen. Doch zumindest bekamen die Besucher das Gefühl, als wären sie unter der Erde.

Das Erste, was Anna bei Betreten des dämmrigen

Raums bemerkte, war, dass Janine mit ausgestreckten Beinen, die Hände in den Taschen ihrer kurzen weißen Hose, allein auf einer Bank saß.

»Ist etwas nicht in Ordnung?«, fragte Anna, da außer ihnen beiden niemand in der Kammer war.

Janine grinste sie an. »Ganz im Gegenteil. Ich bewundere unsere Brillanz, die sich vor allem hier bemerkbar macht. Außerdem frage ich mich, wo ich ein bisschen Schimmel herbekommen kann.«

»Schimmel?« Anna war sich sicher, sie hätte sich verhört.

»Ja, Schimmel. Was diesem Ort noch fehlt, ist der Geruch von alter, feuchter Erde und altem, feuchtem Stein.«

»Stimmt.« Anna setzte sich neben sie auf die Bank. »Ich könnte ein paar Säcke Blumenerde kaufen ...«

»Da bin ich mir nicht ganz sicher, ob das die richtige Wirkung hat.«

»Vielleicht nicht. Aber schließlich wollen wir nicht in Schwierigkeiten geraten, weil eventuell irgendjemand von dem Schimmel Asthma oder so bekommt.«

Janine seufzte. »Da hast du sicher Recht.«

»Wie wäre es mit ein paar ungewaschenen Socken?«

Janine musterte sie verdutzt, merkte, dass die Bemerkung scherzhaft gemeint war, und lachte fröhlich auf. »Das wäre sicher nicht der passende Geruch.«

Anna überlegte zufrieden, dass der Sarkophag, den sie in einer von dem Museum in Mexiko zur Verfügung gestellten Form nachgegossen hatten, aussah wie aus echtem Kalkstein. Die Jungs, die ihn bemalt hatten, hatten ihre Sache wirklich wunderbar gemacht. Das Museum sollte eine Party für die Theaterstudenten geben, die, von der Beleuchtung bis hin zu den Kulissen, aktiv bei der Vorbereitung dieser Schau mitgeholfen hatten.

»Party«, sagte sie deshalb laut. »Janine, erinnere mich

daran, dass wir eine Party für all die Studenten geben sollten, die sich wochenlang hier abgerackert haben.«

»Das sollten wir tatsächlich«, stimmte Janine ihr begeistert zu. »Weißt du, ich habe eben hier gesessen und mir überlegt, dass wir, nachdem wir das Grab so wirklichkeitsgetreu hinbekommen haben, auch die Unterwasserausstellung in der oberen Etage so echt gestalten können sollten.«

»Wie sagt man doch so schön? Zwei Dumme, ein Gedanke. Ich brüte gerade selbst über einer ähnlichen Idee.«

»Soll ich dir ein paar Skizzen machen?«

»Das wäre natürlich super. Am besten entwerfen wir beide einen genauen Plan, und dann fange ich an und bearbeite die Kuratoren.«

Janine stand nickend auf. »Ich muss zurück zu meinem Zeichenbrett. Übrigens, wenn es nicht schon zu spät ist, lies heute Morgen nicht unbedingt den *Sentinel.* Auch wenn Howell die Ausstellung in den höchsten Tönen gelobt hat, hatte ich den Eindruck, dass er dich persönlich nicht besonders mag.«

»Danke.« Anna fragte sich, was der Reporter gegen sie haben konnte. Dann jedoch verdrängte sie diese Überlegung. Vielleicht missfiel es ihm schlicht, im Kulturressort zu sein. Womöglich wäre er lieber für etwas Aufregenderes zuständig. Oder er mochte sie einfach ihrer roten Haare wegen nicht. Das hatte sie tatsächlich schon ab und zu erlebt.

Seufzend stand sie auf und sah sich noch einmal um. An einer Wand lagen in einer beleuchteten Vitrine Artefakte, die auf dem Boden der echten Grabkammer verstreut gewesen waren, so, als hätten zu irgendeiner Zeit irgendwelche Vandalen dort gewütet. Dann war da der Dolch. Das kostbarste der Stücke lag allein unter einer vakuumversiegelten, mit einer Alarmanlage versehenen Glocke. Er war im Inneren des Sarkophags, in Pocals Händen, gefunden worden, und nun lag er sicher unter Glas auf einem Podest. Er verströmte einen kalten, todbringenden Glanz, weshalb ihr bei seinem Anblick ein leichter Schauder über den Rücken rann.

Vergiss es, sagte sie sich streng. Die Ausstellung war toll. Sie müsste endlich ihre irrealen Ängste, ihre Unruhe verdrängen.

Hinter sich hörte sie Schritte auf der Treppe. Besucher. Und plötzlich überlegte sie, wo der Museumswächter steckte, der für den Dienst hier in der Kammer eingeteilt worden war.

Wenige Sekunden später bekam sie die Antwort auf die Frage. Der Führer, ein junger Student namens Lance Barro, begleitete mehrere Menschen die Treppe hinunter, wobei er sie mit interessanten Erläuterungen unterhielt. Lächelnd nickte er Anna zu und sprach weiter über das Grab und die Artefakte, die man in dieser Kammer sah.

In der Überzeugung, dass es nicht mehr besser werden konnte, wandte Anna sich zum Gehen. Doch gerade, als sie auf die erste Stufe am anderen Ende des Raums treten wollte, nahm sie aus dem Augenwinkel ein leichtes Glitzern wahr.

Mit der vagen Überlegung, was die Ursache des bestimmt völlig banalen und deshalb bisher von ihr unbemerkten leichten Funkelns war, drehte sie noch mal den Kopf und blickte auf den Dolch. Das Glitzern stammte sicher von dem Glasgehäuse, in dem die Waffe lag.

Dann jedoch setzte ihr Herzschlag aus. Etwas stimmte nicht. Der Dolch sah … anders aus als sonst. Als wäre er unmerklich verblasst. Und etwas Weißes, Flaches lugte unter dem Griff hervor, etwas, was am Abend vorher noch nicht da gewesen war, das wusste sie genau.

Hastig lief sie zur Vitrine und drängte sich sogar vor einen der Besucher, der versuchte, sich das Prachtstück der Sammlung aus der Nähe anzusehen.

Genau wie am Abend zuvor auf ihrem Schreibtisch lag statt des echten Jadedolchs in der Vitrine die gläserne Kopie.

4

Sie taumelte einen Schritt zurück, widerstand dem Drang, wenigstens dem Führer etwas von ihrer Entdeckung zu sagen und lief eilig die Treppe hinauf ins Foyer.

Sobald sie das helle Tageslicht erreichte, blieb sie stehen und überlegte, wie am besten vorzugehen war. Wenn sie direkt die Behörden informierte, wäre Ivar Gregor, der Verwaltungschef, garantiert außer sich vor Zorn.

Schließlich war sie nur die Direktorin. Ivar führte das Museum wie ein General seine Armee. Er stellte Leute ein, setzte sie auf die Straße, sorgte dafür, dass die verschiedenen Teams – ob Lieferanten, Transporteure oder Wächter – ihre Arbeit machten, war, kurz gesagt, in allen Dingen der oberste Boss.

Und Anna war sich der Tatsache bewusst, dass sie über ihn nicht nur zusätzliche Leute und Finanzmittel bekam, sondern dass er ihr auch gerne mit der Begründung, eines ihrer Projekte wäre nicht praktikabel oder schlicht zu teuer, den Wind aus den Segeln nahm.

Bisher hatte die Pocal-Ausstellung sein Wohlwollen genossen, doch das könnte sich schlagartig ändern.

Sie musste es ihm als Erstem sagen. Sie versenkte die Hände in die Taschen ihrer Hose und hastete auf der Suche nach Ivar durch den Verwaltungstrakt. Zu beiden Seiten des Ganges fanden sich Büros, in denen Menschen mit all der Papierarbeit von Importgenehmigungen über Bestellungen bis hin zu den Gehaltsabrechnungen für die Angestellten beschäftigt waren.

Seit ihrer Ankunft vor zwei Jahren hatte sich sehr vieles verändert. Damals hatte das Museum aus kaum mehr als ein paar staubigen Räumen für die Lagerung von Gegenständen im hinteren Ende eines der Universitätshäuser bestanden. Dann war dieses Gebäude errichtet und die *Alcantara*-Ausstellung eröffnet worden, die zu Beginn aus ein paar Reihen von Schaukästen bestanden hatte, für die sich niemand außer ein paar Studenten und ihren Professoren ernsthaft interessierte.

Das alles jedoch hatte sich geändert, als sie beschlossen hatten, die Pocal-Ausstellung zu wagen und zu sehen, ob sie, statt sich weiter auf die bescheidenen Gelder der Universität und anderer Spender zu verlassen, nicht selbst etwas dazuverdienen könnten.

Seither spielten sie in einer gänzlich anderen Liga, und es hatte gewirkt, als wäre Ivar zusammen mit dem Museum gewachsen. Gleichzeitig war er ziemlich wichtigtuerisch geworden, schwierig oder, wie Nancy sagen würde, ein arrogantes Arschloch.

Ivars Büro lag ganz am Ende. Es war das einzige Zimmer auf dem gesamten Flur, von dem aus man dank zweier Fenster Kontakt zur Außenwelt bekam. Er saß hinter der von der Decke bis in Hüfthöhe herabreichenden Flurscheibe an einem alten Mahagonischreibtisch, den er für prestigeträchtiger hielt als die schlichten Sperrholztische des übrigen Personals.

Hinter ihm bot sich die Aussicht auf den Campus: Bäume, Rasen, ein paar Wege. Allerdings lag das Museum entfernt von den meisten Unterrichtsgebäuden an einer ziemlich isolierten Stelle, sodass man nicht viele Studenten auf den sonnenhellen Rasenflächen entdeckte.

Anna klopfte. Ihre Kehle war wie zugeschnürt, nicht, weil sie gleich Ivar gegenübertreten musste, sondern weil der Jadedolch verschwunden war. Innerhalb weniger Stunden war sie erst in ungeahnte Höhen aufgestiegen und nun tiefer gesunken als jemals zuvor. Ihre Zukunft stand auf dem Spiel. Irgendwo in ihrem tiefsten Innern war ihr klar, dass der Diebstahl des Dolches gegen sie gerichtet war.

Ivar, der gerade telefonierte, winkte sie zu sich herein und bedeutete ihr, sich zu setzen. Er war ein untersetzter, fast kahlköpfiger Mann von zirka sechzig, der nur selten lachte. So, wie er sie gerade anstrahlte, schien sie glatt momentan so etwas wie sein Lieblingskind zu sein. Nun, das würde sich gleich abrupt ändern. Sie wartete, bis er den Hörer seines Telefons schwungvoll auf die Gabel fallen ließ.

»Fantastisch«, sagte er. »Meg Allbritten ist von der Berichterstattung in den Medien absolut begeistert.« Allbritten war die Präsidentin der Universität, eine wirklich charmante, reizende Person. »Sie sagt, sie ziehen die Einführung eines Programms in Erwägung, um anderen Universitätsmuseen zu zeigen, wie uns mit einem derart knapp bemessenen Budget die Initiierung einer solchen Ausstellung gelungen ist.«

»Wir hatten jede Menge freiwilliger Helfer.«

»Tja, nun«, gab er, wenn auch ein wenig widerstrebend, zu. »Wir haben eben die Theorie in manchen Fächern um den praktischen Unterricht erweitert. Eine fantastische Idee.«

Nicht sie gemeinsam, sondern Anna hatte diese Idee gehabt, doch zurzeit hatte sie ein größeres Problem. »Super, Ivar«, antwortete sie knapp, doch ihr Mangel an Enthusiasmus war ihr deutlich anzuhören. »Aber wir haben ein ernstes Problem.«

»Wie ernst kann das schon sein? Es läuft doch alles wie eine gut geölte Maschine.«

Es tat ihr fast Leid, seine ungewöhnlich gute Laune ruinieren zu müssen. »Ivar, begreifen Sie bitte. Sie müssen die Polizei verständigen.«

Er musterte sie verwundert. »Hat jemand was kaputt gemacht?«

»Nein. Schlimmer. Jemand hat den Dolch gestohlen.«

Es war nahezu beeindruckend, mit ansehen zu müssen, wie ihr Boss erbleichte. Er bekam weder einen roten Kopf noch begann er Feuer zu speien wie gewöhnlich, wenn er wütend war. Ein paar Sekunden war er vor Entsetzen stumm, erklärte dann jedoch fast flehentlich: »Sie machen einen Witz.«

»Nein, mache ich nicht. Er wurde gestohlen. Wir müssen die Polizei anrufen und dann müssen wir die Grabkammer absperren, bevor alle Spuren dort verwischt sind.«

»Die Grabkammer absperren?«, plapperte er entgeistert nach. Noch während sie überlegte, ob ein unter Schock stehender Mensch zu einem kompletten Idioten werden konnte, griff er jedoch nach dem Telefonhörer. »Ich werde mich darum kümmern. Erst verständige ich die Polizei und das Sicherheitsunternehmen, und dann lasse ich das Museum schließen.«

Er wählte eine Nummer, sah sie, während er auf die Verbindung wartete, traurig an und erklärte: »Tut mir echt Leid, Anna. Das hier hätte für uns beide fantastisch werden können.«

Während die Museumswächter die Gäste aus der Kammer führten und zwecks Rückerstattung ihrer Eintrittsgelder höflich an die Ticketverkäufer verwiesen, kehrte Anna zurück in ihr eigenes Büro, drehte den Stuhl zum Fenster und starrte hinaus in den herrlichen Apriltag.

Sie wusste genau, was Ivar mit den Sätzen hatte zum

Ausdruck bringen wollen, und ihr Magen verkrampfte sich. Vor zwei Jahren, unmittelbar vor Öffnung des neuen Gebäudes und kurz bevor sie ihre Stelle als Assistentin angetreten hatte, hatte sich jemand in der allgemeinen Verwirrung während des Umzugs eingeschlichen und eine kostbare Goldmaske, die von Bord des versunkenen Schiffes geborgen worden war, gestohlen. Die Maske war ein Einzelstück gewesen, Kultgegenstand eines beinahe unbekannten Stammes, der längst ausgestorben war.

Sowohl die Universität als auch die Leitung des Museums hatten sich wegen der mangelhaften Sicherheitsvorkehrungen schwere Vorwürfe machen lassen müssen. Auch damals hatte Ivar die Leitung des Betriebes inne gehabt.

Und nun war es, trotz allergrößter Schutzmaßnahmen, tatsächlich noch einmal zu einem Raub gekommen. Ivar könnte durchaus seinen Job verlieren. Und Anna … nun, auch Anna fände sicher lange Zeit keine neue Stelle.

Der Gedanke, dass alles, wofür sie so hart geschuftet hatte, von irgendeinem Schurken torpediert worden war, rief Übelkeit in ihr wach.

Jedoch war diese Übelkeit geringer als die, die sie bei dem Gedanken an den Verlust des Dolchs empfand. Der Gegenstand war unbezahlbar, er war das Erbe einer ausgestorbenen Zivilisation.

O Gott, was, wenn der Dieb noch andere Dinge gestohlen hatte? Sie hatte bisher noch nicht einmal daran gedacht, das zu überprüfen.

Nur wenig stach den Menschen so ins Auge wie der Schimmer echten Goldes, und trotzdem bezahlte ein skrupelloser Sammler sicher ein kleines Vermögen für fast jedes der ausgestellten Stücke. Für einen der Tontöpfe, für eine der Textilien, für das für kleine Hände aus Stein gehauene Spielzeug ….

Ihr Herz begann zu pochen, und ihr Magen revoltierte, als sause sie in einem schnellen Fahrstuhl aus großer Höhe Richtung Erde. Was, wenn auch andere Dinge fehlten?

Und wie würden sie dem mexikanischen Museum, von dem sie die Ausstellungsstücke entliehen hatten, das Verschwinden des unersetzlichen Dolches erklären? Sicher würde es Jahre dauern, bis ein anderes Museum auch nur in Erwägung ziehen würde, ihr Haus mit der Zur-Schau-Stellung solcher Artefakte zu betrauen.

Ivar hatte Recht. Selbst wenn sie ihre Jobs behielten, wären sie beruflich ruiniert.

Nicht, dass einer von ihnen für die Sicherheit verantwortlich gewesen wäre. Das war Dinah Hudson von Hi-Security. Ihre Firma war alles andere als begeistert. Sie hatten ein hochmodernes Überwachungssystem für die Ausstellung installiert, und nirgends hatte es auch nur gepiepst, als das Wertvollste entwendet worden war.

Ihre einzige Hoffnung bestand darin, dass die Polizei den Einbrecher im Handumdrehen fand.

Der Sicherheitsdienst des Campus benachrichtigte umgehend die Polizei in Tampa, die eilig ein paar Wagen zum Museum schickte und dann die Sache an Clarence Tebbins weitergab.

Sofort wogte Erregung in ihm auf. Er hatte gewusst, dass noch etwas im Museum passieren würde, und der nachgemachte Dolch wies auf einen Meister seines Faches hin. Die meisten Kriminellen waren derart dämlich, dass er seine Arbeit häufig als sterbenslangweilig empfand. Ein Spezialist wie dieser jedoch, der sich die Mühe machte, einen Dolch zu kopieren und ihn, bevor er ihn gegen die echte Waffe tauschte, offen aller Welt zeigte… Nun, das war ganz nach seinem Geschmack.

»Brauchst du mich?«, fragte sein Partner Vance Newman, eine unauffällige Erscheinung und, wenn auch nicht so genial wie Tebbins, ein durchaus passabler Polizist. Die beiden waren einander nicht unbedingt gewogen. Newman fand Tebbins schlicht und einfach seltsam, und Tebbins hasste es, wenn Newman Tebbie zu ihm sagte.

Doch er hatte gelernt, nichts darauf zu erwidern. Seit dem dritten Schuljahr wurde er häufig so genannt, und irgendwann war ihm bewusst geworden, dass sein Leben umso schwerer wurde, je öfter er Einspruch gegen diesen Spitznamen erhob. Also schluckte er lediglich, wenn jemand ihn so nannte. Außerdem war es immer noch besser, als mit Clarence angesprochen zu werden.

Trotzdem war er sich beinahe sicher, dass Newman inzwischen wusste, wie verhasst ihm ›Tebbie‹ war. Dass er den Namen weiterhin benutzte, sprach gegen seinen Charakter.

»Wahrscheinlich nicht«, sagte er zu Newman. »Zumindest nicht sofort. Geh du weiter der Sache Burley nach.«

»Gut.« Newman wirkte erleichtert.

Tja, dachte Tebbins auf dem Weg zum Parkplatz. Wenn er selber auch nur halb bei Sinnen war, würde er den Fall ebenfalls nicht wollen. Die ausgestellten Stücke waren aus Mexiko geliehen. Das hieß, die Medien würden sich auf diesen Diebstahl stürzen, und vielleicht mischten sich sogar die Diplomaten in die Ermittlungen ein. Wovon Newman natürlich keine Ahnung hatte. Der Mann war ein Banause. Seine Entscheidung, nichts mit dem Fall zu tun haben zu wollen, bewies nicht seine Vernunft, sondern seine Ignoranz. Der Diebstahl eines alten Artefakts klang vermutlich langweilig für ihn.

Aber, dachte Tebbins mit einem gewissen Stolz, auch wenn er eventuell nicht ganz bei Sinnen war, war er ganz einfach *gut*.

Das bildete er sich nicht nur ein. Er hatte mehr Fälle gelöst als irgendjemand sonst in seiner Abteilung. Er hatte mehr Verurteilungen erzielt. Das wusste er, und das wussten auch die anderen. Außer seinem Vorgesetzten.

Aber er war nicht nur mit einem wachen Verstand gesegnet, sondern auch mit einem ausgeprägten Ego. Also machte ihm die Nichtachtung seines Chefs nichts aus.

Am Museum angekommen, stieg er über die Absperrung, nickte den ihm bekannten Polizisten zu und schrieb sich in die Liste derer ein, die das Haus betraten. Sicherheitsbeamte der Universität, Museumsangestellte und – wer hätte das schon sagen können? – möglicherweise sogar noch ein paar Besucher liefen kreuz und quer durch das Foyer.

»Sie sind alle ziemlich durcheinander«, erklärte Wes Weathers. Er war ein mittelgroßer Mann mit schütteren Haaren und einem seidigen braunen Schnauzbart, und er blickte freundlich auf Tebbins hinab. Wes war ein guter Polizist und hatte bestimmt alles unter Kontrolle. »Am besten, ich schicke sie alle zurück in ihre Büros.«

»Ja. Dadurch wird alles etwas übersichtlicher. Hat die Spurensicherung schon mit der Arbeit angefangen?«

»Sie sind unterwegs. Müssten in zirka zehn Minuten hier sein.«

»Okay. Diejenigen, die keine Büros hier im Gebäude haben, sollten sich am besten auf die Bänke setzen.«

»Gut.«

»Also, was genau ist vorgefallen?«

»Jemandem ist es gelungen, einen Jadedolch in einem vakuumversiegelten Glaskasten gegen eine Kopie zu tauschen, ohne dass es irgendwo Alarm gegeben hat.«

»Sonst noch was?«

»Sonst scheint nichts zu fehlen.«

»Seltsamer Diebstahl. Hier muss es von wertvollen Stücken doch nur so wimmeln. Wie viele Leute haben heute Morgen die Ausstellung besucht?«

»Jede Menge. Die verkauften Eintrittskarten werden noch gezählt.«

»Danke.« Tebbins bedachte Wes mit einem Lächeln und machte sich auf den Weg zu Anna Lundgrens Büro. Sie war ihm tatkräftig erschienen, und er war ein wenig überrascht, weil sie nicht hier im Foyer war, um zu prüfen, ob alles nach ihren Anordnungen lief. Allerdings stand ein offiziell wirkender Typ in der Nähe der Kartenschalter, sagte etwas zu den Verkäufern und rang dabei die Hände.

Tebbins wandte sich noch mal an Weathers. »Wer ist der Kerl neben dem Kartenschalter?«

»Ivar Gregor, der Verwaltungschef des Ladens. Er kriegt gerade einen Anfall.«

»Schön, dass er, nachdem ihm was geklaut wurde, jetzt zumindest *etwas* kriegt.«

Weathers prustete leise.

Wie erwartet fand Tebbins Anna in ihrem Büro. Sie saß mit dem Rücken zur Tür und starrte anscheinend durchs Fenster auf die Palmen, deren Wedel sich behäbig vor dem strahlend blauen Himmel wiegten.

»Guten Morgen, Ms. Lundgren.«

Sie richtete sich auf und fuhr zu ihm herum. »Oh. *Sie.*«

Tebbins bedachte sie mit einem Lächeln und betrat den Raum. »Wie ich hörte, haben wir ein Problem.«

»Dieses Museum hat ganz sicher ein Problem.« Sie war erschreckend bleich.

»Dann wurde also der Dolch durch die Kopie ersetzt, die Sie mir gestern Abend gezeigt haben?«

Sie nickte. »Mein Gott, es ist einfach entsetzlich.«

»Fehlt sonst noch irgendetwas? Haben Sie die übrigen Bestände sorgfältig geprüft?«

»Ich bin heute Morgen durch die Ausstellung gegangen, bevor mir der Glasdolch aufgefallen ist. Ich bin mir nicht ganz sicher, aber ich glaube, sonst hat nichts gefehlt.«

»Warum vergewissern wir uns nicht, bevor die Spurensicherung uns alle nach Sibirien verbannt.«

Sie quittierte die Bemerkung mit einem schmalen Lächeln. »Eigentlich klingt Sibirien gar nicht so verkehrt. Dort ist es zumindest kalt.«

»Tja, ich gebe zu, es wäre etwas erfrischender als hier. Allerdings muss ich gestehen, dass mir die Wärme bei uns eindeutig lieber ist.«

»Mir nicht. Ich bin aus Minnesota.«

Er tat, als würde er erschaudern. »Vielen Dank. Ich habe einmal den Fehler gemacht, zur Polizei nach Syracuse zu gehen. Alles, woran ich mich erinnern kann, ist der Alptraum, ständig Schnee schaufeln und auch noch darauf Auto fahren zu müssen. Und was das Allerschlimmste war: In der ganzen Zeit dort oben war mir nicht ein einziges Mal wirklich warm.«

Wieder lächelte sie kurz. »Man gewöhnt sich an die Kälte.«

»Und man gewöhnt sich an die Wärme. Eigentlich ist es hier nämlich sehr schön.«

Sie stand auf, und gemeinsam verließen sie den Raum. »Wenn man von den Wirbelstürmen, den Gewittern, den riesigen Spinnen und der Dürre absieht.«

Jetzt war er derjenige, der grinste. »Abgesehen von den Wirbelstürmen und Gewittern ist es hier tatsächlich trockener als viele denken.«

Als sie die Eingangstür der Ausstellung erreichten, fragte sie den Polizisten: »Haben Sie keine Sorge, dass wir vielleicht irgendwelche Spuren des Einbrechers verwischen?«

»Meines Wissens nach sind heute bereits jede Menge Leute in der Ausstellung gewesen.«

»Ja.« Sie sah ihm ins Gesicht. »Dann sind Ihrer Meinung nach also mögliche Spuren sowieso längst verwischt?«

»Vielleicht nicht alle. Trotzdem werden wir jetzt durch die Räume gehen wie bereits Dutzende von Menschen vor uns und wie es, falls ich es so sagen darf, von unserem Dieb wahrscheinlich auch geplant war.«

Die angeknipsten Deckenlampen beraubten die Ausstellung ihres geheimnisvollen Flairs und machten überdeutlich, dass man sich nicht auf einem echten Dschungelpfad befand. Die Kulissen und Pflanzen wirkten nicht nur künstlich, sondern teilweise sogar schäbig, und die gläsernen Vitrinen mit den ausgestellten Stücken ragten wie wunde Daumen aus dem gefiederten Plastikgebüsch.

Anna spähte in die Kästen und schüttelte jedes Mal den Kopf.

»Ist die Alarmanlage eingeschaltet?«

»In den Vitrinen bestimmt. Momentan sind viel zu viele Menschen in den Räumen, um sie ausschalten zu können. Hat Ihnen die Ausstellung gefallen, Mr. Tebbins?«

»Sogar sehr.«

»Wissen Sie etwas über die Mayas?«

»Leider viel zu wenig.« Vor der reich verzierten Steinfigur eines Mannes, die mindestens doppelt so hoch war wie er selbst, machte er kurz Halt. Auf dem nach links gedrehten Kopf trug der Mann einen Federschmuck und in den Händen hielt er ein fremdartiges Werkzeug. »Sehr stilisiert.«

»Das waren die meisten Kunstwerke der Mayas. Ordnung scheint ihnen sehr wichtig gewesen zu sein.« Sie zeigte auf ein paar kleine viereckige, an den Ecken abgerundete Platten, auf denen man teils Bilder, teils eine Ansammlung von Linien sah.

»Das war ihre Schrift«, erklärte sie dem Polizisten. »Sehen Sie? Alles hat eine bestimmte Form und Größe, und jede der Platten ist zur Gänze ausgefüllt. Sie waren sehr gewissenhaft und präzise. Aber schließlich sollen sie ja auch hochbegabte Astronomen und Mathematiker gewesen sein.«

Er betrachtete die Symbole interessiert.

»Verraten Sie es niemandem, aber ich sehe große Ähnlichkeit mit der Kunst und der Architektur der alten Ägypter.«

Er sah sie fragend an. »Weshalb darf man so etwas nicht denken?«

»Sagen wir einfach, dass es den meisten Archäologen sauer aufstößt.«

»Meinetwegen sollen sie ruhig Sodbrennen bekommen.« Es freute ihn, als sie leise gluckste. Ihre anfängliche Aufregung schien sich etwas zu legen, und das hieß, dass ihre Aussagen sachlich und informativ werden würden. »Das Ding muss doch ein paar Tonnen wiegen.«

»Das Original bestimmt. Das hier ist eine Kopie, die in einer anhand des Originals hergestellten Form gegossen worden ist. Mit Plastik umhüllter Schaum. Leichter zu verschiffen und weniger zerbrechlich.«

Die Erkenntnis, dass die Säule nicht echt war, empfand er als enttäuschend. Was, da er wusste, dass es sich bei vielen der ausgestellten Stücke um Kopien handelte, eigenartig war. »Weshalb verwenden Sie so viele Kopien?«

»Viele Gegenstände sind einfach zu porös, um sie zu transportieren. Oder aber so einzigartig und außergewöhnlich, dass niemand das Risiko ihres Verlusts eingehen möchte. Unglücklicherweise scheinen wir ein Beispiel dafür abzugeben, dass diese Furcht nicht unbegründet ist.«

In der Überzeugung, es wäre diplomatischer, auf diesen Satz zu schweigen, setzte er sich wieder in Bewegung, und sie folgte ihm.

Während sie weiter den Inhalt der Vitrinen inspizierte, fragte sie: »Leiten Sie die Ermittlungen in diesem Fall?«

»Derzeit ja.«

Sie musterte ihn verwundert. »Weshalb sollte sich das ändern?«

»Oh, man weiß nie, ob vielleicht jemand Höheres sich einer Sache annimmt. Haben Sie das mexikanische Museum über den Diebstahl informiert?«

»Noch nicht. Wir werden die Sache allerdings nicht lange für uns behalten können. Morgen wird jemand aus Mexiko hier in Tampa erwartet.«

Er nickte, obgleich er dachte, dass dadurch alles nur noch komplizierter werden würde. Als Nächstes mischte sich aus Sorge um die guten Beziehungen zum Nachbarland garantiert jemand vom Außenministerium ein.

Vorerst verdrängte er diesen Gedanken und konzentrierte sich auf das, was ihm am Leben den größten Spaß bereitete: ein Geheimnis.

Am Ende des Pfades meinte Anna, es wäre alles vorhanden, und auch bei der Prüfung der Artefakte in der inzwischen hell erleuchteten Kammer kam sie zu diesem Schluss.

»Er hat einzig den Dolch gestohlen.«

»Interessant. Es muss doch auch noch andere wertvolle Stücke hier in diesen Räumen geben.«

Sie wirkte überrascht. »Natürlich. Wir haben Gegenstände aus Gold und Silber. Für die Töpferwaren und die Stoffe bekäme man ebenfalls eine hübsche Stange Geld.«

»Weshalb also hat er nur den Dolch mitgehen lassen? Was ist daran so besonders?«

»Tja, er ist in einem besonders guten Zustand, und außerdem stammt er aus dem Grab eines alten Königs. Damit kann man ihn für das wertvollste Stück halten.«

»Ja, aber das habe ich mit meiner Frage nicht gemeint. Wenn andere Stücke fast ebenso wertvoll sind, weshalb hat der Dieb sich nicht eifriger bedient? Was ist an dem Dolch, abgesehen von seinem materiellen Wert, Besonderes?«

»Er ist einzigartig.«

»Okay. Gibt es hier noch etwas anderes, was einzigartig ist?«

»Eine ganze Menge.« Sie runzelte nachdenklich die Stirn. »Ich verstehe, was Sie meinen.«

»Was also könnte es sonst sein, was den Dolch zu etwas ganz Besonderem macht?«

Sie ballte die Fäuste an den Seiten und erklärte mit vor Widerstreben heiserer Stimme: »Auf dem Dolch lastet ein Fluch.«

5

Die Stille, die sich nach Annas letzten Worten über die Grabkammer senkte, hing geradezu eisig in der Luft. Tebbins prüfte im Geiste die Bedeutung dieses Satzes, und heißes Jagdfieber packte ihn. Natürlich hatte er am Vorabend im Ausstellungsprospekt von dem Fluch gelesen, ihn bisher jedoch nicht als mögliches Motiv für den Diebstahl in Betracht gezogen.

Plötzlich fühlte er sich wie Sherlock Holmes.

Er öffnete den Mund, um eine genauere Erklärung von Anna zu erbitten, doch in dieser Sekunde kamen die Leute von der Spurensicherung herein, um die er sich sofort kümmern musste.

»In diesem Raum«, setzte er an, »sind heute Morgen bereits Dutzende von Leuten rumgelaufen. Und bis wir bereit sind, den Schaukasten zu öffnen, gibt es für euch hier drinnen nicht allzu viel zu tun. Aber konzentriert euch bitte trotzdem auf den Kasten und seine unmittelbare Umgebung.«

Drei Minuten später waren sie wieder in Annas Büro. Er merkte, dass sie direkt auf ihren Stuhl zustrebte und sich hinter ihrem Tisch vor ihm verschanzte. Um ihr nicht das Gefühl zu geben, als würde sie von ihm bedroht, nahm er, statt weiter stehen zu bleiben, ihr gegenüber Platz. Weshalb war diese Frau so unsicher? Fürchtete sie sich eventuell tatsächlich vor dem Fluch? Er speicherte diese interessante Überlegung, um sie später gründlich zu durchdenken.

»Erzählen Sie mir von dem Fluch«, bat er sie mit ruhiger Stimme.

Sie presste die Lippen aufeinander. »Sie wissen bereits darüber Bescheid. Schließlich wurde gestern Abend ausführlich darüber gesprochen.«

Er schüttelte den Kopf. »Das war eine eher oberflächliche Erklärung. Mich interessiert, was *Sie* darüber wissen, also das, was nicht in der öffentlichen Präsentation enthalten war.«

Seufzend beugte sie sich vor, stützte die Ellenbogen auf den Schreibtisch und spielte mit einer Büroklammer. »Da gibt es nicht viel zu erzählen. Wirklich. Einer Legende der Mayas zufolge werden diejenigen, die das Grab von Pocal schänden, vom Jaguargott getötet.«

»Was ist mit dem Dolch?«

»Ihn umrankt ebenfalls ein Mythos. Anscheinend haben die Einheimischen die Archäologen davor gewarnt, den in dem Sarkophag befindlichen Dolch mit dem Jaguarkopf auch nur zu berühren. Sie haben gesagt, ihre Väter hätten ihnen erklärt, dass jeder, der dieses Artefakt berührt, bis ins zweite Glied verflucht ist und in den Klauen des Jaguars durch Feuer umkommt. Des Weiteren hat jemand der Legende nach vor vielen Jahren versucht, das Grab zu plündern und verbrannte kurz darauf in einer Feuersäule, die plötzlich aus der Erde brach. Aus diesem Grund scheinen sich die Einheimischen extra die Mühe gemacht zu haben, den Dolch an den Platz zurückzubringen, von dem er gestohlen worden war.«

»Hübsch«, bemerkte Tebbins. »Gab es diese Legende schon, bevor die Archäologen den Dolch gefunden haben, oder wurde sie erst im Nachhinein erzählt?«

»Schon vorher. Zumindest ist es das, was ich gehört habe. Aber wer kann so was mit Bestimmtheit sagen?«

»Die Archäologen.«

Sie schüttelte den Kopf. »Sie sind tot. Zwei von ihnen kamen bei einem Erdbeben in der Region ums Leben, und der Dritte starb ein paar Monate später bei einem Autounfall.«

Tebbins zog die Brauen in die Höhe. Die Sache wurde immer interessanter. »Wie in aller Welt ist dann jemand in den Besitz des Dolchs gekommen?«

»Er war bereits zusammen mit einer Reihe anderer Artefakte aus der Grabkammer genommen worden.«

»Aber seither ist niemand mehr wegen dieses Dolchs gestorben«, spekulierte Tebbins. »Dann hat der Fluch seine Wirkung offenbar verloren.«

Seufzend warf Anna die Büroklammer zurück auf den Schreibtisch. »Ich weiß nicht.«

»Warum nicht?«

»Das Museum in Mexiko hat es niemandem gestattet, den Dolch jemals zu berühren. Sie sagen, dieses Verbot wurde aus Respekt vor dem Glauben der Indios verhängt. Womöglich aber wurden sie auch durch das Erdbeben und das anschließende Feuer, das unmittelbar nach der Entdeckung der Grabkammer in der Gegend ausgebrochen ist, zu dieser Maßnahme bewogen.«

Tebbins lächelte kurz. Er war zwar nüchtern und intelligent, aber er konnte die Reaktionen anderer Menschen auf derartige Vorkommnisse verstehen. »Eine wirklich gute Geschichte. Dann hat es also kurz nach der Öffnung des Grabes und der Entfernung des Dolches ein Erdbeben gegeben. Wie viele Menschen kamen dabei ums Leben? Ein paar Hundert?«

Sie überraschte ihn, indem sie aufstand, ihm den Rücken zuwandte und aus dem Fenster blickte.

»Es war noch schlimmer«, antwortete sie.

Er wartete einen Moment, doch sie schien nichts hinzufügen zu wollen. »Tja, also der Teil der Legende, demzufolge auch die zweite Generation verflucht ist, wirft eventuell ein völlig neues Licht auf diesen Diebstahl.«

»Das bezweifle ich«, widersprach sie ihm entschieden.

»Wer war heute Nacht alles als Wache eingeteilt?«

Sie zuckte mit den Schultern. »Das weiß ich nicht genau. Da müssen Sie Ivar fragen. Er kümmert sich um diese Dinge.«

»In Ordnung. Ich nehme an, dass er ebenfalls für die Zusammenarbeit mit den Leuten des Sicherheitsunternehmens zuständig ist?«

»Ja. Ich bin nur die Direktorin. Ich kümmere mich um die Ausstellungen und darum, wie alles präsentiert wird.«

Er schaute auf ihren Rücken und fragte sich, welches Geheimnis sie vor ihm verbarg. Sie hatte Zugang zu den Artefakten, sie hatte den falschen Dolch gefunden, von ihrem Schreibtisch war er wie durch Zauberhand verschwunden…

Er unterdrückte einen Seufzer und setzte sie im Geiste ganz oben auf die Liste der möglichen Verdächtigen.

Gil Garcia war noch im Haus des Toten, überwachte die Arbeit der Spurensicherung und machte hin und wieder einen Vorschlag, wie am besten vorzugehen war. Beispielsweise meinte er – als wären die Leute nicht von selbst darauf gekommen –, man könnte die Fenster auf Spuren eines Einbruchs untersuchen. Etwas Besseres fiel ihm zurzeit einfach nicht ein. Irgendwie kam er sich total überflüssig vor.

Himmel, dachte er, nirgends wurde irgendetwas sichtbar. Es gab keinerlei Spuren eines Kampfes. Kein Zeichen für Drogenmißbrauch, außer dem, worauf er bereits im

Wohnzimmer gestoßen war. Nirgends gab es eine umgeworfene Lampe, ein schief hängendes Bild, ein Sofakissen an der falschen Stelle. Die Nachbarn hatten nichts gehört und nichts gesehen. Kein Fenster war eingeschlagen, keins der Schlösser wies auch nur den kleinsten Kratzer eines Einbruchs auf…

Super. Widerwillig kam er zu dem Schluss, dass es für ihn nichts mehr zu tun gab und dass er besser auf die Wache führe und sich dort ausführlich mit Carole Efrem unterhielt. Es war erstaunlich, wie oft Menschen etwas Wichtiges wussten, ohne dass es ihnen – bis man sie vorsichtig befragte – zu Bewusstsein kam. Im Moment wirkte sie wie die einzig verfügbare Spur.

Mißmutig wandte er sich zur Tür, und in derselben Minute begann das Telefon zu schrillen. Er zuckte herum, erwog, den Hörer abzuheben und nahm in Augenhöhe etwas wahr.

Der Türrahmen war ein wenig angesplittert, und ein paar grüne Fasern hatten sich im Holz verfangen. Grüne Fasern in derselben Farbe wie die Uniform des Toten, die in einem unordentlichen Haufen auf dem Boden des Kleiderschranks lag. Um von den Schultern der Jacke stammen zu können, hingen die abgelösten Fasern eindeutig zu hoch.

»He, Les«, rief er den Mann von der Spurensicherung zu sich heran, der gerade mit der Umgebung der Couch beschäftigt war.

»Ja?«

Unablässig klingelte das Telefon.

»Hier am Türrahmen hängen ein paar Fasern. Guck, ob sie zur Uniform des Toten passen.«

»Wird erledigt.«

Noch immer war das Läuten nicht verstummt. Ärgerlich

und neugierig – die meisten Anrufer gaben bereits viel früher auf – beschloss er, an den Apparat zu gehen. Der Polizist, der eigentlich für derartige Dinge zuständig war, war im Nebenraum verschwunden.

Ungeachtet des Fingerabdruckpulvers, das am gesamten Hörer klebte, hob er ihn an sein Ohr. »Hallo?«

»Hi, hier spricht Billie Sue vom Museum der Antike. Könnte ich wohl bitte mit Mr. Malacek sprechen?«

»Tut mir Leid«, antwortete Gil. »Das ist nicht möglich.«

»Könnte ich dann eine Nachricht für ihn hinterlassen? Es ist wirklich wichtig.«

»Das wird Ihnen nichts nutzen«, erwiderte Gil. »Mr. Malacek ist tot.«

»Was!?« Der Schock in der Stimme des Anrufers war nicht zu überhören. »Mann! Könnten Sie wohl bitte dran bleiben? Hier ist ein Polizeidetective, den das sicher interessiert.«

Zum ersten Mal an diesem Tag lächelte Gil breit. Ein Detective? Allmählich wurde die Sache spannend.

Ein paar Sekunden später drang eine etwas hohe Männerstimme an sein Ohr. »Hier ist Detective Clarence Tebbins von der Polizei in Tampa. Mit wem habe ich das Vergnügen?«

Das Vergnügen? Gott, was für ein Schleimer. Er war ernsthaft versucht, diese Frage mit einer rüden Antwort zu quittieren, aber wenn dieser Tebbins ein Arschloch war, reichte er sofort Beschwerde bei seinen Vorgesetzten ein. »Hier spricht Detective Gil Garcia«, begnügte er sich deshalb mit einer geschäftsmäßigen Antwort. »Von der Mordkommission in St. Pete.«

Er hatte das Vergnügen, eine Zeit lang nichts als Stille zu hören, während Tebbins die Information verdaute. Eins zu null für ihn.

Dann fragte Tebbins: »Mordkommission? Die Sache nimmt Gestalt an. Nun, Detective, sobald Sie mit der Untersuchung des Tatorts fertig sind, müssen wir miteinander reden.«

»Ich wüsste zu gern, warum.«

»Das glaube ich Ihnen gerne. Fürs Erste sollte es genügen, wenn ich sage, dass letzte Nacht, während Mr. Malacek seinen Dienst als Wachmann versehen hat, ein dreister Einbruch im Museum der Antike stattgefunden hat.«

»Aha«, meinte Gil, und sein Herz begann zu pochen. »Das ist eine gute Nachricht. Ich war bereits auf der Suche nach einer brauchbaren Spur.«

»Ebenso wie ich. Wo und wann?«

Gil lugte über seine Schulter. Der Pathologe hatte die Leiche bereits abtransportieren lassen, und die Spurensicherung war ebenfalls beinahe fertig.

»Ich muss noch Malaceks Freundin befragen«, erklärte er Tebbins. »Können Sie aus dem Museum weg?«

»Ich warte auf die Leute von der Wach- und Schließgesellschaft. Es ist wichtig, also fürchte ich, ich muss noch etwas bleiben. Aber ich würde gerne wissen, was die Freundin sagt.«

Gil hingegen wollte wissen, was gestohlen worden war. Wie groß die Sache war. Was Eddy Malacek das Leben gekostet haben mochte. Lauter bedeutungsvolle Fragen.

»Okay«, erklärte er deshalb. »Es ist wohl nicht erforderlich, alles gemeinsam anzugehen. Ich werde das Mädchen befragen. Wo werde ich Sie in zirka zwei Stunden finden?«

»Bestimmt noch hier im Museum. Ich glaube nicht, dass ich früh nach Hause kommen werde.«

»Eher lernen Schweine fliegen.«

»Oder Hähne vergessen bei Anbruch der Dämmerung zu krähen.«

Plötzlich dachte Gil an seinen Partner Seamus, mit dem er sich seit Jahren auf diese Weise unterhielt. »Ich wünschte, mein Partner wäre nicht gerade im Urlaub«, sagte er.

»Und ich bin froh, dass meiner nicht dabei ist«, kam die trockene Antwort. »Dann also in zwei Stunden hier?«

»Ich werde sehen, dass ich es bis dahin schaffe. Bis dann.«

Carole Efrem bescherte ihm keine weiteren Offenbarungen. Sie schniefte und heulte sich durch die Befragung und verbrauchte eine ganze Packung Kleenex, während sie das Bild zweier Studenten malte, die sich ihr Studium mit Nebenjobs verdienten, um eines Tages, wenn sie es sich hätten leisten können, zu heiraten. Studenten, die so wenig Geld besessen hatten, dass sie niemals die Klimaanlage in ihrem Häuschen eingeschaltet hatten, was hieß, dass die Bestimmung des genauen Todeszeitpunkts äußerst schwierig werden würde. Der Körper des Toten war noch warm gewesen, als Gil an den Fundort gekommen war. Doch im ganzen Haus hatte die Luft gestanden, und auch die ausgeschaltete Belüftung war, da sie dem Normalzustand entsprach, kein besonderer Hinweis.

Nach einstündiger Befragung hatte er nichts außer eine Liste von Malaceks engsten Freunden, die Carole zum Teil nur mit Vornamen bekannt gewesen waren. Trotzdem würde er sie früher oder später alle finden: Ein Freund würde ihn nämlich zum nächsten führen.

Trotz dieser dürftigen Ergebnisse war seine Hoffnungslosigkeit verflogen, als er auf der Interstate 275 über die Bucht in Richtung Universitätsgelände fuhr. Es hatte ein Einbruch stattgefunden, während Eddy im Dienst gewesen war. Das war schon mal ein glaubhaftes Motiv für einen Mord. Allmählich interessierte ihn sein neuer Fall.

Dann stolperten seine Gedanken plötzlich über Trina, und er fragte sich, was sie wohl gerade trieb. Er hätte zu Hause vorbeifahren sollen, doch hatte er schon beinahe die Howard-Franklin-Brücke erreicht. Jetzt noch einmal kehrtzumachen, kostete ihn mindestens vierzig Minuten. Also brach er mit seinem eigenen Grundsatz, während des Autofahrens nicht zu telefonieren, zog das Handy aus der Tasche und rief bei sich zu Hause an.

Nach mehrmaligem Klingeln schaltete sich der Anrufbeantworter ein.

Mist. Sie war nicht zu Hause. Wenn sie allein daheim war, hechtete sie aus lauter Furcht, den Anruf einer Freundin zu verpassen, spätestens beim zweiten Läuten an den Apparat. Wenn er da war, fragte sie ihn allerdings stets höflich, ob er dran gehen wolle. Und wenn sie unterwegs war, schaltete sie den Anrufbeantworter ein.

Verdammt. Er warf das Handy neben sich auf den Sitz. Er ginge jede Wette ein, dass sie mit diesem Typen an den Strand gefahren war. Sie wollte effektiv nicht verstehen, weshalb es ihm Probleme bereitete, wenn ein fünfzehnjähriges Mädchen mit einem sechzehnjährigen Jungen im Auto durch die Gegend gondelte. Darin berücksichtigt war noch nicht die Tatsache, dass zwar die wenigsten Jungen in dem Alter auf ihn sympathisch wirkten, dass er diesen speziellen Typen jedoch, gelinde gesagt, für einen besonderen Unsympathen hielt. Hinzu kam, dass er kaum Fahrpraxis hatte und dass die Autofahrer in Florida im Durchschnitt deutlich gefährlicher waren als irgendwo sonst auf der Welt.

Entweder hatte man es mit alten Leuten zu tun, die zwar im Schneckentempo fuhren, dafür aber häufig nicht mehr klar sahen. Oder mit aggressiven Fahrern, die es persönlich nahmen, wenn jemand vor ihnen herschlich und sie daran hinderte, mit hundertzwanzig durch eine Siebziger-Zone zu brettern. Oder mit Leuten, die im Zickzack fuhren, einen regelmäßig schnitten, einen nicht die Fahrspur wechseln ließen und einem, wenn man mal bremsen musste, regelrecht im Kofferraum saßen …

Die Liste der schlechten Fahrer war endlos. Er nahm an, dass ein Teil dieses Problems darin begründet war, dass Menschen aus den verschiedensten Ländern ihren jeweils eigenen Fahrstil nach Florida importierten. Hauptsächlich jedoch war es wohl eine Frage mangelnder Höflichkeit und Geduld. Jeder zehnte auffällige Fahrer meinte, irgendeinen Ärger abreagieren zu müssen.

Und sie kutschierte mit einem blutigen Anfänger am Steuer zwischen all diesen Hornochsen herum.

Apropos … ein Benzinlaster drängte sich entschlossen vor ihn und zwang ihn damit, abrupt zu bremsen, wenn er nicht die Kühlerhaube seines Wagens einbüßen wollte. Zu schade, dass er sich außerhalb seines Zuständigkeitsbereichs befand. Die Strecke über die Howard-Franklin-Brücke erinnerte ihn oft an das Indy 500, bei dem jeder als Erster die Höchstgeschwindigkeit erreichen wollte.

Dreißig Minuten später bog er, selbst am Ende seiner Nerven, auf den Parkplatz des Museums der Antike. Die Umgebung des Gebäudes war mit gelben Bändern abgesperrt, und um Zutritt zu erlangen, zeigte er den Beamten seinen Ausweis.

Dann betrat er ein geräumiges, sich über zwei Etagen erstreckendes Foyer und bemerkte, wie viele Polizisten in dunkelblauen Uniformen durch die Gegend liefen. Anscheinend war hier tatsächlich ein großer Coup gelandet worden. Also war es nicht nur eine Schreibmaschine, die verschwunden war …

Einer der Beamten trat auf ihn zu, und abermals wies er sich aus. »Ich habe eine Verabredung mit Detective Tebbins.«

Einen Moment später führte man ihn in ein Büro, das augenscheinlich von der Polizei übernommen worden war. Detective Tebbins stand auf, um ihn höflich zu begrüßen, und Gils erster Gedanke bei seinem Anblick war: *O Gott.*

Nicht nur, dass Tebbins ungewöhnlich klein war: Gil war es mit seinem einen Meter fünfundachtzig gewohnt, auf die meisten Menschen herabzusehen. Tebbins maß höchstens einen Meter fünfundsechzig, doch es war weder seine Statur noch waren es seine winzigen Hände und Füße, die Gil derart überraschten.

Es war sein langer, schwarzer, zu beiden Seiten des Mundes steif gewachster Schnurrbart, es war die bunt karierte Fliege, es war der Anzug, der aussah, als hätte jemand ihn aus der Zeit von König Edward für die Nachwelt aufbewahrt. *Sherlock Holmes? Hercule Poirot?*

Gil hatte schon andere verrückte Cops getroffen, aber der hier... Andererseits konnte Tebbins nicht wirklich irre sein, wenn er noch nicht seines Postens enthoben worden war.

»Wie war die Fahrt?«, fragte Tebbins freundlich.

»Der Verkehr wird immer schlimmer. Selbst um diese Zeit, in der kaum Touristen da sind.«

»Das ist mir ebenfalls schon aufgefallen.« Tebbins musterte ihn durchdringend. »Nehmen Sie doch Platz. Dann haben Sie also die Leiche eines Mannes, den ich gern lebend angetroffen hätte.«

»So sieht's aus. Und was ist hier passiert?«

»Das wichtigste Ausstellungsstück wurde gestohlen.« Tebbins umrundete den Schreibtisch, setzte sich auf seinen Stuhl und legte nachdenklich die Fingerspitzen aneinander.

Gil setzte sich ihm gegenüber und kreuzte lässig seine Beine. »Was war das für ein Stück?«

»Ein Dolch aus Gold und Jade, dessen Griff mit einem Jaguarkopf verziert ist.« Er schlug einen schmalen Hefter auf und zog eine Broschüre daraus hervor. »Das hier ist der Ausstellungsprospekt. Das fehlende Stück ist darin abgebildet.«

Gil schlug die Broschüre auf und sofort fiel sein Blick auf den verschwundenen Dolch. »Hübsch. Sicher jede Menge wert.«

»Genau wie andere hier ausgestellte Dinge. Doch etwas anderes wurde nicht geraubt.«

Gil hob den Kopf und sah sein Gegenüber an. »Dann ist an der Sache irgendetwas faul. Irgendetwas stinkt.«

»Wie drei Tage alter Fisch.« Tebbins verzog den Mund zu einem schwachen Lächeln. »Vor allem wurde der Dolch durch eine Kopie ersetzt. Wenn die Spurensicherung mit ihrer Arbeit fertig ist und die Leute von der Sicherheitsfirma endlich hier erscheinen, werden wir den Kasten öffnen und sehen, was sich *unter* dem Dolch befindet. Sieht aus wie die Ecke eines Umschlags.«

Gil nickte. »War etwas an dem Stück besonders?«

Tebbins kratzte sich am Ohr. »Eine Sache schon. Auf dem Dolch lastet ein Fluch.«

»Ein Fluch«, wiederholte Gil. »Aber hallo. Wollen wir nur hoffen, dass die Presse nichts davon erfährt.«

»Das hat sie bereits. Der Fluch wurde vor der Ausstellungseröffnung zu Werbezwecken ausführlich erwähnt.«

Plötzlich konnte sich Gil erinnern. Plötzlich fiel ihm alles wieder ein. »Ah, jetzt weiß ich wieder. Als ich zum ersten Mal von der Ausstellung hörte, habe ich nicht besonders darauf geachtet. Aber ja, irgendwie war die Rede von etwas Unheimlichem, was mit den ausgestellten Gegenständen in Verbindung stand.« Er studierte nochmals das Foto. »Wer also hat das Ding geklaut? Hexen? Magier? Oder jemand, der lediglich ein Faible für alte Dolche hat?«

»Oder aber jemand, der seine Arbeit nicht zu Ende führen konnte.«

Gil schüttelte nachdenklich den Kopf. »Nein, das glaube ich nicht. Vor allem die Sache mit der Kopie klingt für mich, als hätte jemand sein Vorgehen sorgfältig geplant.«

Tebbins strahlte. »Genau. Wir haben es mit einem Genie, mit einem echten Meisterdieb zu tun.«

Gils Kopf fuhr in die Höhe, und er starrte Tebbins verdutzt an. *Mit einem Genie?* »Das können wir noch nicht sagen. Die meisten Kriminellen sind eher dämlich.«

»Stimmt. Was sie langweilig macht. Glauben Sie mir, hier haben wir es mit keinem Langeweiler zu tun. Was ist mit dem Wachmann? Malacek. Was ist mit ihm passiert?«

»Sieht auf den ersten Blick wie Tod durch Überdosis aus. Allerdings hat er sich als Linkshänder die Nadel in den linken Arm gerammt.«

Tebbins' Augen begannen zu leuchten. »So etwas nennt man Dummheit.«

»Wessen Dummheit? Die von Malacek oder die von seinem Mörder?«

»Natürlich die von seinem Mörder.« Tebbins zwirbelte sich ein Ende seines Schnurrbarts um den Finger. »Jetzt müssen wir uns also fragen, ob Malacek an dem Diebstahl beteiligt war und anschließend ermordet wurde, oder ob er ein unschuldiges Opfer ist.«

»Brillant beobachtet, Watson«, kam Gils trockener Kommentar.

»Nicht Watson. Der war ich im März. Jetzt, im April, bin ich Poirot, und was ich im nächsten Monat bin, weiß nur der liebe Gott. Außerdem sehen Sie – ich hoffe, Sie verzeihen mir diesen Einwand – nicht gerade aus wie Sherlock Holmes.«

Gil konnte der Versuchung einfach nicht widerstehen. »Ich dachte, der Vorhang wäre inzwischen gefallen.«

»Ich habe ihn noch einmal hochgezogen.«

Gil kamen gewisse Zweifel. In *Vorhang* hatte Agatha Christie Hercule Poirot zum Mörder werden lassen, der in der letzten Szene starb. Der letzte Satz des Buches lautete *Der Vorhang fällt.* Unbehaglich fragte er sich, wie weit Tebbins die Scharade gehen lassen wollte. Aber Tebbins wandte sich bereits dem nächsten Thema zu.

Er ließ das Schnurrbartende los und beugte sich nach vorn. »Ich nehme an, wir beide werden die Antworten auf unsere Fragen an derselben Stelle finden. Sollen wir also kooperieren?«

»Klar.« Obgleich die Aussicht darauf, mit einem Mann zusammenarbeiten zu müssen, der auf der Suche nach einem *Meisterdieb* womöglich die Dinge, die direkt vor seinen Augen – oder vor seinem Schnurrbart – lagen, einfach übersah, eher ein Gefühl von Furcht als Freude in ihm wachrief.

»Und was hatte die Freundin des Toten zu sagen?«, wollte Tebbins wissen.

»Sehr wenig. Er hat keine Drogen genommen, hat sie regelrecht verabscheut. Sie haben beide hart gearbeitet und wollten, wenn sie mit der Uni fertig gewesen wären, heiraten. Eine total normale Geschichte.«

»Was ist mit dem genauen Todeszeitpunkt?«

Gil schüttelte den Kopf. »Bisher gibt es noch nichts Offizielles. Die Leiche war noch warm, als ich dort ankam, aber da die beiden nie die Klimaanlage eingeschaltet hatten und sämtliche Fenster sorgfältig geschlossen waren, hatte die Morgensonne die Wohnung bereits ziemlich aufgeheizt. Vielleicht kann der Pathologe irgendwann etwas Genaues sagen, aber Sie wissen ja, wie diese Dinge laufen.« In der Regel konnte der genaue Todeszeitpunkt eines Menschen nur ermittelt werden, wenn man die Leiche innerhalb von ein paar Stunden fand.

Tebbins nickte und zwirbelte erneut an seinem Schnurrbart. »Tja, auf dem Film aus der Überwachungskamera des Museums ist zu sehen, dass seine Schicht um acht Uhr morgens endet. Wann wurde er gefunden?«

»Gegen neun Uhr dreißig.«

»Dann war er also um acht noch hier und um halb zehn bereits tot. Wunderbar.«

Gil zog eine Braue in die Höhe. »Wunderbar?«

»Natürlich! Ihnen fällt doch sicher auch auf, wie sorgfältig der Mörder seine Tat geplant hat. Der Wachmann …« Er blickte auf seine Notizen. »Malacek. Ich muss mir den Namen endlich merken. Wahrscheinlich hat dieser Malacek dem Dieb auf irgendeine Art geholfen, musste aber zum Schichtwechsel vor Ort und zu den richtigen Zeiten auf den Bändern der Überwachungskameras zu sehen sein. Also mussten sie warten, bis er heimfuhr und ihn töten, bevor seine Freundin dort erschien. Eine wirklich akribisch genaue Planung.«

Gil hatte das deutliche Gefühl, dass Tebbins etwas suchte, was es nicht geben konnte. »Nicht akribisch«, sagte er deshalb rüde. »Die Freundin war in Melbourne bei ihrem Vater und kam einen Tag früher als geplant zurück.«

Tebbins winkte ab. »Trotzdem zeugt sein Vorgehen von größter Akribie. Die Freundin hatte Glück, dass sie nicht gestern schon zurückgekommen ist. Oder heute ein paar Stunden früher.«

»Wie gesagt, von Akribie kann nicht die Rede sein«, wiederholte Gil. »Er hat sich nicht einmal die Mühe gemacht, in Erfahrung zu bringen, dass Malacek Linkshänder gewesen ist.«

Das nahm Tebbins einigen Wind aus seinen geblähten Segeln, und er runzelte die Stirn. »Stimmt.«

»Und das ist gut.«

Jetzt war die Reihe an Tebbins, die Brauen hochzuziehen. »Weshalb ist das gut?«

»Je mehr Fehler ihm unterlaufen, umso größer ist die Chance, dass wir ihn schnappen.«

»Stimmt.«

»Außerdem habe ich etliche Fälle gehabt, bei denen die Mörder äußerst akribisch vorgegangen sind. Blöderweise haben sie sich regelmäßig als Serienmörder herausgestellt. Ich hoffe also, Sie haben nichts dagegen, wenn es mir lieber wäre, wir hätten es nicht unbedingt mit jemandem zu tun, der allzu akribisch ist.«

»Vergessen Sie die Akribie«, erwiderte Tebbins und strich leicht gekränkt über seinen Schnurrbart. »Dann ist der Kerl, den wir suchen, also nicht akribisch, aber auf jeden Fall brillant.«

»Was das betrifft, behalte ich mir ein Urteil vor.«

Tebbins grinste. »Wie Sie wünschen. Trotzdem ist es ihm gelungen, seine Beute fortzuschleppen, ohne dass dabei auch nur der kleinste Alarm ausgelöst worden wäre. Er hat dafür gesorgt, dass seine Spuren von den Besuchern der Ausstellung verwischt wurden, bevor überhaupt irgendjemandem der Diebstahl auffiel. Und dann hat er auch noch den einzigen Zeugen, bevor irgendwer mit ihm sprechen konnte, aus dem Weg geräumt. Er hat sogar dafür gesorgt, dass die Aufnahmen der Überwachungskameras völlig normal waren, indem er den Wachmann bis Ende seiner Schicht auf seinem Posten belassen hat. Anscheinend hat er an alles gedacht.«

»Niemand ist fehlerlos. Wie hat er das Alarmsystem außer Funktion gesetzt?«

»Wir warten auf die Spezialistin des für die Sicherheit zuständigen Unternehmens. Sie müsste jede Minute erscheinen.«

»Was ist mit der Videoüberwachung in der Kammer? Hat sich nicht irgendwas ergeben?«

»Es gab keine Videoüberwachung.« Als Gil etwas sagen wollte, hob Tebbins abwehrend die Hand. »Ich weiß, ich weiß. Es klingt verrückt. Aber sie dachten, mit all den anderen nachts aktivierten Sicherheitssystemen könnten sie auf die Kameras verzichten. Sie schalten sich erst dann ein, wenn es irgendwo Alarm gibt. Kein Alarm bedeutet demnach keine Bilder.«

»Verdammt.«

In diesem Moment erschien eine hoch gewachsene rothaarige Frau in der Tür des Raumes, und sowohl Tebbins als auch Garcia standen höflich auf.

»Detective Tebbins? Die Sicherheitsexpertin ist gekommen. Wollen Sie sie hier sprechen oder im Konferenzsaal?«

»Im Konferenzsaal, bitte. Anna, dies ist Dectective Gil Garcia von der St. Petersburger Polizei. Anscheinend wurde der diensthabende Wachmann, Eddy Malacek, heute Morgen ermordet.«

»Eddy?« Anna wurde bleich, und sie riss ihre leuchtend grünen Augen vor Entsetzen weit auf. Eine wunderschöne Frau, registrierte Garcia. Geradezu betörend. Schlank, mit einem fein gemeißelten Gesicht und Haaren, die so leuchtend waren, dass sie dazu einluden, die Hände an ihnen zu wärmen. Zu schade, dass sie in den Fall verwickelt war.

»Ja, Eddy«, wiederholte Tebbins und wandte sich an Gil. »Anna Lundgren ist die Direktorin des Museums. Sie hat den Diebstahl entdeckt.«

Gil bedachte sie erneut mit einem interessierten Blick. Weshalb lief sie als Direktorin wie eine Sekretärin auf Botengängen durch die Gegend? Aber vermutlich stand ja heute das Museum Kopf, denn schließlich wurden sie alle der Reihe nach verhört. »Haben Sie Eddy gekannt?«, fragte er mit ruhiger Stimme.

»Ja.« Sie schüttelte den Kopf und schlang sich die Arme um den Leib, als ob sie plötzlich fröre. »Nicht weiter persönlich. Doch während wir die Ausstellung vorbereitet haben, hat er neben seiner Arbeit stundenlang freiwillig geholfen. Er war ein wirklich netter junger Mann, stets bereit einzuspringen, falls irgendwo Not am Mann war.«

Gil beobachtete Tebbins und merkte, dass der den gleichen Gedanken hatte wie er selbst. »Was für Arbeiten hat er dabei übernommen?«

»Oh, er hat Kulissen gemalt, Sachen hin und her getragen, eigentlich alles getan, was zu tun war. Er hat … hatte eine wunderbare Freundin. Sie hat ebenfalls oft geholfen.« Sie sah Gil mit großen, unglücklichen Augen an. »Was ist passiert? Weshalb wurde er getötet?«

»Das wissen wir noch nicht.«

»Oh, mein Gott. Ist mit Carole alles in Ordnung?«

Gil nickte. »Ihr ist nichts passiert. Abgesehen davon ist sie, wie Sie sich sicher denken können, natürlich ziemlich fertig.«

»Mein Gott«, murmelte sie noch einmal und Gil hatte das Gefühl, als richte sie ihren Blick nach innen auf irgendeine eigene schmerzliche Erfahrung. Doch welches Leid auch immer sich ihr in Erinnerung gerufen hatte, wurde umgehend durch einen neuen Gedanken verdrängt. Wieder wandte sie sich an ihn und fragte: »Glauben Sie, dass es einen Zusammenhang zwischen diesem Mord und dem hier begangenen Diebstahl gibt?«

»So sieht es zumindest aus«, antwortete Tebbins. »Da haben Sie's, Ms. Lundgren. Einen Todesfall, von dem es scheint, als ob er mit dem Fluch in Verbindung steht.«

In ihrem Gesicht spielten sich Ärger und Verletztheit. »Ich glaube nicht an Flüche.«

»Offensichtlich«, meinte Tebbins, »irgendjemand anderes aber schon.«

6

Der Konferenzsaal lag direkt neben dem Foyer, um auch für Menschen, die keine Angestellten des Museums waren, leicht zugänglich zu sein. Obgleich er keine Fenster hatte, verliehen ihm die indirekte Beleuchtung und die eingetopften tropischen Pflanzen ein helles, luftiges Flair. Wichtigstes Möbelstück im Raum war der große, achtzehn Personen Platz bietende Konferenztisch.

Dinah Hudson, die Expertin von HiSecurity, war eine zierliche Frau von etwa dreißig, mit kurz geschnittenem dunklem Haar, einer Brille mit Drahtgestell, khakifarbenen Cargohosen und einem schwarzen ärmellosen T-Shirt, in dem ihre gertenschlanke Gestalt vorteilhaft zur Geltung kam. Der Zweck der Hose wurde offensichtlich, als sie nacheinander Stift, Block und Informationsbroschüren, die sie an die Anwesenden verteilte, aus den diversen Taschen zog. Die genauen Pläne jedoch entnahm sie einem länglichen Kasten und faltete die Bögen auf dem Konferenztisch auseinander.

Nur Tebbins schien zu wissen, was die Zeichnungen besagten. Gil hegte allerdings den Verdacht, dass er sich nur den Anschein gab, die Skizzen zu verstehen. Selbst ein Meister auf dem Gebiet der Elektronik würde Tage brauchen, ehe er die genauen Zusammenhänge zwischen den Zeichnungen genau verstand.

»Am besten, ich gebe Ihnen einen kurzen Überblick«, meinte nun Dinah, »dann können Sie mir Ihre Fragen stellen.«

Tebbins und Gil nickten, während Anna aussah, als würde sie sich wünschen, sie wäre gar nicht da.

»Grundlegend muss gesagt werden«, begann Dinah mit ihrer Erklärung, »dass kein Sicherheitssystem hundertprozentig narrensicher ist. Es ist eine Abschreckung, ein Weg, einem Dieb die Arbeit zwar zu erschweren, aber unmöglich machen kann sie es nicht. Wir wollen drei Dinge mit einem solchen System erreichen.«

Sie schrieb etwas mit einem grünen Stift auf die neben ihr stehende weiße Tafel.

»Erstens soll es abschrecken. Zweitens soll es schwerer als menschliches Wachpersonal außer Gefecht zu setzen sein. Und drittens soll es uns davon in Kenntnis setzen, wenn etwas passiert, sodass wir möglichst umgehend darauf reagieren können.«

Sie blickte sich um, doch niemand stellte eine Frage.

»Okay.« Sie legte den Stift auf die Seite und kehrte zurück an den Tisch. »Womit wir es bei diesem Diebstahl zu tun haben, ist etwas, was beinahe unmöglich ist. Ich sage nicht, dass es unmöglich ist – ich glaube, das gibt es gar nicht –, aber es ist *fast* unmöglich. Nachdem Sie bei uns angerufen haben, habe ich versucht herauszufinden, wie es zu dem Diebstahl kommen konnte. Ehrlich gesagt, habe ich noch keine Antwort auf die Frage gefunden.«

»Es würde uns sicher helfen«, meinte Gil, »wenn Sie uns erklären würden, wie das System normalerweise funktioniert. Fürs Erste dürfte ein kurzer Überblick genügen.«

»Tja.« Dinah blickte auf die Pläne. »Wo fange ich am besten an?«

»Am Anfang«, schlug Tebbins trocken vor. »Welcher Alarm hat letzte Nacht nicht funktioniert?«

»So, wie es aussieht, hat keins unserer Systeme reagiert.« Sie zog einen Stuhl unter dem Tisch hervor und ließ sich draufplumpsen. »Irgendetwas ist absolut schief gelaufen. Als ich erfahren habe, was passiert ist, habe ich sofort die Ausdrucke der letzten Nacht gelesen. Wir bekommen ununterbrochen Informationen von den hier installierten Systemen. Es gab effektiv keinerlei Auffälligkeiten. Wir hätten es bemerkt, wenn ein Kabel durchgeschnitten oder irgendwo der Strom abgeschaltet worden wäre. Selbst, wenn jemand einen Schlüssel in ein Schloss steckt, wird das automatisch registriert. Aber nichts von diesen Dingen wurde bei uns zur Anzeige gebracht.«

»Jemand mit einem Schlüssel könnte also die gesamte Anlage außer Funktion setzen?«, fragte Gil.

»Ja. Zumindest bestimmte Teile.«

»Das erklärt eine Menge.«

»Ich wünschte, dass es so wäre«, antwortete Dinah. »Lassen Sie mich die Sache weiter erklären.«

»Bitte, fahren Sie fort.« Tebbins wedelte übertrieben höflich mit der Hand.

»Wir haben ein Videoüberwachungssystem und Bewegungsmelder installiert. Beides kann unabhängig voneinander abgeschaltet werden. Es ist nötig, die Bewegungsmelder deaktivieren zu können, denn sonst könnte niemand die Ausstellung besuchen.«

»Logisch«, meinte Tebbins.

»Es wird streng kontrolliert und genauestens Buch darüber geführt, wer jeweils die Schlüssel zur Abschaltung der Anlage in Verwahrung hat. Trotzdem ist es natürlich möglich, dass jemand, der ein gewisses Talent für solche Dinge hat, sich eine Kopie der Schlüssel macht.«

»Haben die Wachmänner Zugriff auf die Schlüssel?«, fragte Gil.

»Ich schätze, ja, aber ich kann es nicht mit Bestimmtheit sagen. Anna?«

Anna, die mit auf dem Tisch gefalteten Händen schweigend auf einem Stuhl saß, zuckte mit den Schultern. »Ich habe keine Ahnung. Ich nehme an, dass sie Zugang zu den Schlüsseln haben, denn wenn wir abends lange gearbeitet haben, hat irgendjemand die Anlage eingeschaltet, wenn der Letzte ging. Um Klarheit zu kriegen, müssen Sie Ivar fragen.«

»Wahrscheinlich also ja«, beschloss die Sicherheitsexpertin. »Allerdings sind die Bewegungsmelder am leichtesten zu sabotieren. Was die Videoüberwachung angeht, kann sie ebenfalls ausgeschaltet werden, aber das ist deutlich schwerer. Nach dem hier angewandten Verfahren hat nur ein Mensch Zugang zum Aufnahmeraum, und dieser Mensch legt alle drei Tage neue Bänder ein. Bis dahin schiebt der automatische Wechsler ständig neue Kassetten nach.«

Gil kritzelte etwas auf seinen Block. »Wie viele Daten verlieren Sie während des manuellen Austauschs der Kassetten?«

»Pro Kamera maximal ein paar Minuten.«

»Und beim automatischen Wechsel?«

»Eine Minute, höchstens.«

Gil wandte sich an Tebbins. »Was war heute Morgen?«

Tebbins zuckte mit den Schultern. »Die Kassette aus der Kamera, die den Dolch gefilmt hat, wurde gegen null Uhr dreißig und dann wieder um acht Uhr dreißig gewechselt. Dabei gab es jeweils zirka dreißig Sekunden Rauschen, dann war alles wieder normal.«

»Dreißig Sekunden sind zu wenig.«

»Ja.«

»Aber das ist noch nicht alles«, meinte Dinah. »Und ehrlich gesagt, wenn Sie mir nicht glaubhaft versichert hätten, dass der Dolch verschwunden ist, würde ich denken, das

Ganze ist ein schlechter Witz. Denn den Dolch unbemerkt unter der Glasglocke hervorzuholen, ist völlig unmöglich.«

Gils Interesse nahm zu. »Ich dachte, Sie hätten gesagt, kein System wäre unfehlbar.«

»Das stimmt. Aber das System, das wir hier angewendet haben, kommt der Unfehlbarkeit so nahe, wie es nur irgend geht.«

Zehn Minuten später standen sie alle in der hell erleuchteten und dadurch schäbig künstlich anmutenden Gruft, und Dinah trat vor die Vitrine mit dem Dolch. »Ist es okay, wenn ich sie jetzt berühre?«

Tebbins blickte zu dem Kollegen von der Spurensicherung, der neben dem Glaskasten stand. »Sicher«, meinte der. »Wir haben sämtliche Fingerabdrücke abgenommen und sie auf alle möglichen Spuren untersucht.«

»Haben Sie etwas gefunden?«

»Ein paar Fäden, ein paar Haare und jede Menge verschmierter Fingerabdrücke. Sieht aus, als könnten die Besucher der Versuchung, das Glas zu berühren, nicht widerstehen.«

Haare und Fasern wären möglicherweise nützlich, um den Täter mit der Tat in Verbindung zu bringen, nicht aber, um ihn zu finden, dachte Gil.

»So«, meinte Tebbins und zupfte an seinem Schnurrbart. »Weshalb also ist es so schwierig, den Dolch unbemerkt zu nehmen?«

Dinah entlockte diese Frage ein stolzes Lächeln. »Die Schönheit der Anlage besteht darin, dass wir nicht nur einen Berührungssensor haben, der *niemals* ausgeschaltet werden kann, ohne dass es dadurch zu einem Alarm kommt, sondern dass der Behälter darüber hinaus noch vakuumversiegelt ist. Falls der Druck, egal wodurch, auch nur minimal erhöht wird, geht sofort der Alarm los. Und dieser Alarm kann nicht abgeschaltet werden. Auch jedes Absinken des Drucks, jede Öffnung der Vitrine, alles löst sofort hier und bei uns Alarm aus. Es ist also beinahe unmöglich, etwas aus dieser Vitrine zu entfernen. In der Tat, wenn es nicht geschehen wäre, hätte ich mein gesamtes zukünftiges Gehalt darauf verwettet, dass das niemandem jemals gelingt.«

Gil trat dichter an den Kasten. »Was genau meinen Sie mit Berührungssensor?«

Sie klopfte mit einem Fingernagel gegen das dicke Glas. »Unter dem Dolch ist ein Sensor angebracht. Wenn man den Dolch nur berührt, geschweige denn herunternimmt, kommt es im Sekundenbruchteil zum Alarm.«

Anna starrte auf die Vitrine, als berge sie eine hochgiftige Schlange, dachte Gil und überlegte, was sie – abgesehen von der Tatsache, dass sie wahrscheinlich Konsequenzen aus dem Diebstahl ziehen müsste – in derartige Unruhe versetzte. Er hatte den Eindruck, dass der berufliche Ärger, den sie garantiert bekäme, nicht ihre einzige Sorge war.

»Öffnen wir den Kasten«, schlug Tebbins schließlich vor.

Gil lenkte seine Aufmerksamkeit zurück auf die Vitrine. Die weiße Ecke, die unter dem Dolch hervorlugte, weckte sein Interesse. Der Gedanke an einen Dieb und Mörder, der Nachrichten hinterließ, erfüllte ihn mit Freude. Verbrecher, die Nachrichten hinterließen, waren im Allgemeinen Narren und stolperten früher oder später über ihre eigene Dummheit.

Wieder beobachtete er Anna. Inzwischen presste sie die Lippen aufeinander, und die künstliche Wand hinter ihrem Rücken wirkte im grellen Licht der Deckenlampen armselig.

Dinah Husdon griff nach ihrem Walkie-Talkie und kontaktierte ihr Büro. »Wir machen den Schaukasten jetzt auf«, erklärte sie. »Bereich J-3. Ignoriert den Alarm. Ruf Woody an und sag ihm, dass er ihn erst nach vier Sekunden abschalten soll. Ich will, dass die Leute hier ihn hören. Danke, Suzi.«

Dinah hängte das Funkgerät wieder an den Bund ihrer Hose und wandte sich an Anna. »Haben Sie die Schlüssel?«

Anna nickte, trat einen Schritt vorwärts, zog einen Schlüssel aus jeder Tasche ihrer Hose, beugte sich nach vorn, wurde jedoch von Tebbins daran gehindert, sie in die Schlösser zu stecken und herumzudrehen.

»Eine Sekunde«, bat er und wandte sich dem Experten von der Spurensicherung zu. »Haben Sie die Schlösser überprüft?«

»Es gibt keine sichtbaren Zeichen dafür, dass jemand da rumhantiert hat«, antwortete dieser. »Allerdings wollte ich wegen des Alarms keine näheren Untersuchungen anstellen.«

»Okay. Gleich können Sie sich das Ding genau ansehen.«

»Wird gemacht.«

Tebbins wandte sich an Anna. »Fahren Sie fort, Ms. Lundgren.«

Sie schob die Schlüssel in die dafür vorgesehenen Löcher und drehte sie gleichzeitig in verschiedene Richtungen.

»Was, wenn jemand die Schlüssel falsch rum dreht? Gibt das auch einen Alarm?«, fragte Gil, während er ihr dabei zusah.

Dinah schüttelte den Kopf. »Das ist nicht nötig. Die Schlösser gehen einfach nicht auf. Aber warten Sie, was gleich passiert.«

Dinah hob die durchsichtige Glocke von dem Kasten,

und sofort ertönte ein ohrenbetäubend schriller Pfeifton. Gil zuckte zusammen, und Anna hielt sich gequält die Hände an die Ohren.

Vier Sekunden später war alles wieder still.

Ein paar Sekunden lang herrschte gespenstische Stille. Es war, als stünden sie alle infolge des kurzen Lärms unter Schock.

»Das ist der Vakuumdruck-Alarm«, erklärte Dinah schließlich. »Der, wie Sie vernommen haben, eindeutig funktioniert. Das Gleiche würde passieren, schlüge jemand die Scheibe ein. Die übrigens aus Polykarbonat und somit wesentlich schwerer als Glas kaputt zu kriegen ist.«

Sie beugte sich vor und beäugte den Dolch. »Hier und hier sind die beiden Drucksensoren. Doppelt hält besser. Darunter in dem kleinen Kasten ist die Vakuumpumpe angebracht. Falls sie aus irgendeinem Grund versagt, löst auch das, selbst wenn sich der Druck in der Vitrine nicht verändert, umgehend den Alarm aus.«

»Wie empfindlich ist der Sensor?«, wollte Tebbins wissen.

»Wegen der Art, in der die Pumpen funktionieren und weil kein Vakuum perfekt ist, mussten wir einen gewissen Spielraum lassen. Bei einer bestimmten minimalen Druckerhöhung setzt der Sensor, statt Alarm zu geben, die Pumpe in Betrieb. Wenn aber die Druckerhöhung zu abrupt erfolgt, führt das ebenfalls zu einem Alarm. Wenn jemand den Kasten öffnen sollte, würde natürlich die Pumpe in Betrieb gehen, aber der Druck würde so beachtlich steigen, dass wir auch dann sofort eine Meldung erhielten.«

»Hmmm«, sagte Tebbins, zwirbelte nachdenklich an seinem Schnurrbart und winkte den Mann von der Spurensicherung zu sich heran. »Heben Sie bitte den Dolch an.«

»Warten Sie«, bat Dinah und sprach erneut in ihr Walkie-Talkie. »So, jetzt pfeift es zumindest nicht noch einmal.«

»Gott sei Dank«, erklärte Tebbins voller Inbrust, und der Kollege von der Spurensicherung trat einen Schritt nach vorn. Er hielt eine Zange in den behandschuhten Händen, griff damit nach dem Dolch und hielt ihn in die Höhe.

»Ms. Lundgren?«, fragte Tebbins. »Ist das der Dolch, der gestern Abend auf Ihrem Schreibtisch lag?«

Auf ihrem Schreibtisch? Plötzlich hatte Gil jede Menge Fragen, und es machte ihn wütend, dass dies nicht sein Fall war. Was, wenn Tebbins ihm nicht alles sagte? Wenn er ihm bereits etwas verschwieg? Natürlich hatten sie bisher noch nicht genügend Zeit gehabt, um die Sache in allen Einzelheiten zu besprechen …

Als Anna nichts erwiderte, musterte Gil sie und merkte, dass sie auf den kleinen weißen Umschlag starrte, der, einmal gefaltet, an der Stelle lag, von der der Dolch genommen worden war. Sie wirkte total paralysiert.

»Anna?«, fragte er.

Sie zuckte zusammen und fuhr zu ihm herum. Anscheinend drang man durch die Verwendung ihres Vornamens besser zu ihr durch. »Was?«, fragte sie mit unsicherer Stimme.

»Der Dolch«, wiederholte Tebbins. »Ist das derselbe Dolch?«

Anna trat dichter an die Waffe mit der gläsernen Klinge und dem goldenen, mit einem Jaguarkopf verzierten Griff. »Ja. Es ist derselbe. Und gucken Sie, der Umschlag wurde mit einem Brieföffner aufgeschlitzt. Ich bin sicher, er ist leer, und ich bin sicher, es ist ebenfalls derselbe wie der, der gestern Abend auf meinem Schreibtisch lag.«

Tebbins, Gil und Anna kehrten zurück in den Konferenzraum. Der Apriltag hatte sich verdunkelt, und obgleich das fensterlose Zimmer sie abschirmte gegen das nahende Gewitter, lief Anna verängstigt und gleichzeitig verärgert hin und her.

»Sagen Sie mir, dass diese Sache nicht gegen mich gerichtet ist«, verlangte sie von den Beamten. »Dass ich mich irre, wenn ich das Gefühl habe, als ob mich jemand verfolgt.«

Tebbins hielt im Zwirbeln seines Schnurrbarts inne und zuckte die Achseln. »Das kann ich nicht.«

Inzwischen hatte Gil endgültig genug. »Was zum Teufel verschweigen Sie mir, Tebbins? Ich weiß, dass ich nur als Beobachter hierher gekommen bin, aber wir hatten uns darauf geeinigt, zu kooperieren.«

Die Theatralik, mit der sein Kollege abwinkte, war Gil bereits jetzt verhasst. »Ich bitte um Verzeihung. Gestern Abend, während der inoffiziellen Ausstellungseröffnung vor geladenen Gästen, ging Ms. Lundgren auf der Suche nach den Notizen für die Rede, die sie halten sollte, nach hinten in ihr Büro. Dort fand sie auf ihrem Schreibtisch einen an sie adressierten Karton. Natürlich hat sie ihn geöffnet, und drinnen lag derselbe Dolch wie der, den wir eben aus dem Schaukasten genommen haben.«

»Und was ist mit dem Umschlag?«

»Es war auch derselbe Umschlag, in dem, wie ich hinzufügen möchte, keine Karte steckte. Es war nur ein leerer Umschlag, auf dem ihr Name stand.«

»Ich nehme an, es besteht keine große Hoffnung, Fingerabdrücke darauf zu finden.«

»Wahrscheinlich nicht. Trotzdem«, fügte Tebbins hinzu, »habe ich, als ich den Umschlag gestern Abend geöffnet habe, sorgfältig darauf geachtet, ihn nur an der Ecke zu berühren. Vielleicht also …«

Gil erstarrte. »Sie waren gestern Abend hier?«

Tebbins zuckte mit den Schultern. »Als Begleiter meiner Tante. Sie ist eine Freundin des Museums.«

»Und Sie waren rein zufällig zur Stelle, als Ms. Lundgren auf den Dolch stieß?«

»Ich habe sie schreien gehört.«

»Ach.« Gils Misstrauen wuchs schneller als das Unkraut auf einem schlecht gepflegten Rasen.

Tebbins verzog, als könne er seine Gedanken lesen, den Mund zu einem Lächeln.

»Schon gut. Schon gut«, mischte sich Anna in das Gespräch. »Wie ich bereits sagte, stellt sich mir zumindest augenblicklich eine wesentlich wichtigere Frage. *Werde ich von jemandem verfolgt?*«

Tebbins zog eine Braue in die Höhe. »Das kann niemand mit Gewißheit sagen.«

»Natürlich nicht.« Anna wedelte frustriert mit den Händen durch die Luft. »Wissen Sie, schon gestern Abend war mir alles andere als wohl zumute, als ich das Ding auf meinem Schreibtisch fand und es kurz darauf ebenso spurlos wieder verschwand. Aber jetzt…« Sie schüttelte den Kopf und schlang sich die Arme um den Körper. »Die Sache gefällt mir ganz und gar nicht.«

Sie seufzte und sah die beiden Männer an. »Tut mir Leid. Natürlich ist das Wichtigste der Diebstahl. Er wird ein schlechtes Licht auf das Museum werfen und es uns in Zukunft schwer machen, überhaupt noch irgendwelche Leihgaben zu kriegen.«

»Wird Ihre Anstellung davon betroffen sein?«, erkundigte sich Gil.

»Möglich. Ich meine, ich bin nicht verantwortlich für die Sicherheit hier im Museum, aber…« Sie zuckte mit den Schultern. »Trotzdem macht sich so was einfach schlecht.«

»Wenn jemand einen Fehlwurf macht, rollt der Ball meistens nach unten, oder nicht?«

Sie verzog den Mund zu einem schmalen Lächeln. »Irgendjemand muss am Ende die Verantwortung für diese Sache übernehmen.«

»Und Sie können den schwarzen Peter nicht an Ihren Vorgesetzten weiterreichen?«

An ihrer Stelle antwortete Tebbins: »Der würde die Annahme garantiert verweigern.«

Unweigerlich musste Gil grinsen, und selbst Anna lächelte.

»Also gut«, griff Tebbins Annas Frage noch mal auf. »Ich fürchte, Ms. Lundgren, dass es ganz so aussieht, als hätte es der Dieb tatsächlich aus irgendwelchen Gründen auf Sie persönlich abgesehen. Und als würde er ganz sichergehen wollen, dass Ihnen das bewusst ist.« Wie zur Bestätigung wandte er sich an Gil, und dieser nickte, wenn auch widerstrebend.

»Zumindest scheint er Ihre Aufmerksamkeit wecken zu wollen.«

»Das sehe ich genauso«, meinte Tebbins, zupfte an seinem Schnurrbart, zog ihn dabei aus Versehen gerade und rollte ihn, um ihn wieder in Form zu bringen, hastig um seinen Finger. »Nun … gestern Abend habe ich etwas davon gehört, dass Ihre Eltern an der Entdeckung des Pocal-Grabs beteiligt gewesen sind?«

Anna schüttelte den Kopf. »Beteiligt ist zu viel gesagt. Mein Vater war Ingenieur. Er hat überall auf der Welt Öl-Pipelines gebaut. Als sie in Mexiko eine Schneise für eine Pipeline in den Urwald geschlagen haben, ist einer der Männer meines Vaters auf die Maya-Stadt gestoßen, in der sich Pocals Grabstätte befand. Mein Vater hat lediglich den Vorschriften entsprechend die Behörden informiert und dann, um nichts kaputt zu machen, die Pipeline in einiger Entfernung um die Ruinen herum verlegen lassen. Er war also wohl kaum an der Sache *beteiligt.*«

»Aber«, warf Tebbins ein. »Ich habe gehört, dass er getötet worden ist.«

Annas Ton verriet eine gewisse Verzweiflung. »Dieser verdammte Reed Howell. Ich habe ihm mehr als einmal gesagt, dass er bei einem Erdbeben ums Leben gekommen ist. Erdbeben gibt es in der Gegend häufig. Weshalb also verdreht er die Geschichte so, dass es aussieht, als ob mit einem Mal ein Zusammenhang zwischen dem Erdbeben und der Legende von dem Fluch besteht?«

»Weil«, erklärte Gil lakonisch, »sich die Zeitung dadurch besser verkauft. Und wie sehen Sie die ganze Sache?«

Sie zog einen Stuhl unter dem Tisch hervor und nahm ermattet Platz.

»Wie ich bereits sagte, es ist alles ganz unkompliziert. Die Leute meines Vaters haben die Ruinen entdeckt, mein Vater hat die Sache gemeldet, alle haben ein Riesenaufheben um die Geschichte gemacht, aber ungefähr vier Tage, nachdem der Dolch gefunden und in ein Museum gebracht wurde, um ordnungsgemäß restauriert und ausgestellt zu werden, brach ein starkes Erdbeben aus. Ein Teil der Pipeline riss auf, und das Gas geriet in Brand. Ich kenne nicht die genaue Reihenfolge, in der alles stattgefunden hat, aber am Ende kam es zu einer Explosion der Raffinerie, durch die eine Fläche von fünf Quadratkilometern dem Erdboden gleichgemacht und fast dreitausend Menschen in den Tod gerissen worden sind.«

Gil entfuhr ein leiser Pfiff.

»Es war grauenvoll«, sagte Anna. »Aber wenn Sie sich an die Fakten halten, werden Sie erkennen, dass diese Katastrophe durch die Verkettung einer Reihe unglücklicher

Umstände ausgelöst worden ist. Es war ein *Unfall*, nicht mehr und nicht weniger.«

Gil hatte den Eindruck, dass sie das selbst nicht wirklich glaubte, doch wollte er sie nicht weiter bedrängen. Zumindest nicht sofort. Dies war nicht sein Zuständigkeitsbereich. Er befand sich in einer delikaten Position. Trotz der Abmachung mit Tebbins, der Sache gemeinsam nachzugehen, wäre dieser bestimmt alles andere als glücklich, übernähme Gil mit einem Mal die Leitung des Gesprächs.

»Scheint kein besonders akkurater Fluch zu sein«, bemerkte Tebbins.

»Nein«, pflichtete Gil ihm bei. »Wirkt eher wie eine ziemlich allgemeine Drohung, mit der mögliche Grabschänder hätten abgeschreckt werden sollen.«

Zu seiner Überraschung fing Anna an zu lachen. Kurz und leise, doch das Lachen erreichte ihre Augen.

»Genau«, meinte auch sie. »Der Legende nach werden Grabschänder und alle, die den Dolch berühren, bis ins zweite Glied vom Jaguargott verfolgt. Aber … bei dem Erdbeben sind unzählige Menschen ums Leben gekommen, die an der Entweihung der Grabstätte völlig unbeteiligt gewesen sind.«

Bis ins zweite Glied. Gil beschloss, sich diese Worte zu merken und später genauer zu bedenken.

Anna sah auf ihre Uhr. »Ich muss leider los. Wir bekommen eine Lieferung für die Ausstellung oben. Sicher ist sie schon längst da. Ich muss mich darum kümmern.«

Sie bat die Herren, sie zu entschuldigen, und ging gesenkten Hauptes aus dem Raum.

»So«, sagte Tebbins zu seinem Kollegen. »Dann haben wir es hier also mit einem Fluch zu tun.«

Gil nickte, behielt jedoch den hässlichen Gedanken, der ihm unvermittelt gekommen war, vorläufig für sich.

»Wenn dieser Fluch tatsächlich eine Rolle bei den begangenen Verbrechen spielt, wirft das ein interessantes Licht auf die Denkweise dieses Diebes und Mörders.«

»Das ist richtig.«

»Eventuell hat dieser Fluch aber auch nicht das Geringste mit der ganzen Angelegenheit zu tun. Vielleicht haben wir es schlicht mit einem Mann zu tun, der zum Beispiel irgendwann einmal von Ms. Lundgren zurückgewiesen worden ist.«

»Oder«, stellte Gil, wenn auch mit großem Widerwillen, eine andere Hypothese auf, »womöglich haben wir es mit einer jungen Frau zu tun, die ihren Vater durch einen schrecklichen Unfall verloren hat, der nach Meinung vieler durch einen Fluch verursacht worden ist. Mit einer jungen Frau, die gezwungen ist, sich beruflich ausgerechnet mit dem Gegenstand zu befassen, von dem dieser Fluch ausgeht.«

Tebbins sah ihn strahlend an. »Wie sagt man doch so schön? Zwei Dumme, ein Gedanke. Natürlich ist sie verdächtig. Und zwar deshalb, weil der Dolch gestern Abend erst auf ihrem Schreibtisch lag und dann wie von Zauberhand wieder von dort verschwand.«

Als Anna das Museum verließ, hing der Himmel schwer und dunkel über ihr, und zwischen den dichten, schwarzen Wolken zuckten grelle Blitze. Die Straßen waren nass vom vorangegangenen Regenguss, und das Wasser rann in kleinen Bächen durch die Rinnsteine, ehe es gurgelnd in den Abwasserkanälen verschwand.

Bereits seit der Entdeckung des Diebstahls war ihr übel. Schlimmer noch jedoch war das Kribbeln in ihrem Nacken, das von der Furcht herrührte, sie würde von jemandem beobachtet oder sogar verfolgt.

War dieser Jemand vielleicht gerade jetzt in einem Wagen hinter ihr und folgte ihr nach Hause? Die Furcht war stark genug, dass sie überlegte, ob sie, statt direkt heimzufahren, besser in einem belebten Restaurant etwas zu Abend aß. Dadurch jedoch wäre das Problem nicht gelöst, denn irgendwann wäre sie mit dem Essen fertig. Und je später sie nach Hause führe, umso schwerer würde es ihr fallen, allein die leere Wohnung zu betreten.

Bis sie schließlich die Einfahrt des von ihr gemieteten behaglichen, unweit der Universität in Temple Terrace gelegenen Häuschens erreichte, hatte sich die Wolkenwand noch mehr aufgetürmt. Der Wind riss tote Äste von den umstehenden Bäumen und verteilte sie in der Einfahrt. Vom Dach des Hauses fielen mit leisem Platschen vereinzelte Regentropfen auf den Asphalt.

Zum ersten Mal bemerkte Anna, wie weit es bis zu den Nachbarhäusern war.

Als sie aus ihrer kleinen Stadt in Minnesota hierher gezogen war, hatte sie gedacht, wie winzig und wie dicht nebeneinander gebaut viele der Häuser in Tampa waren. Jetzt jedoch erschien ihr die Entfernung bis zu den nächsten Nachbarn riesig. Würden sie sie hören, wenn sie um Hilfe schrie?

Doch dann ermahnte sie sich, kein solcher Feigling zu sein. Wenn dieser Typ es tatsächlich auf *sie* abgesehen hatte, würde er nicht direkt nach dem Diebstahl etwas unternehmen. Nein, er wollte sie sicher erst noch eine Zeit lang quälen.

Sie stieg aus dem Wagen, schloss sorgfältig ab und lief, halb in der Erwartung, irgendetwas auf der Schwelle vorzufinden, heftig klopfenden Herzens zum Haus. Vielleicht ein weiteres Artefakt, vielleicht … ach, irgendetwas Widerliches. Irgendetwas Schlimmes.

Doch auf der Treppe lag nichts. Sie war schlicht paranoid. Mit zitternden Händen steckte sie den Schlüssel in das Schloss und schalt sich erneut einen Feigling, weil sie vor lauter Angst ein paar Anläufe brauchte, bis ihr das Öffnen der Haustür endlich gelang.

Das Erste, was sie sah, war die Rücklehne des Liegesessels. Hatte sie den Sessel so herum stehen lassen? Normalerweise war die Vorderseite dieses Möbelstücks dem Fenster zugewandt. Sie streckte die Hand aus, machte Licht…

…und entdeckte, dass jemand in Jeans und Cowboystiefeln lässig in ihrem Lieblingssessel saß.

7

Am frühen Abend bog Gil in die Einfahrt seines Hauses. Der Regen, der über Tampa niedergeprasselt war, hatte auf Höhe der Brücke geendet, und der Vorgarten vor seinem Haus war knochentrocken. Hinter den Fenstern brannte Licht, und er nahm an, dass er gleich erfahren würde, womit seine Tochter den lieben langen Tag beschäftigt gewesen war.

Eigentlich interessierte es ihn nur am Rande. Der wenige Schlaf, der ihm in der letzten Nacht vergönnt gewesen war, verlieh ihm zurzeit nicht genügend Energie für die Erziehung einer heranwachsenden Tochter. Außerdem schwirrten noch die Ereignisse des Tages durch seinen Kopf, und wenn er nicht ein wenig Muße bekäme, seine Gedanken zu ordnen, würde er wieder eine schlaflose Nacht haben.

Dann jedoch schalt er sich einen schlechten Vater. Nie im Leben würde Trina ihm auch nur die Hälfte der Probleme machen wie einige der Teenies, mit denen er es im Rahmen seiner Arbeit regelmäßig zu tun bekam. Niemals.

Seufzend stieg er aus dem Wagen und lauschte dem Rauschen der Bäume in der abendlichen Brise. Er liebte diese Zeit des Tages. Am liebsten hätte er sich mit einer Flasche Bier auf die Veranda hinter dem Haus gesetzt und den Frieden auf sich wirken lassen.

Aber dieses Glück war ihm garantiert nicht vergönnt.

Er atmete tief durch, um sich zu sammeln und halbwegs gute Laune zu bekommen.

Im Inneren des Hauses duftete es wie bereits am Morgen nach irgendwelchen Köstlichkeiten. Ihm fiel dazu allerdings nur ein, dass er ihr eines Tages sagen müsste, dass gutes, selbst gekochtes Essen ihn zwar durchaus glücklich machte, nicht jedoch zum Narren. Andererseits, weshalb sollte er sie dieser Illusion berauben? Sie kochte wirklich gut…

Bei diesem Gedanken begann er zu grinsen. Er warf seine Jacke über die Lehne eines Stuhls, ging hinüber in die Küche und begrüßte seine Tochter. Statt ihn jedoch wie erwartet mit einem breiten Lächeln und fröhlichem Geplapper zu empfangen, funkelte sie ihn böse an und erklärte mit vorwurfsvoller Stimme: »Du kommst spät.«

Gil öffnete die Tür des Kühlschranks, nahm sich eine Flasche Bier und drehte sich zu ihr. »Ich habe dich freundlich gegrüßt, und es wäre nett gewesen, eine ähnlich nette Antwort darauf zu bekommen.«

»Hallo-wie-geht's – und warum hast du nicht Bescheid gegeben?«

Sie hatte einen Sonnenbrand. Wie oft musste er ihr sagen, welchen Schaden die Sonne ihrer Haut zufügen konnte? Doch kaum war ihm der Gedanke gekommen, wurde ihm bewusst, dass tatsächlich irgendetwas nicht in Ordnung war.

»Was ist los, Schätzchen?«

»Alles!«

Was ihm nicht wirklich half. *Alles* konnte auch bedeuten, dass ihre Lieblingsshorts einen Fleck bekommen hatten, der nicht mehr herauszuwaschen war. Ratlos wartete er einen Moment, durchquerte dann jedoch die Küche, legte einen Arm um ihre Schultern und fragte sie mit ruhiger Stimme: »Was ist alles?«

»Alles!«

Er unterdrückte einen Seufzer und zog in Erwägung, sich an den Tisch zurückzuziehen und einen Schluck Bier zu trinken, bis das Elend von selbst aus ihr herausbrach. Irgendetwas jedoch hielt ihn davon ab.

»Rede mit mir«, bat er sie statt dessen. »Ich bin ganz Ohr.«

Sie machte sich unsanft von ihm los. »Du würdest es nicht verstehen. Du würdest nur sagen, es ist nicht weiter wichtig. Und außerdem hast du Jamie sowieso noch nie gemocht.«

Insgeheim hoffte er, sie und Jamie hätten sich getrennt. Dann jedoch trat er sich dafür, dass er seiner Tochter ein derartiges Unglück wünschte, im Geiste in den Hintern. Himmel, irgendwie und was machte er im Umgang mit dem Mädchen ständig falsch. »Habt ihr beide euch gestritten?«

»Ja. Setz dich. Dein Essen ist wahrscheinlich ruiniert. Ich habe versucht, es warm zu halten.«

Er gehorchte widerspruchslos, denn sie würde ihm von ihren Problemen sowieso erst dann erzählen, wenn sie dazu bereit war.

Sie zog einen zugedeckten Teller aus dem Ofen, fummelte zornig die Folie herunter und stellte ihn vor ihrem Vater auf den Tisch.

Er blickte auf zwei panierte Schweinskoteletts, einen Haufen leicht verkochter Brokkolis sowie eine aufgrund der langen Wartezeit leicht verschrumpelte gebackene Kartoffel und erklärte brav: »Sieht echt lecker aus.«

»Lüg nicht.« Sie nahm ihm gegenüber Platz. »Du solltest mich benachrichtigen, wenn du so spät heimkommst.«

»Das habe ich getan. Hör zur Abwechslung mal den Anrufbeantworter ab. Ich habe es im Verlauf des Tages an die fünfzehnmal versucht.«

Endlich kam eine Reaktion. Ihr sonnenverbranntes Gesicht wurde noch röter.

Er lenkte ein. »Ihr wart also am Strand?«

»Habe ich etwa vergessen, das zu sagen?« Wenigstens war sie so höflich, ihm bei dieser Frage nicht ins Gesicht zu sehen.

»Ich glaube, ja. Ich nehme halt an, dass ihr am Strand gewesen seid. Du bist ziemlich verbrannt.«

Sie seufzte und erklärte dann mit jämmerlicher Stimme: »O Dad, es ist einfach alles Scheiße.«

»Das ist es in deinem Alter meistens. Aber es ist schwierig, Mitgefühl zu haben, wenn ich gar nicht weiß, was los ist.«

»Jamie war so gemein! Wir wollten die anderen im Einkaufszentrum treffen, aber er ist trotzdem mit mir an den Strand gefahren, und ich weiß, dass du nicht wolltest, dass ich mit ihm alleine dorthin fahre …«

Er nickte. »Nicht, ohne mich vorher zu fragen.«

»Das habe ich ihm auch gesagt, aber er hat nicht auf mich gehört. Also sind wir an den Strand gefahren, und als ich deshalb sauer war, hat er angefangen, mich zu hänseln, weil ich ein solches Baby wäre. Da wurde ich noch wütender und habe ihm gesagt, dass er mich nach Hause bringen soll.«

Sie machte eine Pause und wischte sich die Tränen aus den Augen. »Aber das hat er nicht getan, und deshalb habe ich einen anderen Freund gefragt, ob er mich abholt.«

»Aber wo bist du dann gewesen? Schätzchen, du warst den ganzen Tag nicht zu Hause. Ist sonst noch was passiert?«

Wieder konnte sie ihrem Vater nicht offen ins Gesicht sehen, und so fragte Gil mit mühsam beherrschter Stimme: »Schätzchen?«

Als Antwort kam lediglich ein leises Schniefen.

»Trina?«

»Tja …« Ihre Stimme bebte. »Da war dieser andere Typ, den ich von der Schule kenne. Und Jamie war so fürchterlich gemein.«

»Was genau hat er getan?«

»Er hat Sand nach mir getreten, ihn mir in die Augen geworfen und gedroht, mir eine zu kleben, wenn ich nicht endlich aufhöre, mich zu benehmen wie ein Kleinkind.«

»Himmel.« Spontan fiel Gil seine Waffe ein, die in seinem Schulterhalfter steckte, doch obgleich er den Gedanken gleich verdrängte, war er machtlos gegen den heißen Zorn, den er mit einem Mal empfand. »Sprich weiter.«

»Tja … wie gesagt, da war noch dieser andere Typ, der versprach, mich nach Hause zu fahren. Ich wollte mit ihm gehen, woraufhin Jamie noch wütender geworden ist.«

Gil biss die Zähne aufeinander und nickte.

»Also haben Randy – das ist der andere, er spielt bei uns an der Schule Football – und Jamie sich geschlagen. Wobei Jamie angefangen hat.«

Was Gil nicht weiter überraschte.

»Randy hat Jamie irgendwann zu Boden geschlagen, und dann sind wir beide zu seinem Wagen gerannt und losgefahren. Randy meinte, wir sollten eine Weile durch die Gegend fahren, weil Jamie sicher sauer wäre und vielleicht zu mir nach Hause käme. Das fand ich in Ordnung. Ich hatte keine Sonnenmilch dabei, und er hat ein Cabrio, also habe ich einen Sonnenbrand bekommen … und außerdem …«

»Tief durchatmen, Schätzchen, das macht alles leichter.«

Sie nickte und atmete ein paarmal zitternd durch. »Als er mich gegen drei nach Hause gefahren hat, war Jamie tatsächlich hier, und ich hatte solche Angst, dass wir, bevor er uns entdeckt hat, wieder weggefahren sind. Aber schließlich musste Randy heim, ich habe mich in Clearwater von ihm absetzen lassen und bin mit dem Bus hierher gefahren. Ich dachte, du wärst inzwischen zu Hause …«

»Aber ich war noch nicht da. Warum hast du mich nicht angerufen?«

»Was hätte mir das schon genutzt? Du hast doch immer irgendwas zu tun! Und du hattest einen neuen Mordfall. Louise hat mir gesagt, du wärst in Tampa. Was hättest du also gemacht?«

Wieder hatte ihre Stimme einen schrillen Klang bekommen, und erneut rannen ihr heiße Tränen über das Gesicht. »Jamie … Jamie war nicht mehr da, als ich nach Hause kam. Wahrscheinlich hat er angenommen, du kämst jeden Moment heim. Aber ich hatte solche Angst …«

Gil schob sein inzwischen kaltes Essen an die Seite, streckte einen Arm aus und ergriff ihre Hand. »Tut mir so Leid, Schätzchen. Das ist wirklich schrecklich. Aber wenn du mich direkt angerufen hättest, hätte ich ganz sicher einen Weg gefunden, um dich abzuholen oder dir auf jeden Fall jemanden geschickt.«

»Mom hasst es, wenn ich sie bei der Arbeit störe. Sie sagt, dass ihr Boss dann furchtbar sauer wird.«

»Ich hasse es ganz bestimmt nicht, wenn du anrufst. Schließlich habe ich dir meine Handynummer extra dafür gegeben, dass du mich *immer* erreichen kannst.«

Schniefend nickte sie. »Iss jetzt erst mal.«

»Gleich. Trina, wir müssen über Jamie reden.«

»Nein! Du kannst ihn sowieso nicht leiden. Er war einfach nur sauer, Dad. Jeder wird mal sauer.«

»Weshalb zum Teufel hattest du aber eine solche Angst vor ihm?«

Sie zuckte mit den Schultern. »Ich mag es halt nicht, wenn jemand derart sauer auf mich ist.«

»Vor mir hast du dich noch nie versteckt, wenn ich sauer auf dich war. Das Risiko, *mich* sauer zu machen, gehst du also bereitwillig ein.«

»Das ist nicht dasselbe.«

»Genau das ist das Problem«, erklärte Gil mit Nachdruck. »Auch deine Freunde sollten mal sauer auf dich sein können, ohne dass du deshalb Angst vor ihnen hast.«

»Wir werden uns bestimmt wieder vertragen«, antwortete sie, und er merkte, wie sie sich erneut vor ihm verschloss.

Egal, was er weiter zu diesem Thema sagen würde – er würde bei seiner Tochter auf Granit beißen. Denn schließlich war sie verliebt.

Und *Verliebtheit* war einer der dümmsten und gefährlichsten Zustände, die es seines Erachtens überhaupt bei Menschen gab.

»Um Himmels willen, mach die Klappe wieder zu!«

Anna presste die Lippen aufeinander und starrte in das Gesicht ihrer Zwillingsschwester Nancy. »Was zum Teufel machst du hier? Warum hast du nicht angerufen?«

»Weil ich Hals über Kopf aus Austin abgehauen bin.«

»Was hast du verbrochen? Eine Bank überfallen oder jemanden ermordet?«

»Meine Freundin hat mich sitzen lassen, und ich kam zu dem Schluss, dass es für mich das Beste wäre, eine Zeit lang aus Austin zu verschwinden.«

Anna gewann die Kontrolle über ihre Gliedmaßen zurück und schloss hinter sich die Tür. Dann musterte sie ihre, abgesehen von der Westernkleidung zum Verwechseln ähnlich sehende, heiß geliebte Schwester.

Schließlich fragten sie beide unisono: »Wann hast du dir die Haare schneiden lassen?«, fielen einander lachend in die Arme und herzten sich, bis ihre Rippen schmerzten.

»Vor zwei Monaten«, erklärte Anna, als sie wieder Luft bekam.

»Ich auch«, antwortete Nancy. Jetzt hatten sie beide einen glatten, schulterlangen Bob.

Doch die veränderte Frisur war nicht das Einzige, was Nancy auffiel. »Du siehst ungefähr so elend aus wie ich mich fühle. Was ist passiert? Hat irgendein Typ dich sitzen lassen? Ich wusste nicht mal, dass du einen Typen hast.«

»Hatte und habe ich auch nicht. Nein, letzte Nacht gab es einen Diebstahl im Museum. Ein unbezahlbares Stück aus der Maya-Ausstellung wurde gestohlen.«

»Oh, Gott.« Nancy schwang sich auf einen der Hocker an der Frühstückstheke in der Küche und sah ihrer Schwester beim Teekochen zu. Tee war ein unerlässlicher Bestandteil ihrer vertraulichen Gespräche. »Das macht dich sicher völlig fertig. Ich weiß, wie viel dir gerade diese Ausstellung bedeutet.«

Anna zuckte mit den Schultern. »Gott sei Dank bin ich für die Sicherheit nicht zuständig.« Die anderen, dunkleren Gedanken, die sie plagten, behielt sie, damit sich Nancy keine Sorgen um sie machte, zumindest vorläufig für sich. »Und was ist mit dir?«

»Oh.« Auch Nancy zuckte mit den Schultern. »Wie ich bereits sagte, Peggy hat mich sitzen lassen.«

»Nach zwei Jahren?«

»Tja, guck dir heterosexuelle Beziehungen an.«

»Stimmt. Trotzdem musst du doch völlig fertig sein.«

Wieder zuckte Nancy mit den Schultern. »Ich weiß noch nicht genau. Zurzeit bin ich spinnewütend, und ich dachte, bevor ich eine Dummheit mache und versuche, ihr ihr Verhalten heimzuzahlen, haue ich besser ab. Dann kam ich zu dem mehr oder weniger beruhigenden Schluss, dass ihre neue Freundin Peggys zahllose Fehler gerne selbst entdecken soll. Sie räumt niemals irgendetwas auf. Sie hat mich, soweit ich weiß, mindestens dreimal mit einer anderen betrogen. Sie trinkt zu viel, und ich nehme an, es wird nicht mehr lange dauern, bis sie mit dem Alkohol ein ernsthaftes Problem kriegt.«

»Und all diese Dinge vermisst du?«

In Nancys Augen sammelten sich Tränen. »Ja. Irgendwie habe ich sie tatsächlich geliebt«, gestand sie und fügte mit einem zittrigen Lachen hinzu: »Sicher wirst du mir jetzt erklären, du hättest es mir von Anfang an prophezeit.«

»Oh, Nancy…« Anna wusste nicht, was sie darauf erwidern sollte. Die sexuelle Orientierung ihrer Schwester rief ein gewisses Unbehagen in ihr wach. Aber trotzdem, und obgleich sie seit über einem Jahr versucht hatte, sie von Peggy abzubringen, empfand sie echtes Mitgefühl wegen ihres Kummers.

»Egal. Ich bin ohne sie viel besser dran«, erwiderte Nancy ohne große Überzeugung. »Und schließlich kommst du auf diese Weise in den nächsten beiden Wochen in den Genuss meiner Gesellschaft. Du bist ja hoffentlich total begeistert davon.«

»Das bin ich tatsächlich.« In der Tat hätte der Besuch zu keinem besseren Zeitpunkt erfolgen können. Denn auch wenn Anna ihre Schwester keiner Gefahr aussetzen wollte, war Alleinleben das Letzte, was sie derzeit wollte. »Ich kann dir gar nicht sagen, wie sehr ich mich darüber freue, dich zu sehen.« Sie merkte, dass ihre Schwester das Thema Peggy dringend beenden wollte.

»Ja.« Nancy bedachte sie mit einem breiten Lächeln. »Ich auch. He, ich wette, du hast heute jede Menge Cops getroffen. Irgendein Prachtexemplar dabei?«

»Für mich oder für dich?«

»Natürlich für dich. Ich habe kein Interesse daran, mich

mit jemandem einzulassen, der einen halben Kontinent von mir entfernt lebt.«

»Tja, da war dieser prachtvolle Detective, aber er ist aus St. Pete.«

»Das ist doch nur ein Katzensprung von hier entfernt.«

Anna lachte, schüttelte jedoch, während sie die Kanne und zwei Becher auf den Tresen stellte, entschieden ihren Kopf. »Er hat einen Fall, und ich bin darin verwickelt.«

»Das ist natürlich blöd. Dann war also die Pocal-Ausstellung betroffen? Das Zeug, das Dad gefunden hat?«

»Dad hat es nicht wirklich gefunden.«

Nancy verzog das Gesicht. »Okay, okay. Zähl ruhig wieder Erbsen. Aber es sind doch die Sachen, oder?«

»Ja.«

»Cool. Endlich kannst du sie dir mal ansehen.« Sie drehte sich auf ihrem Hocker um und musterte Anna. »Aber ... rufen die Stücke nicht ein gewisses Unbehagen in dir wach?«

Selbst wenn es so war, gäbe Anna das Nancy gegenüber bestimmt nicht zu. Sie hatte sich ihr Leben lang bemüht, weniger fantasievoll als ihre Mutter, ihre Tante und ihre Schwester zu sein. Nancy mochte denken, als Programmiererin wäre sie ein nüchterner, realitätsbezogener Mensch, aber sie arbeitete an Geräten mit Namen wie Ikarus und Gandalf, an den Wochenenden spielte sie *Dungeons & Dragons*, sie verschlang Sciencefiction und Fantasy-Romane und kannte die genauen technischen Daten der *Enterprise* – und zwar nicht der Raumfähre der NASA, sondern des fiktiven Raumschiffs, auf dem Captain Kirk mit seiner Mannschaft durch das All geflogen war.

All das war ein Teil von Nancys ganz besonderem Reiz. Sie wirkte weitaus lebhafter als ihre Schwester, die eher gelassen und bodenständig war.

Doch selbst jetzt, nachdem sie beide erwachsen und beruflich durchaus erfolgreich waren, gäbe Anna nie freiwillig zu, dass auch sie durchaus über eine gewisse Einbildungskraft verfügte, und so war ihre Antwort auf die Frage ein vehementes »Nein!«.

»Rrrrrring«, imitierte Nancy das Geräusch, das bei Quizsendungen im Fernsehen nach einer falschen Antwort kam. »Für die Antwort hast du eindeutig zu lange gebraucht.«

»Ach, vergiss es.«

»Nein, sicher nicht. Unter anderem bin ich hier, um mir die Ausstellung zu Gemüte zu führen. Denkst du, ich wollte nicht sehen, wofür unser Dad gestorben ist?«

»Nancy, er ist nicht *für* diese Dinge gestorben, sondern schlicht und einfach durch ein *Erdbeben.*«

»Ja. Okay. Ein Erdbeben war schuld.« Nancy legte den Kopf auf die Seite und betrachtete ihre Schwester. »Das Problem mit dir ist, dass du keine Magie in dein Leben lassen willst.«

»Magie? Wozu soll die gut sein?«

»Keine Ahnung. Vielleicht macht sie das Leben etwas interessanter.« Nancy griff nach der Kanne, füllte die beiden bereit stehenden Becher und sog den Duft des grünen Tees begierig in sich ein. »Du kaufst das wirklich gute Zeug. Lecker. Ich muss mich auf die Beutel aus dem Supermarkt beschränken.«

»Warum?«

Nancy zuckte mit den Schultern. »Peggy hat mich… ärmer zurückgelassen, als ich zu Anfang unserer Beziehung war.«

»Oh, Mann.« Anna wusste nicht – sollte sie die Schwester tröstend umarmen oder frustriert schütteln? »Wie hat sie das geschafft?«

»Nicht sie hat das geschafft, sondern ich allein. Ich habe

ihr einen neuen Wagen gekauft und ihr eine Kreditkarte gegeben. Ich bin also selbst an meinem finanziellen Elend schuld.« Wieder stiegen ihr Tränen in die Augen, und Anna drückte ihr begütigend die Schulter.

»Das tut mir Leid. Das tut mir wirklich Leid.«

»Das Leben ist dazu da, um Erfahrungen zu sammeln. Mit einer Sache hast du Recht. Ich neige dazu zu springen, ohne vorher zu gucken, wie tief das Wasser ist. Ich werde es überleben. Ich muss halt eine Zeit lang etwas vorsichtiger sein.«

»Trotzdem tut es mir Leid.«

Auch hinter dem neuerlichen Schulterzucken konnte Nancy ihr Elend nicht verbergen, und Anna krampfte sich das Herz vor Mitgefühl zusammen.

»Aber«, meinte Nancy nach einer Minute, »lass uns nicht von dem Thema abkommen, dem *du* auszuweichen versuchst. Schließlich ist es viel interessanter als *mein* idiotisches Problem. Dad ist tot. Erdbeben oder Fluch, was macht das schon für einen Unterschied? Ich glaube lieber, dass er nicht aufgrund eines total sinnlosen Unfalls ums Leben gekommen ist.«

»Ich glaube das lieber nicht.«

Nancy griff nach ihrem Becher und blickte ihre Schwester über den Rand hinweg an. »Wie kommt es, dass du so anders bist als wir?«

»Ich glaube, ich habe dadurch etwas kompensiert. Irgendjemand musste in unserem Haushalt praktisch und bodenständig sein.«

Nancys Blick wurde verträumt. »Weißt du, ich glaube, aus genau dem Grund hat Dad Mom derart geliebt. Weil sie weder praktisch noch bodenständig war. Ich denke, sie war für ihn der Ausgleich zu all der Ingenieursarbeit, die er jahrein, jahraus geleistet hat.«

»Möglich.« Anna blickte in den Dampf, der aus ihrem Becher aufstieg. »Aber… über Magie auch nur nachzudenken ist völlig sinnlos. Sie hat keinerlei Nutzen.«

»Eventuell hast du Recht. Du bist genauso wie Dad. Er war immer solide, zuverlässig, bodenständig. Vielleicht wolltest du von klein auf so sein wie er.«

»Vielleicht.«

»Und trotzdem glaube ich nach wie vor, dass der Fluch etwas mit seinem Tod zu tun hat. Ich weiß nicht, ob ich es ertragen würde, im Rahmen meiner Arbeit mit solchen Sachen umzugehen. Ich meine, ich möchte sie gerne sehen, aber ich will sie nicht berühren.«

Anna zuckte mit den Achseln. »Ich hätte keine Angst, sie zu berühren. Aber… niemand hat die Gegenstände berührt. Zumindest nicht, soweit ich weiß. Wir haben den Fluch im Rahmen der Werbung für die Ausstellung gezielt in den Vordergrund gestellt.«

»Hat Dad jemals etwas von den Sachen angefasst?«

»Keine Ahnung. Möglich wäre es. Aber weshalb hätte er es tun sollen? Schließlich war er mit den Ausgrabungen nicht beschäftigt.«

»Dann trifft der Fluch womöglich nicht nur Menschen, die die Sachen tatsächlich berühren.«

Bei dem Gedanken rann Anna ein Schauder über den Rücken, und sie sagte entschieden: »Nancy…«

»Okay, okay«, erklärte ihre Schwester lachend. »Ich hör ja schon auf. War alles nur ein Spaß.«

Anna konnte darüber allerdings, nachdem ihr eventuell ein Verrückter auf den Fersen war, nicht lachen.

Langsam drehte sie den Kopf und schaute zu den zugezogenen Vorhängen vor den breiten Fenstern. Plötzlich hatte sie den Eindruck, als böten sie nur unzureichend Schutz vor der Dunkelheit der Nacht.

Trina stellte sich vor dem Zubettgehen noch unter die Dusche, und Gil machte es sich in seinem Liegesessel im Wohnzimmer bequem. Halb döste er und halb dachte er über die Geschehnisse des Tages nach – angefangen bei den Erlebnissen von Trina über den Mord bis zu dem Diebstahl im Museum, vor allem jedoch über Clarence Tebbins, der ihm nicht geheuer war.

Sie waren auf der Suche nach einem durchtriebenen Dieb und Mörder, aber der Gedanke an Tebbins rief keine geringere Sorge in ihm wach. Der Mann war nicht ganz – echt. Eine bessere Beschreibung fiel ihm nicht ein. Und seine Anwesenheit im Museum, als am Vorabend der Dolch gefunden worden war, war ein derart großer Zufall, dass er sofort Argwohn in ihm wachgerufen hatte.

Aber die ganze Geschichte war höchst vertrackt. Seufzend rappelte er sich aus seinem Sessel und holte Block und Bleistift. Trina hantierte noch im Badezimmer herum, und als er sich wieder in seinen Sessel plumpsen ließ, drang durch die Tür das Summen ihres Föhns.

Okay. Der Wachmann. Eddy Malacek. Tebbins zufolge war auf den nächtlichen Videoaufnahmen nichts Ungewöhnliches zu sehen. Sie zeigten sogar, wie Malacek das Haus nach Eintreffen des neuen Wachmanns zum Schichtwechsel um kurz nach acht verließ.

Also musste Malacek in irgendeiner Weise in den Diebstahl verwickelt gewesen und nach seiner Ankunft zu Hause nach einer im besten Fall einstündigen Fahrt – also gegen neun – ermordet worden sein.

Die Nachbarn hatten angeblich nichts Ungewöhnliches bemerkt, doch er wusste nicht, ob das tatsächlich stimmte. Die Menschen achteten oft nicht auf Kleinigkeiten, wie zum Beispiel, wann der Wagen ihres Nachbarn vor seiner Haustür stand. Angenommen, es hätte keine Auffälligkeiten gegeben, und Eddy wäre zur gewohnten Zeit daheim erschienen, dann musste er von jemandem erwartet worden sein.

Gil machte sich eine Notiz, die Nachbarn noch einmal gründlich zu befragen.

Morgen müsste er Eddys Freunde überprüfen, um herauszufinden, ob einem von ihnen etwas aufgefallen oder ob Eddy an den Tagen vor dem Diebstahl irgendwie anders als sonst gewesen war.

Aber Eddy erweckte kein so großes Interesse mehr bei ihm wie noch am frühen Morgen. Seit den Gesprächen mit Tebbins und Anna war der Diebstahl für Gil in den Vordergrund gerückt.

Erstens hatte es keinen Alarm gegeben.

Zweitens war auf den Videoaufnahmen nicht die mindeste Auffälligkeit.

Drittens waren die Bewegungsmelder nicht einmal ausgestellt gewesen.

Zusätzlich war da das Problem mit dem kopierten Dolch. Er war auf Annas Schreibtisch aufgetaucht, dann, während das Museum voll mit Gästen gewesen war, im Verlauf des Abends wie durch Zauberei wieder verschwunden. Und Tebbins konnte es bezeugen.

Was ihn störte. So wie ihn vieles an der Sache störte. Er konnte es drehen und wenden, wie er wollte, dauernd wurden Tebbins oder Anna impliziert.

Das Verbrechen selbst ließ auf einen Menschen mit Insider-Kenntnissen schließen. Auf jemanden, der wusste, wie die Dinge liefen, und dem das Sicherheitssystem bekannt war. Also standen auch Dinah Hudson und einige von ihren Leuten zumindest vorläufig unter Verdacht.

Plötzlich fragte er sich, wie er hatte so blind sein können, griff nach dem Telefon und wählte die Privatnummer von

Clarence Tebbins. Statt der Stimme des Detectives drang jedoch der Standardsatz der Voice-Mail durch den Apparat und erklärte, er könne gerne eine Nachricht hinterlassen.

»Tebbins, hier spricht Garcia. Mir ist gerade etwas eingefallen. Rufen Sie mich an.«

Dann legte er mit dem Gedanken, wie verhasst ihm Voice-Mails waren, den Hörer wieder auf. In den Tagen der guten, alten Anrufbeantworter hatten sich die Menschen noch, während man die Nachricht auf ihr Band gesprochen hatte, nach Belieben in das Gespräch einschalten können. Nun, da die Telefongesellschaft die Arbeit übernommen hatte, konnte man als Angerufener die Nachricht nicht mal unterbrechen.

Aber er wurde von Tebbins nicht enttäuscht. Keine zwei Minuten später kam bereits der Rückruf.

»Hier spricht Tebbins«, sagte die hohe, leicht nasale Stimme. »Ich sitze hier, nippe an einem Gläschen Cognac und gehe die Ereignisse des Tages noch einmal in Gedanken durch.«

Sofort sah Gil eine düstere Bibliothek aus dem neunzehnten Jahrhundert vor sich, in deren reich verziertem marmornem Kamin ein Feuer prasselte. Super, wenn man es im Fernsehen sah, in Florida hingegen schrecklich. »Ich sitze hier, kippe eine Limo in mich rein und warte darauf, dass meine Tochter aus dem Bad kommt, damit ich ein paar neue Regeln für den Umgang mit ihrem Freund aufstellen kann.«

Tebbins knarrendes Gelächter drang an sein Ohr. »Töchter und Freunde. Das blieb mir bisher erspart.«

»Sie wissen gar nicht, was für ein Glück Ihnen damit beschert ist«, kam Gils trockene Antwort.

»Aber Sie haben sich die bisherige Wartezeit durch Nachdenken verkürzt?«

»Wie wohl sonst? Wenn einmal der Tag kommt, an dem es mir gelingt, nicht über meine Arbeit nachzudenken, ziehe ich ernsthaft einen einwöchigen Urlaub in Erwägung.«

»Ich nutze meine Ferien zum Denken. Oh, ja«, erklärte Tebbins in selbstzufriedenem Ton. »Es gibt nichts Schöneres, als eine Woche an einem Strand in der Karibik, um das Hirn in Schwung zu bringen. Die Langeweile, die an solchen Orten herrscht, bewirkt die reinsten Wunder.«

»Darauf kann ich gern verzichten.«

»Sie sagten, Ihnen wäre etwas eingefallen?«

»Ja. Bisher haben wir uns auf den heute Morgen ermordeten Wachmann konzentriert. Hat sich schon irgendjemand um den Mann gekümmert, von dem er abgelöst worden ist?«

»Bisher nur sehr flüchtig. Er war deutlich auf dem Band zu sehen, und bereits eine Stunde, nachdem er zum Dienst erschienen war, waren außer ihm auch die meisten Angestellten des Museums da. Einige schon früher. Die Aufnahmen zeigen, wie er sie zwischen acht Uhr dreißig und neun nacheinander hereinlässt.«

»Hmm. Und hat jemand überprüft, ob er die Leute wirklich *heute* Morgen hereingelassen hat?«

»Ich glaube, ja. Wenn ich mich recht entsinne, haben mindestens drei Leute bestätigt, von ihm vor der offiziellen Öffnung eingelassen worden zu sein. Wir haben ihre Namen irgendwo notiert.«

»Okay«, erklärte Gil mit enttäuschter Stimme, etwas jedoch ließ ihm nach wie vor keine Ruhe. »Wissen Sie, irgendwas stimmt nicht mit den Videoaufnahmen der vergangenen Nacht.«

»Das glaube ich auch. Ich lasse sie zurzeit überprüfen.«

»Eddy Malacek wurde eventuell nur deshalb umgebracht, weil er zufällig irgendetwas mitbekommen hat.«

»Möglich. Oder er hat sich tatsächlich eine Überdosis gespritzt.«

Gil dachte an die Ermittlungen des Vormittags zurück. »Er wurde ermordet. Und zwar direkt, nachdem er zu Hause eingetroffen war.«

»Tja, ich kann nicht leugnen, dass es eine Verbindung zwischen diesen beiden Fällen geben könnte. Zufälle in dieser Größenordnung passieren normalerweise nicht.«

»Also, ich mache mir Gedanken über den Wachmann, von dem er heute Morgen abgelöst worden ist. Können wir ihn morgen befragen?« Er hasste es, darum bitten zu müssen. Die Tatsache, dass das Museum nicht zu seinem Zuständigkeitsbereich gehörte, würde ihn bei den Ermittlungsarbeiten schwer zu schaffen machen.

»Ich werde es arrangieren«, meinte Tebbins. »Auch wenn die Chance, dass dabei was herauskommt, eher gering ist. Er hat bereits gesagt, dass bei seiner Ankunft alles normal gewesen sei. Auch, was er während der kritischen Stunde bis zur Öffnung der Türen getan hat, wissen wir genau.«

»Und was war von neun bis zehn? Die Öffentlichkeit wird erst ab zehn hereingelassen.«

»Er stand vorne am Empfangstisch, und man kann deutlich auf den Videos sehen, dass die Besucher in regelrechten Scharen herbeigeströmt sind. Aber lassen Sie uns trotzdem noch mal mit ihm reden. Wann?«

»Morgen nach Ende seiner Schicht. Vorher muss ich mich noch mit ein paar von Malaceks Freunden unterhalten.«

»Kein Problem. Ich werde den Termin festlegen.« Tebbins machte eine kurze Pause. »Haben Sie sich auch über Anna Lundgren Gedanken gemacht?«

»Ja«, antwortete Gil, und plötzlich wurde ihm etwas bewusst. »Viele Indizien zeigen auf sie, aber sie ist einfach zu intelligent, um sich bei der Ausübung eines Verbrechens derart stümperhafte Fehler zu erlauben.«

»Oder intelligent genug, um es absichtlich zu tun«, widersprach Tebbins.

Meine Güte, dachte Gil, die Zusammenarbeit mit diesem Typen würde bestimmt unterhaltsam. Zumindest, solange er auf der Suche nach dem »Meisterdieb« oder der »Meisterdiebin« war.

»Möglich«, sagte er nach kurzem Zögern. »Obwohl mein Bauch mir etwas anderes sagt.«

»Ach, Sie reden also mit Ihrem Bauch.«

Gil richtete sich ungeduldig in seinem Sessel auf. »Meinetwegen nennen Sie es Instinkt.«

»Ich bevorzuge die Arbeit meines Hirns. Es denkt effektiv klarer als mein Bauch.«

Gil hörte die Belustigung in Tebbins' Stimme, was ihn absolut nicht besänftigte. Er hätte alles dafür gegeben, mit seinem gewohnten Partner zusammenarbeiten zu können statt mit diesem Scherzkeks.

»Irgendetwas ist faul.«

»Allerdings, und zwar nicht nur im Staate Dänemark.«

Fast gegen seinen Willen grinste Gil. Wenn auch Tebbins nicht gerade mit dem ihm zugespielten Ball temperamentvoll davonlief, nahm er ihn doch zumindest auf und warf ihn umgehend zurück.

»Okay«, erklärte Gil. »Wir reden morgen weiter.«

»Klar.« Gils Einmischung in seine Arbeit schien Tebbins nicht im Mindesten zu stören. Wirklich anerkennenswert.

Nach dem Ende des Gesprächs stellte Gil das Telefon zur Seite und streckte sich erneut in seinem Sessel aus. Dem verstummten Föhn zufolge käme seine Tochter jeden Moment aus dem Bad, was hieß, dass der verschobene Streit um den blöden Jamie gleich stattfinden würde.

Während der wenigen bis dahin verbleibenden Minuten jedoch dachte er statt an Trina über die Frage nach, weshalb er derart zögerte, Anna auf die Liste der Verdächtigen zu setzen, während er es bei Tebbins bereitwillig tat.

Die Antworten, die er sich darauf geben musste, waren alles andere als behaglich.

In der Dunkelheit von Annas Garten stand der Beobachter im Schutz einer hohen Azalee und verfolgte durch die zugezogenen Vorhänge die Schatten zweier Frauen. Er hatte Anna nach Hause kommen sehen, die andere Frau hingegen nicht. War sie bereits da gewesen? Oder hatte er ihr Erscheinen irgendwie verschlafen?

Beides war beunruhigend, und eine Zeit lang hatte er die ernsthafte Befürchtung, sein sorgfältig zurechtgelegter Plan schlüge aus irgendwelchen Gründen fehl. Dann jedoch erinnerte er sich daran, dass der rechte Zeitpunkt ja noch nicht gekommen war. Er musste Anna nicht heute erwischen. Sie hatte noch kein Verständnis für ihre persönliche Rolle in dem Drama, und solange sie nicht wusste, wie diese Rolle aussah, brauchte er ihr nichts tun.

Nein, dies war erst der Beginn des zweiten Akts, in dem es darum ging, ihr und anderen seine Botschaft zu verkünden. Vor allem jedoch ihr, denn sie war die Person, um die sich alles drehte.

Trotzdem stand er noch eine Weile im Gebüsch und genoss den Gedanken an seinen Sieg vom letzten Abend sowie die freudige Erwartung der bevorstehenden Siege, mit denen er die Schlinge um Annas Hals beständig enger werden ließe.

Er fühlte sich zu ihr hingezogen, wurde ihm mit einem Mal bewusst. Obgleich es für ihn hier an diesem Ort nichts mehr zu tun gab, wollte er nicht gehen. Er wollte nur stehen bleiben und ihren Schatten durch die Vorhänge verfolgen.

Aber natürlich fühlte er sich zu ihr hingezogen, erinnerte er sich. Schließlich verband sie der Fluch und der beidseitige Kampf um Leben und Tod.

Es war Zeit zu gehen, ermahnte er sich streng. Je länger er hier stand, um so größer wurde die Gefahr, dass irgendjemand ihn entdeckte und die Polizei rief.

In dieser Sekunde zuckte nach Stunden der Ruhe ein kräftiger Blitz über den Himmel, und das ohrenbetäubende Krachen des abermals nahenden Gewitters diente ihm als Warnung.

Bis er seine Mission beendet hatte, konnte der Jaguargott ihn jederzeit erwischen. Und unter den Ästen eines großen Baums zu stehen, war, selbst wenn man nicht verflucht war, bei einem Gewitter alles andere als schlau.

Er verwischte seine Fußabdrücke auf dem nassen Rasen und der regenschweren Erde, starrte ein letztes Mal zu Annas Fenster und verschmolz dann lautlos wie der Jaguar, als dessen Diener er sich betrachtete, mit der Dunkelheit der Nacht.

8

Anna verbrachte einen schrecklichen Vormittag mit dem Vertreter des mexikanischen Museums. Dem gefiel zwar die Aufmachung der Ausstellung, aber er beschwerte sich unablässig über den Diebstahl des Dolches. Selbst nachdem die eilig herbeigerufene Dinah Hudson ihm das Sicherheitssystem noch einmal ausführlich erläutert hatte, plapperte er ein ums andere Mal: »In Mexiko gibt es so etwas nicht.«

Zur allgemeinen Überraschung hatte die Polizei das Museum wieder für den Publikumsverkehr geöffnet. Anna hatte angenommen, dass sie die Öffentlichkeit zumindest noch eine Zeit lang von der Kammer würde fern halten wollen, doch anscheinend ging man davon aus, dass es keine Spuren mehr vor Ort zu sichern gab. Noch überraschender jedoch war die Erkenntnis, dass der Diebstahl das Interesse der Öffentlichkeit an der Ausstellung offensichtlich noch gesteigert hatte, denn die Zahl der Besucher war wesentlich höher als am Vortag.

Gegen Mittag, als sie Señor Cuestas endlich Ivar, der aussah, als hätte er eine ganze Flasche Lebertran geschluckt, überlassen konnte, zogen sich lange Warteschlangen durch die Eingangshalle des Museums, und das, obgleich drei Kartenverkaufsschalter geöffnet worden waren, statt wie am Eröffnungstag nur zwei.

Anna hoffte, dass das Interesse der Menschen bis zum Ende der Ausstellung erhalten blieb.

Dann entdeckte sie Gil Garcia, der gemeinsam mit

einem zirka fünfzehnjährigen Mädchen in einer der Schlangen stand. Die hübsche junge Frau hatte lange, rabenschwarze Haare und die gleichen durchdringenden dunklen Augen wie der Polizist. Abgesehen davon schien sie einen schmerzhaften Sonnenbrand zu haben. Und die Art, in der sie sich bewegte, machte deutlich, dass der Stoff ihres ärmellosen T-Shirts und ihrer kurzen weißen Hose unangenehm auf ihrer Haut war.

Eigentlich war Anna auf dem Weg in ihr Büro, nun jedoch blieb sie stehen und trat stattdessen auf die beiden Besucher zu. »Hi. Wollen Sie die Ausstellung besuchen?«

Gil bedachte sie mit einem Lächeln. »Meine Tochter, ja. Wenn ich beruflich unterwegs bin, ist es zu Hause ziemlich langweilig für sie. Ich dachte, ein Museumsbesuch macht ihr vielleicht Spaß.«

Der Blick des jungen Mädchens verriet gewisse Zweifel.

»Also, die Ausstellung ist wirklich toll«, erklärte Anna vergnügt. »Aber du darfst auch ohne Eintrittskarte rein. Meine Schwester steht bereits dahinten und wartet auf die nächste Führung. Ihre Tochter könnte sich ihr anschließen. Nancy ist wirklich unterhaltsam. Ein bisschen verrückt, aber auf eine durchaus angenehme Art.«

Bei diesen Worten hellte sich die Miene von Gils Tochter etwas auf. Alleine die Ausstellung anzusehen, war nämlich absolut nicht interessant. »Dad?«, fragte sie deshalb mit hoffnungsvoller Stimme.

»Ja, klar«, entschied Gil. »Wie sieht Ihre Schwester aus?«

»Du kannst sie nicht verpassen«, erklärte Anna dem jungen Mädchen lachend. »Sie ist meine Zwillingsschwester und sieht, abgesehen davon, dass sie in Cowboy-Klamotten durch die Gegend läuft, genauso aus wie ich.«

Bei diesen Worten wurde das Gesicht des Mädchens beinahe fröhlich.

»Sie kommt aus Austin«, erläuterte Anna. »Sie hat es inzwischen im Blut.«

»Oh, Entschuldigung«, sagte Gil, dem plötzlich seine Manieren einfielen. »Das hier ist meine Tochter Trina. Trina, das ist Ms. Lundgren, die Direktorin des Museums.«

Was Trina nicht weiter zu beeindrucken schien. Belustigt meinte Anna: »Meine Schwester ist der totale Computer-Freak. Am besten sprichst du sie sofort auf *Star Trek* oder den *Herrn der Ringe* an.«

Trina entfuhr ein leises Kichern, und Anna gab ihr einen der Besucherpässe, die sie noch in der Tasche hatte. »Bitte sehr. Sag Nancy einfach, ich hätte dich geschickt. Oder, wenn dir das lieber ist, mache ich euch miteinander bekannt.«

»Kein Problem«, antwortete Trina. »Solange es ihr nichts ausmacht, wenn sie plötzlich jemanden im Schlepptau hat.«

»Sie wird sich riesig freuen.«

Trina wandte sich zum Gehen, und Gil sagte zu Anna: »Danke. Das war wirklich nett. Dann haben Sie also eine Zwillingsschwester?«

»Ja. Sie tauchte gestern Abend völlig unerwartet bei mir auf. Aber das passiert uns öfter. Kaum denke ich an sie, ruft sie mich an oder steht vor der Tür.«

»Ich habe gehört, dass das bei Zwillingen öfter vorkommen soll.«

Anna lächelte. »Zumindest bei uns beiden ist das tatsächlich so. Nur, dass mein Radar in den letzten Wochen wohl nicht richtig funktioniert zu haben scheint. Ich hatte keine Ahnung, dass ihre … Partnerschaft in die Brüche gegangen ist.«

»Dann ist sie also hier, weil sie es in Austin nicht mehr ausgehalten hat?«

»Das dürfte zumindest einer der Gründe für ihren Besuch sein. Außerdem wollte sie sich die Ausstellung ansehen.«

»Wegen Ihres Vaters?«

Sie nickte widerstrebend. »Ich habe ihr und allen anderen immer wieder gesagt, dass nicht Dad, sondern einer seiner Männer Pocals Grab gefunden hat. Möglicherweise hat er sich die Stelle angesehen, bevor er die Archäologen informiert hat, aber er hat das Grab hundertprozentig nicht entdeckt. Leider ist Nancy, ebenso wie viele andere Leute, fest entschlossen, eine Verbindung zwischen der Entdeckung und dem kurz darauf in der Region ausgebrochenen Erdbeben reinzugeheimnissen.«

»Das menschliche Hirn scheint eine Vorliebe für solche Verbindungen zu haben. Könnten wir eventuell kurz in Ihrem Büro ein paar Fragen besprechen?«

»Sicher.«

Sie schoben sich durch das Gedränge zum Verwaltungstrakt, und Gil meinte angesichts der Scharen von Besuchern: »Sieht aus, als würde die Ausstellung ein großer Erfolg.«

»Das will ich hoffen. Der Diebstahl war schon schlimm genug. Wenn jetzt noch das Museum bei der Ausstellung draufzahlen müsste, wäre das eine mittlere Katastrophe.« Sie schüttelte den Kopf. »Ich habe den ganzen Morgen damit zugebracht, mir anhören zu müssen, dass es so etwas in Mexiko nicht gibt. Der Vertreter des dortigen Museums ist heute bei uns zu Besuch.«

»Das muss außerordentlich nett gewesen sein.«

»Ja, echt aufbauend. Allerdings kann ich ihm seinen Ärger nicht verdenken. Nur passiert ein solcher Diebstahl, egal wo, so gut wie niemals.«

»Wurde nicht vor zwei Jahren schon einmal etwas aus diesem Museum gestohlen?«

Anna wurde rot. »Na, ja. Ich war damals noch nicht hier beschäftigt, also weiß ich nicht sehr viel darüber.«

»Es ging um eine Maske oder so etwas. Das fiel mir gestern wieder ein, und ich habe die Sache überprüft. Soweit ich es begriffen habe, war es ein Unikat.«

»Ja.« Sie blieb stirnrunzelnd stehen. »Wollen Sie damit irgendwelche Andeutungen über dieses Museum machen?«

Er schüttelte den Kopf. »Nur, dass es eine Pechsträhne zu haben scheint.«

»Weshalb nur habe ich den Eindruck, dass Sie nicht an Dinge wie Pechsträhnen glauben?«

»Oh, das tue ich«, erklärte er und überraschte sie mit einem Lächeln. »Ich bin nicht weniger abergläubisch als jeder andere auch.« Er berührte sie flüchtig am Arm – und prompt schweiften seine Gedanken von der Arbeit in verbotene Regionen. Als er sie ansah, wurde ihm bewusst, dass die Reaktion auf die Berührung gegenseitig war.

Verdammt, sagte er sich, dadurch wurde seine Arbeit eindeutig komplizierter.

Der Beobachter verfolgte mit einem Auge Anna und Garcia und mit dem anderen Tebbins, der von ihm den Korridor hinuntergeschickt worden war. *Jetzt*, sagte er sich. Dies wäre der beste Zeitpunkt.

Er hatte auf eine günstige Gelegenheit gewartet, um den Umschlag, der in seiner Tasche steckte, auf Annas Schreibtisch zu legen. Eine Gelegenheit, durch die sich ein anderer mit dem Diebstahl in Verbindung bringen ließ. Und dieser andere war Tebbins.

Denn Tebbins machte ihm Angst. Auch wenn er einen Spleen zu haben schien, war er eindeutig hochintelligent. Heute Morgen hatte sich der Beobachter von Tebbins zu den Geschehnissen am Abend der inoffiziellen Eröffnung der Ausstellung befragen lassen müssen. Die Fragen hatten unschuldig, ja fast beiläufig gewirkt. Der Beobachter jedoch hatte das Gefühl gehabt, als würde er von Tebbins' Blick durchbohrt und als wiege dieser jedes seiner Worte genauestens in Gedanken ab.

Der Mann war eine Bedrohung. Wenn er der Wahrheit zu schnell zu nahe kam, würde dadurch das gesamte Vorhaben ernsthaft in Gefahr geraten.

Nun jedoch könnte er, wenn er sich schnell genug bewegte, Tebbins' Arbeit auf die gemeinste Art und Weise torpedieren.

Fünf Minuten zuvor hatte Tebbins den Beobachter gefragt, ob er wisse, wo eine Kopie der Gästeliste vom Abend der Party zu bekommen sei. Der Beobachter hatte erklären wollen, sicher hätte Ivar Gregor oder eine der Sekretärinnen eine solche Liste, dann jedoch war ihm eine Idee gekommen und er hatte gesagt: »In Ms. Lundgrens Büro hängt eine Liste an der Pinnwand.«

»Ach, tatsächlich? Nun, ich glaube nicht, dass sie was dagegen hat, wenn ich sie mir kopiere.«

Anna war noch nicht aus den Ausstellungsräumen zurückgekehrt, die sie dem Mexikaner zeigte, doch sie würde jeden Moment auf der Bildfläche auftauchen. Allerdings stand der Detective aus St. Pete drüben nach einer Eintrittskarte Schlange, und wenn der Beobachter eines mit Gewissheit wusste, dann, dass Anna stehen bleiben, sich mit ihm unterhalten und ihm vielleicht einen der Besucherpässe geben würde. So war sie nun einmal.

Er liebte ihre großzügige Art, hatte sie von Anfang an geliebt. Und jetzt würde diese Eigenschaft ihm nutzen.

Dummerweise ging sie zu schnell mit dem Detective in Richtung ihres Büros. Der Beobachter spähte noch einmal den Korridor hinunter und sah, dass Tebbins, ein Blatt Papier in seiner Hand, aus dem Zimmer kam.

Könnte er noch schnell hinüberlaufen und den Umschlag auf ihrem Schreibtisch deponieren, bevor sie und der Detective ihn bemerkten? *Beeil dich*, rief er Tebbins in Gedanken zu. Der Beobachter wollte ihm keinesfalls im Korridor begegnen. Tebbins war einfach zu schlau.

Dann jedoch blieben Anna und der Bulle stehen und sahen einander seltsam an, während Tebbins im Kopierraum drei Räume hinter Annas Büro verschwand.

Der Beobachter setzte sich eilig in Bewegung, lief zügig durch die Eingangshalle und verschwand in dem langen, schmalen Gang. Seine sorgfältig gewählten, gummibesohlten Schuhe machten keinerlei Geräusch.

Falls jemand ihm begegnete, würde er behaupten, er wäre auf dem Weg zur Toilette. Die perfekte Tarnung.

Doch niemand kam aus einem der Büros oder den Korridor entlang. Er sah sich verstohlen um, betrat flink Annas Büro, legte den Umschlang am Ende ihres Schreibtischs direkt unter die Pinnwand, schlich lautlos zurück in den Flur und zog sich wie bereits am Abend der Party in den kleinen Alkoven zurück.

Während er dort saß, knibbelte er die Gummilösung von seinen Fingern. Jemand hatte ihm mal erzählt, dass man, wenn man keine Fingerabdrücke hinterlassen wollte, die Hände am besten mit einer Gummilösung bestrich. Es schien zu funktionieren, nur war es ein ekliges Gefühl.

Er rollte das Zeug zu winzigen Kügelchen und schnippte sie auf den Boden. Anna und Garcia kamen plaudernd den Korridor herunter. Wo steckte bloß Tebbins? Wie lange brauchte ein Mensch für eine einzelne Kopie? Er hatte gehofft, Anna fände Tebbins in ihrem Büro vor, wenn er die Liste wieder an ihren Platz hängte.

Aber Tebbins war nirgendwo zu sehen. Seufzend zupfte der Beobachter weiter das Gummi von seinen Fingern. Verdammt, was er am meisten an dieser Sache hasste, war das nervige Warten.

Und die beständige Gefahr, dass ihm trotz aller Planung doch ein Fehler unterlief.

Anna und Gil betraten das Büro. Statt sich jedoch zu setzen, lehnte sie sich gegen den Sims unter dem breiten Fenster. Sie war total überdreht. Infolge des Diebstahls und des Besuchs von Señor Cuestas war sie angespannt wie eine Feder. Seit der Detective sie in der Eingangshalle so merkwürdig angesehen hatte, hatte sie das Gefühl, als würde jeder ihrer Schritte mit einer Kamera verfolgt. Verlegen kreuzte sie die Arme vor der Brust und betrachtete Gil, der gegenüber von ihrem Schreibtisch in einem der Besuchersessel saß. Sein Blick hatte sie daran erinnert, dass sie eine Frau war – ein Gedanke, den sie schon ewig beiseite geschoben hatte, und von dem sie nicht eindeutig hätte sagen können, ob er ihr willkommen oder eher lästig war.

»Okay«, meinte sie, als er schwieg. »Worüber wollten Sie mit mir reden?« Fast meinte sie, in seiner Miene einen gewissen Widerwillen zu entdecken.

»Über …«, setzte er langsam an und zog einen Zeitungsartikel aus der Tasche, »die besondere Beziehung, die Ihre Familie zu dieser Ausstellung hat.«

»Ich habe Ihnen doch bereits erklärt …«

Er schüttelte den Kopf. »Lesen Sie das, Anna. Es sei denn, Sie hätten heute Morgen bereits im *Sentinel* geblättert.«

»Ich habe das Abonnement gekündigt, als diese Ratte Howell anfing, mir auf die Nerven zu gehen.« Sie warf einen angewiderten Blick auf den Artikel.

»Lesen Sie es trotzdem«, beharrte er. »Sie müssen den Inhalt kennen, denn er wird Sie gewiss eine Weile verfolgen.«

»Ich kann mir bereits denken, was er geschrieben hat. Es ist, als würde er mich dafür hassen, dass ich den Fluch als Werbung für die Ausstellung verwendet habe. Andererseits ist er auf irgendeine hässliche Art und Weise von der Sache fasziniert.«

»So sieht es zumindest aus. Aber hier geht es um mehr als einen Fluch.«

Widerstrebend nahm Anna den Ausschnitt in die Hand und zwang sich, ihn zu lesen.

Erwartungsgemäß fing der Artikel mit der Entdeckung des Grabes, dem Erdbeben und dem anschließenden Großbrand an. Dann ging es um die mit dem Grab verbundene Legende und um die Frage, ob die Katastrophe womöglich durch den Fluch ausgelöst worden war. Das alles war nicht neu.

Dann jedoch wandte sich der Artikel gegen sie persönlich. Es wurde nicht nur erwähnt, dass ihr Vater, wenn auch nur am Rande, an der Auffindung des Grabes beteiligt und dass ihre Mutter einmal eine Hexe gewesen war, sondern es wurde auch die Frage aufgeworfen, ob Anna durch den Diebstahl selbst zum Opfer des Fluchs geworden war.

»Großer Gott«, entfuhr es ihr, und heißer Ärger wallte in ihr auf. »Großer Gott! Was für ein Stück Dreck!«

»Das sehe ich genauso«, erklärte Gil leise. »Aber dieser Unsinn macht heute Vormittag in der gesamten Bucht die Runde.«

»Ich wusste, dass er irgendwelchen Schwachsinn in dieser Richtung verzapfen würde. Ihnen dürfte aufgefallen sein, dass er mich nirgendwo zitiert.«

»Oh, nein, das tut er nicht. War Ihre Mutter eine Hexe?«

»Sie und meine Tante haben sich mal kurze Zeit für diese

Dinge interessiert. Nur, dass dieses Interesse bereits nach ein paar Monaten wieder vollständig erlosch. Die beiden waren ziemlich – exzentrisch. Aber was hat das mit der ganzen Sache zu tun? Abgesehen davon, dass es lästig ist, weil es mir garantiert etliche schräge Blicke von meinen Mitarbeitern eintragen und weil Ivar eventuell einen Tobsuchtsanfall produzieren wird – was jedoch nicht weiter schlimm ist, weil das mit schöner Regelmäßigkeit passiert.«

Gil grinste. »Haben Sie was gegen Ivar?«

»Er ist ein Geizhals und ein grässlicher Erbsenzähler, aber äußerst talentiert. Er schafft es innerhalb von fünf Sekunden, die allerkleinste Mücke in einen Elefanten zu verwandeln. Und aus dieser Sache wird sicher eine voluminöse Elefantenherde.«

Sie lächelte säuerlich. »Seit ich den Diebstahl entdeckt habe, ist seine einzige Sorge die, dass die Polizei die Besucher von hier fernhält.«

Dann jedoch schüttelte sie seufzend ihren Kopf. »Jetzt bin ich nicht gerecht. Wenn er nicht gerade rumbrüllt, ist er ein wirklich netter Mensch.«

»Um noch mal auf den Artikel zurückzukommen: Sind Sie selber eine Hexe?«

»Ich? Hah. Nie im Leben.«

»Schade. Ich hatte gehofft, Sie hätten ein Heilmittel für das, was meine Tochter plagt.«

»Was plagt sie denn?«

»Ihr Freund.«

»Leidet Sie womöglich unter dem Frosch-Prinz-Syndrom?«

»Das ist eine sehr gute Beschreibung«, erklärte Gil mit einem Augenrollen. »Obwohl ich befürchte, dass wesentlich mehr Frosch als Prinz in diesem Typen steckt.«

Sie prustete kurz. »Ist das die neutrale Bewertung des

unvoreingenommenen Vaters? Ihre arme Tochter. Bestimmt ist es reichlich schwierig, einen Freund zu haben, wenn der Vater Polizist ist.«

Er wirkte ein wenig überrascht, als hätte er diesen Aspekt des Problems bisher noch nicht bedacht. »Tja, Sie wissen, wie wir Bullen sind. Wir verfolgen unsere Kinder in gut getarnten Autos, hängen versteckte Videokameras in ihren Zimmern auf und klopfen jedes Mal, wenn sie einander zu nahe zu kommen scheinen, mit einem Schlagstock gegens Fenster.«

Wieder gluckste sie. »Aber die Handschellen sind dabei sicher nicht übel!«

Jetzt war er derjenige, der lachte, vor allem, als Annas rote Wangen deutlich machten, dass ihr erst zu spät die Bedeutung ihres Satzes bewusst geworden war.

»Okay«, lenkte er rasch ein. »Diese Unterhaltung hat nicht gerade Arbeitscharakter. Also werde ich mich wieder in den trocknen Knochen rückverwandeln. Zumindest für den Moment.«

»Schade.« Tatsächlich jedoch war sie erleichtert. Sie hatte keine Zeit für Komplikationen dieser Art.

Wie aufs Stichwort trat in dieser Minute Peter Dashay ohne anzuklopfen in ihr Büro. Er war ein attraktiver Mann von durchschnittlicher Größe, mit der sonnengebräunten Haut des Surfers und leicht zerzaustem, sonnengebleichtem Haar. In seinen abgeschnittenen Jeans und dem schwarzen T-Shirt mit dem grellen Aufdruck *Hell's Angels are more FUN* wirkte er wie ein Überbleibsel aus den wilden sechziger Jahren. Von seinen Studenten wurde er geradezu verehrt.

»Hi, Peter«, grüßte Anna.

Peter antwortete nicht sofort. Er schaute Gil an, dessen mildes Interesse und attraktives südländisches Aussehen ihm offenbar missfielen.

Dann erst wandte er sich an Anna. »Ich habe dich schon den ganzen Vormittag gesucht. Hast du die Blumen bekommen?«

»Ja. Danke. Ich wollte anrufen, um mich zu bedanken, aber dann kam die Entdeckung des Diebstahls dazwischen und …« Sie brach ab und fragte sich, weshalb sie das Gefühl hatte, ihm eine Erklärung geben zu müssen, vor allem, da die Frage ihrer Auffassung nach alles andere als freundlich gemeint gewesen war.

»Dann musst du ja meine Nachricht erhalten haben. Wir hatten gestern Abend gemeinsam essen gehen wollen. Und wo sind die Blumen überhaupt?«

Anna stemmte die Hände in die Hüften und funkelte ihn giftig an, woraufhin er etwas von seiner aufgeblasenen Haltung verlor.

»Erstens sind die Blumen, indem du sie mir geschenkt hast, mein Eigentum geworden. Es geht dich also nicht das Geringste an, ob sie irgendwo in einer Vase stehen oder im Mülleimer gelandet sind.«

»Im Mülleimer?«, fragte er mit hervorquellenden Augen. »Das war ein Achtzig-Dollar-Strauß.«

»Um den ich nicht gebeten habe. Danke, dass du ihn geschickt hast. Aber trotzdem kann ich mit ihm machen, was ich will.«

Er runzelte die Stirn.

»Zweitens habe ich deine Nachricht bekommen. Das Fragezeichen hinter dem Wort ›Abendessen‹, hat es als Frage kenntlich gemacht, auf die ich dir die Antwort schuldig geblieben bin. Aus dem Grund konntest du nicht davon ausgehen, dass wir beide verabredet gewesen sind.«

»Eine Fragezeichen? Verdammt, ich habe dem Mädchen nicht gesagt, dass es ein Fragezeichen ans Ende des Satzes machen soll.«

»Selbst ohne wäre es eine Frage gewesen«, erklärte Anna ungerührt. »Denn wir haben zu keinem Zeitpunkt darüber gesprochen.«

»Gott, ich weiß wirklich nicht, weshalb ich überhaupt versuche, dir eine Freude zu machen.«

»Ich auch nicht«, antwortete Anna. »Wir beide passen nämlich schlichtweg nicht zueinander, Peter.«

Peter wandte sich empört an Gil. »Was für eine Frau wirft einen Achtzig-Dollar-Strauß einfach in den Müll?«

Gil zuckte mit den Schultern.

»Es liegt an Ihnen, oder?«, fragte Peter heiser. »Sie haben sich zwischen uns gedrängt.«

Plötzlich erklang in Peters Rücken für sie alle überraschend die Stimme von Gils Kollegen Tebbins.

»Er hat sich nirgends reingedrängt. Er ist Detective und ermittelt in einer schweren Diebstahlsache.«

Peter zuckte herum und beäugte verdutzt den prachtvoll gekleideten Kriminalbeamten. Tebbins trug einen zweireihigen blauen Nadelstreifenanzug und einen mit einer diamant- oder wahrscheinlich eher zirkoniumbesetzten Krawattennadel befestigten breiten, grauen Schlips. In der Hand hielt er ein paar lose Blätter Papier.

»Wer sind Sie denn?«, wollte Peter wissen.

»Detective Clarence Tebbins, von der Polizei in Tampa. Und das ist Detective Gil Garcia, Mordkommission St. Pete.«

»Mordkommission?«, Peter schien nur das eine Wort gehört zu haben. Er zog einen freien Stuhl zu sich heran und nahm schwerfällig Platz. »Mein Gott, wer wurde getötet?«

»Einer der Wachmänner«, erklärte Tebbins. »Was wissen Sie über diese Sache?«

»Ich?«, quietschte Peter erschrocken, und Tebbins bedachte ihn mit einem Lächeln, das Anna, die bisher angenommen hatte, er könne nichts anderes als lächerlich aussehen, durch seine Kälte überraschte.

»Ja, Sie«, wiederholte Tebbins. »Sie verbringen viel Zeit mit Ms. Lundgren?«

»Äh…« Peter blickte panisch auf Anna. »Eigentlich… äh… nein. Wir haben uns schon seit Wochen nicht mehr gesehen.«

»Hmm. Und trotzdem haben Sie ihr Blumen zukommen lassen? Einen *Achtzig-Dollar*-Strauß?«

»Ich wollte ihr damit lediglich zu ihrer Ausstellung gratulieren.«

»Verstehe«, meinte Tebbins mit einer Stimme, die klang, als ob er keineswegs verstünde. »Haben Sie Eddy Malacek gekannt?«

Peter wurde bleich. »Eddy Malacek? Er ist einer meiner Studenten. Wenn es derselbe ist. Warum? Hat er irgendetwas ausgefressen?«

»Er ist tot«, erklärte Gil.

»Oh, mein Gott!«

»Wie gut haben Sie ihn gekannt?«, fragte jetzt Gil.

»So gut, wie man seine Studenten eben kennt. Ab und zu treffen wir uns außerhalb der Seminare. Ich sehe sie alle verhältnismäßig häufig und kriege ab und zu etwas aus ihrem Privatleben erzählt. Aber ich bin ihr Mentor, nicht ihr Kumpel.«

»Hmm.« Tebbins wiegte wissend seinen Kopf.

»Wissen Sie irgendwas über die *Dungeons & Dragons*-Spiele, an denen er teilgenommen hat?«

»Na ja, er hat davon gesprochen. Ich habe mich ein paarmal mit den Studenten darüber unterhalten. Vielen von ihnen macht diese Art von Spielen Spaß.« Peter schien etwas von seinem Selbstvertrauen wiederzugewinnen. »Aber was hat das mit seinem Tod zu tun?«

»Eventuell gar nichts«, meinte Gil.

Allmählich tat Peter Anna Leid. Er war wegen der Blumen und des Abendessens erbost in ihr Büro gekommen. Vielleicht hatte er sogar das Recht, deshalb empört zu sein; schließlich hatte der Strauß sehr viel gekostet. Wenn nicht der Diebstahl dazwischen gekommen wäre, hätte sie ihn angerufen, um sich für die Blumen zu bedanken und die Einladung zum Abendessen auszuschlagen. Doch nicht mal dieses Minimum an Höflichkeit war ihm durch sie widerfahren, und jetzt nahmen ihn zum Lohn für seine Mühe zwei Polizisten in die Mangel, für die er anscheinend plötzlich der Hauptverdächtige in einem Mordfall war.

Doch so leicht ließ Peter sich nicht unterkriegen. »Tja, ich schätze, ich bin zu einem ungünstigen Zeitpunkt hier aufgetaucht.« Er erhob sich von seinem Stuhl und wandte sich an Anna. »Ich rufe dich später noch mal an.«

Um ihn nicht durch die Erklärung, die Mühe könne er sich sparen, weiter in Verlegenheit zu bringen, antwortete Anna lieber gar nicht.

Peter wandte sich zum Gehen, drehte sich in der Tür jedoch noch einmal um und bedachte die beiden Kriminalbeamten mit einem bedeutungsvollen Blick. »Passen Sie ja gut auf mein Mädchen auf.«

Sein Mädchen? Anna musste sich beherrschen, um ihm nicht irgendetwas hinterherzuschleudern.

Tebbins und Gil sahen einander an.

»Ein Vollidiot«, erklärte Gil, und Tebbins meinte: »Dickfellig und doof.«

Gil wandte sich an Anna. »Was hat es mit diesem Typen auf sich, und wie heißt er überhaupt?«

»Peter Dashay.« Anna setzte sich auf ihren Stuhl hinter den Schreibtisch. »Allerdings wüsste ich nicht, was Sie das angeht.«

»Sehr viel«, erklärte Gil unbeeindruckt.

»Sehr, sehr viel«, stimmte Tebbins seinem Kollegen zu.

»Allmählich klingen Sie beide wie Stan Laurel und Oliver Hardy.«

»Anna«, drängte Gil. »Beantworten Sie bitte meine Frage.«

»Nicht, solange Sie mir nicht erklären, weshalb Sie das so interessiert.«

Tebbins trommelte ungeduldig mit den Fingern auf seinen Oberschenkel. Nach wie vor stand er, die Papiere in den Händen, in der Tür. »Soll ich?«, fragte er Gil. »Oder wollen Sie?«

»Oh, lassen Sie mich.«

»Mit dem größten Vergnügen.«

Wieder wandte sich Gil an Anna. »Jeder, der möglicherweise etwas gegen Sie oder gegen das Museum hat, ist für uns von Interesse.«

Anna hatte das Gefühl, als ob etwas in ihrem Innern schrumpfte. Seit Nancys Ankunft war es ihr gelungen, die Vorstellung zu verdrängen, dass sie jemand verfolgte. Plötzlich jedoch war der Gedanke mit der Wucht eines Vorschlaghammers zurückgekommen.

»Peter hat nichts gegen mich«, antwortete sie gepresst. »Wir waren einmal miteinander essen. Nur einmal. Ich kam zu dem Schluss, dass wir nicht zueinander passten, was ich ihm unmissverständlich gesagt habe.«

»Und trotzdem hängt er weiter hier herum?«

»Er kommt ab und zu vorbei.«

»Er erschien mir sehr beharrlich.«

Sie zuckte mit den Achseln. »Das ist mit einer der Gründe, weshalb ich denke, dass wir nicht zueinander passen. Er scheint ein einmaliges Abendessen als Versprechen für eine gemeinsame Zukunft zu betrachten.«

Gil schnaubte. »Wann genau war dieses Essen?«

»Vor drei, vier Monaten zirka. Ich kann mich nicht genau erinnern.«

»Erzählen Sie mir mehr von ihm«, bat Gil und zog einen Notizblock aus der Tasche.

Tebbins wollte es ihm gleich tun, ehe er bemerkte, dass er immer noch die Blätter in der Hand hielt. »Oh! Hier, das gehört Ihnen.« Er reichte einen der Zettel Anna. »Ich hatte es von Ihrer Pinnwand abgenommen, um mir eine Kopie davon zu machen.«

Nickend nahm sie das Blatt entgegen, drehte sich zur Seite, um es wieder aufzuhängen und …

… bemerkte den unterhalb der Pinnwand an der Wand lehnenden kleinen, weißen Umschlag.

»Oh, mein Gott«, entfuhr es ihr, und ihr Herz begann zu rasen. »Oh, mein Gott.«

»Was ist los?«, fragte die beiden Polizeibeamten unisono.

»Ein Umschlag … genau wie der andere …« Alle Farbe wich ihr aus dem Gesicht, und sie blickte hilfesuchend zwischen Gil und Tebbins hin und her. »Heute Morgen war er noch nicht da!«

»Fassen Sie ihn nicht an«, mahnte Tebbins, legte seine eigenen Blätter auf dem Schreibtisch ab und wühlte in seinen Taschen. »Verdammt, ich habe keine Handschuhe dabei.«

»Ich aber«, beruhigte Gil, zog ein Paar aus seiner Hosentasche und hielt es dem Kollegen hin. »Das ist in unserer Abteilung Vorschrift.«

»Bei uns auch«, antwortete Tebbins zähneknirschend. »Ich habe einen Vorrat von den Dingern in meinem Wagen liegen.« Er streifte die ihm von Gil gereichten Handschuhe über seine Finger und griff an Anna vorbei nach dem verdächtigen Papier. »Sieht wirklich genauso aus.«

»Aber die Anrede ist anders«, meinte Anna. Sie hatte den Unterschied sofort bemerkt, was ihr Unbehagen noch verstärkt hatte. Auf dem ersten Umschlag hatte *Ms. Lundgren* gestanden, auf diesem jedoch stand einfach *Anna*. Wodurch ihr der unheimliche Verfolger allzu vertraut schien.

»Das sehe ich«, erkärte Tebbins und hielt den Umschlag an den Ecken in die Höhe. »Sollen wir ihn aufmachen und reinsehen?«

Gil zog eine Plastiktüte aus der anderen Hosentasche. »Hier, schieben Sie den Umschlag vorsichtshalber da rein.«

Tebbins bedankte sich bei ihm und schlitzte den Umschlag vorsichtig mit Annas Brieföffner auf.

»Ah«, sagte er ein paar Sekunden später. »Da hat Ihnen jemand einen Zeitungsausschnitt geschickt.«

Anna spürte, dass sie vor Angst erstarrte. Was hieße es für sie, wenn es der *Sentinel*- Artikel war? Hieße das, dass ihr Verfolger Howell die Informationen hatte zukommen lassen? Dass er intime Dinge von ihr wusste, die schwer in Erfahrung zu bringen waren, wie, dass sich ihre Mutter vor unzähligen Jahren mit Hexerei beschäftigt hatte? Seit wann und in welcher Weise hatte er sie im Visier?

Ungeduldig verfolgte sie, wie Tebbins mit unendlicher Vorsicht das Papier aus dem Umschlag zog, endlos lange Zeit damit verbrachte, ganz sicherzugehen, dass er nicht noch etwas enthielt, und dann wie in Zeitlupe mit Hilfe des Brieföffners den Zeitungsausschnitt behutsam auseinander faltete.

»Scheint«, meinte Tebbins, als er die ersten Zeilen überflog, »ein alter AP-Artikel über das Erdbeben in Mexiko zu sein.«

Die Temperatur in Annas Brust schien unter den Gefrierpunkt zu sinken. Ihre Hände waren vor Kälte inzwischen taub.

Dann klappte Tebbins die letzte Faltstelle auseinander und brachte dadurch die Überschrift zum Vorschein. Quer über der Zeile stand mit leuchtend roter Tinte ein einziges Wort.

VERFLUCHT!!!

9

»Das nenne ich leicht übertrieben«, sagte Tebbins, während er das Blatt betrachtete.

»Das Wort oder den Artikel?«, fragte Gil. Ihm fiel nicht jetzt erst auf, dass Tebbins – und eventuell auch Peter – vorhin in Annas Abwesenheit alleine hier im Büro gewesen war.

Tebbins trat zur Seite und ließ Gil das Gedruckte lesen. »Ziemlich nüchtern«, meinte dieser nach kurzer Pause.

»Ja, aber das Wort, das quer über die Überschrift gekritzelt wurde, halte ich, wie gesagt, für leicht übertrieben.«

»Hm«, machte Gil und musterte das Blatt Papier mit schräg gelegtem Kopf wie ein Kunstfreund, der ein Gemälde auf sich wirken lassen wollte. Seiner Meinung nach überbewertete Tebbins die ganze Sache sowieso. Der Dieb und wahrscheinliche Mörder wollte eine Botschaft übermitteln. Weshalb sollte er dies auf subtile Art und Weise tun?

»Nun«, meinte er, als Tebbins das Blatt in die Plastiktüte schob. »Eins dürfte mit Gewissheit feststehen.«

Anna, die noch so bleich war, als ob sie einem Geist begegnet wäre, sah ihn fragend an. »Was?«

»Eigentlich wissen wir sogar zwei Dinge«, verbesserte sich Gil. »Zum einen ist jetzt klar, dass es eine Verbindung zwischen dem Fluch und diesen Taten gibt.«

Tebbins nickte. »Richtig. Und zum anderen?«

»Dass die ganze Sache gegen Ms. Lundgren gerichtet ist.«

Annas Stimme kippte. »Gegen mich? Was wollen Sie damit sagen?«

»Ich will damit sagen, dass er Sie als eine Art Zielperson auserkoren zu haben scheint und Ihnen offensichtlich Angst einjagen will.«

»Nun, damit hat er eindeutig Erfolg!«

Daran hegte Gil nicht den geringsten Zweifeln. Falls der Täter wirklich männlich war. Er schaute Tebbins an und entdeckte in seiner Miene die gleichen Zweifel, die er selbst empfand. Anna konnte den Umschlag dort hinterlassen haben, um sich als Opfer darzustellen, während sie in Wahrheit die Diebin war.

Wenn dem so war, konnte sie sich jedoch ausnehmend gut verstellen, denn ihre Angst wirkte absolut echt.

Verdammt, die Sache war total verrückt. »Wissen Sie«, erklärte er nachdenklich. »Allmählich übersteigt das Ganze meine Vorstellungskraft.«

»Warum?«, fragten Tebbins neugierig und Anna ärgerlich im selben Atemzug.

»Nun, ein normaler Dieb wäre mit dem Dolch untergetaucht. Er hat in seinem Besitz ein unschätzbares Artefakt, für das ihm ein Sammler ein Vermögen zahlen würde. In diesem Zusammenhang könnte das Präsentieren des falschen Dolchs am Abend vor dem Diebstahl auf einen arroganten Dieb mit einer Vorliebe für dumme Scherze schließen lassen.«

»Ja«, stimmte Tebbins ihm zu.

»Aber dass er sich nach dem Diebstahl weiter hier rumtreibt und kleine Botschaften verteilt? Nein. Das ist einfach irre. Alles, was er tut, erhöht die Wahrscheinlichkeit, dass er gefasst wird.«

Anna schüttelte sich. »Erzählen Sie mir bloß nicht, ein Verrückter wäre hinter mir her.«

»Ich weiß es nicht«, gab Gil zu. »Aber eines kann ich Ihnen garantieren. Was auch immer er mit seinem Vorhaben bezweckt – dies ist erst der Anfang.«

Gil und Tebbins beschlossen, sich im Konferenzraum, den das Museum ihnen zur Verfügung stellte, zu beraten.

»Was halten Sie von dieser Sache?«, begann Gil das Gespräch.

Tebbins rieb sich lächelnd die Hände. »Ich glaube, dass mir dieser Fall ausnehmend gut gefällt.«

Gil schnaubte. »Denken Sie schon wieder an Ihr kriminelles Genie?«

»Natürlich. An jemanden, der eine Mission hat. Das ist viel interessanter als der normale Junkie, der irgendetwas klaut, um seine Sucht befriedigen zu können. Finden Sie nicht auch?«

Gil, der es ab und zu durchaus als Herausforderung angesehen hatte, ein paar von diesen Junkies ausfindig zu machen, schüttelte den Kopf. »Hängt vom jeweiligen Junkie ab.«

Tebbins' Augen blitzten. »Kann sein. Aber wie viele Junkies kehren an den Ort ihrer Verbrechen zurück, um dort Hinweise zu geben?«

Gil musste zugeben, dass er sich an keinen derartigen Fall erinnern konnte. Manchmal kamen die Typen zurück, um der Polizei bei ihrer Arbeit zuzusehen, in der Regel jedoch hielten sie sich möglichst fern. »Aber deshalb ist der Kerl noch lange kein Genie.«

»Nein, es weist lediglich darauf hin, dass er sich dafür hält.« Tebbins Lächeln wurde tatsächlich noch breiter. »Er lässt uns also Botschaften zukommen.«

Wieder schüttelte der Kollege aus St. Pete den Kopf. »Nicht uns, sondern Anna.«

Tebbins wedelte mit den Händen durch die Luft. »Wo bleibt die Aufregung, wenn er *ihr* Botschaften schickt? Nein, er ist ganz sicher, dass sie auch uns erreichen.«

Was für eine Theatralik, dachte Gil und fragte: »Warum nennen Sie ihn nicht gleich Professor Moriartry?«

»Weil ich nicht Sherlock Holmes bin!«, erklärte Tebbins mit einer Stimme, die besagte, das wäre doch wohl selbst einem Wesen mit der Intelligenz einer Topfpflanze bewusst. »Es sei denn, Sie wären gerne Watson?«

»Vielen Dank. Von Ihnen lasse ich mich nicht in Ihre verrückten Spielchen reinziehen.«

»Spielchen?« Tebbins runzelte die Stirn und legte den Kopf in den Nacken, um über die Nasenspitze auf sein Gegenüber herabsehen zu können. Leider wurde die Wirkung dieser Geste dadurch, dass sein Kollege deutlich größer war als er, geschmälert. Frustriert starrte Tebbins auf den Knoten von Gils Krawatte. »Warum müssen Sie so groß sein?«

»Ich schätze, da hat die Natur etwas vermasselt.«

»So weit würde ich nicht gehen.«

»Warum nicht? Schließlich gehen Sie in allen anderen Dingen noch viel weiter.«

Tebbins begann abermals zu grinsen. »Kurz gesagt, ich bin ein Trottel. Darin sind wir uns einig. Aber um auf unser eigentliches Problem zurückzukommen …«

Gil verschlug es fast die Sprache. Der Kerl gehörte eindeutig nicht zur Polizei, sondern auf irgendeine Bühne. »Ja, gute Idee. Warum beschreiben Sie mir nicht unser eigentliches Problem?«

»Danke, gerne.« Tebbins räusperte sich theatralisch. »Als Erstes haben wir einen unmöglichen Diebstahl.«

Gil schüttelte den Kopf. »Er ist passiert, also ist er nicht unmöglich.«

»Genau.« Tebbins strahlte, als wäre Gil sein bester Schüler. »Sind Sie sich ganz sicher, dass Sie nicht Watson sein wollen?«

»Wenn ich mit Sherlock Holmes zusammenarbeiten müsste, hätte ich ihn wahrscheinlich bereits vor Ende der ersten Woche eigenhändig erwürgt. Das sollten Sie sich merken.«

»Ts, ich höre aus Ihren Worten eine latente Feindseligkeit heraus.«

»Daran ist nichts latent. Fahren Sie fort, Hercule.«

»Mit Vergnügen.« Tebbins hatte an dieser Scharade einen Heidenspaß, und Gil merkte, dass auch er trotz allem eine gewisse Heiterkeit empfand.

»Also gut«, fuhr Tebbins fort. »Wir haben einen unmöglichen-und-zugleich-nicht-unmöglichen Diebstahl.«

Gil fragte sich, ob er sonst noch jemanden kannte, der tatsächlich beim Sprechen Bindestriche in seine Sätze integrierte. Er konnte sich an niemanden erinnern. »Richtig. Also müssen die Videoaufnahmen irgendwie von irgendwem manipuliert worden sein.«

»Ja. Und das Labor wird uns bald sagen, wie.«

»Vielleicht.«

Tebbins spitzte die Lippen. »Sie sind ein notorischer Zweifler. Auch die Bewegungsmelder müssen außer Betrieb gesetzt worden sein. Was ein wesentlich größeres Problem als die gefälschten Videoaufnahmen ist.«

Gil stimmte ihm zu. Er zog sich einen Stuhl heran und setzte sich an den Tisch. Wenn er schon mit ansehen musste, wie Tebbins gleich einem wilden Derwisch durch das Zimmer hüpfte, dann zumindest aus einer bequemen Position.

»Das ist etwas, was mich stört. Es lässt darauf schließen, dass an der Hardware herumgepfuscht worden ist. Sie haben doch den Leuten vom Sicherheitsdienst aufgetragen, das zu überprüfen?«

»Ich brauchte nicht einmal darum zu bitten. Sie sind wegen dieses Diebstahls noch unglücklicher als die Leute vom Museum. Schließlich steht ihr ganzes Unternehmen auf dem Spiel. Sie wissen schon, schlechte Werbung war noch nie gut fürs Geschäft.«

Darauf wäre Gil glatt von allein gekommen, aber er enthielt sich eines Kommentars. Etwas an Tebbins erinnerte ihn an einen Anwalt vor Gericht.

»Dann haben wir natürlich die angeblich hundert Prozent sichere Vitrine, aus der der Dolch entwendet worden ist.« Wieder begannen Tebbins' Augen zu blitzen, und während er mit zirka neunzig Stundenkilometern den Tisch umrundete, rieb er sich zufrieden seine Hände.

Gil fragte sich, ob er wohl schwindlig werden würde. »Das«, erklärte er, »ist etwas, was mich wirklich stört.«

»Was? Das Rätsel um den Schaukasten?«

»Nein, Ihr ständiges Herumgerenne. Ich war noch niemals vorher mit einem tanzenden Derwisch in einem Zimmer eingesperrt.«

»Dann ist das also eine neue Erfahrung«, erwiderte Tebbins fröhlich. »Sie sollten sie genießen.«

Gil rollte mit den Augen. »Hören Sie, all diese Dinge wissen wir bereits. Um weiterzukommen, müssen wir das ganze Verbrechen wie einen Film rückwärts laufen lassen.«

Sein Gegenüber zog die Brauen in die Höhe. »So hat es bisher noch niemand formuliert. Dann sind wir also die Cutter, die gucken, wie die einzelnen Sequenzen des Films am besten zusammenzusetzen sind.«

So weit würde Gil nicht gehen. »Nein, wir sind die Polizei. Und Polizisten – gute Polizisten – sehen sich den Tatort an und arbeiten sich Stück für Stück zurück, um zu entdecken, wie die Sache abgelaufen ist.«

»Genau. Wodurch wir doch zu Cuttern werden. Mir sagt dieser Titel durchaus zu.«

Gil hätte es sich denken müssen. »Lassen Sie uns weitermachen.«

»Sicher. Ungeduld, dein Name ist Garcia.«

»Weitschweifigkeit, dein Name ist Tebbins.«

Plötzlich sahen sie einander grinsend an.

»Verstanden«, meinte Tebbins.

»Ich bin nicht ungeduldig«, sagte Gil. »Es ist nur so, dass die Leute von der Wach- und Schließgesellschaft und die Leute von der Spurensicherung den tatsächlichen Tathergang besser erforschen können als wir. Was wir brauchen, sind Hinweise, die uns zu dem Täter führen. Und momentan wissen wir nicht besonders viel.«

Tebbins nickte und setzte sich endlich ebenfalls auf einen Stuhl. »Es könnte Anna Lundgren sein. Zumindest wäre sie in der Position, um all das getan zu haben, was bisher passiert ist. Vielleicht ist zum Beispiel der falsche Dolch in der Vitrine nicht derselbe wie der, den ich auf ihrem Schreibtisch habe liegen sehen. Wir haben nur ihr Wort dafür, dass er es ist.«

Gil nickte. »Das sehe ich genauso. Mir kam dieser Gedanke letzte Nacht gegen zwei. Wer hätte es gemerkt, wenn sie den Dolch bereits gestohlen hätte, bevor er als Ausstellungsstück in die Vitrine kam?«

»Vielleicht hat auf ihrem Schreibtisch eine zweite Kopie gelegen.«

Doch Gil missfiel dieser Gedanke. Ständig tauchten Annas ängstliche grüne Augen und ihr zartes, bleiches Gesicht vor ihm auf. Himmel, ermahnte er sich. Diese Gedanken waren alles andere als gut. »So könnte es gewesen sein«, zwang er sich zu sagen, konnte es jedoch nicht dabei belassen. »Allerdings hat diese Theorie einen klitzekleinen Fehler.«

»Ja?«

»Sie haben sie schreien gehört, als sie den Dolch auf ihrem Schreibtisch fand. Das haben Sie erzählt. Weshalb in aller Welt hätte sie schreien sollen? Sie konnte nicht sicher sein, dass bei dem allgemeinen Treiben irgendwer sie hört. Es wäre also sinnvoller gewesen, den Dolch erst am nächsten Vormittag zu ›finden‹, während andere Angestellte des Museums in der Nähe waren, die mitbekommen hätten, wenn sie schreit.«

»Hmm.« Tebbins strich sich über seinen Schnurrbart. »Ich verstehe, was Sie meinen, obgleich es dann schwieriger für sie geworden wäre zu behaupten, dass es derselbe Dolch wie der in der Vitrine war. Aber sicher hätte sie schon vor Beginn der Party, während andere Angestellte des Museums in der Nähe waren, so tun können, als finde sie das Ding.«

»Auch das wäre deutlich günstiger gewesen.«

»Trotzdem sind da noch die angeblichen Botschaften, die sie von dem Täter bekommt. Zuerst der geöffnete, leere Umschlag, von dem sie behauptet hat, dass er auf ihrem Schreibtisch und danach unter dem Dolch in der Vitrine lag. Wieder haben wir ausschließlich ihr Wort dafür, dass es ein und derselbe Umschlag war.«

Gil nickte. »Und den Umschlag, den sie vorhin auf ihrem Schreibtisch gefunden hat, hätte sie ebenfalls problemlos selbst dort deponieren können. Ebenso gut jedoch hätten Peter oder auch Sie selbst die Möglichkeit dazu gehabt.«

Tebbins lächelte fein. »Offenbar soll ich von irgendwem zum Sündenbock gemacht werden.«

»Wäre durchaus möglich.« Gil fügte nicht hinzu, dass er

Tebbins damit noch nicht von der Liste der Verdächtigen strich.

»Also bitte«, meinte Tebbins und ließ von seinem Schnurrbart ab. »Ich habe mir gestern Abend die Freiheit genommen, mich an Ihre Stelle zu versetzen.«

»Ach, tatsächlich? Ich hoffe, Sie haben gut gesessen.«

»Es war durchaus in Ordnung. Also, ich habe mich gefragt, was ich an Ihrer Stelle denken würde. Eine höchst nützliche Überlegung. Ich kam zu dem Schluss, dass ich es verdächtig finden würde, dass mein mir unbekannter Kollege, als Anna den Dolch fand, sofort zur Stelle war. Schließlich werden zu Galaveranstaltungen irgendwelcher Museen nur selten Polizisten eingeladen, da sie es sich nicht leisten könnten, großzügig zu spenden. Aber ich kann den Grund für meine Anwesenheit erklären.«

»Bitte sehr.«

»Meine Tante ist eine Freundin des Museums. Sie ist Ende sechzig, dank ihres verstorbenen Gatten geradezu stinkreich und sieht sich, da es in unserer Welt vor Kunstbanausen nur so wimmelt, gern als Patronin aller zivilisatorischen Bemühungen. Sie bittet mich regelmäßig, sie zu derartigen Veranstaltungen zu begleiten. Normalerweise habe ich auch nichts dagegen, wenn nicht gerade irgendein Automechaniker, der ein paar Wrackteile zu unkenntlichen Blöcken zusammenschweißt, von ihr zum nächsten Picasso hochgejubelt wird.«

Gil musste, wenn auch gegen seinen Willen, lachen. »Diese Art von Kunstwerken habe ich auch schon gesehen.«

»Ich für meinen Teil bevorzuge die realistischere Kunst, weshalb ich in den Augen meiner Tante von vornherein ein Banause bin. Aber um zurückzukommen auf unser eigentliches Thema – *das* war der Grund für meine Anwesenheit auf dieser Party.«

Eine gute Erklärung. Eventuell aber auch Teil des Planes eines Mannes, der Träumen von Meisterdieben nachhing.

»Okay«, meinte Gil, als würde er die Erklärung akzeptieren.

»Dann hat also unser Verbrecher meine unerwartete Anwesenheit an dem Abend genutzt, um einen Umschlag auf Annas Schreibtisch zu hinterlegen und es so aussehen lassen, als wäre ich verantwortlich dafür.«

»Möglich.«

»Nicht nur möglich, sondern sogar wahrscheinlich, wenn man annimmt, dass Anna nicht die Diebin ist. Schließlich will er mit uns spielen, will uns deutlich machen, dass wir ihn nicht kriegen, und will vor allem unsere Aufmerksamkeit von sich ablenken. Wobei natürlich Anna aus genau denselben Gründen den Umschlag auch selbst hätte auf ihren Schreibtisch legen können. Um sich als Opfer darzustellen und dadurch von sich abzulenken.«

»Natürlich.« Auch wenn ihm der Gedanke noch immer nicht gefiel, war die Tatsache gegeben. »Also, was ist das Motiv unseres Diebes, Tebbins?«

»Abgesehen davon, ein unbezahlbares Stück in seinen Besitz zu bringen?«

Gil nickte. »Der Fluch scheint eine zentrale Bedeutung bei der Sache zu haben.«

»Was wieder auf Anna als mögliche Täterin hinweisen würde. Sie hat uns deutlich zu verstehen gegeben, dass sie an den Fluch nicht glaubt. Vielleicht will sie uns also bloß auf eine falsche Fährte locken, indem sie sich seiner bedient.«

»Tja, andererseits weiß unser Dieb eventuell nicht, dass sie nicht an diese Geschichte glaubt und versucht, ihr Angst damit zu machen. Oder aber er will sie davon überzeugen, dass der Fluch real und nicht bloß Teil einer Legende ist.«

»Vielleicht«, fügte Tebbins hinzu. »Ist er das ja wirklich.«

Gil bedachte Tebbins mit einem Blick, der diesen mit den Schultern zucken ließ. »Schließlich kann man nie wissen. Ich persönlich glaube nicht an solche Dinge, aber das heißt nicht, dass ich nicht eines Tages ehrlich überrascht sein könnte. Ich bin durchaus bereit zu akzeptieren, dass es Wunder gibt.«

Ebenso wie Gil. Er hatte in seinem Leben sogar schon ein paar Wunder erlebt. Die Geburt seiner Tochter. Seine Ehe, bevor seine Frau wegen seines Berufs derart verbittert geworden war. Dies war die Art von Wundern, an die er gerne glaubte.

»Abgesehen davon«, sagte er nach kurzer Pause, »muss es einen Grund geben, weshalb der Täter Anna an den Fluch glauben lassen will.«

»Vielleicht macht es ihm einfach Spaß, ihr Angst zu machen.«

Das war durchaus möglich. Gil hatte in seinem Leben genug Typen getroffen, denen so etwas gefiel. Es hatte Zeiten gegeben, in denen hatte er gedacht, dass Filme und Videospiele solche Kreaturen schufen. Was hatte noch der Polizeichef von Denver Anfang der Achtziger gesagt? Dass sich die Anzahl der Gewalttaten zwar nicht verändert hatte, aber ihre Gestalt. Er hatte behauptet, die Filme hätten Einfluss auf die Arten der begangenen Verbrechen, und hatte Statistiken zitiert, denen zufolge zwar die Mordrate in Denver im Verlauf der Jahre gleich geblieben war, nicht aber die Form: Immer mehr Frauen wurden zu Opfern, und es gab mehr Folterungen und Verstümmelungen als zuvor.

Egal aus welchen Gründen – es liefen tatsächlich jede Menge widerlicher Gestalten durch die Gegend. Aber irgendwas an diesem Fall war anders. Der Zeitungsartikel war ihm eher wie eine Botschaft vorgekommen. Und allmählich empfand er ernste Sorge um die junge Frau, an die diese Botschaft adressiert gewesen war.

»Werden Sie Peter Dashay noch einmal verhören?«

Tebbins nickte. »Aber nicht sofort. Ich will erst ein paar Erkundigungen über ihn einholen, und außerdem will ich ihn nicht verschrecken.«

Gil nickte.

»Hat Ihr Labor schon etwas über Eddy Malacek herausbekommen?«

»Noch nicht. Die Autopsie ist für morgen angesetzt. Und je nachdem, wie sehr wir ins Detail gehen wollen, wird der Bericht des Toxikologen erst in ein paar Tagen oder sogar Wochen fertig sein.«

»Natürlich, natürlich.« Tebbins verzog schmerzlich das Gesicht. Er sah aus, als würde es ihn stören, sich auf die moderne Technik verlassen zu müssen. Was nicht weiter überraschte. Weder Poirot noch Holmes hatten je einen Laborbericht gebraucht.

Ja, die moderne Welt war blöde, dachte Gil, und kam, als er an seine Tochter und an Jamie dachte, zu dem Schluss, dass sie mit jedem Tag beschissener wurde. Vor einer Million Jahren hätte er den Idioten einfach niederknüppeln können.

Zwanzig Minuten später traf Gil seine Tochter im Foyer. Als er Annas Zwillingsschwester sah, durchzuckte es ihn. Abgesehen von ihrer Kleidung glichen beide Frauen einander wie ein Ei dem andern.

»Dad«, rief Trina und lächelte zum ersten Mal seit über vierundzwanzig Stunden. »Nancy meint, wir müssten heute unbedingt zu ihr und Anna zum Abendessen kommen.«

Während Gil Nancy die Hand gab, erwog er die Vor- und Nachteile der Einladung. Einerseits sollte er sich nicht privat mit einer Verdächtigen treffen, andererseits jedoch bekäme er auf diese Art Gelegenheit, sich ihr Zuhause anzusehen. Für einen Durchsuchungsbefehl reichten die Indizien nämlich ganz und gar nicht aus.

Nancy musterte ihn grinsend. »Dann sind Sie also der tolle Cop, von dem Anna mir erzählt hat.«

Als Trina und Nancy vergnügt losprusteten, wurde Gil tatsächlich rot. Das, sagte er sich, wäre natürlich etwas, das gegen das Abendessen sprach. Wer wollte schon allein drei albernen, kichernden Weibsbildern ausgeliefert sein? Auch wenn Anna nicht unbedingt eine allzu alberne Veranlagung zu haben schien.

»Können wir, Dad?«, drängte Trina.

Gil blickte in die leuchtende, hoffnungsvolle Miene seiner Tochter und brachte es nicht übers Herz, ihr diese Bitte abzuschlagen. »Klar«, sagte er. »Klingt durchaus amüsant.«

Auch wenn er dadurch garantiert in noch größere Schwierigkeiten kam.

10

Anna arbeitete oft bis in die Nacht hinein, denn in diesen ruhigen Stunden konnte sie die Schreibtischarbeiten störungsfrei erledigen. An diesem Abend aber wurde sie, als die Angestellten nach und nach das Haus verließen und es um sie zunehmend stiller wurde, eindeutig nervös.

Nein, sogar mehr als nur nervös. Sie empfand nackte Angst. Jemand, der sich die Mühe gemacht hatte, den Dolch und den Umschlag auf ihrem Schreibtisch zu hinterlegen, hatte wahrscheinlich Schlimmeres im Sinn als einen schlichten Diebstahl.

Verflucht.

Das Wort, das quer über die Überschrift des Zeitungsartikels gekritzelt worden war, machte ihr mehr Angst, als sie irgendjemandem gegenüber zugab. Es war nicht nur ein Kommentar zu dem Erdbeben und dem anschließenden Feuer, es war eine Drohung. Oder eine Warnung. Beide Möglichkeiten riefen blanke Furcht in ihrem Innern wach.

Geh nach Hause, befahl eine Stimme in ihrem Kopf, und unverzüglich stand sie auf, um ihre Sachen einzupacken. Nicht, dass sie zu Hause noch irgendwas arbeiten würde, denn schließlich kamen Gil und seine Tochter.

Welcher Teufel hatte ihre Schwester geritten, als sie die beiden eingeladen hatte? Wahrscheinlich wollte sie sich mal wieder als Kupplerin betätigen. Es war überraschend, dass Gil die Einladung angenommen hatte, denn sie hatte den leichten Zweifel ihr gegenüber in seinen Augen durchaus bemerkt. Für ihn war sie verdächtig.

Himmel, welche Ironie.

Das Telefon auf ihrem Schreibtisch schrillte, und sie starrte es geradezu panisch an. Was, wenn das der Dieb war, um sie weiter zu quälen?

Sie war eindeutig paranoid, ermahnte sie sich streng. Sie durfte nicht zulassen, dass sie sich ständig irgendeiner Bedrohung ausgeliefert sah. Trotzdem hatte sie das Gefühl, als greife sie nicht nach dem Hörer, sondern nach einer Schlange.

»Anna Lundgren«, sagte sie mit dünnerer Stimme als gewöhnlich.

»Anna, ich bin's, Ivar. Kommen Sie doch bitte noch kurz in mein Büro.«

»Natürlich.« Erleichterung wogte in ihr auf. Das Schlimmste, was passieren könnte, wäre, dass Ivar tobte oder stöhnte. Damit käme sie zurecht.

Draußen im Foyer sah sie noch zwei Wachmänner, die sich mit der letzten Hand voll Besucher unterhielten. Heute Abend wäre für die Öffentlichkeit geschlossen. Die Türen gingen pünktlich um sieben zu.

Sie nickte den beiden Männern, Lance Barro und Will Henderson, im Vorbeigehen freundlich zu, und sie nickten lächelnd zurück. Beide hatten unentgeltlich stundenlang bei der Vorbereitung der Ausstellung geholfen. Beide hatten getischlert und gestrichen und sogar bei der Verlegung der Elektroleitungen mitgewirkt. Mehr als ein Dutzend anderer Studenten hatten ebenfalls geholfen. Dies war eins der absolut praktischen Dinge daran, dass das Museum auf dem Uni-Campus lag.

Als sie jedoch in den Verwaltungstrakt einbog, senkte sich ein Schatten über ihre zuvor so fröhlichen Gedanken. Dieser Teil des Gebäudes war spätestens ab halb sechs verlassen. Zu allen Seiten fanden sich verschlossene Türen und dunkles, undurchsichtiges Glas. In ihrem Nacken spürte sie ein kaltes Prickeln.

Vorsichtig warf sie einen Blick über ihre Schulter. Nichts. Nichts außer vollkommener Stille und dem undeutlichen Echo der Geräusche von vorn aus dem Foyer. Sie wünschte, Ivars Zimmer läge nicht ganz am Ende des endlos erscheinenden Gangs. Aber wie sonst hätte er sein Statusfenster haben sollen?

Diese Frage war beinahe erheiternd, und sie spürte, dass ihre Angst ein wenig abnahm. Was sollte schon passieren? Schließlich war sie diesen Korridor schon tausendmal, sowohl belebt als auch menschenleer, hinuntermarschiert.

Ivars Tür stand sperrangelweit offen. Er saß, die Ellenbogen auf dem Schreibtisch abgestützt und den Kopf zwischen den Händen, versunken da. Super, dachte Anna. Jetzt käme eine *dieser* Diskussionen.

»Ivar?«

Er hob nicht mal den Kopf. »Ich habe es geschafft, die Mexikaner davon abzuhalten, sämtliche Stücke umgehend zurückzufordern.«

»Gratuliere.«

»Außerdem ist es mir gelungen, die Präsidentin der Universität davon zu überzeugen, dass zwei Diebstähle in zwei Jahren nicht bedeuten, dass unsere Sicherheitsvorkehrungen unzureichend sind.«

Sie nahm ihm gegenüber Platz. »Nein, das bedeuten sie nicht.«

»Genau. Ich habe ihr erklärt, wir hätten das beste Sicherheitsunternehmen angeheuert, das es in der Gegend gibt. Eines, das auch von der Versicherung gebilligt worden ist. Wenn die Scheiße gebaut haben, können wir nichts dazu.«

Für gewöhnlich fluchte Ivar nie, zumindest nicht im Rahmen seiner Arbeit, und unvermittelt empfand Anna ein gewisses Mitgefühl mit ihm. »Es war ein ziemlich harter Tag.«

»Sie können sich gar nicht vorstellen, wie hart!« Endlich hob er seinen Kopf und sah ihr ins Gesicht. »Cuestas hat vor lauter Zorn fast in den Tisch gebissen.«

»Das kann ich ihm nicht verdenken. Der Dolch ist unersetzlich.«

»Wir haben es doch nicht drauf angelegt, ihn stehlen zu lassen. Und Sie haben wirklich Glück, dass Sie vor zwei Jahren, als die Maske gestohlen wurde, noch nicht hier angestellt gewesen sind. Meine Güte, für die anderen bin praktisch ich an allem schuld.«

»Das tut mir Leid.«

Er stand auf und lief mit hinter dem Rücken verschränkten Händen im Zimmer auf und ab. Unweigerlich dachte Anna an Napoleon, wie man ihn oft in Filmen verkörpert sah. »Und was zum Teufel sollte die Szene draußen im Foyer?«

»Was für eine Szene?«

»Haben Sie das etwa nicht mitbekommen? Ihr Freund hat die Blumen vom Empfangstresen gerissen.«

»Oh, mein Gott.« Anna seufzte leise auf. »Übrigens ist er nicht mein Freund.«

»Er scheint darüber anders zu denken. Die Frau am Empfang ... ich glaube, es war Beatrice ... hat versucht, ihm zu erklären, dass er sie nicht so einfach an sich nehmen kann, denn Sie hätten sie ihr schließlich gegeben. Darauf sagte er, er hätte sie Ihnen geschenkt und wolle sie nun zurück. Die beiden haben sich an der verdammten Vase festgehalten, während die Besucher des Museums drum herumgestanden und sich vor Lachen die Bäuche gehalten haben. Ich habe kurz daran gedacht, die Polizei zu rufen, aber die stand bereits tatenlos dabei.«

»Oh, Mann!«

»Natürlich hat auch Cuestas das Theater mitbekommen. Ich dachte, ihn trifft der Schlag. Der Mann wollte, nein, verlangte geradezu zu wissen, ob er vielleicht statt in einem Museum in einem Irrenhaus gelandet ist.«

Anna musste sich beherrschen, um nicht loszuprusten. »Er scheint die englische Sprache fabelhaft zu beherrschen.«

»Zum Glück spreche ich recht gut Spanisch, so dass außer mir ihn niemand verstanden zu haben scheint. Das will ich zumindest hoffen. Oh, Gott, ich will es wirklich hoffen. Was, wenn auch darüber morgen in den Zeitungen berichtet wird?«

Plötzlich kam Anna der Gedanke, dass sie kurz vor einem Nervenzusammenbruch stand: Sie litt unter bedrohlichen Stimmungsschwankungen. In der einen Minute war sie verängstigt, in der nächsten hätte sie sich über das, was Ivar sagte, am liebsten vor Lachen ausgeschüttet, und jetzt hätte sie am liebsten einen Wutanfall bekommen. Was sie auch nicht völlig verhindern konnte.

»Wirklich bedauerlich«, erklärte sie in ungewohnt mitleidlosem Ton.

»Wirklich bedauerlich?«, wiederholte er mit ungläubiger Stimme. »*Wirklich bedauerlich?* Ist das alles, was Sie dazu zu sagen haben? Haben Sie eine Vorstellung, wie lächerlich sich das Museum mit solchen Darbietungen macht?«

»Nicht lächerlicher als mit irgendeinem schwachsinnigen Fluch Werbung zu machen.«

»Anna!« Er wirkte ernsthaft schockiert. »Sie wissen, wie wichtig es ist, die Fantasie der Menschen anzuregen. Himmel, wenn ich an die Kosten für diese Ausstellung denke! Wenn es uns nicht gelingt, genug Besucher anzulocken, werden wir in schreckliche finanzielle Schwierigkeiten geraten.«

»Das weiß ich genauso gut wie jeder andere. Genau das habe ich eindringlich dem Kuratorium erklärt. Ich habe mindestens drei verschiedene Vorschläge gemacht, wie für die Ausstellung hätte geworben werden können, ohne dass der Fluch erwähnt wird, oder nicht? Ich habe sogar angeführt, wie *unwissenschaftlich* es wäre, mit einem Fluch zu werben. Aber zu dem Zeitpunkt hatte niemand Angst, sich lächerlich zu machen, oder?«

»Anna, mir ist bewusst, dass Sie persönlich in die Sache involviert sind …« Er sank auf seinem Stuhl in sich zusammen und sah aus, als hätte er sich am liebsten unter seinem Schreibtisch vor der Furie verkrochen, zu der seine sonst so ruhige Direktorin plötzlich mutiert war.

»Sie haben Recht, ich bin persönlich involviert. Und wissen Sie, warum Sie von meiner besonderen Beziehung zu dieser Sache wissen? Weil ich dumm genug war, dem Kuratorium von den Alpträumen zu erzählen, die mich nach dem Tod meines Vaters jahrelang verfolgten, und zu sagen, wie *benutzt* ich mir vorkommen würde, würde der Fluch als Werbung für die Ausstellung missbraucht.«

»Ich kann mich daran erinnern«, gab Ivar zu und unternahm zumindest den Versuch, mitfühlend zu klingen.

»Tja, anscheinend hat sich auch noch jemand anderes daran erinnert, denn seither werde ich von diesem grässlichen Reed Howell regelrecht verfolgt. Irgendjemand hat offenbar den Mund nicht halten können, und dieser Irgendjemand reißt die Wunde, die der Tod meines Vaters mir zugefügt hat, genüsslich wieder auf.«

»Ich habe seinen Artikel gelesen.«

»Aber, aber das ist noch nicht alles, Ivar. Denn inzwischen benutzt jemand diesen Fluch, um mir damit das Leben schwer zu machen.«

»Ihnen das Leben schwer zu machen?«

»Ich werde von irgendwem verfolgt.«

»Ich weiß von der Sache mit dem kopierten Dolch.«

»Dabei hat man es nicht belassen. Heute hat jemand einen weiteren Umschlag auf meinem Schreibtisch deponiert. Raten Sie mal, was drin war.«

Ivar spreizte hilflos seine Hände.

»Ein alter Zeitungsartikel über den Tod meines Vaters. Quer über der Überschrift stand mit roter Tinte das Wort *Verflucht.*«

Ivar starrte sie nun entgeistert an. »Mein Gott!«

Anna, deren Zorn ebenso plötzlich verrauchte, wie er ausgebrochen war, lehnte sich kraftlos zurück auf ihren Stuhl.

»Das ist grausam«, meinte Ivar. »Unvorstellbar grausam.« Er sprang auf und stapfte unter den Fenstern auf und ab. »Ich kann mir nicht vorstellen, was für ein Mensch so etwas tun soll. Was für ein grauenhafter Scherz.«

»Ich glaube nicht, dass es ein Scherz ist«, erwiderte Anna mit einem müden Seufzer.

Ivar blieb stehen und musterte sie. »Nein.« Anscheinend konnte er die Möglichkeiten, die durch seine Gedanken schwirrten, nicht akzeptieren. »Aber … haben Sie der Polizei davon erzählt?«

»Sie waren dabei, als ich den Umschlag fand.«

»Und die haben Ihnen keine Schutzmaßnahmen angeboten?«, fragte Ivar sie empört.

»Weshalb hätten sie das tun sollen? Schließlich bin ich verdächtig.«

»Haben die Ihnen das gesagt?«

»Nein. Aber ich kann es sehen. Und ich kann es spüren.«

Er kam um seinen Schreibtisch und legte seine Hand vorsichtig auf ihre Schulter. »Im Moment stehen wir alle unter Verdacht, was heißt, dass diese brillanten Kriminalbeamten keinen blassen Schimmer haben, wo sie nach dem Täter suchen sollen. Wenn sie Sie nicht beschützen, werde ich es tun. Sie ziehen erst mal eine Zeit lang zu Mary und mir.«

Anna stiegen Tränen in die Augen, und wieder einmal wurde ihr bewusst, wie angeknackst sie war, wenn ein solches Angebot sie derart rührte.

In den letzten Jahren war ihr Leben, abgesehen von ihrem Job und den seltenen Besuchen ihrer Schwester, sehr steril gewesen. Nach Abschluss ihres Studiums hatte sie sich ganz auf ihre Arbeit konzentriert, darauf, sich einen Namen zu machen und irgendwann einen besseren Posten an einem größeren Museum angeboten zu bekommen. Ab und zu war sie mit irgendwelchen Männern ausgegangen, doch nie hatte es gefunkt, höchstwahrscheinlich deshalb, weil sie es gar nicht hatte funken lassen wollen. Sie hatte zwar ein paar Freundinnen und Freunde, die sie hin und wieder sah. Davon abgesehen jedoch drehte sich alles in ihrem Leben um das Museum und die Ausstellungen, für die sie in ihrer Position verantwortlich war. Was hieß, dass die Sorge und das Mitgefühl von anderen Menschen etwas sehr Seltenes für sie geworden waren.

Aus diesem Grund rührte sie sein Angebot beinahe zu Tränen.

»Ich rufe Mary an«, erklärte Ivar.

»Ivar, nein. Vielen Dank für dieses liebe Angebot, aber ich bin momentan nicht alleine. Meine Schwester ist zurzeit zu Besuch, und sie wohnt bei mir.«

Er nickte, zog sich wieder hinter die Festung seines Schreibtisches zurück, sank schwerfällig auf seinen Stuhl, schob ein paar Papiere herum, legte die Clips auf einen kleinen Stapel, warf einen Stift in seine Schublade und schob sie langsam zu. »Tja«, sagte er dann. »Tja.«

Mehr hätte sie wohl in seiner Situation auch nicht gesagt, und sie verkniff sich einen Kommentar.

»Das alles ist mir zu viel«, fuhr er schließlich fort. »Eindeutig zu viel. Ich weiß einfach nicht mehr, was ich in dieser Sache unternehmen soll. Die Polizei scheint keine Ideen zu entwickeln, die Universität und das Museum sind total blamiert, die Mexikaner werden wahrscheinlich nie wieder Geschäfte mit uns machen, und obendrein werden Sie auch noch verfolgt.«

Er rieb sich das Kinn, trommelte mit den Fingern auf die Platte seines Schreibtischs und fragte seufzend: »Warum nur habe ich das ungute Gefühl, dass nichts von allen diesen Dinge je passiert wäre, wenn wir den Fluch verschwiegen hätten?«

»Ich weiß nicht. Vielleicht, weil die Sache, abgesehen davon, dass ich eine persönliche Beziehung zu den Funden habe, für niemanden weiter interessant gewesen wäre? Das ist alles, was mir dazu einfällt.«

Er nickte. »Das ist durchaus möglich. Nun, als Allererstes werde ich morgen früh die Polizei anrufen und darauf bestehen, dass man Sie unter Polizeischutz stellt. Diese Sache ist inzwischen weit genug gegangen. Selbst der Dümmste kann erkennen, dass Sie ernsthaft in Gefahr sind.«

»Aber niemand hat versucht, mir etwas anzutun, Ivar.« Er stimmte, und trotz der Furcht, die sie empfand, bemühte sie sich weiter, klar zu denken. »Bisher hat man lediglich versucht, mich zu verspotten.« *Oder mich halb zu Tode zu erschrecken.*

»So etwas kann sich jeden Moment ändern.«

Auf der Fahrt nach Hause dachte sie an diese Worte. *Das kann sich jeden Moment ändern.* Ja, das war tatsächlich möglich. Aber sie dachte lieber nicht weiter darüber nach.

Außerdem gab es andere Gründe, aus denen man ihr diese bösen Streiche spielte. Wahrscheinlichere Gründe. Es war ihr allerdings fast unmöglich zu begreifen, dass ihr jemand tatsächlich etwas tun könnte. Das alles war bestimmt nur ein kranker Scherz des Diebes, der stolz war auf die von ihm vollbrachte Tat.

Gleichzeitig jedoch nagten ähnlich einer Horde bösartiger Ratten am Rand ihres Bewusstseins die Gedanken an die möglichen anderen Gründe, aus denen ausgerechnet sie von diesem Irren als Opfer auserkoren worden war.

In der Einfahrt ihres Grundstücks parkte sie direkt hinter dem kleinen Mietwagen ihrer Schwester, blieb eine Minute hinter dem Lenkrad sitzen und atmete die dank der Klimaanlage kalte Luft im Auto ein. In diesem feuchten, heißen Staat war es oft eine Wohltat, wenn man ab und zu mal fror. Vermutlich lag es an ihrer Herkunft aus Minnesota, dass sie so empfand. Außerdem war es für April ungewöhnlich heiß. Die ganze Woche schon war es mindestens zehn Grad wärmer als gewöhnlich um diese Jahreszeit.

Als Nancy im Vorjahr bei ihr zu Besuch gewesen war, hatten sie darin übereingestimmt, dass ihnen die Kälte fehlte. In Austin war es noch heißer, dafür aber trockener als in Tampa, und im August hatte ihnen beiden die drückende Hitze endgültig gereicht. Also hatten sie eines Abends, kichernd über ihre Albernheit, den Thermostaten der Klimaanlage ganz heruntergedreht und die Temperatur im Haus dadurch auf achtzehn Grad gesenkt. Dann hatten sie ein kleines Feuer in dem von Anna so selten benutzten Kamin entfacht, sich mit einer großen Schüssel Popcorn unter flauschigen Decken auf die Couch gekuschelt und sich bis in die frühen Morgenstunden wunderbar unterhalten.

Die Erinnerung an diesen amüsanten Abend zauberte ein leichtes Lächeln auf Annas Gesicht. Wenn sie an jene glücklichen Stunden dachte, erschien ihr das Häuschen, das an einer schattigen Stelle in einer ruhigen Straße lag, einladend und behaglich. Wenn sie jedoch daran dachte, dass irgendein Verfolger es auf sie abgesehen hatte …

Ihre Finger, die das Steuer noch fest umklammerten, wurden kalt. Besser, sie stieg endlich aus. Nancy war da, sie war also nicht allein. Außerdem war die Sonne noch nicht untergegangen, auch wenn sie die Schatten unter den Bäumen längst nicht mehr durchdrang. Zum ersten Mal seit ihrem Einzug wünschte sie sich, sie hätte ein Haus auf einem sonnenüberfluteten Grundstück ausgewählt.

Seufzend zog sie den Schlüssel aus dem Zündschloss, schnappte sich ihre Aktentasche, stieg aus und schloss den weißen Chevrolet Prizm sorgfältig hinter sich ab. Ehe sie jedoch die Haustür öffnen konnte, riss ihre Schwester sie schon schwungvoll auf. Sie trug Shorts, ein T-Shirt und Annas gestreifte Schürze.

»He«, sagte Nancy zur Begrüßung, »ich habe mich schon gefragt, wo du so lange bleibst.«

»Ivar wollte noch mit mir reden.«

Nancy trat einen Schritt zurück. »Du Arme.« Sie hatte bereits viel von Ivar gehört.

Als die Tür hinter Anna ins Schloss fiel, fühlte sie sich plötzlich sicher. Ein herrliches Gefühl. Die Türen und Fenster waren sorgfältig verschlossen, und dank ihrer Schwester war sie nicht allein. Ihr Unbehagen legte sich, und sie freute sich auf den gemeinsamen Abend.

»Eigentlich wollte er mir gegenüber Dampf ablassen«, erklärte sie Nancy auf dem Weg zur Küche und warf ihre Aktentasche achtlos auf den Tresen. »Aber ich habe ihn überrascht.«

»Wie das?«

»Am Ende bin ich diejenige gewesen, die Dampf abgelassen hat.«

Nancy gluckste begeistert. »Gut für dich. Es war auch höchste Zeit, dass sich das Blatt mal wendet. Was hast du ihm erzählt?«

Aber Anna wollte nicht noch einmal über das Thema sprechen. Diese Dinge gehörten nicht nach Hause. Irgendwie hätte sie es als Sakrileg empfunden, die düsteren Gedanken hier zu formulieren. »Oh, ich brachte lediglich ein paar allgemeine Beschwerden an. Nichts Besonderes. Was gibt es zum Abendessen?«

»Ich dachte, ich benutze deinen Grill. Marinierte Steaks, Zucchini und mit Cheddarkäse überbackenes Kürbis-Kartoffelgratin.«

»Mann, das klingt echt gut. Ich bin halb verhungert. Brauchst du Hilfe?«

»Klar. Aber du kannst dich auch entspannen. Dieses Gericht kriege ich mit verbundenen Augen hin.«

»Seit wann kannst du so gut kochen?«

»Seit ich feststellen musste, dass sich Peggys kulinarische Erfahrung auf McDonalds und Taco Bell beschränkt.«

Anna sah ihre Schwester prüfend an, entdeckte dort jedoch nichts als ein breites Lächeln. »Und deshalb hast du kochen gelernt?«

»Genau. Obwohl du weißt, wie sehr mir Kochen verhasst gewesen ist.«

»Allerdings, daran kann ich mich lebhaft erinnern. Jedes Mal, wenn die Reihe an dir war, hast du mir versprochen, eine Woche das Geschirr zu spülen, wenn ich an deiner Stelle das Kochen übernehme.«

Nancy schnaubte grinsend. »Das hat regelmäßig hervorragend geklappt.«

»Bis mir endlich klar wurde, dass du gar nicht lange genug leben wirst, um für jedes Mal, an dem ich für dich koche, eine Woche lang täglich zu spülen.«

Nancy lachte. »Gut, zumindest hat es eine Zeit lang funktioniert.«

»Und ob. Bis ich endlich dahinter kam, dass ich bei dem Geschäft die Dumme war, hast du mir bereits zwanzig Jahre Geschirrspülen geschuldet. Diese Schuld ist noch nicht beglichen.«

»He, schließlich leben wir nicht mehr zusammen. Was soll ich also tun?«

»Ich könnte das schmutzige Geschirr einpacken und dir zum Spülen schicken.«

»Tja, solange UPS für seine Lieferungen zwischen sieben und zehn Tagen braucht, würdest du für dieses Vorhaben jede Menge Teller benötigen.«

»Nein. Ich schicke sie dir einfach per Express und du schickst sie noch am selben Tag zurück. Dann reichen zwei Teller völlig aus.«

»Träum ruhig weiter, Annie. Träum ruhig weiter.«

Es war ein herrliches Gefühl, derart unbekümmert mit der Schwester zu scherzen. Anna machte es sich auf einem der Barhocker bequem und sah zu, wie Nancy die Zucchini und den Sommerkürbis sorgfältig in Längsstreifen zerschnitt. »Wann kommen unsere Gäste?«

»Gegen sieben. Gil musste erst noch aufs Revier.«

Typisch Nancy, dachte Anna mit einer gewissen Wehmut. Sie gewann innerhalb kürzester Zeit fast jedermann zum Freund. Anna war von jeher reservierter und schüchterner gewesen, und so hatte ihre Schwester schon in Kindertagen für sie beide Freundschaften geschlossen.

»Diese Trina«, meinte Nancy, »ist ein wirklich tolles Mädchen. Sie erinnert mich an mich selbst in diesem Alter. Weißt du, mein nächstes Ziel im Leben wären eigene Kinder.«

»Ich bin bisher noch nicht mal zu dem Punkt gekommen, an dem ich auch nur darüber nachdenke.«

Nancy hob den Kopf und musterte sie. »Das liegt einzig daran, dass für dich eine Ehe Teil der Gleichung ist. Du brauchst einen Mann, während mir bereits ein Samenspender reicht.«

»Sind denn das nicht alle Männer?«

Nancy begann so herzhaft zu lachen, dass Anna schließlich einfiel. Aber es stimmte, Nancy hatte Recht. Ehe sie nicht in einer stabilen Ehe lebte, dächte Anna nicht mal über Kinder nach.

»Also«, erklärte Nancy, »heute Abend kommt ein potenzieller Spender in dein Haus zu Gast. Und so wie es aussieht, produziert er wunderbare Kinder.«

Anna wurde rot. »Vergiss es, Nance. Ich habe keine Zeit für solche Sachen. Außerdem ermittelt er in einem Fall, in dem ich eine der Verdächtigen bin. Es überrascht mich, dass er deine Einladung zum Abendessen tatsächlich angenommen hat.«

»Mich nicht. Ich hab gesehen, wie er dich anguckt.«

»Na, super. Jetzt fühle ich mich heute Abend ganz besonders wohl. Warum hängst du nicht ein Schild neben der Haustür auf? So etwas wie ›Meine Schwester ist noch frei‹?«

»He, ich habe kein Wort zu ihm gesagt. Oder zumindest nicht sehr viel.«

Anna nahm ein Stück Kürbis von der Theke und zielte damit auf ihre Schwester, die sich geistesgegenwärtig duckte. Der Kürbis landete deshalb nicht wie vorgesehen an ihrem Kopf, sondern in der Spüle.

»Also wirklich! Nun greifst du schon zu Mitteln der Gewalt. Vielleicht sollte ich ihn bitten, dich in Handschellen zu legen.«

Durch diese Bemerkung verstärkte sich Annas Röte tatsächlich noch. »Wag es bloß nicht…«

»Ich wollte damit nur deutlich machen, dass er über eine durchaus interessante Ausrüstung verfügt. Handschellen. Fußfesseln«, erklärte Nancy lüstern. »Außerdem würde ich wetten, dass er ziemlich stark ist.«

»Willst du vielleicht ein Stück Zucchini im Ausschnitt deines T-Shirts haben?«

»Nicht, wenn du heute Abend etwas zu essen haben willst.«

»Du bist pervers.«

Nancy grinste. »Genau das ist es, was dir so an mir gefällt. Denk bloß, wie langweilig dein Leben ohne mich wäre. Ich halte dich auf Trab. Vielleicht sollte ich mit Trina nach dem Essen noch ein bisschen auf die Piste gehen und euch zwei alleine lassen.«

»Hörst du bitte endlich auf?« Gleichzeitig jedoch begann Anna, wenn auch gegen ihren Willen, zu prusten. Nancys geradezu empörende Direktheit hatte sie schon immer amüsiert.

»Siehst du?«, meinte Nancy. »Du findest mich halt einfach toll. Und jetzt zieh endlich etwas Verführerisches an, wie zum Beispiel das Nonnenkostüm, das ich ganz hinten in deinem Schrank gesehen habe. Ich bin sicher, dass du darin super aussiehst.«

Anna streckte ihr die Zunge raus und glitt vom Hocker. »Halt dich heute Abend bloß zurück.«

»Warum?«

»Weil du bestimmt nicht von mir massakriert werden willst.«

»Also gut. Zum Nachtisch gibt es zusätzlich mit frischen

Zucchini gefüllte und braunem Zucker bestreute Nancy Lundgren …«

Giggelnd verschwand Anna in ihrem Schlafzimmer.

Bevor sie sich umzog, stellte sie sich noch unter die Dusche. Etwas an dem Klima in Florida bewirkte, dass sie morgens duschen und den Großteil des Tages in einem klimatisierten Haus verbringen konnte, jedoch bereits nach ein paar Gängen über einen Parkplatz am Ende des Tages das Gefühl hatte, verschwitzt und unsauber zu sein.

Nach der Dusche fühlte sie sich angenehm erfrischt und nahm eine weiße Leinenhose und ein grünes Baumwoll-Polohemd aus ihrem Schrank. Sollte Nancy sagen, was sie wollte.

Nancy jedoch sagte nichts, denn als Anna aus dem Schlafzimmer zurückkam, waren Gil und Trina bereits da. Das Mädchen wirkte etwas befangen, und Gil sah aus, als würde er bereits bereuen, dass er gekommen war.

Da sich Nancy sofort der Kleinen annahm und sie mit in die Küche dirigierte, blieb Anna allein mit Gil im Wohnzimmer zurück. Sie sann auf alle möglichen Formen der Rache an der verräterischen Schwester, schließlich jedoch hielt sie das Schweigen nicht mehr aus und sagte: »Nancy ist von Ihrer Tochter total begeistert.«

Er verzog den Mund zu einem Lächeln. »Das sind die meisten Menschen.«

»Möchten Sie vielleicht etwas trinken?«

»Ein Glas Wasser wäre schön.«

Sicher fühlte er sich nach wie vor im Dienst, und durch diese Erkenntnis wurde ihr Unbehagen natürlich noch verstärkt.

»Ich trinke niemals, wenn ich fahre«, erklärte er, als hätte er erraten, was sie dachte.

»Das ist sehr vernünftig.«

»Die Stimme der Erfahrung. Ich habe schon zu oft gesehen, was passieren kann, wenn Menschen den Genuss von Alkohol und das Führen eines Fahrzeugs miteinander verbinden.«

Er sah sie unbehaglich an. »Tut mir Leid. Jetzt klinge ich wie der typische Polizist.«

»Na ja, Sie sind ja auch einer.«

Er zuckte mit den Achseln. »Meine Ex-Frau hat meinen Beruf gehasst.«

Anna war ehrlich überrascht. »Warum denn das?«

»Sie wollte nicht, dass ich meine Arbeit mit nach Hause bringe. Sie wollte ein normales Leben.«

»Ach.« Nach kurzem Zögern kam Anna zu dem Schluss, auszusprechen, was sie dachte: »Mir scheint, dass die Arbeit eines Menschen Teil seines normalen Lebens ist. Aber ich mache Ihnen einen Vorschlag. Sie können reden wie ein Polizist, wenn ich reden kann wie eine Museumsdirektorin.«

Diese Worte zauberten ein hinreißendes Lächeln auf sein zuvor fast regloses Gesicht.

Anna begab sich in die Küche, um Wasser zu holen. Unterwegs überlegte sie, dass er mit diesem wunderbaren Lächeln bestimmt auch die Delinquenten in seinen Bann zog.

Nancy und Trina bestrichen gerade das geschnittene Gemüse mit einer hellen Sauce und plauderten so fröhlich miteinander, dass sie kaum registrierten, als Anna die Küche betrat. Sie öffnete eine Flasche kaltes Wasser, gab Eiswürfel in zwei Gläser, füllte sie bis kurz unter den Rand und kehrte ins Wohnzimmer zurück.

Gil stand vor den eingebauten Regalen und bewunderte die kleinen Schätze, die sie im Verlauf der Jahre gesammelt und zwischen den Hunderten von Büchern verteilt hatte, deren stolze Besitzerin sie war.

»Sind die echt?«

»Ich fürchte, nein.« Sie reichte ihm sein Glas. »Der Besitz derartiger Antiquitäten ist verboten, also kaufe ich Kopien. Sie werden in Lateinamerika in Handarbeit hergestellt. Einige der Reproduktionen sind so gut, dass man sie fast für Originale halten könnte.«

»Aber nicht von einem Kenner.« Er musterte sie, und sie spürte, dass es ihm um mehr ging als ein belangloses Gespräch.

»Nein«, stimmte sie ihm zu. »Nicht von einem Kenner.«

»Und das stört Sie nicht?«

»Weshalb sollte es mich stören? Ich weiß, dass es Kopien sind. Ich genieße einfach ihre Schönheit. Die Originale kann ich mir in den Museen ansehen, wenn ich will.«

Er nickte, ging ein Stück an dem Regal entlang und inspizierte die Bücher. »Eine beeindruckende Sammlung.«

»Die meisten Bücher beziehen sich auf meine Arbeit und auf meine Interessengebiete. Schließlich muss ich mich bemühen, möglichst auf dem Laufenden zu sein.«

»Das müssen wir alle.« Er verbrachte noch ein paar Minuten mit der Betrachtung der Bücherreihen, und Anna setzte sich in einen Schaukelstuhl und wartete stumm ab. Sie freute sich immer, wenn sich andere Menschen für Bücher interessierten. Außerdem bot er ihr auf diese Weise eine gute Aussicht auf zwei in Khaki-Shorts steckende, äußerst wohlgeformte Beine sowie auf einen unter einem Polohemd verhüllten, flachen, muskulösen Bauch.

Offenbar dachte er jedoch trotz gründlicher Betrachtung gar nicht an die Bücher. »Nancy ist lesbisch«, meinte er, ohne sie dabei anzusehen. »Sie auch?«

Dies war einer von Annas wunden Punkten. Ohne auch

nur darüber nachzudenken, dass es eventuell gefährlich wäre, einen Polizisten zu verärgern, von dem sie für eine Diebin und womöglich sogar für einen Mörderin gehalten wurde, erwiderte sie schneidend: »Warum wollen Sie das wissen? Haben Sie vielleicht Angst, wir könnten versuchen, Ihre Tochter zu verderben?«

Er wandte sich ihr zu. »Wenn ich das befürchten würde, wäre ich garantiert nicht hier. Außerdem ist mir der Unterschied zwischen Pädophilie und Homosexualität durchaus bekannt.«

»Warum haben Sie dann gefragt? Schließlich geht Sie das nicht das Geringste an.«

»O doch«, erklärte er ihr unumwunden. »Das tut es. Ich habe mich nämlich gefragt, ob ich endlich aufhören kann zu schwitzen.«

»Zu schwitzen?« Ihr Ärger wich ehrlicher Verwirrung.

»Zu schwitzen«, wiederholte er und bedachte sie mit einem Blick, der keinen Zweifel an der Bedeutung seiner Worte ließ.

Anna hatte das Gefühl, als bekäme sie einen Stromschlag. Ihr Atem stockte, und sie war sich sicher, dass ihr Herz aufgehört hatte zu schlagen. Schon allzu lange hatte sie nicht mehr derart auf einen Mann reagiert, und obgleich dies der denkbar ungünstigste Zeitpunkt und dieser Mann das denkbar ungünstigste Objekt ihrer Gefühlsaufwallung war, konnte sie das jäh aufflammende Verlangen nicht unterdrücken.

Nach einer Minute fand sie ihre Stimme wieder und erklärte: »Schwitzen Sie ruhig weiter.«

Er schien ihre Antwort richtig zu verstehen, denn erst grinste er, dann fing er herzlich an zu lachen, und die Spannung wich aus dem Raum wie das Helium aus einem angepieksten Ballon.

Schließlich hörte er auf zu lachen und wurde wieder ernst. »Sie wissen, das ist ein ziemlich schlechtes Timing.«

»Ich weiß, dass Sie gegen mich ermitteln. Tun Sie sich keinen Zwang an. Sie werden nichts finden. Ich habe in meinem ganzen Leben nicht mal einen Strafzettel wegen überhöhter Geschwindigkeit beim Autofahren gekriegt.«

»Dann sind Sie also keine besonders abenteuerlustige Person?«

Dies war ein Vorwurf, den Nancy regelmäßig gegen sie erhob, nur tat er ihr aus seinem Mund nicht weh. Eventuell, weil sie sich zur Abwechslung einmal durchaus abenteuerlustig vorkam.

»Vielleicht, wenn die ganze Sache geklärt ist …«, fuhr er nach einer kurzen Pause fort. »Und wissen Sie was? Ich hatte nicht die Absicht, überhaupt in der Richtung etwas zu sagen. Sie sollten mir den Mund mit Heftpflaster verkleben.«

»Dann könnten Sie nichts essen. Aber ich werde so tun, als hätte ich kein Wort gehört.«

»Danke.«

Doch sie wusste, sie würde diese Sätze nicht vergessen. Vor allem deshalb nicht, nachdem sie ein solches Glücksgefühl in ihrem Herzen wachgerufen hatten. Aus heiterem Himmel fühlte sie sich attraktiv, ja sogar schön. Wie Helena von Troja. Dieses Gefühl würde sie nicht so schnell wieder aufgeben. Dazu war es zu selten.

Außerdem hatte sich dank seiner Worte ihre Anspannung gelegt. Er war kein Feind, der lediglich versuchte, Beweise gegen sie zu sammeln. Er war dazu ein Mann, der sich für sie interessierte. Das war etwas ganz Normales, dieses Szenario war ihr vertraut. Endlich konnte sie eine Rolle spielen, die sie kannte. Was ihr nach den Tagen, in denen sie in einem ihr vollkommen fremden Stück hatte mitwirken müssen, höchst willkommen war.

Nancy hatte Recht, es hatte ihr von klein auf an Wagemut gefehlt.

Sie kamen darin überein, dass es auf der Veranda viel zu heiß und feucht war und speisten deshalb drinnen. Gils Tochter wollte alles über Nancys Wohnort wissen und, als wäre Austin keine hochmoderne Stadt, erzählte Nancy von Cowboys und Rodeos und traf damit anscheinend genau Trinas Geschmack.

»Wir fahren nie irgendwohin«, erklärte Trina, als sich die Mahlzeit ihrem Ende neigte.

»Was redest du denn da?«, fragte ihr Vater sie erstaunt. »Wir fahren ständig durch die Gegend.«

Sie verzog mürrisch das Gesicht. »Aber ständig nur durch *Florida*.«

»Aha«, antwortete er. »Nur in Florida. Dem Ferienparadies. Dem Staat, in dem alljährlich Dreiviertel aller Kanadier überwintern. Dem Staat, der mit Touristen aus aller Welt bevölkert ist. Dem Staat, den zu besuchen sich andere ein kleines Vermögen kosten lassen.«

Trina rümpfte die Nase. »Das ist nicht dasselbe.«

»Hmm.« Er tat, als denke er ernsthaft darüber nach. »Dann hast du also keine Lust, im Juli eine Woche mit mir in Orlando zu verbringen?«

»Orlando?« Ihre Miene hellte sich auf. »Da sind wir schon seit einer Ewigkeit nicht mehr gewesen.«

»Ich weiß. Ich dachte, Disney World, die Universal Studios und Sea World vermissen uns bereits.«

Ihre Augen begannen zu blitzen. »Daddy, fährst du wirklich mit mir dorthin?«

»So hatte ich es zumindest mal geplant.«

»Oh, wow! Und diesmal besuchen wir auch die Welt der Zukunft?«

»Versprochen.«

Nancy musterte ihre Schwester. »Ich weiß nicht, wie es dir geht, aber ich sterbe gleich vor Neid. Natürlich würdest du dir lieber ein paar verstaubte Museen angucken gehen.«

»Ja, ich hatte die Absicht, eine Kreuzfahrt nach Medira zu unternehmen und mir dort ein paar Ruinen anzusehen.«

Nancy schüttelte den Kopf. »Ich wusste, ohne irgendwelche Ruinen bist du nicht wirklich glücklich.« Sie wandte sich an Gil. »Seien Sie gewarnt. Nichts macht meine Schwester glücklicher als die Überbleibsel irgendwelcher ausgestorbenen Zivilisationen. Sie fahren eventuell gerne Achterbahn, sie aber erklimmt mit Wonne irgendwo im Urwald mit Ungeziefern bevölkerte alte Pyramiden.«

»He, ich fahre auch gern Achterbahn«, protestierte Anna. »Immerhin bin ich in Busch Gardens im Kumba mitgefahren.«

»Nachdem du kreischend und um dich tretend von mir in den Wagen gezerrt worden bist.«

Trina lachte und Gil grinste, Nancy jedoch sah ihn mit ernster Miene an. »Sagen Sie nicht, ich hätte Sie nicht von Anfang an gewarnt.«

»Ich hätte gar nichts dagegen, selbst mal auf einer Pyramide rumzuklettern«, antwortete er. »Und auch Museen habe ich schon immer gern besucht.«

»Die Ausstellung heute war echt klasse«, gab Trina unumwunden zu. »Anna, Nancy hat erzählt, Sie hätten das Konzept ganz allein erstellt.«

»Na ja, ich habe das Grundkonzept entworfen. Aber für

die Einzelheiten und um das Ganze zu realisieren, brauchten wir jede Menge Leute.«

»Also, die Schau war wirklich cool. Vor allem die Grabkammer war super. Total unheimlich. Zu schade, dass der Dolch geklaut war.«

Hier war es wieder, dachte Anna, lag dunkel und hässlich zwischen ihnen auf dem Tisch und warf einen Schatten auf die zuvor so gut gelaunte Runde.

Trina sah alle der Reihe nach an. »Habe ich etwas Falsches gesagt?«

»Nein, natürlich nicht«, beeilte sich Anna dem Mädchen zu versichern und zwang sich sogar zu einem Lächeln. »Danke für das Kompliment.«

Doch die Dunkelheit ließ sich nicht wieder vertreiben, und als Gil und Trina eine Stunde später gingen, blieb sie weiter haften.

Auf der Fahrt nach Hause schwatzte Trina fröhlich über den wunderbaren Tag. Gil jedoch dachte, während er ihr lauschte, die ganze Zeit an Anna. Dann sammelte sie also Kopien von Dingen, die sie im Original nie würde besitzen können. Das schien sie nicht weiter zu stören, doch der Kriminalbeamte in ihm war argwöhnisch genug, um sich zu fragen, ob dieser Gleichmut wohl geheuchelt war.

Jemand mit Annas Interessen, der obendrein noch den Drang verspürte, die Sachen, die ihm gefielen, tatsächlich zu besitzen, wäre aufgrund der leichten Erreichbarkeit der Dinge, die er begehrte, eventuell einmal versucht, sie sich irgendwann zu nehmen. Und da der Dolch mit dem Tod ihres Vaters in Verbindung stand, könnte die Versuchung für sie noch stärker gewesen sein als in jedem anderen Fall. Verdammt, sie selbst hatte die Ausstellung initiiert. Möglicherweise hatte sie es einzig zu dem Zweck getan, um etwas in die Hand zu kriegen, das sie schon seit langer Zeit begehrte und wozu es für sie eine enge persönliche Beziehung gab. Vielleicht hatte sie sogar einen Helfer bei der Durchführung des Diebstahls gehabt. Vielleicht hatte ihr Komplize den unliebsamen Wachmann um die Ecke gebracht.

Diese Gedanken gefielen ihm ganz und gar nicht, aber obgleich Anna ihn anzog, konnte er doch nicht vergessen, wer er war. Er hatte vieles in seinem Leben geopfert, um ein guter Polizist zu sein, und er würde seine Karriere nicht dadurch ruinieren, dass er sich von seiner Lust in die Irre führen ließ.

»Anna und Nancy sind echt super«, verkündete Trina. »Nur Anna ist ein bisschen spießig.«

»Spießig?« Er betrachtete seine Tochter. »Spießig« war das letzte Wort, das ihm zur Beschreibung Annas einfiel. Sie hatte ungewöhnliche Interessen, aber das machte sie bestimmt nicht spießig.

»Ach, du weißt schon«, meinte Trina. »Sie ist irgendwie so ein mütterlicher Typ.«

»Oh.« Was ihn betraf, war das eine Empfehlung. »Davon abgesehen müssen wir miteinander reden.«

Ihr Seufzen war das des erschöpften Teenies, der genauestens wusste, was gleich kommen würde und die feste Überzeugung hegte, ihr Gegenüber könne sich die Predigt sparen. »Ich will nicht über Jamie sprechen.«

»Vielleicht du nicht, *ich* aber.«

»Dad …«

»Hör mir bitte zu. Ich muss morgen arbeiten, und ich werde nicht den ganzen Tag damit verbringen, mich zu fragen, in welchen neuen Schwierigkeiten du mal wieder steckst.«

Sie kreuzte die Arme vor der Brust und runzelte die

Stirn. Obwohl oder gerade weil sie nicht bereit schien, ihm tatsächlich zuzuhören, sprach er die Dinge besser ohne Rücksicht auf Verluste offen aus.

»Jamie ist ein brutaler junger Mann«, erklärte er ihr. »Er hat dich mit an einen Ort genommen, an den du gar nicht wolltest, hat sich geweigert, dich nach Hause zu bringen und als du deshalb böse warst, mit Sand nach dir getreten und dir obendrein sogar noch Schläge angedroht. So etwas ist brutal.«

»Ihr Bullen«, erwiderte sie bitter, »seid alle total paranoid.«

Dieser Satz hätte auch von ihrer Mutter stammen können. Irgendwann hatte er aufgehört zu zählen, wie oft ihm seine Vorsicht im Verlauf der Jahre von seiner Ex-Frau vorgehalten worden war. »Ich bin nicht paranoid. Ich habe nur schon genug gesehen, um zu wissen, wie diese Dinge laufen. *Du hingegen nicht.*«

Ohne sie anzusehen, spürte er, dass sie ihn böse anfunkelte.

»Jamie ist Geschichte«, erklärte er entschieden. »Für dich gibt es ihn nicht mehr. Wenn du nicht auf mich hörst und noch etwas passiert, werde ich eine gerichtliche Anordnung erwirken, dass er sich dir nicht mehr nähern darf. Und wenn er je noch einmal nur einen Finger gegen dich erhebt, verfrachte ich ihn in den Knast.«

»Und was soll das bringen?«, fauchte seine Tochter. »Wenn ich wieder nach Hause fahre, sehe ich ihn trotzdem. Mom hasst ihn nämlich nicht.«

»Du wirst dich nicht noch einmal mit ihm treffen.«

»Das werde ich bestimmt, und du kannst es nicht verhindern. Schließlich hat Mom und nicht du das Sorgerecht für mich!«

Statt zu entgegnen, dass das völlig egal sei, riss er sich

zusammen. Wann würde er wohl endlich lernen, dass es nicht funktionierte, einem Kind in ihrem Alter Vorschriften zu machen?

Für Trina jedoch war das Gespräch noch nicht beendet. Als sie in eisigem Schweigen in die Einfahrt ihres Hauses einbogen, platzte es aus ihr heraus: »Ihr Bullen seid einfach schrecklich! Immer müsst ihr die Leute rumkommandieren, als gehöre euch die Welt!«

Sie rannte vor ihm ins Haus, warf die Tür so vehement ins Schloss, dass die Fensterscheiben klirrten, und Gil hätte sich am liebsten eine Ohrfeige verpasst. Würde er denn niemals lernen, wie er sich seiner Tochter gegenüber diplomatischer verhielt?

»Er hat ein Auge auf dich geworfen«, erklärte Nancy, die nach der Verabschiedung der Gäste zusammen mit Anna über einer Tasse Tee am Tresen in der Küche saß.

»Nein, hat er nicht«, antwortete Anna und schaute auf die Uhr. »Höchste Zeit, ins Bett zu gehen.«

Nancy seufzte leise. »Annie, es war ein Einbruch. Du bist es nicht gewesen. Das werden sie erkennen. Es macht keinen Sinn, dir jede Minute deines Lebens durch Grübeleien zu verderben.«

Nancy wusste zwar nichts von dem Umschlag, aber dies war nicht das erste Mal, dass sie die Dinge unterschiedlich sahen. Nancy lebte für den Augenblick, während Anna dazu neigte, sowohl die Konsequenzen ihres Handelns zu bedenken, als auch sich bereits im Vorfeld über alle Dinge Gedanken und Sorgen zu machen.

»Selbst wenn, ist es egal. Er arbeitet an einem Fall, in den ich involviert bin. Also kann unmöglich etwas daraus werden.«

»Ja, genau. Allerdings werden Fälle irgendwann mal abgeschlossen, und Gil hat dich den ganzen Abend über angeguckt wie ein kleines Kind die Auslagen im Fenster eines Süßwarengeschäfts.«

»Verdammt, Nance, ich will nicht die Zuckerschnecke für irgendeinen Typen sein. Es gibt jede Menge Kerle, die denken, dass ich das bin. Aber ich will mehr.«

»Du hörst wohl niemals auf zu träumen.«

»Also bitte. Hast du das je gekonnt?«

Nancy grinste. »Bei diesen Dingen fängt frau regelmäßig als Zuckerschnecke an, Annie. Den Kerlen läuft das Wasser im Mund zusammen, dann fangen sie an, die Verpackung abzufummeln, und erst danach lernen sie dich wirklich kennen.«

Darauf fiel Anna keine Antwort mehr ein. Wie immer, wenn ihre Schwester versuchte sie zu ändern, empfand sie leise Wut. Trotz ihres überraschend gleichen Aussehens waren sie von der Persönlichkeit her total verschieden, was Nancy schlicht ignorierte. Ähnlich wie ihre Mutter drängte sie Anna ständig in die eine oder andere Richtung, von der sie dachte, dass sie besser für sie wäre.

»Tut mir Leid, Nance. Ich bin nun einmal wie ich bin. Das solltest du mal akzeptieren.«

Nancys Lächeln schwand. »Natürlich bist du wie du bist. Entschuldige. Ich wollte nicht …«

»Doch, du wolltest, aber das ist okay. Ich bin es gewohnt. Du, Mom und ihre Schwester habt euch wahrscheinlich oft gefragt, ob ich der Familie untergeschoben worden bin.« Es gelang ihr, leicht zu lächeln. »Wahrscheinlich habe ich Glück, dass ich eine Zwillingsschwester habe. Andernfalls wären sie sicher noch heute davon überzeugt, dass ich als Baby von einer Waldfee unter einem der Kohlblätter im Garten zurückgelassen worden bin.«

Nancy sagte mit besorgter Stimme: »Annie …«

»Schon gut. Morgen früh werden wir uns sicher beide besser fühlen. Ich gehe jetzt ins Bett.«

Dann floh sie aus dem Zimmer, ehe ihre Schwester das Gespräch in die altbekannte Richtung lenken konnte, die da hieß, Anna fehle es an Abenteuerlust, sie wäre zu ernst, zu praktisch, zu ruhig, zu viel von allem, was die anderen niemals wären, nur eben nicht wie sie exzentrisch. Diese Vorwürfe war sie inzwischen längst gewohnt.

In ihrem Zimmer zog sich Anna aus, nahm ein leichtes Baumwollnachthemd aus dem Schrank und streifte es sich über den Kopf.

Es war ein langer Tag gewesen, und seit der Ankunft von Señor Cuestas am frühen Vormittag hatte sich die Erschöpfung wie ein Sturm am Horizont in ihrem Innern aufgebaut. Nicht, dass sie es ihm verdenken konnte, dass er wütend und fordernd gewesen war. Sie an seiner Stelle hätte sich bestimmt auch nicht gerade umgänglich gezeigt.

Und direkt, nachdem sie Cuestas abgefertigt hatte, war der Zeitungsausschnitt mit der gekritzelten Botschaft für sie aufgetaucht. Sobald sie an ihn dachte, schreckte sie vor der Erinnerung zurück. Womöglich hatte sich tatsächlich nur jemand einen schlechten Scherz mit ihr erlaubt. Vielleicht gab es gar keine direkte Verbindung zwischen dieser Botschaft und dem Menschen, von dem der Dolch gestohlen und Eddy Malacek ermordet worden war. Aber das konnte sie nicht wirklich glauben, und so dachte sie am besten gar nicht mehr darüber nach.

Sie brauchte einfach Schlaf. Sie brauchte ein paar sanfte Träume, ehe sie sich weiter mit ihren Problemen auseinander setzen konnte. Es wäre völlig sinnlos, sich heute Abend weiter in Sorgen und Ängsten zu ergehen, denn sie konnte sowieso nicht das Geringste tun.

Sie erschauderte, als ein kalter Luftzug aus der Klimaanlage sie streifte, schlug seufzend die Bettdecke zurück …

… und wurde schreckensstarr.

»Oh, mein Gott«, wisperte sie. »Oh, mein Gott!«

Dort, mitten auf dem Laken, lag, böse im Licht der Lampe funkelnd, der gestohlene Dolch.

11

Polizisten aus Temple Terrace schwärmten durch das Haus und unterhielten sich mit leisen Stimmen. Eine Horde Fremder hatte das Schlafzimmer besetzt. Anna hockte, eingehüllt in eine Decke, auf dem Sofa. Und Nancy saß, einen Arm um ihre Schulter, dicht an ihrer Seite.

Auch Tebbins war erschienen, nachdem einem der Polizisten bewusst geworden war, dass es einen Zusammenhang zu einem Fall aus Tampa gab. Wie üblich war er mit einem seiner altmodischen Anzüge und einer roten Fliege tadellos gekleidet. Er schien überall zu sein und im Flüsterton mit allen gleichzeitig zu sprechen.

Ein Teil von Anna wünschte sich, sie könnte hören, was er sagte. Der Rest von ihr befand sich unter Schock an einem kalten, dunklen Ort, an dem ihre Gedanken eingefroren waren. Auch ihre Gefühle waren abgestorben. Es war, als wäre sie auf die Größe eines Stecknadelkopfs geschrumpft und schwebe wie ein Staubkorn irgendwo in einem finsteren Teil des Universums.

Wenn sie nur noch ein wenig schrumpfte, hörte sie ja eventuell völlig auf zu existieren.

Tebbins kam zu ihnen herüber, setzte sich in den Schaukelstuhl und sah Anna ins Gesicht. »Können Sie jetzt ein paar Fragen beantworten?«

Sie nickte, doch war es, als würde ihr Kopf aus weiter Ferne wie der einer Marionette kontrolliert. Die Bewegung war ruckartig und fremd.

»Die meisten Fragen kann auch ich beantworten«,

mischte sich Nancy, in dem Bedürfnis, der Schwester zu helfen, in das Gespräch. »Wir haben das Haus heute Morgen um halb neun verlassen. Ich habe im Museum gewartet, bis ich mir die Ausstellung ansehen konnte. Gegen zwei bin ich von dort weg, habe ein paar Einkäufe erledigt und kam gegen vier hierher zurück. Anna kam gegen sechs Uhr dreißig.«

»Dann war also zwischen halb neun und vier keine von Ihnen hier im Haus.«

Nancy nickte. »Richtig. Wir hatten zum Abendessen Gäste. Anna hat vor ihrem Eintreffen geduscht und sich umgezogen, während ich das Essen vorbereitet habe. Unsere Gäste sind gegen halb zehn wieder gegangen, und wir beide haben noch einen Tee miteinander getrunken. Gegen elf ist Anna in ihr Schlafzimmer gegangen und das Nächste, was ich weiß, ist, dass sie laut geschrien hat und ich zu ihr rübergelaufen bin.«

Tebbins nickte und machte sich Notizen.

»Aber das habe ich Ihren Kollegen doch schon alles erzählt.«

»Sie sind von einem anderen Revier«, erklärte Tebbins lächelnd, zwirbelte an seinem Schnurrbart und lehnte sich zurück.

»Aber wie kann das passiert sein?«, wollte Nancy wissen. »Wir haben die Haustür beim Weggehen sorgfältig hinter uns abgeschlossen. Als ich zurückkam, war alles genauso wie heute Morgen.« Sie schaute Anna an. »Tja, abgesehen von Annas Bett.«

Tebbins wandte sich nun an Anna. »Eins der Fenster in Ihrem Schlafzimmer lässt sich nicht verriegeln. Wissen Sie etwas darüber?«

Annas Herzschlag setzte aus. O Gott, allmählich kehrte sie in die Wirklichkeit zurück. Sie wollte das nicht, nicht jetzt. Nicht jetzt und eventuell auch zu keinem anderen Zeitpunkt.

»Der Riegel… letzte Woche ist mir aufgefallen, dass er kaputt war. Ich wollte ihn reparieren lassen…« Ihre Stimme brach.

Tebbins nickte. »Tja, dann ist der Kerl wahrscheinlich auf diesem Weg eingedrungen. Haben Sie eine Idee, wie der Riegel kaputt gegangen sein könnte?«

»Nein.« Sie versuchte, sich auf seine Fragen zu konzentrieren um ihm dabei zu helfen, den Verrückten zu schnappen, bevor etwas Schlimmeres passierte. »Das Teil, das man schwenken kann, war plötzlich nicht mehr da. Es hat mich etwas irritiert, weil ich es nirgends finden konnte. Aber es hat sonst nichts gefehlt und… tja, ich hatte einen Papierkorb unter dem Fenster stehen, und ich war mir nicht sicher, ob der Schwenkarm vielleicht dort hineingefallen und dadurch in den Müll gewandert war.«

Wieder drehte Tebbins am Ende seines Schnurrbarts. »Und das Fenster ist immer geschlossen?«

»Ja. Es geht nach hinten raus, und ich schlafe in dem Zimmer….« Plötzlich begann sie wie Espenlaub zu zittern, und Nancy zog sie eng an sich.

»Das ist vernünftig.« Wieder machte sich Tebbins irgendeine Notiz. Dann wandte er sich an Nancy. »Können Sie belegen, wo Sie nach Verlassen des Museums überall gewesen sind?«

»Himmel.« Nancy versteinerte, dann jedoch schüttelte sie vehement den Kopf. »Darauf können Sie wetten. Wollen Sie die Quittungen von meinen Einkäufen? Ich wette, sie sind alle mit Uhrzeit und Datum versehen.«

»Das wäre wirklich nett.«

»Verdammt«, murmelte Nancy und erhob sich von der Couch. »Was für ein Schwachkopf muss man sein, um zu denken, ich täte meiner eigenen Schwester jemals so etwas an?«

»Die Art von Schwachkopf, die schon zu viel von dem gesehen hat, was Mitglieder einer Familie einander antun können«, antwortete Tebbins.

Anna setzte zu einer leidenschaftlichen Verteidigung der Schwester an. »Nancy würde so was niemals tun.«

»Das sagen sie alle.«

Anna kam zu dem Schluss, dass sie Tebbins nicht im Geringsten mochte. Gleichzeitig fiel ihr ein, dass er ihr einziger Schutz war vor dem Verrückten, der sie quälte. Es war also keine große Hilfe zu erkennen, dass ihr einziger potenzieller Retter verabscheuungswürdig war.

Sie kehrte tatsächlich in die Wirklichkeit zurück, und je bewusster ihr die grauenhafte Lage wurde, in der sie sich befand, umso stärker klammerte sie sich an ihren Hass auf Tebbins und nährte ihn in der Hoffnung, er würde genug wachsen, bis alles andere daneben verschwand. Nach wenigen Sekunden jedoch wurde das Gefühl der Ablehnung gegenüber dem Beamten durch nacktes Entsetzen und düstere Verzweiflung in den Hintergrund gedrängt, und bis Nancy endlich mit den Quittungen zurückkam, saß Anna erneut am ganzen Körper zitternd da.

Während Tebbins die Quittungen prüfte, setzte sich Nancy wieder neben ihre Schwester und nahm sie in den Arm. »Es wird alles gut«, sagte sie mit begütigender Stimme. »Außerdem bleiben wir ganz bestimmt nicht hier. Wir suchen uns ein hübsches, kleines Hotel. Einen Ort, an dem er dich nicht findet.«

»Ein Hotel? Bist du verrückt, Nance? Da käme er viel leichter rein und raus als hier. Und natürlich könnte er uns finden. Er bräuchte mir nur nach der Arbeit hinterherzufahren.«

»Das habe ich nicht bedacht.«

»Du denkst nie auch nur zwei Minuten in die Zukunft.«

»Himmel, Annie…«

Aber Anna war nicht nach einer Entschuldigung zumute. Ihr Leben war in Gefahr, und niemand machte einen auch nur halbwegs vernünftigen Vorschlag. Tebbins saß in ihrem Schaukelstuhl und wirkte, als würde er denken, sie hätte all das selber inszeniert. Außerdem war sie sich sicher, dass auch Gil, der ihre Sammlung von Kopien alter Artefakte argwöhnisch betrachtet hatte, dieser Überzeugung war. Sie war völlig allein, nie zuvor in ihrem Leben hatte sie sich so gefürchtet, und Ärger war das Einzige, was gegen ihre Panik half.

Ein uniformierter Beamter kam zu ihnen herüber und gab Tebbins die Plastiktüte mit dem Dolch. »Wir haben keine Fingerabdrücke gefunden.«

Tebbins nahm die Tüte entgegen und hielt sie Anna hin. »Ist das der echte Dolch?«

Sie wollte gar nicht hinsehen. Sie war erfüllt von kalter Abscheu und hatte das irrsinnige Empfinden, das Böse spüren zu können, das von der Waffe ausging. Trotzdem überwand sie sich, die Tüte zu ergreifen. Als hätte der Hersteller des Dolches einen Teil der Hässlichkeit von seiner Seele auf die Waffe übertragen, verspürte Anna ein Gefühl der Kälte in ihrem ausgestreckten Arm.

Sie zwang sich, die Tüte in der Hand zu drehen und den Dolch eingehend zu betrachten. »Nein«, sagte sie kurz darauf. »Es ist eine Kopie, besser als die letzte. Vielleicht, weil er jetzt das Original als Vorlage hat.«

»Sind Sie da ganz sicher?«

»Völlig sicher. Die Klinge ist aus Glas und nicht aus Jade und anders geschliffen. Sehen Sie diese Einkerbungen?«

Sie zeigte mit dem Daumennagel auf eine Reihe winziger Kratzer. »Der echte Dolch hat so was nicht.«

»Und der Griff?«

»Viel besser. Er muss ihn in einer Form gegossen haben. Aber er hat ihn nicht galvanisiert. Mag sein, dass er dazu nicht genügend Zeit hatte. Er hat etwas Blattgold darauf verrieben, aber an ein paar kleinen Stellen kann man sehen, dass er sich dabei keine besondere Mühe gegeben hat.«

Tebbins nickte. »Wo könnte er das Blattgold herbekommen haben?«

»Man kann es in Bastelgeschäften kaufen. Ich habe es selbst für ein paar Teile meiner Warhammer-Ausrüstung verwendet«, antwortete Nancy. »Ich nehme an, das macht mich verdächtig, oder?«

Tebbins betrachtete sie schweigend.

Anna gab ihm den Dolch zurück und verkroch sich unter ihrer Decke. Allein. Sie war allein. Nicht mal ihre Schwester Nancy konnte ihr in dieser Situation helfen.

Bis Tebbins nach Hause kam, war es beinahe vier. Er zog sich umgehend in seine Bibliothek zurück, den Raum, der entsprechend seiner Persönlichkeit im Stil der Jahrhundertwende von ihm gestaltet worden war. Entlang der Wände standen hohe Regale voller Bücher, und auf dem Boden lag die Kopie eines alten Perserteppichs – ein Original war für einen Polizeibeamten unerschwinglich –, auf dem ein massiver Mahagoni-Schreibtisch stand. Tebbins drückte auf den Knopf der alten Lampe mit dem grünen Schirm und machte es sich in seinem ledernen Schreibtischsessel bequem.

Ein paar Minuten lang genoss er sein Ambiente und dachte, wenn er seinen Geschmack bei der Einrichtung aller Räume walten lassen könnte, wäre der Wert der Möbel deutlich höher als der des gesamten Hauses einschließlich des Grundstücks, auf dem es sich befand. Im Allgemeinen bevorzugten die Menschen hier in Florida helle Farben, leichtes Holz sowie aus Rattan oder Korb geflochtenes Mobiliar. Er jedoch hatte eine Vorliebe für den Stil, der zur Blütezeit des britischen Empire modern gewesen war.

Nach dieser knappen Muße jedoch angelte er sich trotz der späten Stunde das Telefon, um mit Garcia zu sprechen.

Zweimal erreichte er Gils Voice-Mail, dann wählte er die Nummer eines Piepsers. Er wusste, was er tat. Das achtmalige Klingeln seines Telefons hatte Gil bestimmt bereits geweckt, und das Schrillen seines Piepsers brächte ihn endgültig aus dem Bett.

Zwei Minuten später rief der Kollege ihn zurück. Tebbins griff zufrieden nach dem Hörer, doch bevor er etwas sagen konnte, knurrte Gil mit vom Schlaf heiserer Stimme: »Garcia. Ich will nur hoffen, dass Sie einen wirklich guten Grund für Ihren Anruf haben. Falls Sie eine Uhr besitzen, dürfte Ihnen klar sein, dass Sie nur zwei Stunden hätten warten müssen, bevor es hell geworden wäre.«

»Ich habe einen guten Grund.«

Durch die Leitung drang leises Rascheln, und Tebbins nahm an, dass sich Gil gegen sein Kissen lehnte und die Bettdecke heraufzog. »Dann schießen Sie mal los. Und zwar möglichst, bevor ich wieder eingeschlafen bin.«

Tebbins grinste. »Sie wollen doch sicher nicht außen vorgelassen werden, oder?«

»Wenn Sie nicht etwas in dem Mord an Malacek herausgefunden haben, ist es rein zufällig *Ihr* Fall und nicht meiner.«

»Wir haben diesen Fall *gemeinsam*. Die Probleme und

die Pflicht schweißen uns zusammen, ob wir wollen oder nicht. Die gute Anna Lundgren hat heute Abend ihre Bettdecke zurückgeschlagen und eine zweite Kopie des Dolchs auf dem Laken vorgefunden.«

Er genoss die Stille, die durch die Leitung drang. Er hatte bereits gelernt, dass Gil nicht so einfach aus der Fassung zu bringen war.

»Ist mit ihr alles in Ordnung?«

Die Frage fand Tebbins interessant. Offenkundig lagen Gils Interessen woanders als die seinen. Das könnte problematisch werden. »Sie ist verängstigt, aber sonst geht es ihr gut.«

»Haben Sie sie unter Schutz gestellt?«

»Ich habe einen Streifenwagen gegenüber von ihrem Haus postiert.«

»Gut. Aber das ist nicht genug.«

»Es ist alles, was ich für sie tun kann. Das muss ich Ihnen ja wohl nicht erklären.«

»Er wird sie umbringen.«

»Das wissen wir nicht mit Bestimmtheit. Was wir wissen, ist, dass jemand alles unternimmt, um uns auf Trab zu halten, ohne dass wir eine konkrete Spur verfolgen können.«

»Das ist nicht ganz richtig. Der Fluch ist eine Spur.«

»Aber keine allzu gute. Praktisch jeder Mann, jede Frau und jedes Kind hier in der Gegend hat von dem Fluch gehört. Damit kommt jeder und jede von ihnen als Täter oder Täterin in Frage.«

»Nicht jeder verfügt über das Können und die Kenntnisse, um so etwas zu inszenieren. Morgen will ich noch mal mit den Leuten von dem Sicherheitsunternehmen reden. Ich bin nicht so recht glücklich mit ihrer Behauptung, dass dieser Diebstahl eigentlich nicht möglich gewesen ist. Außerdem will ich wissen, wer Reed Howells mit all den

Informationen füttert. Der Kerl hätte niemals eine Verbindung zwischen Anna und dem Fluch ziehen dürfen, außer aufgrund ihrer Arbeit. Woher weiß er all die übrigen Dinge?«

»Das wird er Ihnen garantiert nicht auf die Nase binden. Schließlich ist er Journalist.«

»Ich habe Mittel und Wege, so etwas herauszukriegen.« Gil machte eine kurze Pause. »Sämtliche Freunde von Eddy Malacek behaupten, er hätte sich an dem Tag total normal verhalten, hätte niemals etwas mit Drogen zu tun gehabt, wäre Dienstag Abend wie üblich zum *Dungeons & Dragons*-Spiel erschienen und gegen halb elf verschwunden, um zur Arbeit zu fahren. Trotzdem.«

Tebbins wartete einen Moment, ehe er fragte: »Trotzdem was?«

»Als ich heute Abend heimkam, habe ich mich noch mal mit einem seiner Freunde unterhalten. Dem Kerkermeister ihrer Gruppe. Er meinte, Eddy hätte beim Gehen noch erwähnt, er würde hoffen, einer der Typen im Museum brächte wieder Cappuccino mit.«

»Was für ein Typ?« Tebbins dachte angestrengt nach. »Eigentlich hätte Malacek doch dort alleine sein sollen.«

»Genau. Außer ihm hatte niemand Dienst. Aber anscheinend haben ein paar der Angestellten des Museums Überstunden gemacht. Mein Gesprächspartner hatte keine Ahnung, von wem Eddy gesprochen haben könnte. Er meinte, Eddy hätte die Person nicht namentlich erwähnt. Alles, was er wusste, war, dass die Person ab und zu eine Thermoskanne Cappuccino dabei zu haben schien und Eddy oft eine Tasse abgegeben hat.«

»Himmel. Ich muss mir die Videokassetten noch mal ansehen.«

»Das hätte ich am Morgen vorschlagen wollen. Wir müssen ein paar Wochen zurückgehen und gucken, ob wir dabei jemanden mit einer Thermoskanne finden.«

Tebbins nickte, bis ihm einfiel, dass Garcia ihn nicht sah. »Richtig. Das müssen wir morgen früh als Allererstes tun. Wie lange hätten Sie diese Erkenntnis für sich behalten wollen?«

»Bis zum Morgen. Ich habe nämlich einen gewissen Respekt vor dem Schlafbedürfnis eines durchschnittlichen Beamten.«

Tebbins lachte, zuckte jedoch zusammen, als er sich ein Haar ausriss, weil er zu fest an seinem Schnurrbartende zog. Am liebsten hätte er das blöde Ding noch heute abrasiert, doch würde er damit warten, bis der Fall erfolgreich abgeschlossen war. Es war eine Art von Aberglaube, von deren plötzlichem Erscheinen er echt überrascht gewesen war. »Was macht der Bericht des Toxikologen?«

»Wie gesagt, er wird ein paar Wochen dauern. Oh, verdammt, das hatte ich völlig vergessen. Morgen früh muss ich zur Autopsie. Tja, viel Vergnügen mit den Videos.«

»Danke. Und jetzt schieben Sie Ihren Hintern zurück ins Bett.«

»Der hat die Matratze noch gar nicht verlassen. Nur der Rest von mir ist wach.«

»Tja, zumindest haben wir einen ersten Durchbruch.«

»Sagen wir, der Deich hat ein erstes kleines Loch.«

»Hoffentlich hat sich ein Schleusentor geöffnet.«

»Ich wünschte es. Und jetzt halten Sie endlich die Klappe und gehen schlafen, Tebbins. Wenn ich mit Ihnen zusammenarbeiten muss, ist es mir lieber, wenn Ihre Hirnzellen funktionieren.«

Selbst jedoch hievte sich Gil, statt wieder einzuschlafen, mit einem Seufzer aus dem Bett, stieg mit dem Gedanken an seine Tochter in eine kurze Hose und zog sich ein T-Shirt über den Kopf. Es wäre sicherlich nicht passend, in ihrer Gegenwart nach seiner üblichen Manier splitternackt durch seine Wohnung zu laufen.

In der Küche stellte er die Kaffeemaschine an und suchte im Kühlschrank nach einem der fertigen Würstchen im Schlafrock, die er für Notfälle bereit hielt. Ach, Quatsch. Weshalb sollte er sich selbst belügen? Die er so gut wie immer anstelle eines echten Frühstücks in sich reinfutterte. Kochen gehörte mit zu den Arbeiten, die er um jeden Preis, selbst um den seiner Gesundheit, mied. Er fand sich schon tapfer, wenn er in einem Restaurant gedünsteten Broccoli oder einen Salat statt der gewohnten fetttriefenden Pommes nahm.

Bevor er nachher ins Leichenschauhaus fuhr, musste er versuchen, das Problem mit Trina aus der Welt zu schaffen. Er wünschte sich, er wüsste, wie er sich ihr gegenüber am geschicktesten verhielt. Er wünschte sich, seine Mutter wäre noch am Leben, denn sie hatte in Erziehungsfragen stets gute Ratschläge parat gehabt. Und er wünschte sich, auch sein Vater wäre noch am Leben, denn Hector Garcia hätte bei einem Becher Kaffee ihm gegenüber am Küchentisch gesessen und ihm erklärt, er solle endlich aufhören zu träumen.

Obwohl seine Eltern nicht mehr lebten, konnte er ihre Stimmen klar und deutlich hören.

»Weißt du, Gil«, hätte Betty ihm erklärt. »Teenager denken, sie wären erwachsen. Sie wollen für sich selbst entscheiden. Du musst sie sanft und unauffällig führen. Sie ist ein aufgewecktes Mädchen. Sie wird von selbst dahinter kommen, dass dieser Jamie nicht der Richtige für sie ist.«

Und Hector hätte gesagt: »Verdammt, Junge, diese Anna

Lundgren ist eine Verdächtige in einem Fall. Was also willst du mit der Frau? Deinen Job verlieren?«

Ja. Gil füllte einen Becher mit dampfendem, schwarzem Kaffee und setzte sich an den Tisch. Dann fiel ihm das Würstchen wieder ein, das er nicht gefunden hatte. Fluchend stand er wieder auf, öffnete erneut die Tür des Kühlschranks und wühlte in den Regalen, bis er das Päckchen unter einem Haufen anderer Sachen hervorzog, die Trina unbedingt hatte haben wollen: eine tiefgekühlte Lasagne, ein paar Fertiggerichte und eine Packung Eiscreme.

Wahrscheinlich sagten diese Dinge eine Menge über ihre Essgewohnheiten aus.

Verdammt, er musste endlich in die Gänge kommen und was Gescheites für sie beide kochen. Er war kein Bocuse, aber etwas Besseres als dieses Zeug brächte er allemal auf den Tisch. Das Problem bestand darin, dass ihn seine unregelmäßige Arbeit oft daran hinderte.

Was ihm regelmäßige Kritiken seiner Ex-Frau eingebracht hatte.

Mit dem Würstchen in der Hand setzte er sich wieder zu seinem Kaffee an den Tisch. Alle möglichen Gedanken summten wie Fliegen durch sein Hirn, nur der zurzeit größten Sorge – dem Dolch in Annas Bett – wich er beharrlich aus.

Er fragte sich, ob sie wohl schlief. Nein, wahrscheinlich nicht. Sie war zu verängstigt und sicher zu aufgeregt. Er hoffte, dass Nancys Nähe sie zumindest etwas beruhigte. Er fixierte das Telefon, dachte daran, sie anzurufen und ermahnte sich gleichzeitig, kein solches Arschloch zu sein. Es war in Ordnung, sie zu mögen – er hatte auch vorher schon Verdächtige gemocht –, aber es wäre nicht in Ordnung, ließe er sich tatsächlich mit ihr ein.

Die ganze Sache verlief viel zu ordentlich und eindeutig.

Anna findet die erste Kopie des Dolchs, Anna entdeckt den Diebstahl, Anna findet die zweite Botschaft, Anna findet die zweite Kopie des Dolchs. Es war einfach zu viel.

Die meisten Polizisten würden denken, sie täte all das selbst, um von sich abzulenken. Sie spiele das Opfer, während sie in Wahrheit die Täterin war.

Vielleicht war es tatsächlich so. Es wäre durchaus möglich. All die Kopien alter Artefakte in ihren Regalen hatten ihn beunruhigt. Wenn er die Tatsache dazu nahm, dass ihr Vater eventuell ein Opfer des Fluchs geworden war, fielen ihm alle möglichen Motive für sie ein. Ein Motiv, die Mittel und die Gelegenheiten, die Taten zu begehen – die drei wichtigsten Indizien für eine Täterschaft waren klar gegeben.

In Annas Fall ergab zwei plus zwei eindeutig vier.

Trotzdem konnte er es nicht glauben. Was er glaubte, war, dass der Täter andere Motive hatte als die Aneignung einer unbezahlbaren Antiquität. Ein Dieb, dem es einzig um den Dolch gegangen wäre, hätte es bei dem Mord an Eddy Malacek bewenden lassen und sich in das dunkle Loch zurückgezogen, aus dem er zuvor gekrochen war.

Außerdem ging es dem Kerl offensichtlich nicht darum, die Polizei zu foppen. Natürlich ging Tebbins aufgrund der spinnerten Idee, sie hätten es mit einem Meisterdieb zu tun, so gut wie sicher davon aus. Das hier war jedoch kein James-Bond-Film, und ein echter Meisterdieb wäre klug genug, den Ort seines Verbrechens weit hinter sich zu lassen, statt freiwillig dorthin zurückzukehren und Hinweise auf seine Identität zu liefern, nur, weil er die Polizei verspotten wollte. Es sei denn, der Täter wäre selbst ein echter oder ein Möchtegern-Kriminalist – ein Gedanke, aufgrund dessen Tebbins Gil durchaus nicht unverdächtig schien.

Jede Spur, die er zurückließ, könnte Aufschluss über die Identität des Diebes geben. Serienmörder waren berüchtigt dafür, dass sie solche Dinge taten, um ihre Verfolger zu verhöhnen oder einfach, weil sie wollten, dass man sie erwischte, damit ihr Spiel ein Ende fand. Sie hatten es jedoch nicht mit einem Serienmörder zu tun. Und einem Menschen, der schlau genug war, das gesamte Sicherheitssystem des Museums zu umgehen, müsste die Gefahr bewusst sein, in die er sich begab, wenn er an den Ort des Verbrechens zurückkam und dort persönliche Nachrichten hinterließ.

Dann ging es also nicht in erster Linie um den Dolch. Nein, es ging um Anna. Und es ging eindeutig um den Fluch.

Gil bekam Sodbrennen von dem schwarzen Kaffee und von dem fetten Würstchen, das wie Blei in seinem Magen lag. Also stand er auf, nahm eine Schachtel Magentabletten aus dem Schrank, schluckte eine Tablette und löschte anschließend das Licht. Er konnte besser denken, wenn er im Dunkeln in der Küche auf und ab ging.

Der Fluch. Gleich heute Morgen würde er ein paar von seinen Leuten den Auftrag erteilen, sich gründlich damit zu befassen. Er musste wissen, wie viele Überlebende es nach dem Erdbeben und dem Feuer in der Raffinerie gegeben hatte. Natürlich mehrere Hunderte oder gar Tausende. Sicher eine kaum zu bewältigende Zahl. Aber sie mussten nach jemandem suchen, der außer Anna ein persönliches Interesse an der Sache haben konnte.

Als er am Fenster vorbeitigerte, blieb er stehen und spähte auf die Straße. Unterhalb einer Laterne stand ein dunkler Wagen. Kein ungewohnter Anblick, nur, dass das Fahrzeug vorhin noch nicht da gewesen war. Gils Nackenhaare sträubten sich. Am besten ging er hinaus und sah sich den Wagen einmal aus der Nähe an.

Doch noch während er dies dachte, startete der Fahrer den Motor und fuhr mit hoher Geschwindigkeit davon.

Zehn Sekunden später beugte sich Gil über seine friedlich schlafende Tochter und schüttelte sie sanft.

»Wach auf, Schätzchen«, sagte er in leisem, doch bestimmtem Ton. »Wir fahren zu Anna. Und zwar jetzt sofort.«

12

Anna musste sich einfach bewegen. Sie stapfte durch das Haus und hatte das Gefühl, als verlöre sie vor lauter Furcht langsam, aber sicher den Verstand. Nancy saß mit müde verquollenen Augen am Tisch und hielt eine Tasse Kaffe in den Händen, ohne dass sie davon trank.

»Ich schätze, wir müssen selbst was unternehmen«, stellte sie schließlich fest.

Anna lachte leise auf. »Ja, genau. Und was?«

»Verdammt, ich habe keine Ahnung. Aber es muss doch etwas geben, was wir machen können. Fürs Erste sollten wir anfangen, wieder die Zwillingstour zu fahren. Der Typ kann dich nicht finden, wenn er nicht weiß, welche von uns beiden welche ist.«

»Red doch keinen Unsinn. Dadurch brächtest du nur dich selber in Gefahr.«

Nancy zuckte mit den Schultern. »Vielleicht, vielleicht aber auch nicht. Vielleicht bin ich ja bereits dadurch in Gefahr, dass ich hier bin. Vielleicht bin ich ihm ja im Weg.«

Anna wirbelte herum und starrte ihre Schwester schreckensbleich an. »Nancy, um Himmels willen! Du fliegst sofort heim nach Austin.«

Ihre Schwester schüttelte den Kopf. »Das wäre völlig sinnlos. Außerdem klingt es für mich so, als ginge es bei dieser ganzen Sache um den Fluch. Und wenn dem so ist, hat er es sowieso auf uns beide abgesehen.«

»O Gott, weshalb musstest du mich gerade jetzt besuchen kommen?«

»Schicksal?«, meinte Nancy, bekam jedoch mit einem Mal einen tragischen Gesichtsausdruck und meinte mit gedämpfter Stimme: »Oder wegen des Fluchs.«

»Flüche sind nichts Reales«, antwortete Anna, aber ihrer Stimme fehlte die sonst für dieses Thema typische Bestimmtheit. Vielleicht waren Flüche doch etwas Reales. Oder sie wurden von Menschen zu etwas Realem gemacht. Ihre Haut begann zu prickeln, und sie stapfte hastig weiter durch den Raum.

»Soll ich dir mal was sagen?«, fragte Nancy plötzlich. »Bisher habe ich überhaupt nicht an Flüche geglaubt, aber jetzt fange ich an zu überlegen, ob womöglich doch etwas an dieser Sache dran ist.«

Anna wollte nicht mal daran denken, immer wieder aber schlich sich dieselbe Überlegung bei ihr ein.

Noch während sie darüber grübelte, klopfte es an der Tür. Beide Frauen fuhren zusammen, doch es klopfte erneut.

»Ich gehe an die Tür«, erklärte Nancy.

»Ganz bestimmt nicht allein.« Anna ging mit ihr in den Flur, und Nancy lugte vorsichtig durch den Spion.

»Ein Cop.« Erleichtert schloss sie auf.

Auf der Schwelle stand ein junger uniformierter Polizist und sah sie verlegen an.

»Hi, ich bin Officer Richter, der Typ, der in dem Streifenwagen auf der anderen Straßenseite sitzt. Tut mir Leid zu stören, aber ich habe noch Licht bei Ihnen gesehen. Dürfte ich vielleicht mal Ihr Badezimmer benutzen?«

»Natürlich«, sagte Anna und versuchte sich nicht anmerken zu lassen, wie ungern sie einen Fremden, selbst einen Polizisten, in ihr Haus ließ.

»Muss hart sein, stundenlang da draußen rumzusitzen«, meinte Nancy in bemüht freundlichem Ton.

»Ziemlich«, gab er mit einem scheuen Lächeln zu. »Vor allem um diese Zeit der Nacht. Wenn man sich nicht zwickt, schläft man plötzlich ein.«

Endlich konnte Anna einmal etwas tun, was tatsächlich nützlich war. »Lassen Sie mich Ihnen einen Kaffee kochen. Das ist das Mindeste, was ich als Dank für Ihre Mühe tun kann.«

»Danke. Das wäre wirklich toll.« Mit einem erneuten verlegenen Lächeln folgte er Nancy Richtung Bad.

Anna war beinahe enttäuscht, als sie entdeckte, dass der Kaffee sowieso schon gekocht war. Nancy hatte sich lediglich eine kleine Tasse eingeschenkt, und es waren noch beinahe acht Tassen in der Kanne, die auf der Warmhalteplatte des Kaffeeautomaten stand.

Also zog sie eine selten benutzte Thermoskanne aus dem Wandschrank, und noch während sie sie füllte, tauchte ihre Schwester in der Küche auf.

»Glaubst du, er ist echt?«, wisperte sie.

»Wahrscheinlich.«

»Und wenn wir gerade den Killer reingelassen haben?«

»Sprich so einen Gedanken am besten nicht mal aus.«

»Aber wenn er nun den echten Polizisten …«

»Nancy, bitte!« Anna merkte, dass sie diese Art der Paranoia hasste, dass sie es hasste, wie sehr ihre Welt durch ihrer beider Ängste, dadurch, dass sie nichts und niemandem mehr trauten, aus den Fugen zu geraten drohte. »Wenn er den Polizisten tatsächlich aus dem Verkehr gezogen hat, können wir sowieso nichts tun, um uns vor ihm zu schützen.«

»Stimmt.« Nancy verstummte, als Richter aus dem Bad kam, Anna jedoch rief zu ihm hinüber: »Wie trinken Sie Ihren Kaffee?«

Er trat an die Tür der Küche. »Schwarz bitte, Madam, danke. Ich weiß das Angebot wirklich zu schätzen.«

»Kein Problem.« Sie zwang sich zu einem müden Lächeln und reichte ihm die Kanne. »Ich hoffe, dass er Ihnen schmeckt.«

»Ganz sicher«, versprach er und hielt die Thermoskanne in die Luft. »Ich stelle das Ding nur eben in den Wagen, und dann drehe ich noch eine Runde um das Haus. Falls Sie etwas hören, machen Sie sich keine Sorgen. Das bin dann nämlich ich.«

Er ging hinaus, und Nancy schloss sorgfältig hinter ihm die Tür. »Wow. Ich bin froh, dass sich unser Vertrauen nicht als Riesenfehler erwiesen hat.«

Das war Anna auch, doch gab sie es nicht zu. Allerdings stellte sie sich die Frage, weshalb sie überhaupt die Tür geöffnet hatten. Sie konnte keinem Menschen trauen. Keinem.

Durch das Fenster sah sie, dass Richter die Straße überquerte. Er blieb einen Moment lang stehen und reckte das Kinn in Richtung Schulter. Sein Funkgerät, erkannte Anna. Nach einem Moment schien er etwas zu sagen, dann stellte er die Thermoskanne auf die Kühlerhaube seines Wagens, rückte seinen Gürtel zurecht, kam zurück in ihre Richtung und verschwand um die Ecke ihres Hauses.

»Er dreht jetzt seine Runde«, informierte sie ihre Schwester und ließ den Vorhang wieder sinken. »Er ist also tatsächlich echt.«

»Gott sei Dank.« Nancy setzte sich wieder an den Tisch, nahm einen Schluck aus ihrem Becher und verzog angewidert das Gesicht. »Igitt, der ist eiskalt!«

»Lass mich dir einen frischen Kaffee kochen.«

»Ich fürchte, dass mein Magen keinen Kaffee mehr verträgt. Ich weiß nicht, wie es dir geht, aber trotz meines ekelhaften Sodbrennens fallen mir gleich die Augen zu.«

»Ich bin noch total aufgedreht«, antwortete Anna. »Ich glaube, ich schlafe nie wieder.«

»O doch«, erklärte Nancy düster. »Und genau das ist das Problem. Egal, wie sehr du auch dagegen ankämpfst, schläfst du früher oder später irgendwann mal ein.«

Ein Schauder rann über Annas Rücken. Sie wollte nicht daran denken, wie verwundbar sie dann war.

Gil schaffte die Strecke über die Bucht und quer durch Tampa bis nach Temple Terrace in Rekordzeit. Ab und zu beschwerte sich seine Tochter mit gereizter Stimme: »Fahr ein bisschen langsamer. Mom würde eine Herzinfarkt bekommen, wenn sie wüsste, wie du rast.«

»Ich bin Polizist. Ich kann und darf schnell fahren.«

»Ja, genau.« Sie versank in der Pose, die besagte: *Die Welt ist total verrückt geworden, und ich will absolut nicht hier sein,* knurrte jedoch ein paar Minuten später: »Ich kann echt nicht verstehen, was wir um fünf Uhr morgens bei den beiden sollen. Anna und Nancy sind total sauer, wenn du sie um diese Uhrzeit weckst.«

Um ihr keine Angst zu machen, hatte er ihr nichts von Annas Fund erzählt. Andererseits hatte er es nach der Entdeckung des fremden Wagens nicht gewagt, sie allein daheim zurückzulassen. Himmel, allmählich wuchs ihm alles total über den Kopf.

»Ich habe einfach ein ungutes Gefühl.«

»Das Gefühl eines Polizisten«, erwiderte sie bissig.

Auch den Ton hatte sie haargenau von ihrer Mutter übernommen. »Ja, genau, das Gefühl eines Polizisten. So etwas kommt eben ab und zu mal vor, und wenn es passiert, gehe ich für gewöhnlich darauf ein.«

Sie schnaubte. Das alles war nur eine Pose, beruhigte er sich. Die Pose eines Teenagers, verstärkt durch das Vorbild ihrer Mutter.

Kurz nach fünf erreichten sie das Haus von Anna. Gil lenkte den Wagen an den Rand der Straße, schaltete den Motor aus und blickte auf den gegenüber geparkten Streifenwagen der hiesigen Polizei. Der Beamte saß, als hätte er versucht, eine halbwegs bequeme Position zu finden, leicht zusammengesunken hinter dem Steuer. Allerdings stieg er nicht aus, um die Insassen des neu angekommenen Fahrzeuges zu überprüfen.

Klug von ihm, sagte sich Gil. Wahrscheinlich meldete er ihre Ankunft über Funk und rief gleichzeitig einen zweiten Wagen zur Verstärkung.

»Warte hier auf mich, Trina. Ich muss kurz mit dem Polizeibeamten reden.«

Sie bedachte ihn lediglich mit ihrem erprobten genervten Blick. Gil stieg aus seinem Wagen, verschloss die Tür hinter sich und schlenderte, wobei er seine Hände gut sichtbar neben seinen Körper hielt, gemächlich über die Straße auf den Streifenwagen zu.

Es war nicht normal, dass der Beamte in keiner Weise auf sein Näherkommen reagierte.

Als Gil den Wagen erreichte und durch das Fenster spähte, sah er einen jungen uniformierten Beamten. In seinem Schoß lag ein Plastikbecher mit einem Rest Kaffee, der sicher aus der offenen Thermoskanne stammte, die Gil auf dem Beifahrersitz stehen sah. Er klopfte an das Fenster, bekam jedoch keine Antwort. Die Tür war sorgfältig verriegelt, und der Motor brummte.

Er klopfte etwas stärker, bekam immer noch keine Antwort, und sein Herz begann zu rasen.

Er rannte zurück über die Straße und trommelte gegen das Fenster seines eigenen Wagens. Freundlicherweise ließ sich Trina dazu herab und kurbelte die Scheibe ein paar Zentimeter runter. »Etwas ist hier nicht in Ordnung. Bleib, wo du bist, und mach weder eins der Fenster noch eine der Türen auf.« Dann drückte er ihr sein Handy in die Hand. »Falls irgendwas passiert, ruf sofort meine Kollegen an, okay?«

»Okay.« Plötzlich wirkte sie wie ein verängstigtes kleines Mädchen.

»Du bist in Sicherheit, Schätzchen. Sobald ich mich vergewissert haben, dass Anna und Nancy wohlauf sind, komme ich zu dir zurück.«

Sie nickte stumm.

»Und jetzt roll die Scheibe wieder hoch.«

Er wartete, bis das Fenster ganz geschlossen war und rannte dann die Einfahrt zu Annas Haus hinauf. Oben angekommen, trommelte er mit der Faust gegen die Tür. Mit dem Krach hätte er mühelos Tote aufgeweckt.

Einen Moment später öffnete Anna verängstigt und erschöpft die Tür. Zumindest nahm er an, dass es Anna war. Er meinte, dass er es an ihrem Blick erkannte. Und sobald sie mit ihm sprach, war er sich ganz sicher. Annas Stimme war ein wenig weicher als die von ihrer Schwester. »Gil, was ...«

»Sind Sie und Nancy okay?«

»Ja. Nancy steht hinten auf der Veranda und raucht eine Zigarette, aber wir sind okay. Was ...«

»Der Polizist in dem Streifenwagen gegenüber hat nicht auf mein Klopfen reagiert. Kann ich Trina reinbringen? Ich will sie nicht im Wagen lassen.«

»Natürlich.«

Er rannte zurück zu seinem Wagen, und Trina fiel ihm

praktisch in den Arm. Er nahm ihr das Handy wieder ab, steckte es in seine Tasche und führte sie mit dem Versprechen, es würde alles gut, den Weg zum Haus hinauf. Anna zog sie durch die Tür und legte einen Arm um ihre Schulter.

»Ich sehe mich kurz draußen um. Schließt ab, bis ich wieder da bin.«

»Soll ich Hilfe rufen?«

»Ja.«

Nickend schloss sie hinter ihm die Tür, und er wartete, bis er das Klicken des Sicherheitsriegels durch das dicke Holz vernahm.

Dann schlich er mit gezückter Waffe um das Haus.

Die Schatten unter den Bäumen waren dunkel, dunkler als die Nacht. Die spärliche Beleuchtung von der Straße her warf geisterhafte, unheimlich verzerrte Schatten auf die Erde. Alles, was er hörte, war das laute Krächzen winziger Laubfrösche, das jedoch, als er sich näherte, ebenfalls erstarb.

Er erreichte den Garten und sah auf der Veranda den Schatten eines Menschen. Er erstarrte, zielte mit seiner Pistole in die Richtung und sah gleichzeitig die hell glühende Spitze einer Zigarette.

Im selben Augenblick ging die Hintertür des Hauses auf und Anna sagte rüde: »Nancy, komm sofort wieder rein.«

Der Schatten trat in das durch die Tür fallende Licht. Es war tatsächlich Nancy. Sie sagte etwas, was er jedoch nicht verstand, da sie zur selben Zeit die Tür hinter sich schloss.

Er schob sich leise weiter und plötzlich nahm er im Gebüsch hinter dem Haus der Nachbarn ein leises Rascheln wahr.

Ein gedämpftes, kaum wahrnehmbares Geräusch. Er

drehte sich um und hörte erst ein lautes Knirschen und dann das Trommeln rennender Füße.

Scheiße!

Immer noch mit gezückter Waffe nahm er die Verfolgung auf.

Jackson Fisher starrte auf die Messgeräte und klopfte vorsichtig mit dem Finger gegen die Scheibe des rechten der beiden Apparate. Endlich erwachte die Messnadel zum Leben. Dies war ein Teil der Welt, den die meisten Menschen niemals sahen, wie er sich häufig klar machte. Dies war der Ort, an dem die Knochenarbeit verrichtet wurde, die hinter all ihren sportlichen Ambitionen, den Geschäftstreffen, den Rendezvous und den hochfliegenden Träumen steckte, die so oft wie ein verpatzter Schlag mit dem Neuner-Eisen über den Teich am sechsten Mal erstarben. Sein Job war weder einfach noch auch nur ansatzweise glamourös. Sein Job bestand darin, dafür Sorge zu tragen, dass die Sprinkleranlage im Country Club von Temple Terrace funktionierte. Wenn alles gut lief, war das Leben super. Aber nichts lief momentan gut, und das Leben war bescheiden. Unter der Voraussetzung jedoch, dass die Messgeräte eigenhändig zu reparieren wären, bekäme er die Sache wieder hin.

Verglichen mit dem Chaos, das zu beheben man ihn um Mitternacht herbeigerufen hatte, war es gar nicht so schlimm. Das Schicksal hatte am späten Abend eine der Wasserleitungen platzen lassen und einen Druckabfall verursacht, durch den ein Alarm ausgelöst und die gesamte Anlage ausgeschaltet worden war. Es hatte funktioniert und die Vergeudung von Tausenden von Litern Wasser sowie die Zerstörung eines Teils des Golfplatzes verhindert.

So weit, so gut. Der Wachmann hatte ihn gerufen, und

schließlich hatte er die Ursache der Störung ausfindig gemacht und die Leitung eigenhändig repariert. Darauf war er sehr stolz.

Aber das war noch nicht alles. Nein, natürlich nicht. Jackson glaubte daran, dass ein Unglück nie allein kam, und durch diese Nacht wurde er darin bestätigt. Er hatte die Leitung repariert, das Loch im Boden, so gut er es ohne Torf vermochte, aufgefüllt und geglättet und die Anlage vorsichtig wieder in Betrieb genommen.

Kaum war das Wasser allerdings wieder geflossen, als es erneut durch das Bersten eines halben Dutzends Sprinkler zu einer Abschaltung und zu einem Druckabfall gekommen war.

Was er, da er den allergrößten Wert auf die korrekte Wartung sämtlicher Geräte legte, beim besten Willen nicht verstand. Die Sprinkler wurden regelmäßig von ihm gereinigt, auf Risse und auf ihre ordentliche Befestigung an den Leitungen hin überprüft. Anscheinend waren heute Nacht auf seinem Golfplatz irgendwelche bösen Kobolde am Werk.

Schließlich hatte er sich auf den Weg gemacht und mit einer Taschenlampe nach den undichten Stellen gesucht. Er hatte sie mühelos gefunden, da von dem austretenden Wasser mit erstaunlicher Geschwindigkeit eine Reihe von Löchern in den Boden gegraben worden war. Unglücklicherweise wiesen die Fairways, die kurzgemähten Spielbahnen zwischen Abschlag und Grün, ein paar besonders tiefe Löcher auf. Er hatte sie mit Sand gefüllt, aber die besonders frühen Vögel, die bereits um sechs Uhr in der Frühe zum Golfspielen erschienen, würden darüber sicher alles andere als froh sein.

Ihr Unmut jedoch war Jackson egal. Es ging um seine persönliche Ehre, und er schwor sich, gemeinsam mit dem Platzwart würde er die Löcher bis spätestens um acht ordnungsgemäß reparieren. Was echten Ärger in ihm wachrief, war, dass die Messgeräte ebenfalls nicht richtig funktionierten. Sie zeigten für sämtliche Bereiche einen viel zu geringen Druck. Aber wie sagte man so schön? Aller guten – und offenbar auch schlechten – Dinge waren eben drei.

»Haben Sie die Absicht, das Ding irgendwann noch einmal anzuschalten, Jax?«, fragte der Platzwart, der ihm bereits im Nacken saß.

Jax. Alle kürzten seinen Namen ab. Dabei erfüllte sein Name ihn mit Stolz. Er war nach Jackson Pollock benannt und hegte große Zweifel daran, dass der berühmte Maler jemals »Jax« gerufen worden war. Trotzdem war Jax noch besser als die meisten anderen Spitznamen, die er schon bekommen hatte, vor allem als das verhasste »Jackass«, die Bezeichnung für einen dummen Esel, der er ganz bestimmt nicht war. »Noch einen Augenblick, und ich habe den normalen Druck erreicht«, antwortete er jetzt.

»Ich kann die Jungs nicht ewig warten lassen, Jax. Wenn ich die Rasenmäher nicht gleich losschicken kann, kriegen sie das Gras nicht mehr bis zum Anbruch der Dämmerung gekürzt.«

»Und wenn ich diese verdammte Anlage nicht wieder hinbekomme, ist bis heute Mittag das ganze Gras verbrannt. Wir haben also beide noch alle Hände voll zu tun.«

Nancy schob den Vorhang vor der Terrassentür zur Seite und spähte in die Nacht. »Mein Gott«, entfuhr es ihr. »Er macht auf irgendetwas Jagd. Eben ist er in den Garten des Nachbarhauses gerannt.«

»In welchen?« Anna hielt bereits den Telefonhörer am Ohr und wählte die Nummer der Polizei. Trina kauerte auf einem der Hocker an der Theke und starrte sie mit großen Augen an.

Nancy zeigte in eine Richtung. »Da lang.«

Anna hörte die Stimme der Frau in der Zentrale. So schnell und deutlich wie möglich erklärte sie die Situation.

»Ein Detective aus St. Pete hat die Verfolgung aufgenommen«, sagte sie am Ende. »Er ist gerade Richtung Osten losgesprintet.«

»Sind Sie sicher, dass der heimliche Beobachter ein Mann war?«, wollte die Beamtin wissen.

»Nein, ich habe ihn schließlich nicht gesehen.«

»Was ist mit dem Beamten in dem Streifenwagen?«, fragte die Polizistin weiter. »Was ist mit ihm passiert?«

»Ich habe keine Ahnung! Detective Garcia hat gesagt, es wäre ihm nicht gelungen, ihn zu wecken. Deshalb hat er sich in der Umgebung des Hauses umgesehen, und jetzt ist er hinter jemandem her und braucht dringend Hilfe!«

»Das ist mir klar, Madam. Die Beamten sind bereits zu Ihnen unterwegs. Dann läuft er also Richtung Golfplatz?«

»Woher soll ich das wissen? Ich weiß nur, dass er Richtung Osten losgelaufen ist.«

»Halten Sie die Leitung offen, Madam. Legen Sie erst auf, wenn ich es Ihnen sage, okay?«

»Okay. Okay.« Anna hielt den Hörer weiter dicht an ihrem Ohr und umklammerte den Rand des Tresens.

Nancy kam von der Terrassentür zurück, kletterte auf einen Hocker und wandte sich an Trina. »Es wird alles gut werden, Schätzchen«, erklärte sie mit ruhiger Stimme. »Dein Dad ist ein guter Polizist.«

Trina nickte, doch ihr Gesichtsausdruck verriet, dass sie Nancy nicht glaubte.

Anna kam ebenfalls hinter den Tresen und legte einen Arm um ihre Schulter. Sofort schlang ihr das Mädchen die Arme um die Taille und schmiegte sich Trost suchend an ihre Brust.

Gleichzeitig hatte Anna den Eindruck, als dränge die Dunkelheit von draußen, auf der Suche nach einer Möglichkeit hereinzukommen, kraftvoll gegen das Haus.

Die Rohre im Pumpraum pfiffen, als Luft durch sie hindurchschoss. Dort draußen, hinter dem Fenster, war alles üppig, grün und sorgfältig gepflegt. Hier drinnen jedoch, dachte Jackson, mischte sich der Gestank von abgestandenem Kaffee und kaltem Zigarettenrauch mit dem Geruch von Rost. Doch erst das Drinnen machte das Draußen möglich. In Leitung drei war der Druck noch zu niedrig, und er öffnete den Hahn ein wenig weiter. Das Pfeifen und Zischen wurde lauter, und die Nadel stieg nach oben, allerdings ohne wie bei allen bisherigen Versuchen wild zu schwanken. Jede Schwankung Zeichen für ein Leck.

Seine Hände schmerzten vom Drehen der Schraubenschlüssel, doch es war ein befriedigender Schmerz. Es war der Schmerz des Handwerkers. Jackson verfolgte, wie die Nadel weiter anstieg.

Drei Blocks und sechs Zäune weiter verfluchte Gil die knöchelhohen Turnschuhe, die er am frühen Morgen angezogen hatte, und wünschte sich, er hätte sich in seinen Joggingschuhen auf den Weg zu Annas Haus gemacht. Immer wieder musste er eine Pause machen, um zu lauschen und dadurch zu ergründen, wo der von ihm Verfolgte war. Der Idiot gab sich nicht die geringste Mühe, sich lautlos zu bewegen, aber er hatte einen ziemlich großen Vorsprung. Gil hatte bisher nicht mehr von ihm gesehen als einen vagen Schatten, ein, zwei Häuser vor sich.

Auch dass er sein Handy mit der Linken dicht an seinem Ohr hielt, machte ihn nicht gerade schneller. Schweiß rann ihm über den gesamten Körper, sodass ihm der Hörer oftmals fast entglitt.

Vor Aufregung und von der Anstrengung des Laufens schlug ihm das Herz bis in den Hals, und manchmal wurden die nächtlichen Geräusche von dem lauten Pochen beinahe übertönt.

Immer noch wartete er auf eine Verbindung mit der Polizei. Er wartete erst seit ein paar Sekunden, doch es kam ihm ewig vor.

Da! Ein lautes Krachen, als der Verdächtige erneut über einen Zaun sprang.

Schon wieder schlug er einen Haken. Immer, wenn Gil dachte, er renne direkt in Richtung eines bestimmten Orts, schlug der Blödmann einen Haken. Scheiße. Was hatte das alles zu bedeuten?

Gil kam an eine Ecke, folgte dem Geräusch und rannte die Straße hinauf, Richtung Norden. Vielleicht lief er im Zickzack? Er blieb auf der Straße, weil er dort schneller laufen konnte und auf diesem Weg dem Typen vielleicht näher käme, der sich mühsam über Zäune und Hecken schwang.

Wäre es nicht der Gipfel, wenn er tatsächlich einfach einen gewöhnlichen Herumtreiber verfolgte?

In seinem Handy begann es zu knistern, und dann drang eine blecherne Stimme an sein Ohr.

»Hier spricht Corporal Vinzano, Detective. Ich stelle gerade die Suchmannschaft zusammen. Wo sind Sie, und wo ist der Verdächtige?«

»Ich laufe Richtung Norden durch die…« Scheiße, er kannte die Straßen in der Gegend nicht. »Eine Sekunde. Da vorne ist ein Straßenschild. Ich bin auf dem Gehweg, und der Verdächtige läuft durch die Gärten ebenfalls nach Norden. Oder zumindest hat er das eben noch getan.«

»Wir sind unterwegs. Laufen Sie zu dem Schild, ja?«

Als würde er das nicht bereits versuchen. Gil knurrte und lief noch etwas schneller. Allerdings stand das Schild nicht unter einer Laterne, weshalb er es erst lesen konnte, als er unmittelbar hechelnd davor stand. Er las seinem Kollegen die dort vermerkten Namen vor.

»Wir sind in drei Minuten da«, erklärte ihm Vinzano. »Läuft er nach wie vor nach Norden?«

»Zumindest als ich ihn zum letzten Mal gesehen habe. Geben Sie mir eine Minute Zeit.«

Doch die Nacht bot keinen Hinweis. Außer dem Surren von Insekten und seinem eigenen Keuchen hörte er keinen Laut. »Er hat sich versteckt«, röchelte er in den Hörer.

Allmählich wurde er wütend. Er wusste, das war eine Reaktion auf den Adrenalinstoß und versuchte, das Gefühl zu unterdrücken. Doch in dieser Minute, in der Blasen an seinen Füßen brannten, ihm der Schweiß in Bächen über den Körper rann und seine Lungen dagegen protestierten, ständig riesige Mengen wässrig-feuchter Luft einatmen zu müssen, war er schlichtweg sauer.

Auf der anderen Straßenseite bildeten mit Ranken überwucherte, dicht stehende Palmen, Eichen und Kiefern eine regelrechte Mauer. Ein fantastisches Versteck.

Gil unterdrückte seinen Zorn, joggte über die Straße, suchte nach einer Stelle, an der ein Mensch das Dickicht durchdringen konnte sowie nach möglichen frisch abgebrochenen Zweigen und spitzte angestrengt die Ohren.

Verdammt, es war einfach zu dunkel, um irgendwas zu sehen, und er wünschte sich, er hätte seine Taschenlampe nicht im Wagen liegen lassen. Bisher brach nicht mal die erste Dämmerung an.

Dann entdeckte er das Loch. Es war ziemlich groß. Groß genug, so dass mehrere Leute hindurchspazieren konnten. Er beschleunigte sein Tempo und entdeckte einen asphaltierten Fuß- und Radweg. Dort. Dort war der Kerl bestimmt verschwunden.

Aber nun musste er überlegen. Der Verdächtige konnte überall vom Weg zwischen die Bäume abgebogen sein und sich dort – vielleicht mit einer Waffe in der Hand – verstecken.

Von einem neuen Adrenalinschub angetrieben, trabte er den Weg hinunter. Leise plätschernd, beinahe wie ein sanfter Regen, tropfte kühler Tau von den Palmwedeln und Ästen der Bäume links und rechts des Pfads. Die Frösche und Insekten waren aus Furcht vor den Eindringlingen verstummt.

Gil spürte, der Verdächtige war irgendwo in seiner Nähe. Vorsichtig schob er sich durch die Dunkelheit am Rand des Pfades und sah sich prüfend um. Eventuell würde er ja irgendwas entdecken, was nicht richtig war.

Ein idiotischer Gedanke, denn schließlich war nichts richtig an dieser Situation. Alles in seiner Umgebung wirkte düster und bedrohlich.

Ein Geräusch. Er drehte den Kopf und meinte, er sähe, dass sich ein tief hängender Palmwedel bewegte.

Himmel. Er stopfte sein Handy in die Tasche, umfasste mit beiden Händen den Griff seiner Pistole und schob sich langsam in Richtung des Baums.

Genau in dem Moment, in dem er spürte, dass sich etwas hinter ihm befand, bekam er einen mächtigen Schlag auf den Kopf. Die Welt begann sich zu drehen, er sah nur noch Sterne, dann wurde alles schwarz.

»Ich muss jetzt raus, Jax. Ich kann nicht länger warten.«

»Tu, was du nicht lassen kannst«, antwortete Jackson. »Schließlich ist es nicht mein Problem, wenn du dabei nass wirst. In ungefähr sechzig Sekunden stelle ich die Dinger an.«

»Ich werde den Fahrern sagen, dass sie Regenschirme mitnehmen sollen.«

Das Nächste, was Gil wusste, war, dass er mit dem Gesicht zuunterst auf dem Weg lag und dass sein Kinn wie Feuer brannte. Er hörte schnelle Schritte, die sich von ihm entfernten. Leicht schwindelig krabbelte er mühsam auf Hände und auf Knie. Seine Pistole war noch da. Das war das Erste, wonach er sah. Dann betastete er vorsichtig die klebrige warme Flüssigkeit, die an seinem Hinterkopf hinunterrann.

Die Schritte wurden leiser, während er auf den Stein sah, mit dem er niedergeschlagen worden war. Himmel!

Noch unsicher in der Balance, kämpfte er sich auf die Füße. Nach wie vor konnte er die, wenn auch inzwischen sehr leisen, Schritte seines Gegners hören, und er schleppte sich auf wackeligen Beinen hinterher. Er würde dieses Arschloch schnappen, und wenn es das Letzte war, was er jemals tat.

Über sein Handy klärte er Vinzano über die jüngsten Ereignisse auf, und ihm wurde versichert, die Kollegen wären ganz in seiner Nähe.

»Sind Sie okay?«, fragte Vinzano.

»Ja, alles in Ordnung.« Was nicht wirklich stimmte, auch wenn sein Kopf inzwischen wieder deutlich klarer war. »Haben Sie jemanden beim Haus der Lundgrens?«

»Ich habe zwei Einsatzwagen hingeschickt.«

»Danke.«

Der gewundene Pfad führte ihn über eine Reihe schmaler Brücken durch einen Morast. Zumindest gab ihm das die Sicherheit, dass der Verdächtige nicht noch mal irgendwo seitlich verschwunden war. In unregelmäßigen Abständen drang, zurückgeworfen von den Stämmen alter Bäume, das Echo schneller Schritte an sein Ohr. Der Kerl war ein gutes Stück vor ihm.

Abrupt endete der Pfad an einer Straße. Gil blickte auf eine Reihe großer, teurer Häuser. Der Geruch von Geld war nicht weniger durchdringend als der Gestank der verrottenden Vegetation in dem eben von ihm durchquerten Sumpf.

Sein Angreifer war nirgendwo zu sehen.

Endlich wurde es ein wenig heller. Von Osten her stieg ein, wenn auch noch dunkles Grau am Himmel auf. Es war nicht viel besser als die totale Schwärze, von der er bisher umgeben gewesen war, doch zumindest waren die ersten dünnen Nebelschwaden, die über den gepflegten Rasenflächen waberten, ohne Anstrengung zu erkennen.

Dann entdeckte er die Fußabdrücke – eine klare Spur im Tau.

Hab ich dich endlich erwischt, dachte er triumphierend und folgte den Abdrücken vorbei an tropischen Gärten und über sorgfältig gepflegte Rasenflächen bis auf einen Golfplatz.

Der Kerl rannte Richtung Westen. Gil alarmierte Vinzano und lief weiter den gepflasterten Weg hinauf.

Motorengeräusche wurden laut. Zu laut für normale Autos. Was taten sie, brachten sie vielleicht die Nationalgarde ins Spiel?

Sie würden diesen Typen schnappen. Gil freute sich bereits auf das Gesicht dieses Schurken, wenn sie ihn endlich hatten. Ein Stück vor ihm wurde die Nacht von hellen Scheinwerfern erhellt. Kamen endlich die Kollegen?

Er umrundete ein kleines Wäldchen und blieb ächzend stehen.

Eine Flotte Rasenmäher fuhr Seite an Seite die Anhöhe hinunter, säbelte die Fußabdrücke fort, denen er folgte, und übertönte jedes möglicherweise von dem Flüchtenden verursachte Geräusch.

Er stand da, hielt das Handy in der Hand, verfolgte, wie die Rasenmäher die Abdrücke verschlangen und wusste, dass hinter ihnen bereits jede Spur vernichtet war.

Er hob das Handy an sein Ohr. »Vinzano?«

»Ja?«

»Er ist irgendwo auf dem Golfplatz. Ich habe seine Fußschritte im Tau bis hierher verfolgt. Aber wissen Sie was?«

»Was?«

»Zahlreiche Rasenmäher walzen gerade alle Spuren platt.«

»Keine Sorge, Partner. Wir haben den Hubschrauber im Einsatz. Sobald er sich bewegt, werden wir ihn sehen.«

Jackson schaltete auf Handbetrieb und drückte den Knopf. Die Messgeräte funktionierten weiter. Endlich. Vielleicht war es doch keine so schlechte Nacht gewesen. Und vielleicht würde es ein guter Tag.

Die Rasenmäher kamen näher und nahmen Gil die Möglichkeit, wenigstens noch zu telefonieren. Als sie ihn entdeckten, sahen ihn die Fahrer verdutzt an. Sicher wirkte er mit seiner kurzen Hose, den Turnschuhen, dem Polohemd, in einer Hand das Handy, in der anderen die Waffe, reichlich seltsam. Er bildete sich bestimmt nicht nur ein, dass sie nun etwas schneller fuhren, um ihm ja keine Gelegenheit zu bieten, die Pistole zu benutzen. Hinter ihnen erstreckte sich eine sorgfältig gemähte Rasenfläche, auf der man einzig die Abdrücke der Mäher-Reifen sah.

Über seinem Kopf knatterte ein Hubschrauber der Polizei, dessen Motorengeräusch im Dröhnen der Rasenmäher untergegangen war. Der Pilot schaltete das Flutlicht ein, und die Suchaktion begann.

Dort. Zweihundert Meter von Gil entfernt bewegte sich ein Schatten.

Viel zu weit, als dass Gil ihn hätte selber fassen können. Aber er konnte der Suchmannschaft bei ihrer Arbeit helfen. »Vinzano!«, brüllte er in sein Handy.

In der Sekunde sprangen mit einem warnenden Zischen, das ihm jedoch nicht genügend Zeit ließ, um sich zu schützen, die Sprinkler entlang des Fairways an.

Er wurde durchnäßt bis auf die Haut. Sein Handy ertrank, und die Nacht wurde endgültig zur Hölle für ihn.

Er konnte nur noch hoffen, dass sich wenigstens kein ungeklärtes Abwasser über sein gesenktes Haupt ergoss.

13

Zwei Streifenwagen standen direkt vor Annas Haus, und ein Polizist hatte sich auf der Veranda hinter dem Wohnzimmer postiert. Den Beamten, der schlafend in seinem Wagen gesessen hatte, hatte man auf schnellstem Weg ins Krankenhaus gebracht.

Die Sonne war aufgegangen und versprach einen weiteren heißen, wolkenlosen Tag. Doch nicht einmal das Tageslicht konnte Annas Ängste mildern. Jemand hatte dem Polizisten, der sie und ihre Schwester hätte schützen sollen, etwas angetan. Und Gil hatte trotz des undurchdringlichen Dunkels die Verfolgung aufgenommen und war noch nicht von seiner Jagd zurück.

Trina kauerte unter einer Decke auf dem Sofa und wirkte furchtsam und erschöpft. Anna empfand Mitleid mit dem Mädchen und setzte sich, wie bereits so häufig in den letzten Stunden, neben die Tochter des Polizisten und zog sie zärtlich in die Arme.

»Ich wünschte, Dad käme endlich zurück.«

»Ich auch. Aber wenn ihm etwas zugestoßen wäre, hätten sie uns das bestimmt schon gesagt. Wahrscheinlich hat er noch zu tun. Vielleicht haben sie den Typen ja erwischt.« Sie wünschte, sie könnte es glauben, doch tief in ihrem Innern wusste sie, dass er entkommen war.

Sie machte sich ebenfalls ernste Sorgen um den Polizisten, aber sie versuchte, ihre Ängste vor Trina zu verbergen.

»Meine Mutter hat seinen Job immer gehasst«, erklärte

Trina, und ihre Stimme bebte. »Schon immer. Sie hat gesagt, eines Tages würde er sicher von einem dieser Typen umgebracht.«

»Na, bisher ist ihm nichts passiert, und wenn du mich fragst, ist er, je länger er seinen Beruf ausübt, umso weniger in Gefahr.«

Trina sah sie fragend an. »Wieso das?«

»Er sammelt zunehmend Erfahrung. Er weiß, was er tun muss, damit ihm nichts passiert.«

Das schien Trina zu beruhigen, Anna selbst hingegen nicht. Gil hatte im Dunkeln die Verfolgung eines Killers aufgenommen, und Anna wusste, dass unter solchen Umständen niemand sicher war.

Nancy hatte im Fernsehsessel ein Nickerchen gemacht, nun jedoch schlug sie die Augen wieder auf. »Du wirst sehen«, sagte sie gähnend zu Trina. »Bald ist er wieder da.«

»Woher wollen Sie das wissen?«

»Ich bin eine Hexe. Frag Anna, wenn du mir nicht glaubst.«

Trina verzog den Mund zu einem Lächeln und musterte Anna. »Wirklich?«

»Sicher. Ihren Besen bewahrt sie in der Rumpelkammer direkt neben der Waschmaschine auf. Allerdings kann sie nur an Halloween tatsächlich darauf fliegen.«

Trina begann leise zu kichern. »Ihr beiden seid total verrückt.«

»Absolut«, stimmte ihr Nancy unumwunden zu. »Das heißt, zumindest ich. Anna versucht immer so zu tun, als wäre sie normal.«

»Verglichen mit dir«, erwiderte die Schwester, »wirkt jeder Mensch normal.«

Nancy breitete ihre Arme aus. »Und genau deshalb braucht die Welt Menschen wie mich. Damit die Leute mich ansehen, sich auf die Schultern klopfen und sich sagen können ›Gott sei Dank bin ich nicht so wie sie‹.«

Wieder jubelte Trina.

»Hast du noch Geschwister?«, fragte Anna sie.

»Nein. Allerdings glaube ich, dass meine Mutter schwanger ist. Ihr ist morgens ständig übel.«

»Wenn sie schwanger wäre, würde sie dir das denn nicht erzählen?«

»Vermutlich erst mal nicht. Sie und Andrew sind nicht verheiratet.« Trina zuckte mit den Schultern. »Also soll ich nicht wissen, dass sie miteinander schlafen.«

»Ah.« Anna sah ihre Schwester an, doch die grinste nur. »Ich nehme an, du weißt es aber trotzdem.«

»Klar. Dazu brauche ich keine Hellseherin zu sein. Ich schätze, sie hat Angst, sie wäre ein schlechtes Beispiel für mich. Die beiden sind allerdings schon seit ein paar Jahren zusammen, und jetzt reden sie plötzlich von einer ›ruhigen Hochzeit‹. Und wie mein Vater zu sagen pflegt, ergibt zwei und zwei nun halt mal vier.«

Anna hatte das Gefühl, dass dem Mädchen nur wenig verborgen blieb. »Was ist mit deinem Freund? Was ist er für ein Typ?«

Trina runzelte die Stirn. »Ich weiß nicht. Bisher dachte ich, er wäre total cool, aber inzwischen … bin ich mir nicht mehr so sicher. Vorgestern hat er sich mir gegenüber ziemlich blöd benommen, und jetzt sagt Dad, ich darf ihn nicht mehr sehen.«

»Dann muss er sich aber wirklich blöd benommen haben.«

Trina zuckte mit den Schultern. »Er war einfach sauer. So was kommt mal vor.«

»Na ja«, meinte Anna und fühlte sich leicht überfordert. »Solange er dich nicht schlägt.«

»Das hat er nicht getan! Er hat nur Sand nach mir getreten.«

Anna wechselte einen Blick mit ihrer Schwester und merkte, dass auch sie dachte, dass da noch mehr dahinter steckte.

»Sosehr es mich auch schmerzt, zugeben zu müssen, sind wir Alten tatsächlich manchmal etwas klüger«, meinte Nancy. »Und wenn man von einem Menschen, den man liebt, geschlagen wird, ändert sich dadurch nicht nur die eigene Sicht der Dinge, sondern auch das eigene Gefühl.«

Annas Herzschlag stolperte. Sie starrte ihre Schwester an und überlegte, ob sie wohl von Peggy geschlagen worden war.

»Aber er hat mich nicht geschlagen«, protestierte Trina. »Kein einziges Mal!«

Anna kannte die Warnzeichen häuslichen Missbrauchs. Meistens begann alles mit der direkten oder indirekten Androhung von Gewalt wie zum Beispiel dadurch, dass der Täter Sand nach einem trat oder irgendwelche Dinge durch die Gegend warf. Doch sie blieb stumm, denn schließlich stand es ihr nicht zu, Gils Tochter eine Moralpredigt zu halten. Außerdem hatte er sich offenbar selbst bereits ein Bild von Trinas Freund gemacht.

Als die Haustür geöffnet wurde, fuhren sie alle zusammen. Clarence Tebbins streckte den Kopf durch den Türspalt und fragte: »Darf man stören?«

Anna war sich nicht ganz sicher, ob sie froh war, ihn zu sehen oder nicht. Einerseits kam es ihr vor, als wäre er vor Jahren aus dem Haus gegangen, andererseits lag der letzte Abschied wirklich noch nicht lange zurück. Irgendwie brachte der Mann sie aus dem Konzept.

»Kommen Sie rein«, sagte sie lahm.

Er schloss hinter sich die Tür. »Wie ich höre, haben Sie

ziemlich aufregende Stunden hinter sich.« Dann fiel sein Blick auf Trina. »Und wer ist diese reizende junge Dame?«

»Gils Tochter«, antwortete Anna. »Trina Garcia. Trina, das ist Detective Tebbins.«

Tebbins zog die Brauen in die Höhe, machte jedoch zugleich eine höfliche Verbeugung. »Es ist mir ein Vergnügen, Ihre Bekanntschaft zu machen, Miss Garcia.«

»Hi«, antwortete Trina mit gedämpfter Stimme. »Ist mit meinem Dad alles in Ordnung?«

»Er ist wohlauf«, erklärte Tebbins. »Er wird bald hier sein.«

Trina sackte vor Erleichterung in sich zusammen, und Anna hätte es ihr fast gleich getan, wäre nicht Tebbins da gewesen. Er steckte seine Nase bereits viel zu tief in ihre Privatangelegenheiten und brauchte nicht zusätzlich mitzukriegen, dass sie zu seinem Kollegen aus St. Pete eine gewisse Zuneigung empfand.

»Was ist mit dem Polizisten, der draußen Wache gehalten hat?«, fragte sie statt dessen.

»Er wird bald wieder okay sein. Offenbar wurde ihm ein Schlafmittel verpasst, aber er kommt bereits wieder zu sich.«

»Ein Schlafmittel?« Annas Herz begann zu jagen. »Mein Gott…« Ein Schlafmittel. Was für eine problemlose Art, um jemanden aus dem Verkehr zu ziehen. Ihr Magen verknotete sich, und sie fragte sich, ob sie es jemals wieder wagen würde, etwas zu essen oder zu trinken. »Wie ist das passiert?«

»Wir gehen der Sache noch nach.« Tebbins zeigte auf den Schaukelstuhl und fragte: »Darf ich?«

»Bitte.«

Er nahm Platz und sah zwischen den Schwestern hin und her. Nancy hatte sich in ihrem Fernsehsessel aufgerichtet und starrte ihn aus roten Augen an. »Sie müssen etwas tun, Tebbins«, erklärte sie ihm. »Meine Schwester und ich brauchen dringend etwas Schlaf.«

»Wir werden die Überwachung verstärken«, erklärte er mit ruhiger Stimme.

»Na super, vielen Dank.« Nancys Stimme triefte vor Sarkasmus. »Jetzt bin ich echt beruhigt.«

Tebbins' Miene blieb reglos. »Ich könnte Sie beide auch in Schutzhaft nehmen, aber ich bezweifle, dass Sie im Gefängnis besser schlafen würden als in Ihren eigenen Betten.«

Im *Gefängnis*. Anna wurde bewusst, dass Tebbins sie tatsächlich gerne ins Gefängnis stecken würde. Er glaubte allen Ernstes, dass sie hinter diesem ganzen Schlamassel steckte.

»Im Gefängnis!« Nancy beugte sich nach vorn. »Das ist ja wohl der Gipfel. Jetzt wollen Sie die *Opfer* schon festnehmen!«

Als Tebbins mit den Schultern zuckte, funkelte Nancy ihn an. »Wie wäre es stattdessen damit, das Verbrechen *aufzuklären*?«

»Wir sind dabei.«

»Haben Sie eine Ahnung, wie wir uns bei dieser ganzen Sache fühlen? Vor allem, wie sich Anna dabei fühlt? Jemand ist in ihr Haus eingebrochen und hat eine erschreckende Botschaft für sie hinterlassen, jemand, der sogar bereit ist, einen Polizisten außer Gefecht zu setzen, um seine Ziele zu erreichen.«

»Nancy …«, fiel Anna ihr ins Wort. Es würde ihnen nicht weiterhelfen, die Dinge zu wiederholen, die Tebbins bereits wusste. Vor allem nicht, solange Trina in der Nähe war.

Nancy sah sie an und murmelte erbost: »Idioten.«

Tebbins begann abermals, ein Ende seines Schnurrbarts

aufzuzwirbeln. Er reagierte jedoch nicht auf Nancys Ausbruch, und so senkte sich bleierne Stille über den Raum.

Die Tür öffnete sich erneut, Gil Garcia kam herein. Trina sprang mit einem Schrei vom Sofa, rannte auf ihn zu, und er zog sie eng an seine Brust.

Seine Beine schmückten lange Kratzer, bemerkte Anna. Ebenso wie sein Kinn. Das marineblaue Polohemd, das er zuvor getragen hatte, hatte er gegen ein blaues Krankenhaushemd getauscht, und als er begann, seine Tochter im Kreis zu drehen, wurde sichtbar, dass er am Hinterkopf rasiert und verbunden worden war.

»Was ist passiert?«, wollte sie wissen.

»Vier Stiche«, antwortete er mit gleichmütiger Stimme. »Ein Fall von akuter Idiotie.«

»Daddy ...«

»Alles in Ordnung, meine Süße. Alles in Ordnung. Mein größtes Problem sind ein paar dicke Blasen.«

Erst jetzt bemerkte Anna die mit Pflaster verklebten Fersen.

»Ich hatte die falschen Schuhe an«, erklärte Gil unbekümmert. »Lauf nie in hohen Turnschuhen einem Menschen hinterher.« Liebevoll schaute er seine Tochter an. »Das solltest du dir merken.«

Sie begann zu strahlen. »Ja, Daddy.«

»Unglücklicherweise habe ich den Typen nicht erwischt«, fuhr er mit ruhiger Stimme fort. »Er hatte mir gegenüber einen Vorteil: Er wusste offenbar genau, wohin er lief.« Dann zog er zwei leuchtend weiße Bälle aus der Tasche. »Aber zumindest war die Jagd nicht völlig umsonst. Ich habe zwei neuwertige Golfbälle gefunden. Ich schätze, die wiegen ein wassergetränktes Handy wieder auf.«

Er zwinkerte den Frauen zu, und Anna begann zu lachen. Sie konnte es nicht ändern. Es war, als bräuchte die

Anspannung der Nacht irgendein Ventil. Trina fing an zu kichern, und schließlich fiel auch Nancy in die allgemeine Heiterkeit mit ein.

Nur Tebbins blickte Garcia emotionslos an.

»Ich muss Trina nach Hause bringen«, verkündete Gil, als er zusammen mit Tebbins im Vorgarten von Annas Häuschen stand. Trina saß bereits im Wagen, spielte mit dem Radio, und durch die geschlossenen Scheiben drang gedämpft das Dröhnen der Bässe an sein Ohr.

Tebbins sah ihn vorwurfsvoll an. »Was zum Teufel haben Sie sich dabei gedacht, Ihre Tochter mitzubringen und bei einer Verdächtigen zu lassen? Verdammt, was haben Sie überhaupt um fünf Uhr morgens hier gewollt?«

»Ich hatte einfach ein ungutes Gefühl. Und da vor unserem Haus ein Wagen stand, der, sobald ich ihn entdeckte, in hohem Tempo wegfuhr, hätte ich meine Tochter gewiss nicht alleine dort zurückgelassen.«

»Was für ein Wagen?« Tebbins runzelte die Stirn.

»Wahrscheinlich der von ihrem Freund. Die beiden hatten Streit, und er hat sie bedroht.«

»Verdammt.« Tebbins schüttelte den Kopf. »Manchmal habe ich Angst, die menschliche Rasse nicht mehr zu ertragen und dass das Leben auf einer einsamen Insel den Begegnungen mit anderen Menschen vorzuziehen ist.«

»Mir geht es ähnlich. Das ist eine der Gefahren unseres Jobs. Aber wie dem auch sei – ich konnte sie nicht allein zu Hause lassen. Und selbst wenn Anna unter Verdacht steht, hätte sie meiner Tochter niemals etwas getan.«

»Ich schätze nicht. Das wäre zu auffällig gewesen.«

»Aber«, erinnerte ihn Gil. »Ich habe einen Verdächtigen verfolgt. Es war jemand hier draußen. Also kann es Anna nicht gewesen sein.«

»Da bin ich mir halt nicht sicher. Wir müssen darüber reden. Und zwar am besten sofort.«

Gil blickte erneut in Richtung seiner Tochter. »Das ist ein bisschen schwierig.«

»Ich kann echt nicht glauben, dass Sie sie während Ihrer Arbeit mit sich rumschleppen.«

»Was soll ich bitte anderes tun? Soll ich sie vielleicht stattdessen diesem Irren ausliefern, in den sie zurzeit verschossen ist? Noch dazu ist ihre Mutter im Urlaub, weshalb ich sie nicht einfach zu ihr zurückverfrachten kann.«

»Und da sagt man immer, wegen des Kinderkriegens wäre die Einstellung von Frauen problematisch«, erklärte Tebbins schnaubend. »Dabei sind die vielen Scheidungen das wirkliche Problem.«

Gil sparte sich die Mühe, etwas darauf zu erwidern. Es missfiel ihm, wenn jemand seine beruflichen Fähigkeiten in Frage stellte, während er sich doch die größte Mühe gab, diese schwierige Situation zu meistern. Momentan gab es zwei Aufgaben, die ihm gleichermaßen wichtig waren: Er wollte einen Verbrecher fangen und seine Tochter vor Unheil bewahren.

»Verdammt«, wiederholte Tebbins und seufzte. »Fahren wir zu mir nach Hause. Da kann sie sich mit Videospielen beschäftigen, während wir beide miteinander reden.«

»Haben Sie Kinder?«

»Nein. Ich habe nicht mal eine Ex-Frau.«

Interessant, dachte Gil. Bei dem überraschenden Gedanken an Clarence Tebbins, wie er sich mit Videospielen vergnügte, hätte er beinahe gegrinst.

Hinter Büscheln hohen Pampagrases sorgfältig versteckt, wartete der Beobachter geduldig, bis die meisten Polizeibeamten abgezogen waren. Er musste sich vorsehen, dass er sich nicht zu häufig an den rasiermesserscharfen Gräsern schnitt. Einen seiner Arme hatte es bereits erwischt.

Die Verfolgung durch Garcia hatte ihn verängstigt und erschöpft. Er war wütend, dass sein Plan wegen des unerwarteten Erscheinens dieses Mannes nicht aufgegangen, dass er vorübergehend vom Jaguargott im Stich gelassen worden war.

Aber er hatte ihn nicht wirklich im Stich gelassen, das wusste er genau. Die Ereignisse auf dem Golfplatz hatten ihn gerettet, und es gab für ihn nicht den geringsten Zweifel daran, dass der Jaguargott dahinter steckte und dass er ihn auch weiter schützen würde, bis seine Mission beendet war.

Womöglich ging er selbst die Sache aber nicht richtig an. Das Auftauchen von Annas Zwillingsschwester hatte ihn dazu bewogen, seinen Zeitplan zu verkürzen.

Er hatte nicht gewusst, dass es eine Zwillingsschwester gab. Nun jedoch war klar, dass er sie beide töten musste, um den bösen Zauber zu beenden. Schließlich waren sie die Kinder des Mannes, von dem Pocals Grab geschändet worden war.

Doch aus lauter Furcht, die Schwester könnte wieder dorthin entschwinden, von wo sie so plötzlich aufgetaucht war, hatte er zu schnell gehandelt.

Als der Polizist die Thermoskanne mit dem Kaffee auf der Kühlerhaube seines Wagens hatte stehen lassen, war ihm das wie die perfekte Gelegenheit erschienen. Es war leicht gewesen, kinderleicht, aus seinem Versteck zu gleiten und das Schlafmittel in das Getränk zu geben. Es war ihm wie eine Segnung erschienen, wie ein Zeichen dafür, dass der rechte Zeitpunkt gekommen war.

Doch mit dieser Vermutung hatte er sich offenbar geirrt. Genau in dem Moment, in dem er in Richtung der hinteren Veranda des Hauses hatte schleichen wollen, auf der eine der Frauen mit einer Zigarette in der Hand gestanden hatte, war der blöde Cop auf der Bildfläche erschienen.

Und jetzt standen sogar zwei Streifenwagen vor dem Haus und hinderten ihn daran, noch an diesem Vormittag zuzugreifen.

Aber er würde seine Arbeit fortsetzen. Der Jaguargott würde ihm sicher die Chance dazu geben.

Seufzend stahl er sich aus dem Gebüsch in einen Garten und machte sich auf dem Heimweg. Wenn ihn irgendjemand sah, würde er annehmen, er wäre auf einem frühmorgendlichen Spaziergang.

Er musste gründlich nachdenken. Er musste seine Pläne ändern.

Der Jaguargott würde ihn nicht eher segnen, als bis er mit dem Plan völlig zufrieden war.

Tebbins hatte eine ausgedehnte Spielesammlung, überwiegend jedoch aus der Sparte ›Knall deine Gegner ab‹. Gil wollte nicht, dass seine Tochter derartige Spiele spielte, als sie jedoch am Schluss ein Spiel mit einem Salamander – ohne geladene Gewehre und Leichenberge – wählte, überließ er sie dem Fernseher und ging hinüber in die Küche.

Tebbins hatte seine Jacke ausgezogen und briet, während der letzte Rest des frischen Kaffees aus der Maschine in die Kanne tropfte, mit hochgerollten Ärmeln ein mit Peperoni, Zwiebeln und Würstchen angereichertes Omelett.

»Nehmen Sie sich schon mal eine Tasse Kaffee«, forderte er Gil auf. »Die Tassen stehen im Schrank rechts. Milch finden Sie im Kühlschrank und die Zuckerschale steht auf dem Tisch.«

»Danke. Ich trinke meinen Kaffee schwarz.« Er holte sich eine Tasse und füllte sie bis zum Rand. »Also, worüber wollten Sie mit mir reden?«

»Über Thermosflaschen.«

»Thermosflaschen?«

»Thermosflaschen«, wiederholte Tebbins. »Erinnern Sie sich noch daran, dass Sie mir erzählt haben, der Wachmann hätte zu seinem Freund gesagt, er hoffe, jemand bringe an dem Abend Cappuccino mit?«

»Ja.«

»Richter, der Streifenpolizist, der vor Annas Haus aus dem Verkehr gezogen wurde, hat gesagt, dass er von Anna mit einer Thermoskanne Kaffee versorgt wurde.«

»Himmel.« Gils Magen zog sich zusammen.

»Wenn wir feststellen, dass der Kaffee mit einem Schlafmittel versetzt war, reicht das für eine Verhaftung aus.«

»Aber ich habe jemanden verfolgt!«

Schweigend klappte Tebbins das Omelett in der Pfanne zusammen. »Könnte nur ein Spanner gewesen sein.«

Jede Faser von Gils Körper setzte sich gegen diese Möglichkeit zur Wehr. »Es passt nicht«, sagte er nach kurzem Überlegen. »Es passt einfach nicht. Das Szenario ist verkehrt. Himmel, Tebbins, weshalb hätte sie so etwas tun sollen? Es gab keinen Grund, den Polizisten aus dem Verkehr zu ziehen. Keinen einzigen Grund.«

»Möglich«, gab Tebbins mißmutig zu. »Das Motiv ist tatsächlich ein Problem. Aber Sie machen Ihren Job genauso lange wie ich, und Sie wissen, dass es oft keinen logischen Grund für das gibt, was die Menschen anstellen. Vielleicht hat sie irgendeine Störung. Vielleicht findet sie das Ganze schlichtweg aufregend.«

»Aber ihre Angst ist echt.«

»Vielleicht. Vielleicht glaubt sie an den Fluch, und es macht sie panisch, dass sie jetzt im Besitz des Dolches ist. Vielleicht versucht sie uns nur glauben zu machen, dass jemand anderes der Täter ist.«

»Tja, aber der Anschlag auf Richter passt nicht in dieses Bild«, erklärte Gil mit Nachdruck. »Indem sie ihm den Kaffee gegeben hat, hat sie sich schwer belastet.«

»Eventuell will sie ja geschnappt werden. Es wäre nicht das erste Mal, dass ein Täter, beziehungsweise eine Täterin, erwischt werden will.«

Gil versuchte gar nicht erst zu leugnen, dass so etwas immer wieder mal vorkam. »Könnte aber auch sein, dass der wahre Täter Anna gezielt die Sache in die Schuhe schieben will.«

Tebbins dachte darüber nach, während er das luftig-weiche Omelett auf einen Teller hob. »Wäre durchaus möglich«, antwortete er schließlich. »Doch wenn dem so ist, ist er recht erfolgreich, weil sie nämlich inzwischen bis zum Hals in Schwierigkeiten steckt.«

»Was machst du da?«, wollte Nancy von ihrer Schwester wissen.

Anna wühlte wie eine Bekloppte in ihrer Waschküche herum und schob während ihrer Suche alle möglichen Gegenstände hin und her. »Ich werde dafür sorgen, dass dieses Schwein nie wieder in mein Haus kommt!«

Nancy lehnte sich gegen den Türrahmen und kreuzte die Arme vor der Brust. »Die Fensterriegel sind tatsächlich ziemlich alt.«

»Alt? Sie sind geradezu aus der Steinzeit. Und kein Einziger sitzt richtig fest. Verdammt, wo ist das blöde Ding?«

»Lass deinen Vermieter die Riegel reparieren.«

»Harvey? Soll das ein Witz sein? Oder hast du vergessen, dass ich, als die Abwasserleitung kaputt war, bis zum Gesundheitsamt gehen musste, bevor etwas geschah?«

»Ja«, erwiderte Nancy mit einem leisen Seufzer. »Das hatte ich vergessen. Hör zu, Annie, du veranstaltest hier ein

Riesendurcheinander. Sag mir, was du suchst, und ich werde es für dich finden.«

Anna schmetterte eine Scheuerbürste an die Wand.

»Okay, okay«, erklärte Nancy. »Ich halte schon den Mund.«

»Das ist gar nicht nötig. Aber dieser Hurensohn wird Probleme bei seinem nächsten Einbruch kriegen, und wenn ich dafür diese verdammten Fenster mit Brettern vernageln muss.«

Nancy verkniff es sich, darauf hinzuweisen, dass das Zunageln von Aluminiumrahmen schwierig werden würde. Und teuer. Harvey würde nämlich garantiert sicher auf einem Austausch sämtlicher beschädigter Fensterrahmen bestehen.

»Verdammt!«, fluchte Anna. »Verdammt, verdammt, verdammt! Wo steckt bloß dieses elende Ding?«

»Was genau suchst du?«

»Einen dicken Aluminiumstreifen.« Sie trat einen leeren Eimer an die Seite.

Nancy sah sich um. »Meinst du den da?« Sie zog einen fünf Zentimeter breiten, sechzig Zentimeter langen Aluminiumstreifen mit Bohrlöchern aus einem in der Nähe stehenden Regal.

Anna verdrehte die Augen. »Genau den. Wo hast du ihn gefunden?«

»Da oben auf dem Regal.«

»Scheiße.« Anna nahm ihr den Streifen ab, schnappte sich einen Hammer aus der Werkzeugkiste und stapfte in ihr Schlafzimmer hinüber.

Nancy folgte ihr gemächlich und beobachtete, wie Anna das Aluminium direkt unterhalb des Schlosses gegen den Fensterrahmen drückte, einen Nagel in eins der vorgebohrten Löcher steckte und im Rhythmus der Hammerschläge erklärte: »Du. Widerlicher. Bastard. Kommst. Nie. Wieder. Hier. Herein!«

Dann war sie mit der Arbeit fertig, und Nancy begutachtete das Werk. »Sieht nicht schlecht aus, Annie.« Sie versuchte, den Streifen abzuziehen, doch er saß bombenfest.

»Lass uns versuchen, das Fenster aufzumachen«, meinte Anna und warf den Hammer auf ihr Bett.

Selbst als sie zu zweit mit vollen Kräften rüttelten, blieb das Fenster unverrückbar.

»So«, fragte ihre Schwester, »willst du jetzt solche Streifen für alle Fenster holen?«

»Nein.« Anna nahm den Hammer wieder in die Hand und marschierte an ihr vorbei.

Wieder lief Nancy ihr schweigend hinterher, diesmal in die Küche, wo Anna den Hammer auf den Frühstückstresen warf und das Telefonbuch mit den gelben Seiten aus der Schublade unter der Theke fischte. Ungeduldig blätterte sie um und fuhr schließlich mit dem Finger an einer Reihe von Einträgen entlang. Dann griff sie zum Telefon und wählte eine Nummer.

»Ja«, erklärte sie wenig später. »Ich will eine Alarmanlage haben, und zwar innerhalb der nächsten Stunden. Ich werde nämlich verfolgt.«

Beim dritten Anruf endlich fand sie eine Firma, die bereit war, die Anlage gegen einen Aufschlag noch am selben Tag zu installieren. Nach diesem Gespräch legte sie den Hörer blass und zitternd auf.

»Ich habe genug, Nance«, erklärte sie der Schwester. »Ich habe die Nase gestrichen voll!«

»Das kann ich verstehen. Ich bin auch nicht gerade begeistert über diese Situation. Hör zu, setz dich erst mal hin und versuch dich zu beruhigen. Wir müssen einen kühlen Kopf bewahren.«

»Oh, ich habe einen völlig kühlen Kopf. Wenn erst die Alarmanlage installiert ist, besorge ich mir Pfefferspray, ein Handy und vielleicht noch eine Waffe.«

»Nein.«

Anna grunzte und musterte ihre Schwester verdutzt. »Nein?«

»Keine Waffe. Annie, du hast von Waffen nicht die geringste Ahnung. Du weißt nicht, wie du sie benutzen musst, um dich zu schützen. Wenn du eine scharfe Waffe hier in dieses Haus bringst, rüstest du womöglich diesen Irren damit aus. Sprich wenigstens vorher mit Gil darüber.«

»Mit Gil?« Anna lachte heiser. »Tut mir Leid, Nance, aber er und Tebbins denken, ich hätte dem Polizisten das Schlafmittel in den Kaffee getan. Es war Tebbins überdeutlich anzusehen, wie er die Sache einschätzt.«

Nancy konnte ihr schwerlich widersprechen. »Aber sie haben dich nicht festgenommen.«

»Damit werden sie nicht mehr lange warten. Irgendwann – sollte ich noch leben – wird mir die ganze Sache in die Schuhe geschoben werden. Siehst du die Streifenwagen draußen? Die stehen da ebenso, um mich daran zu hindern zu verschwinden, wie zu meinem Schutz.«

Ihr Zorn verrauchte ebenso plötzlich wie er gekommen war. Anna sank erschöpft auf einen Stuhl am Tisch und vergrub den Kopf zwischen den Händen. »Dieser Kerl zerstört mein Leben.«

»So wirkt es zumindest.« Nancy setzte sich ebenfalls auf einen Stuhl und spürte, als sie eine Hand auf Annas legte, dass die Schwester weinte. »Pst, Schwesterherz…«

»Schon gut. Schon gut.«

Nancy konnte es ihr nicht verdenken, dass sie diese Worte vor Verzweiflung beinahe schrie. In ihrem Leben ging es steil wie in einer Achterbahn bergab. »Du fährst heute nicht zur Arbeit«, erklärte sie entschieden. »Du kannst nicht. Ich rufe deinen Vorgesetzten an.«

»Nein! Ich verbringe hundertprozentig nicht den Rest meines Lebens eingesperrt in diesem Haus.«

Nancy stemmte die Hände in die Hüften und bedachte sie mit einem strengen Blick. »Was hast du denn bitte für eine Alternative? Willst du lieber sterben?«

14

Zwanzig Minuten später stand Ivar auf der Schwelle und stritt mit einem Beamten, ob es ihm erlaubt war, Anna zu besuchen. Nancy, die die lauten Stimmen hörte, öffnete die Tür und spähte vorsichtig hinaus.

»Oh, er ist in Ordnung«, erklärte sie dem Cop. »Annas Boss aus dem Museum.«

Der in seiner Würde verletzte Ivar strich sich ein Stäubchen vom Aufschlag seiner Jacke und betrat das Haus. »Kretins«, murmelte er zornig. »Nancy? Sie sind Nancy, richtig?«

»Richtig.« Es machte ihr nichts aus, dass nur wenige Menschen sie und ihre Schwester auseinander halten konnten. Seit ihrer Geburt hatte sie Zeit genug gehabt, sich daran zu gewöhnen. »Anna ist in der Küche. Es geht ihr nicht besonders gut.«

»Das kann ich mir denken!« Ivar folgte ihr und trat neben Anna an den Tisch.

Anna hob den Kopf, musterte ihn kurz und sagte statt einer Begrüßung nur: »O Gott.«

Ivar ignorierte diese nicht gerade höfliche Reaktion. »Das Ganze geht langsam zu weit«, erklärte er, zog sich einen Stuhl heran und ließ sich müde darauf sinken. »Hätten Sie vielleicht eine Tasse Kaffee?«

Nancy unterdrückte das hysterische Gelächter, das bei diesen Worten in ihr aufstieg, und fragte stattdessen: »Sind Sie sicher, dass Sie unseren Kaffee trinken wollen? Tebbins denkt, wir hätten versucht, den Streifenpolizisten zu vergiften, der letzte Nacht vor unserem Haus Wache gehalten hat.«

»Habe ich nicht eben schon gesagt, dass sie alle Kretins sind? Natürlich trinke ich Ihren Kaffee.«

»Tja, nett, dass irgendjemand an Annas Unschuld glaubt.«

»Selbstverständlich glaube ich an Annas Unschuld. Schließlich arbeite ich seit fast zwei Jahren mit ihr zusammen, und schließlich war ebenfalls ich es, der sie als Museumsdirektorin vorgeschlagen hat.«

Anna hob den Kopf und sah ihren Vorgesetzten aus rot verquollenen Augen müde an. »Danke, Ivar.«

»Gut«, sagte Nancy. »Dann koche ich mal Kaffee.«

Ivar schaute Anna prüfend an. »Sie Ärmste. Nancy hat mir erzählt, was letzte Nacht passiert ist. Sie müssen vor Angst doch halb verrückt sein.«

»Eigentlich«, erklärte Nancy, während sie das Kaffeepulver in die Filtertüte löffelte, »steht ihr eher der Sinn danach, jemanden zu erschießen.«

»Oje.« Er tätschelte Anna mitfühlend die Hand. »Das wollen Sie nicht wirklich. Überlassen Sie so etwas besser der Polizei. Die ist dazu befugt. Glauben Sie mir, Mord ist ein viel zu dreckiges Geschäft.«

»Dreckig?« Anna lachte zornig auf. »Glauben Sie, dass es mir nicht sowieso schon dreckig geht?«

»Ich weiß, wie es Ihnen ergehen würde, wenn Sie jemanden erschießen. Dann säßen Sie im Gefängnis und unterhielten sich nur noch mit Anwälten – ein schlimmeres Schicksal gibt es kaum! Mit Anwälten, ja, und eventuell noch mit irgendwelchen Journalisten. Man würde Sie mit blödsinnigen Spitznamen belegen und Sie in diese fürchterlichen orangefarbenen Knastklamotten stecken – der reinste Alptraum in Kombination zu Ihrem wunderbaren Haar.«

»Oh, Mann«, murmelte Nancy und rollte mit den Augen, Ivar jedoch ignorierte ihre Reaktion.

»Und was das Allerschlimmste wäre«, sprach er weiter, »womöglich würde sogar die Todesstrafe für Sie beantragt. Meinen Sie, dass Ihre Lage dann ernsthaft besser wäre als jetzt?«

»Ivar«, begann Anna, doch er winkte ab.

»Ich sehe alles bildlich vor mir«, sprudelte er aufgeregt hervor. »Tag für Tag würde man Ihr Bild auf der Titelseite jeder Zeitung sehen, und garantiert würden Sie als ›irre Killerin‹ bezeichnet. Ihre Anwälte würden behaupten, Ihre Besessenheit von dem Fluch, der Ihren Vater getötet hat, hätte Sie wahnsinnig gemacht.«

»Ivar …«

»Die Geschworenen, lauter fromme Leute, die extra ihrer Bereitschaft wegen, Sie zum Tode zu verurteilen, ausgesucht wurden, würden sich die Behauptung, Sie hätten den Verstand verloren, reglos anhören. Dann kämen sie zu dem Ergebnis, Sie wären von irgendeinem Maja-Teufel besessen und hätten deshalb verdient zu sterben. Natürlich würde ich Sie vehement verteidigen, weil Sie ein wehrloses Opfer sind, aber niemand würde auf mich hören.« Er beugte sich über den Tisch und fügte unglücklich hinzu: »Auf mich hat nämlich noch nie jemand gehört …«

»Ivar …«

»Sie würden in Handschellen vor den Richter gezerrt. Ich würde weinen, und das Bild käme in den Abendnachrichten und alle, natürlich auch meine Frau, würden sich fragen, ob wir gar ein Verhältnis miteinander hatten oder ob ich irgendwie in die Verbrechen verwickelt gewesen bin. Ich wäre ruiniert, Ihre Schwester wäre am Boden zerstört und …«

»Ivar, es reicht! Wenn ich es täte, wäre es reine Notwehr!«

Er sah sie reglos an und erklärte mit überraschend ruhiger Stimme: »Nur wenn sie den echten Täter vorher fänden, meine Liebe. Andernfalls würde man alles Ihnen in die Schuhe schieben, und der wahre Täter würde als armes, unschuldiges Opfer betrachtet.«

Anna sackte abermals in sich zusammen, und Nancy murmelte zur Abwechslung: »O Gott.«

Ivar grinste. »Ich wusste, dass Sie Vernunft annehmen würden. Ist der Kaffee bald fertig?«

Nancy füllte eine Tasse, stellte sie knurrend vor ihn und schob ihm derart zornig die Zuckerdose und das Milchkännchen rüber, dass er den Schwung eiligst stoppen mußte, damit nicht alles über den Rand des Tisches segelte.

»Was habe ich getan?«, fragte er verdattert.

Nancy stützte sich mit beiden Händen auf den Tisch und beugte sich zu ihm hinüber: »Ich hätte nicht geahnt, dass jemand es schaffen könnte, die Situation noch hoffnungsloser wirken zu lassen, als sie bereits ist.«

»Ehrlich?« Er gab zwei gehäufte Löffel Zucker in seinen dampfenden Kaffee. »Wissen Sie, solange man noch atmet, gibt es Grund zur Hoffnung. Diese Polizisten sind vielleicht Kretins – so, wie sie im Dunkeln zu tappen scheinen, halte ich sie zumindest dafür –, aber sie scheuen sich noch davor, Sie zu verhaften. Das heißt, sie haben nicht genug gegen Sie in der Hand. Und wenn in ihren Köpfen die Möglichkeit besteht, dass jemand anderes als Sie den Diebstahl und den Mord begangen haben könnte, werden sie weiter suchen.«

»Nur, dass ich eventuell schon tot bin, bis sie den wahren Täter finden«, wandte Anna bitter ein.

»Also bitte, wir sollten nicht derart übertreiben. Möglicherweise sind diese Polizisten keine großen Leuchten, aber sie kennen ganz sicher ihren Job.«

»Das wollen wir hoffen«, murmelte Anna.

»Nun übertreib nicht«, protestierte Nancy. »Mir ist es beispielsweise völlig egal, was dieser Tebbins denkt. Ich weiß nämlich bombensicher, dass Garcia an deine Unschuld glaubt.«

Anna schüttelte frustriert den Kopf. »Was bist du? Gedankenleserin?«

»Nein, aber ich kann Gesichter lesen. Egal, was Tebbins sagt, hält dich Gil für das unschuldige Opfer.«

Ivar zog eine Braue in die Höhe. »Entdecke ich da den Hauch einer Romanze?«

Nancy versuchte, ihm das Geschirrtuch an den Kopf zu werfen, er jedoch fing es geschickt mitten in der Luft ab.

»Ah«, erklärte er zufrieden. »Hab ich mir's doch gedacht.«

Nancy wandte sich an ihre Schwester. »Das ist der endgültige Beweis«, erklärte sie nüchtern. »Du bist tatsächlich verflucht.«

Schließlich versank Anna auf dem Sofa in einen, wenn auch unruhigen Schlaf. Nancy breitete eine farbenfröhliche Wolldecke über ihr aus und dachte kurz daran, wie viele Stunde ihre Mutter hatte weben müssen, bis das Stück fertig gewesen war. Die eher grellen Farben passten zu ihrem Temperament. Nancy liebte ihre Decke – ein genaues Duplikat –, Anna jedoch hätte bestimmt lieber dezentere Farbtöne gewählt.

Auch sie selbst war hundemüde, hatte jedoch anders als Anna durch ihren Wutanfall das in ihr angestaute Adrenalin noch längst nicht abgebaut. Eigenartig, dass momentan gerade sie die Gefasstere von ihnen beiden war.

Auch wenn sie es Anna gegenüber niemals zugegeben hätte, hatte Nancy das Gefühl, als säße sie in einer Falle.

Bereits der Gedanke, nicht einfach tun und lassen zu können, was sie wollte, beeinträchtigte ihre Psyche.

Sie wusste, dass sie Anna nicht alleine lassen konnte; das wäre absolut undenkbar. Trotzdem fiel es ihr unendlich schwer, praktisch gefangen zu sein.

Ein Blick durch den Vorhang verriet ihr, dass die Polizisten sie nach wie vor bewachten. Sie lehnten bequem an ihren Wagen, unterhielten sich und schauten hin und wieder zum Haus. Nancy überlegte, was die Nachbarn dachten, und ein paar der Gedanken, die ihr dabei durch den Kopf schossen, entlockten ihr ein Grinsen.

Doch ihre gute Laune – normalerweise eine ihrer Stärken – hielt nicht lange an. Sie betrachtete ihre schlafende Schwester und fragte sich, wie in aller Welt sie aus diesem Schlamassel wohl je wieder herauskam.

Montag würde Anna wieder ins Museum fahren. Nancy kannte sie zu gut, um etwas anderes zu glauben. Trotz all der Verrücktheit, mit der Mutter und Tante sie beide umgeben hatten, hatten sie ihnen gleichzeitig ein ausgeprägtes Pflichtbewusstsein vorgelebt.

Und wie ginge es dann weiter? Anna wäre im Museum sicher. Dort waren zu viele Menschen, als dass ihr dort irgendwas geschähe. Doch sie sollte den Weg zur Arbeit und von dort nach Hause nicht alleine unternehmen, und so wäre Nancy ihr Begleitschutz.

Was für sie kein Problem war. Was sie jedoch störte, war die grausige Erkenntnis, den ganzen übrigen Tag allein zu sein und entweder allein durch eine fremde Stadt zu stromern oder allein in diesem Haus zu sitzen, während die Zeit nur im Schneckentempo verging. Nach der Erkenntnis, dass auch sie womöglich ein designiertes Opfer dieses Irren wäre, war sie nicht unbedingt auf stundenlange Einsamkeit erpicht.

Ebenso wenig jedoch darauf, den ganzen Tag bei Anna im Museum zu verbringen. Eventuell fand ihre Schwester ja eine Beschäftigung für sie, aber sicher wäre diese Arbeit nichts, was ihr auch nur annähernd gefiele.

Nicht, dass sie nicht bereit gewesen wäre, irgendeine Hilfsarbeit zu übernehmen. Was getan werden musste, hatte sie immer schon getan. Doch es wäre schöner, wenn ihr die Arbeit Spaß machte. Am besten irgendetwas am Computer.

Computer! Ihr schoss ein Gedanke durch den Kopf.

Bei dem ›unmöglichen‹ Diebstahl musste irgendwann die Software des Sicherheitssystems angezapft worden sein. Heutzutage kam man nirgends ohne Software aus. Und Programmierer waren dafür berüchtigt, dass sie sich heimlich irgendwelche ›Hintertüren‹ offen ließen.

Dann gab es noch die Möglichkeit des Hackens. Ein wirklich guter Hacker kam in fast jedes System, und selbst ein mittelguter Hacker fand in viele Programme hinein. Nancy hatte selbst in ihren jungen, wilden Jahren ab und zu gehackt, und sie wusste aus Erfahrung, wie leicht so was manchmal war. Jeder Computer mit Internet-Anschluss war irgendwie zu knacken.

Und hundertprozentig war das Sicherheitssystem der Wach- und Schließgesellschaft ebenfalls mit der Außenwelt verbunden. So musste es ganz einfach sein!

Aufregung überspülte sie. Sie brauchte ihre ganze Willenskraft, um Anna nicht zu wecken und sie auf der Stelle mit ihr ins Museum zu scheuchen. Allerdings könnten sie, selbst wenn sie sofort führen, dort nichts unternehmen, da sie auf die Hilfe der Wach- und Schließgesellschaft angewiesen war.

Verdammt, sie konnte unmöglich bis Montag warten. Nicht, während sie mit jeder Minute, die verstrich, mit dem Tod rechnen musste. Schließlich ging sie in die Küche, wo hinter dem Telefon die Karten von Tebbins und Garcia steckten. Ihr war klar, wem von beiden sie vertraute, und so nahm sie entschlossen Gils Karte in die Hand.

Laut Autopsie wies Eddy Malacek, abgesehen von der Einstichstelle in seinem linken Arm und ein paar kleinen blauen Flecken, die wahrscheinlich daher rührten, dass er sich irgendwo gestoßen hatte, keine Verletzungen auf. Er war nicht geschlagen worden, hatte nicht gekämpft und sich nicht aktiv gegen jemanden gewehrt.

»Tod durch Überdosis«, sagte der Pathologe und zog dem Toten wieder das Laken über das Gesicht.

Gil nickte. »Das hatte ich erwartet. Was ich mich jedoch frage, ist, ob er vielleicht vorher mit irgendetwas ruhig gestellt worden sein könnte.«

»Das werden wir erst wissen, wenn der Bericht des Toxikologen vorliegt. Wenn er tatsächlich betäubt worden sein sollte, ist allerdings die Frage, wie. Sein Magen war nämlich leer.«

»Kaffee?«

Der Pathologe zuckte mit den Schultern. »Vielleicht. Wenn er ihn mehrere Stunden vor seinem Tod getrunken hat.«

Was durchaus möglich wäre, dachte Gil und trat in die zunehmende Hitze des Frühlingstags hinaus.

Er zog sein Handy aus der Tasche, wählte die Nummer von zu Hause, und Trina kam verschlafen an den Apparat.

»Ich bin in zirka einer halben Stunde da«, erklärte er ihr.

»Keine Angst, ich gehe schon nirgendwohin«, antwortete sie mit gereizter Stimme.

Super. Wenn sie am Sonntag zurück zu ihrer Mutter

fuhr, hatte sie sich gewiss noch nicht eingekriegt, und er wusste aus Erfahrung, was das für ihn hieß. Seine Ex-Frau würde ihn vermutlich eine Weile zappeln lassen, bevor er seine Tochter das nächste Mal bekam. Allerdings hatte er sich inzwischen fast an dieses Ritual gewöhnt. Die Frau würde ihm das Leben sauer machen, aber sie würde Trina nicht verbieten, ihn zu sehen. Sie hatte viel zu viele andere Dinge vor, die sie an den Wochenenden machen wollte, Dinge, bei denen die Anwesenheit ihrer heranwachsenden Tochter schlicht störte.

Ab und zu wünschte sich Gil, sie würde den Blödmann, mit dem sie zusammen war, endlich heiraten. Auf diese Weise müßte er ihr keinen Unterhalt mehr zahlen. Andererseits missfiel ihm der Gedanke, dass Trina dadurch einen Stiefvater bekam. Der Gedanke, dass ein anderer den Vater für seine einzige Tochter spielen könnte, rief lebhaften Widerwillen in ihm wach.

Schlimmer noch jedoch waren seine Gefühle in Bezug auf Stiefväter im Allgemeinen. Einige waren gut, doch hatte er in seinem Job zu oft auf Hilferufe reagieren müssen, in denen der Mann sich an den Kindern seiner Ehefrau verging.

Seine Ex-Frau würde sagen, er wäre paranoid. Vielleicht hatte sie Recht, aber dafür gab es nun mal gute Gründe.

Er hatte versucht herauszufinden, wie Trina den Typen ihrer Mutter fand, doch sie hatte mit den Achseln gezuckt, als wäre dieses Thema ihr völlig egal. Das war mal wieder der gespielte Gleichmut eines heranwachsenden Mädchens. Trina wollte einfach nicht, dass irgendjemand wusste, was sie von der neuen Partnerschaft ihrer Mutter tatsächlich hielt.

War das rundum normal? Viele der Kinder, mit denen er auf der Straße zu tun gehabt hatte, hatten dieselbe Indifferenz gezeigt. Aber sie waren oft Opfer häuslichen Missbrauchs gewesen, erfüllt von heißer, angestauter Wut. War es also nur das Alter – oder hatte Trina von irgendjemandem gelernt, dass das Zeigen von Gefühlen unter Umständen nicht ungefährlich war?

Er hatte keine Ahnung. Bei allem, was es an seiner Ex-Frau auszusetzen gab, wusste er mit Bestimmtheit, dass sie ihre Tochter liebte. Manchmal etwas willkürlich, aber trotzdem war es echte Liebe.

Und selbst in seinen schlimmsten Träumen wäre er nicht darauf gekommen, wie schwer manchmal das Leben als Teilzeit-Vater war.

Tja, nun, er konnte es nicht ändern.

Trina war erneut im Bett verschwunden, als er heimkam. Er nutzte die Gelegenheit und wusch sich unter der Dusche die Spuren der durchwachten Nacht ab. Natürlich musste er, um seinen frisch genähten Hinterkopf zu schützen, eine Plastikhaube tragen, weshalb das Haarewaschen ausfiel. Deshalb war er sicher, dass er selbst nach der Dusche noch nicht allerbestens roch.

Er überlegte, ein kurzes Nickerchen zu machen. Als er jedoch das Bad verließ, sah er das Blinken seines Piepsers, ging zum Telefon hinüber und merkte, dass es auch dort eine Nachricht für ihn gab. Konnte er denn niemals eine kurze Pause machen, knurrte er innerlich erbost, rief aber trotzdem auf der Wache an und hörte, dass Nancy Lundgren für ihn angerufen hatte und dass es angeblich äußerst dringend war.

Was jetzt? Statt Sorge empfand er leichten Ärger. Schließlich lag die Seite der Bucht, in der sie wohnte, in Tebbins' Zuständigkeitsbereich. Er musste also den Kollegen über den Anruf informieren. Nicht, dass er es Nancy oder Anna hätte verdenken können, dass sie nicht mit Tebbins hatten sprechen wollen. Tebbins mochte zwar annehmen, er hätte ein unergründliches Gesicht – in Wahrheit konnte man in seiner Miene lesen wie in einem aufgeschlagenen Buch. Die Frauen hätten demnach blind sein müssen, um nicht zu erkennen, dass die Hauptverdächtige in seinen Augen die völlig verstörte Anna war.

Dieser Gedanke rief erneut ein leises Unbehagen in ihm wach. Er war nicht völlig objektiv. Das war ihm bewußt, und es machte ihn nicht gerade glücklich. In der Tat hinterfragte er jede seiner eigenen und auch jede von Tebbins' Reaktionen in diesem speziellen Fall.

Er hatte angefangen, von Anna zu träumen, was ihn zutiefst irritierte. Nicht, dass er nicht ab und zu von seinen Fällen träumte. Natürlich tat er das. Aber für gewöhnlich träumte er in anderer Weise davon als von Anna.

Wütend auf sich selbst griff er nach dem Telefon, rief Nancy zurück und bereits beim ersten Läuten war sie am Apparat.

»Ich bin es, Gil. Was gibt's?«

»Eine Hintertür«, antwortete Nancy.

»Was? Jemand ist an der Hintertür von Ihrem Haus?«

»Nein, nein.« Sie stöhnte leise. »Tut mir Leid. Ich habe so viel darüber nachgedacht, dass ich noch völlig in meinen Überlegungen gefangen bin. Haben Sie jemals etwas von so genannten Hintertüren in der Computersoftware gehört?«

»Äh … nein.«

»Nun, Programmierer von Software und manchmal auch die Entwickler von Hardware lassen sich oft irgendwelche Hintertüren offen. Manchmal haben sie dafür legitime Gründe, und manchmal sind sie einzig Ausdruck von Besitzstolz oder des Gefühls, etwas zu tun, was eigentlich verboten ist und wovon niemand etwas weiß. Auf alle Fälle bekommt man durch eine solche Hintertür problemlos Zugang zu dem jeweiligen System.«

»Und was wollen Sie damit sagen?«

»Dass vielleicht jemand eine solche Hintertür benutzt hat, um sich Zugang zu dem Sicherheitssystem des Museums zu verschaffen.«

»Verdammt.« Allmählich wurde Gils Gehirn angekurbelt. »Weshalb haben die Leute von der Wach- und Schließgesellschaft das bisher nicht erwähnt?«

»Vielleicht, weil sie gar nichts davon wissen«, antwortete Nancy. »Oder weil sie nicht wollen, dass außer ihnen sonst noch jemand etwas davon erfährt.«

Dinah Hudson, dachte Gil. Sie müsste am besten wissen, wie man das System umging. Bisher hatten sie sie noch nicht genauer überprüft, denn sie hatte einen hervorragenden Leumund. Außerdem war sie keine Programmiererin, sondern entwarf die jeweiligen Sicherheitssysteme lediglich auf dem Papier.

Trotzdem, dachte er, hätte sie in ihre Pläne eine Hintertür einbauen können. Auch wenn er annahm, dass niemand ihre Arbeit überprüfte. »Wie sollen wir ein solches Schlupfloch finden?«, fragte er Nancy.

»Tja, Sie könnten die Überwachungsfirma danach fragen, aber …«

»Eventuell wollen die gar nicht, dass wir etwas finden.«

»Oder Sie fragen mich«, sagte sie zu seiner Überraschung. »Ich bin verdammt gut in solchen Sachen. Allerdings brauchen wir zumindest etwas Hilfe durch das Überwachungsunternehmen.«

»Ich werde dafür sorgen, dass Sie sie bekommen«, antwortete Gil.

»Super, aber ich werde nicht vor heute Abend anfangen können. Anna lässt nämlich in ihrem Haus eine Alarmanlage installieren, und ich bezweifle, dass die Firma vor dem späten Nachmittag mit der Arbeit fertig werden wird.«

»Das ist okay. Ich bin sicher, dass ich sowieso so schnell nichts werde arrangieren können. Ich rufe Sie zurück.«

Tebbins' Reaktion war völlig anders. »Wie praktisch«, sagte er über den lauten Verkehrslärm hinweg in sein Handy. »Anna hat eine Schwester, die in das Sicherheitssystem einbrechen kann, eine Schwester, die völlig unerwartet ein paar Stunden nach dem Einbruch bei ihr auftaucht.«

»Ich habe nicht gesagt, dass Nancy in das System einbrechen kann. Alles, was ich gesagt habe, ist, dass sie denkt, sie wäre vielleicht in der Lage, eine Hintertür zu finden. Weshalb in aller Welt sollte sie so etwas offen verkünden, wenn sie selbst bereits dort eingebrochen wäre?«

Tebbins lachte hämisch auf. »Also bitte, Garcia! Eventuell will sie nur von uns bewundert werden. Manche Kriminellen brauchen den Applaus.«

Statt etwas darauf zu erwidern, biss Gil die Zähne aufeinander, bis seine Kiefer knirschten.

»Okay, lassen Sie uns die Sache durchziehen«, meinte Tebbins nach ein paar Sekunden. »Womöglich verrät sie sich dabei ja auf irgendeine Art.«

Nach dem Ende des Gesprächs versuchte Gil sich einzureden, Tebbins' Haltung wäre ein gutes Korrektiv für seine eigene Position. Das hieß jedoch noch lange nicht, dass sie ihm deshalb gefiel.

Um halb sieben hatten die Leute des Sicherheitsunternehmens die Alarmanlage in Annas Häuschen installiert und schalteten zur Probe ein paarmal nacheinander die Sirene ein. Anna war sich sicher, dass der Lärm bis ans Ende der Stadt zu hören war.

Den wachhabenden Polizisten war es natürlich langweilig, und so verfolgten sie voll Neugier, was sich bei ihr tat.

Wie üblich war auch dieses System nicht hundert Prozent perfekt. »Es ist nicht total narrensicher«, gab der Techniker, der ihr die Funktion der Anlage erklärte, unumwunden zu. »Jemand muss ein Fenster oder eine Tür öffnen, damit die Sirene losgeht. Wenn man ein Fenster einschlägt, passiert zunächst mal nichts.«

»Wenn jemand ein Fenster einschlägt, werden wir das hören«, antwortete Anna. »Und was ist, wenn die Telefonleitung gekappt wird?«

»Dann wird sofort Alarm gegeben. Auch wenn die Stromzufuhr zu Ihrer Telefonanlage abreißt, kriegen wir eine Meldung und verständigen umgehend die Polizei.«

Anna war zufrieden. Es war zumindest besser als nichts. Sie schrieb einen großen Scheck, der eine beachtliche Lücke in ihr Erspartes riss, und brachte die Männer an die Tür.

»Und, fühlst du dich jetzt besser?«, fragte ihre Schwester.

»Nein.« Anna marschierte in die Küche, nahm Tebbins' Karte in die Hand, wählte seine Nummer und hinterließ ihm eine Nachricht.

Innerhalb von fünf Minuten rief er sie zurück.

»Was ist los?«, fragte er. »Haben Sie schon wieder einen Dolch gefunden? Werden Sie schon wieder von jemandem verfolgt? Schnarchen inzwischen zwei Polizisten vor Ihrer Haustür in ihren Streifenwagen vor sich hin?«

»Ich bin nicht in der Stimmung für Ihren schrägen Humor.«

»Schade.« Er seufzte. »Ich schätze, das bedeutet, es ist nichts weiter passiert. Also, weshalb wollten Sie mich sprechen?«

»Ich will genau wissen, welche Fortschritte es bei den Ermittlungen gibt.«

Anna bemerkte sein Zögern. Es war deutlich, dass er ihr nichts verraten wollte, und der seit dem frühen Morgen in ihr angestaute Ärger brach sich darüber Bahn.

»Hören Sie, Clarence …«

»Nennen Sie mich Tebbins. Nennen Sie mich Tebbie – was ich wirklich hasse –, aber nennen Sie mich *niemals* Clarence.«

Anna runzelte die Stirn und fragte sich, ob dieser Kerl noch richtig tickte. »Meinetwegen. Tebbins. Ich will wissen, was passiert. Und ich habe ein Recht darauf, es zu erfahren, denn ich bin das Opfer.«

Erneut stieß er einen leisen Seufzer aus. »Außerdem sind Sie die Hauptverdächtige.«

»Trotzdem habe ich das Recht zu wissen, was Sie tun. Und wenn Sie mich nicht informieren wollen, werde ich jemanden finden, der Sie dazu zwingt. Um Himmels willen, ich bin eine Gefangene in meinem eigenen Haus. Ich musste eine Alarmanlage bei mir installieren. Ich fürchte um mein Leben. Und wenn Sie genug gegen mich in der Hand hätten, um mich zu verhaften, hätten Sie das längst getan. Ich verlange also einen ausführlichen Bericht.«

Er schwieg ein paar Sekunden, ehe er erklärte: »Wissen Sie was? Ich mache mir gerade was zu essen. Warten Sie eine Stunde, dann werde ich zu Ihnen rüberkommen und mit Ihnen reden.«

»Danke«, antwortete Anna mit würdevoller Stimme und legte langsam auf.

»Wow«, entfuhr es Nancy. »Bist du sicher, dass du diesen Typen derart verärgern willst?«

»Es ist genau andersrum. Der Typ ärgert mich. Und davon habe ich endgültig genug. Wenn dieser gespreizte

Blödmann den wahren Täter nicht selber findet, werde ich es für ihn tun.«

Nancy grinste breit. »So ist's richtig, Mädel. Das höre ich gern.«

Es war später Nachmittag. In Shorts und ärmellosem T-Shirt kam der Beobachter den Bürgersteig entlang und dribbelte dabei mit einem Ball. Er ließ sich jede Menge Zeit und tat, als übe er diverse Sprünge. Es war in höchstem Maß erregend, sich der Polizei zu nähern, die schließlich darauf angesetzt war, ihn zu fangen.

Seine Hände wurden feucht, und er wischte sie an seiner kurzen Hose ab. Niemand schenkte ihm auch nur die mindeste Beachtung. Doch das war er gewohnt. Sie würden noch früh genug bedauern, dass er während all der Monate keinem Menschen jemals aufgefallen war.

Sobald ihm jedoch dieser Gedanke kam, wogte ein gewisses Unbehagen in ihm auf. Hier ging es nicht um ihn. Es ging ausschließlich darum, sich vor dem Fluch zu schützen.

Plötzlich wurde ihm ein wenig schwindelig, und er setzte sich auf seinen Ball und nestelte, angeblich, um sich die Schuhe zuzubinden, an seinen Schnürsenkeln herum.

Wie ein greller Blitz zuckte unvermittelt eine Frage durch die Schwärze seines Hirns: Was zum Teufel machte er hier überhaupt?

Dieser Augenblick der Klarheit erschütterte ihn bis ins Mark und rief ein Gefühl der Schwäche in ihm wach. Sein Kopf sackte auf seine Knie, und er suchte die Kraft, um fortführen zu können, was in göttlichem Auftrag von ihm begonnen worden war.

Er war kein Mexikaner, hatte aber trotzdem den Großteil seiner Kindheit in Mexiko verbracht. Sein Vater, ein

Amerikaner, hatte es als Manager für diverse Erdölfirmen ziemlich weit gebracht. Sie hatten ein prächtiges Haus gehabt, ein Mädchen, einen Gärtner, eine Köchin – alle aus dem Dorf. Die Familie hatte stets einen gewissen Abstand zu den Einheimischen gehalten – alle außer ihm, der umgangssprachliches Spanisch besser gesprochen hatte als Englisch, der umgeben von der mexikanischen Kultur und dem Glauben der dort lebenden Menschen aufgewachsen und dadurch zu einem natürlichen Teil seiner Umgebung geworden war.

Es war eine schöne Zeit für ihn gewesen. Er hatte viele Freunde gehabt, von deren Müttern er wie ein Mitglied der Familie behandelt worden war. Unter den Augen aufmerksamer Nachbarn war er frei durch die Dorfstraßen gegangen, geschützter und behüteter, als er damals auch nur hatte ahnen können.

Bis zur Entdeckung von Pocals Grab, als er zwölf gewesen war.

Danach hatten geflüsterte Gespräche zwischen den Eltern seiner Freunde, die er und die anderen Jungen nicht hatten mit anhören sollen, ihrer aller Glück getrübt.

Natürlich hatten die Kinder die Gespräche trotz der Vorsicht der Erwachsenen belauscht und miteinander fortgeführt. Der Fluch. Die Erwachsenen hatten Angst gehabt und sich gefragt, welches Leid die amerikanischen Berater und Archäologen wohl befiele, von denen das Grab entweiht worden war. Die Gespräche hatten sich um Krankheiten gedreht und sogar um Seuchen, und die Erwachsenen hatten Angst gehabt, dass eine Seuche, obgleich sie an der Schändung des Grabes nicht direkt beteiligt gewesen waren, womöglich auch vor ihnen nicht Halt machen würde. Noch größer jedoch war ihre Angst gewesen, dass ihre Kinder leiden würden, denn der Legende nach wurden die Menschen von dem Fluch bis in die zweite Generation verfolgt.

Dieselben Menschen hatten christliche Feste gefeiert und Sonntags christliche Kirchen aufgesucht, ohne dass ihnen dadurch der ihnen innewohnende uralte Maja-Glaube abhanden gekommen wäre. Viele von ihnen hatten den christlichen Gott als einen von vielen angesehen.

Die Köpfe der Jungen, auch der des Beobachters, hatten sich mit diesen Geschichten angefüllt. In seinem tiefsten Inneren war er ebenso ein Maja gewesen wie alle seine Freunde. Und selbst die hellsten Tage jenes Sommers waren verdunkelt worden von der Furcht, die er wie alle anderen empfand.

Dann war die Explosion erfolgt. Der Beobachter hatte in der luxuriösen Wanne mit fließend warmem Wasser – in den Augen der Einheimischen ein regelrechtes Wunder – gelegen und glücklichen Träumen nachgehangen. Die Wanne war ein riesiges, eisernes Ungetüm auf Klauenfüßen gewesen, wie man sie für gewöhnlich nur noch in irgendwelchen alten Fernsehfilmen sah.

Er hatte das dumpfe Grollen gehört und als das Wasser beinahe über den Rand der Wanne auf den asphaltierten Boden geschwappt war, erkannt, dass es ein Erdbeben war. Seine Mutter hatte geschrien. Dann war ein noch lauteres Grollen an seine Ohren gedrungen, hatte die Welt aus den Angeln gehoben und das Letzte, woran er sich erinnern konnte, war das Gefühl zu fliegen.

Irgendwann hatten man ihn, halb verdurstet und halb wahnsinnig vor Angst, unter der umgekippten Zinkwanne entdeckt. Sein Haus war verschwunden gewesen, seine Eltern tot, und ein Feuer hatte das gesamte Dorf dem Erdboden gleichgemacht. Er hätte es nicht sehen sollen, als sie ihn nach draußen trugen, doch er hatte es gesehen. Er hatte die grotesk verzerrten und verkohlten Leiber der Menschen gesehen, die seine Freunde und Beschützer gewesen waren.

Niemals hatte er den Anblick vergessen. Selbst nachdem er zu einer Tante und einem Onkel in die Staaten verfrachtet worden war, hatte er gespürt, dass der Fluch wie ein großer schwarzer Schatten dicht über ihm schwebte, weil auch er als Opfer auserkoren war.

Dann hatte er erfahren, dass Annas Vater an der Entdeckung von Pocals Grab beteiligt gewesen war. Diese Erkenntnis war ihm wie eine Antwort des Jaguargotts auf seine innigen Gebete vorgekommen. Sofort war ihm klar gewesen, was zu tun war. Um den Jaguargott nach all den Jahren endlich zu versöhnen, bedurfte es eines Opfers. Was war da besser als ihr Herz?

»Alles in Ordnung, Kumpel?«

Überrascht hob er den Kopf und merkte, dass einer der Polizisten, die Annas Haus bewachten, auf ihn hinunterspähte.

Fast wäre er in Panik geraten. Dann jedoch fiel ihm, wie eine Segnung, die Antwort auf die Frage ein.

»Ich glaube, ich habe etwas zu viel Flüssigkeit verloren. War ein ziemlich hartes Spiel.«

Der Beamte nickte. »Soll ich einen Krankenwagen rufen?«

»Ich glaube, ich schaffe es noch heim.« Der Beobachter zuckte lässig mit den Schultern. »Ich habe lediglich vergessen, was zu trinken mitzunehmen.«

»Warten Sie einen Moment. Ich habe noch Wasser im Wagen.«

Wieder wogte herrliche Erregung im Beobachter auf. Dies war ein Zeichen, dachte er. Ein positives Zeichen. Er war auf dem richtigen Weg. Und er war unbesiegbar.

Der Cop reichte ihm eine Literflasche angenehm gekühlten Wassers. »Trinken Sie das, bevor Sie versuchen, nach Hause zu gehen«, erklärte er gutmütig.

»Danke, das ist wirklich nett.«

»Kein Problem, Kumpel.«

Und so kam es, dass der Beobachter deutlich sichtbar auf dem Gehweg hockte und einen freien Blick auf Annas Haustür hatte, als Tebbins in seinem Wagen vorfuhr.

Er nippte an dem Wasser und verfolgte, wie Tebbins auf die Polizisten zutrat und sich kurz mit ihnen unterhielt. Der Beobachter wusste, sie sprachen über ihn, denn sowohl der Kriminalbeamte als auch der Uniformierte wandten sich ihm zu. Tebbins jedoch schien die Erklärung für seine Anwesenheit zu akzeptieren, denn er ging zurück über die Straße und betrat Annas Haus.

Als Anna an die Tür kam, sah der Beobachter zu Boden. Er wollte vermeiden, dass sie ihn entdeckte und erkannte. Auch wenn die Wahrscheinlichkeit, dass sie sich an ihn erinnerte, nicht besonders groß war. Er war halt einer dieser Menschen, die man sofort wieder vergaß. Früher hatte ihn das sehr gestört, nun jedoch war es ein großer Vorteil. Außerhalb der gewohnten Umgebung hätte sie wahrscheinlich nicht mal gewusst, dass sie ihm überhaupt schon an einem anderen Ort begegnet war.

Die Wasserflasche war geleert, und er hatte keinen Grund mehr, noch länger zu verweilen. Also stand er auf, schnappte sich seinen Ball und ging langsam weiter. Dieses Mal dribbelte er nicht und tat auch nicht, als übe er irgendwelche coolen Sprünge. Als er an den Cops vorbeikam, nickte er dem Typen, der ihm die Flasche gegeben hatte, noch einmal freundlich zu. »Nochmals vielen Dank.«

Der Beamte winkte und sprach weiter mit seinem Kollegen.

Unsichtbar. Er war unsichtbar. Heiße Freude wogte zusammen mit einem Gefühl der Macht in seinem Innern auf.

Zu schade, dass er Anna würde töten müssen. Er empfand Sympathie, ja sogar Bewunderung für sie. Doch das war Teil des Preises, der für seine Erlösung zu bezahlen war.

Er bog um die Ecke, entschwand dem Blick der Polizisten und plötzlich kam ihm der Gedanke, dass er sich nicht genug vor Tebbins und dem Typen aus St. Pete in Acht nahm. Bisher hatte er angenommen, Anna wäre eine ihrer Hauptverdächtigen, aber vielleicht hatte er sich mit dieser Annahme geirrt. Denn wenn sie verdächtig war, weshalb hatte dann Garcia am Vorabend bei ihr gegessen – und weshalb wurde sie an einem Freitagabend von Tebbins zu Hause besucht?

Ein Hauch von Angst nagte an ihm. Es war wohl klüger, wenn er die beiden Kriminalbeamten ebenfalls vorsorglich aus dem Verkehr zog.

15

Regelmäßig wenn Tebbins den beiden Lundgren-Schwestern gegenübertrat, verspürte er ein Gefühl der Desorientierung. Sie sahen einander derart ähnlich, dass ihm auf den ersten Blick die Identifizierung nicht gelang. Nach ein paar Minuten konnte er sie aufgrund ihrer Stimmen und ihrer Mimik halbwegs auseinander halten. Er hatte schon vorher eineiige Zwillinge getroffen, doch hatte es an ihnen immer irgendein kleines Kennzeichen gegeben – ein Muttermal zum Beispiel – das half, sie zu unterscheiden.

Weder Anna noch Nancy hatte ein derartiges Merkmal. Am ersten Tag war es noch leicht gewesen, denn da hatten sie sich durch die Wahl ihrer Garderobe deutlich unterschieden. Heute jedoch saßen sie in identischen khakigrünen Shorts und passenden königsblauen Tops nebeneinander auf dem Sofa und sahen aus wie doppelte Abzüge ein und derselben Fotografie.

Bis er merkte, dass Annas Miene zornig, die ihrer Schwester jedoch eher gierig wie die einer Wölfin war, die ein saftiges Stück Fleisch beäugte. Doch beide Gesichtsausdrücke riefen ein gewisses Unbehagen in ihm wach.

»Ziehen Sie beide immer die gleichen Kleider an?«

»Nur diese Woche«, antwortete Nancy. »Ich versuche, es für den Killer schwieriger zu machen, meine Schwester zu identifizieren – was nicht erforderlich wäre, wenn Sie Ihre Arbeit tun würden.«

»Ich tue meine Arbeit.«

»Nein, das tun Sie nicht«, erwiderte Anna in entschiedenem Ton. »Für Sie steht bereits klar, dass entweder ich selbst, Nancy oder aber wir beide zusammen für die Taten verantwortlich sind. Sie ziehen überhaupt nicht in Erwägung, dass eventuell jemand anderes hinter allem steckt.«

Er zupfte an seinem Schnurrbart und funkelte sie böse an. »Wollen Sie behaupten, dass Sie Gedanken lesen können?«

»In Ihrem Fall ist das nicht weiter schwierig. Sie haben die Ermittlungen im Museum bereits eingestellt und sehen sich nicht mal das Sicherheitssystem genauer an. Es ist also offensichtlich, dass Sie denken, Sie wüssten bereits, wer die Taten begangen hat, und brauchten nur zu warten, bis Sie mich irgendwie auf frischer Tat ertappen oder ich freiwillig komme, um alles zu gestehen. Aber Sie irren sich, Tebbins. Ich bin es nicht gewesen. Weshalb zum Teufel gehen Sie nicht wenigstens der Frage nach dem genauen Tathergang weiter nach?«

»Das tun wir ja.«

»Ja, richtig.« Sie lehnte sich zurück und musterte ihn missbilligend. »Warum erzählen Sie mir nicht, wie genau Sie das anstellen?«

»Das kann ich nicht. Dadurch würden die laufenden Ermittlungen gefährdet.«

»Na klar.« Sie presste die Lippen aufeinander. »Lassen Sie mich raten. Sie überprüfen sämtliche Leute, die mit dem Museum etwas zu tun haben. Was Ihnen bestimmt so interessante Dinge beschert wie zum Beispiel, wer als Schüler mal ohne Führerschein Auto gefahren oder wer mal wegen Ladendiebstahls angezeigt worden ist. Außer natürlich, derjenige stolpert Ihnen über den Weg, der schon einmal wegen eines Raubes in einem Museum vor Gericht gestanden hat.«

»Das ist die normale Routine.«

»Richtig. Das ist die Routine. Ich bin vor allem der nicht

routinemäßigen Ermittlungen wegen in Sorge, die Sie unterlassen.«

»Darüber kann ich nicht mit Ihnen sprechen. Außer natürlich, dass wir Nancy die Gelegenheit geben werden, nach der möglichen Hintertür zu suchen, von der sie Garcia erzählt hat.«

»Super«, meinte Nancy. »Wann?«

»Sonntag. Die Überwachungsfirma braucht so lange für die Vorbereitungen.«

Nancy runzelte die Stirn. »Und eventuell dafür, mögliche Beweise verschwinden zu lassen.«

»Vertrauen Sie mir«, sagte Tebbins. »Wir sorgen dafür, dass sie keinen Zugang zum System bekommen.«

»Außer über das Telefon.« Nancy schlug mit der flachen Hand auf die Lehne des Sofas. »Brillant, Watson.«

Tebbins seufzte. »Wissen Sie, das hat Sherlock Holmes niemals gesagt.«

»Ach, wirklich?« Nancy rollte mit den Augen.

Tebbins wickelte ein Ende seines Schnurrbarts um einen seiner Finger. »In einem Fall wie diesem gibt es sehr viel zu tun. Wir können nicht alles gleichzeitig machen. Und genauso wenig können wir es uns leisten, die Dinge zu überstürzen und dadurch zu riskieren, dass uns womöglich wichtige Informationen durch die Lappen gehen. Ich bitte die Damen also um etwas Geduld.«

»Haben Sie wenigstens die Überwachungsdisketten von der Nacht des Raubes geprüft?«, wollte Anna wissen.

»Natürlich. Und wir haben nichts Ungewöhnliches entdeckt. Unglücklicherweise gibt es ein paar Lücken.«

»Lücken?« Anna beugte sich gespannt nach vorn.

»Wie Sie sicher wissen, sind in den Büros, den Toiletten, dem Pausenraum und den Korridoren des Verwaltungstraktes keine Kameras installiert.«

»Wie dämlich«, murmelte Nancy.

»Nein«, widersprach ihr ihre Schwester. »Als wir das System installiert bekamen, wurde uns genau erklärt, weshalb an diesen Orten auf Kameras verzichtet worden ist. Die Menschen weigern sich an Orten, an denen sie sich ständig überwacht fühlen, zu arbeiten oder auch nur zu essen. Also ...«

»... haben wir ein Problem«, vollendete Nancy seufzend.

»Genau«, meinte Tebbins. »Und zwar das Problem, dass der Wachmann ein paarmal während seiner Schicht verschwindet. Außerdem zeigen die Überwachungskameras in den Ausstellungsräumen, dass während der gesamten Nacht niemand dort hineingegangen ist.«

Anna hob eine Hand. »Dann wurden die Kassetten eindeutig manipuliert.«

»Offensichtlich«, antwortete Tebbins trocken. »Auch wenn das angeblich völlig unmöglich ist. Wir haben nach wie vor keine Ahnung, wie der Täter das geschafft hat. Vielleicht kann uns ja Nancy bei der Aufklärung helfen.«

Nancy wandte sich an Anna. »Es gefällt mir nicht, in welchem Ton der Kerl das sagt.«

»Mir ebenso wenig.«

Tebbins zuckte mit den Schultern. »Zurzeit steht für uns halt jeder unter Verdacht.«

»Aber vor allem ich«, erklärte Anna. »Und gleichzeitig soll ich mich sicher fühlen, weil zwei Streifenwagen vor meiner Haustür stehen. Nur, dass sich herausgestellt hat, dass das letzte Nacht keine Sicherheit bedeutet hat.«

»Sie sind absolut sicher. Nicht mal Sie könnten die Polizisten dazu überreden, eine Tasse Kaffee anzunehmen.«

Anna sprang erbost auf ihre Füße. »Sehen Sie, genau das will ich damit sagen! Dieser Irre könnte einfach angeschlendert kommen und die beiden erschießen. Aber *ich* bin sicher, weil ich Ihnen keinen Kaffee anbieten kann. Als wäre ich tatsächlich so dämlich gewesen und hätte dem Polizisten letzte Nacht das Schlafmittel verpasst!«

Tebbins zuckte mit den Schultern und verbarg sein leichtes Lächeln hinter dem Zwirbeln seines Schnurrbarts. Himmel, dachte Anna, er nutzt diese Requisite wirklich bis zum Letzten. Fast eine ganze Minute starrten sie einander reglos an, bevor er endlich fragte: »Was soll ich Ihrer Meinung nach denn tun?«

»Ich denke, das ist offensichtlich«, erklärte Anna und spürte, dass sie vor lauter Ärger einen roten Kopf bekam. Dann zählte sie die Charakteristika des Täters an ihren Fingern ab. »Es muss jemand gewesen sein, der mit der Ausstellung und dem Sicherheitssystem vertraut ist. Jemand, der sich jederzeit frei im Museum bewegen kann, ohne dass es auffällt. Jemand, von dem jeder denkt, dass er ihn kennt und dass er ihm vertrauen kann.«

»Damit haben Sie sich selbst ziemlich genau beschrieben«, erklärte Tebbins milde.

»Gehört intellektuelle Kurzsichtigkeit zur Standardausbildung der Polizei?«, fiel ihm Nancy roh ins Wort, »oder haben Sie dafür ein natürliches Talent?«

Tebbins schnaubte. Er schnaubte wirklich, überlegte Anna und dachte an den Labrador ihrer Tante. Tebbins schnaubte genauso wie der Hund, wenn er unter dem Tisch hervor- oder vom Sofa heruntergescheucht worden war. Ein leises Schnauben als höflicher Ausdruck seines Missfallens, als wollte er sagen: »Es ist unter meiner Würde, darauf weiter einzugehen.«

Was Tebbins' Gedanken ziemlich nahe kam.

Es gab viele Beleidigungen, die er würdevoll ertrug. Er war nie attraktiv und schon von klein auf ein leichter Außenseiter gewesen, das wusste er genau. Also hatte er den Rückzug in die Welt der Kriminalromane angetreten, die er so lange gelesen hatte, bis er an den Punkt gekommen war, an dem er den Killer hatte enttarnen können, lange bevor der Held auch nur auf der richtigen Spur gewesen war. Er war Polizist geworden, weil es der einzige Beruf war, in dem er die Fähigkeiten nutzen konnte, die er entwickelt hatte, während er als Kind und dann als Jugendlicher mit seinen Büchern allein gewesen war. Die jahrelange Erfahrung, die er häufig in Zusammenarbeit mit genau den tollen Hechten, denen er in seiner Jugend absichtlich aus dem Weg gegangen war, hatte sammeln können, hatte diese Talente tatsächlich noch verstärkt.

Er hatte ihre derben Späße, ihre Unfähigkeit, ihn zu verstehen sowie ihr ungehobeltes Benehmen einzig aus dem Grund ertragen, dass im Rahmen seiner Arbeit eine seiner größten Stärken vorteilhaft zur Geltung kam: seine intellektuelle *Weit*sicht. Er konnte einen Fall von allen Seiten betrachten und die möglichen Motive, die Mittel und die Gelegenheit zur Tatbegehung bildlich vor sich auferstehen sehen.

Doch das, wurde ihm mit erschreckender Klarheit deutlich, war in diesem Fall noch nicht geschehen. Nancys boshafte Bemerkung traf ihn nicht nur deshalb, weil sie alles in Frage stellte, was er von sich selber glaubte, sondern weil sie stimmte. Ihm fehlten die Orientierungspunkte, die beinahe mit Händen greifbar waren, und die ihn normalerweise führten – das, was andere als Intuition bezeichneten, er selbst jedoch als Zeichen von Genialität –, und so hatte er bisher den Weg des geringsten Widerstands gewählt.

Angesichts von dieser Schwäche entfuhr ihm ein erneutes Schnauben, und er fragte mit einem, wie er hoffte, versöhnlichen Lächeln: »Wollen wir nicht auf die gegenseitigen Kränkungen verzichten und uns weiter auf die Sache konzentrieren?«

»Meinetwegen.« Anna zuckte die Schultern. »Ich frage mich nur, ob Sie es schaffen, meine Schwester und mich nicht länger dadurch zu beleidigen, dass Sie uns als die Hauptverdächtigen in einem Fall betrachten, in dem es nicht nur um den Diebstahl des Kernstücks einer Ausstellung geht, für die ich achtzehn Monate geschuftet habe, sondern obendrein um die Ermordung eines intelligenten jungen Mannes, der mir sehr sympathisch war.«

Er spreizte die Hände. »Nehmen Sie es nicht persönlich, Ms. Lundgren. Ich mache nur meine Arbeit.«

Nancy lachte zornig auf. »Nehmen Sie es nicht persönlich! Das ist echt gut. Das ist genau das, was in den Filmen die Auftragskiller sagen, wenn sie jemanden erschießen. ›Nehmen Sie es nicht persönlich, Mr. Rigatoni. Es geht nur ums Geschäft.‹« Sie blitzte ihn giftig an. »Tebbins, Sie werden's kaum glauben, aber wir nehmen es merkwürdigerweise persönlich.«

Er nickte ungerührt. »Das kann ich verstehen. Mir an Ihrer Stelle würde es nicht anders gehen. Also … ich frage Sie noch einmal: Was soll ich Ihrer Meinung nach tun?«

»Es kann nicht allzu viele Leute im Museum geben, die die erforderlichen Beziehungen haben, um einen solchen Coup erfolgreich durchzuziehen«, begann Nancy. »Ich bin jedoch sicher, dass es nicht nur meiner Schwester gelungen wäre, diesen Diebstahl zu begehen.«

Anna nickte. »Das ist richtig. Zu irgendeinem Zeitpunkt hatte jeder von uns etwas mit der Ausstellung zu tun. Aber sich so gut damit auszukennen, dass man kommen und gehen konnte, ohne auch nur die kleinste Spur zu hinterlassen – das weist auf jemanden hin, der entweder mit dem Sicherheitssystem zu tun hat oder zumindest in der Nähe war, als es eingerichtet wurde. Dadurch wird das Feld der Verdächtigen doch sicher begrenzt.«

Tebbins nickte erneut und beschäftigte sich ein paar Sekunden mit seinem Schnurrbart. »Können Sie mir ein Verzeichnis der Leute erstellen, die während der Installation des Sicherheitssystems im Museum beschäftigt gewesen sind?«

»Klar«, meinte Anna. »Aber natürlich werde auch ich auf dieser Liste erscheinen.«

»Natürlich«, sagte er. »Natürlich.«

Anna zuckte mit den Achseln. »Solange ich nicht die Einzige auf dieser Liste bin – Ivar können Sie von vornherein von dieser Liste streichen. Der Mann kann nicht mal ein Stromkabel von einem Spagetti unterscheiden. Aber Sie dürfen Dinah und die anderen Leute aus der Überwachungsfirma nicht vergessen. Sie wären am ehesten in der Lage, ihr eigenes System zu hintergehen.«

Er hob einen Finger. »Sehen Sie? Sie unterschätzen mich. Wir nehmen die Firma bereits genau unter die Lupe. Nur, was wäre ihr Motiv?«

Nancy beugte sich ungeduldig nach vorne. »Wo liegt denn da das Problem? Schließlich ist der Dolch sehr wertvoll.«

»Ja.« Lächelnd schlug Tebbins seine Beine übereinander. »Aber wissen Sie, in diesem Fall bedeutet Geld als Motiv für die Tat ein großes Fragezeichen.«

»Wieso?« Nancy wedelte mit den Händen durch die Luft. »Eine viertel Million ist und bleibt eine viertel Million.«

Anna schüttelte den Kopf. »Nein, Nance, er hat Recht. Der Dolch ist einmalig und deshalb allzu leicht zu identifizieren. Wenn es dem Dieb um Geld gegangen wäre, hätte er besser die goldenen Artefakte gestohlen. Die könnte er zumindest schmelzen.«

»Genau«, sagte Tebbins strahlend, als hätte er es bei ihr mit einer besonders begabten Schülerin zu tun. »Nur sehr wenige Diebe hätten die Beziehungen, um einen solchen Gegenstand gewinnbringend zu verkaufen. Wir suchen also jemanden, der den Dolch entweder selber haben will, oder der im Auftrag eines Sammlers in die Ausstellung eingebrochen ist – oder dem es um etwas anderes geht als Geld.«

Anna stöhnte. »Weshalb nur habe ich das ungute Gefühl, dass ich zumindest in eine dieser Kategorien passe?«

»Eigentlich«, wertete Tebbins sie auf, »passen Sie sogar in jede dieser Kategorien. Sie könnten das Ding besitzen wollen«, er blickte zu den Kopien in ihren Regalen. »Wir haben ja lediglich Ihr Wort, dass es sich bei den Gegenständen in Ihren Regalen um Nachahmungen handelt.«

»Himmel«, ächzte Anna. »Wissen Sie, Sie können die Dinger zu einem auf mittelamerikanische Artefakte spezialisierten Antiquitätenhändler bringen, damit er Ihnen bestätigt, dass es Kopien sind. Bitte. Packen Sie die Sachen ein und nehmen Sie sie mit.«

»Vielleicht tue ich das wirklich. Weiter haben Sie aufgrund Ihrer Arbeit jede Menge Kontakte zu wohlhabenden Sammlern.«

»Nicht, dass ich wüsste.«

Er zwirbelte an seinem Schnurrbart. »Auch da habe ich einzig Ihr Wort. Und schließlich, meine liebe Ms. Lundgren, haben Sie großes persönliches Interesse an dem Dolch.«

Anna schaute ihre Schwester unglücklich an. »Ich glaube, ich würde mich auch verhaften.«

»Ich nicht«, widersprach Nancy. »Das Ganze ist total absurd. Weshalb in aller Welt hättest du dem Kuratorium von deiner persönlichen Beziehung zu dem Dolch erzählen sollen, wenn du die Absicht gehabt hättest, ihn zu stehlen? So beschränkt bist du einfach nicht. Du hättest unseren Vater nie auch nur mit einem Wort anderen gegenüber erwähnt. Und vor allem hättest du nicht so vielen Leuten davon erzählt, dass er am Ende sogar in allen Zeitungen stand.«

Tebbins beugte sich nach vorn. »Sie haben dem Kuratorium von Ihrem Vater erzählt? Warum?«

»Weil ich versucht habe, sie davon abzuhalten, den Fluch für Werbezwecke einzusetzen. Zunächst einmal hielt ich es für nicht besonders seriös. Vor allem aber …«, eine leichte Röte stieg ihr in die Wangen, »wollte ich vermeiden, dass noch einmal so viel Staub wie damals durch diese Geschichte aufgewirbelt wird.«

»Hmm.« Er strich sich nachdenklich über den Schnurrbart.

»Ich schätze, das war dumm«, erklärte Anna traurig. »Denn eindeutig hat jemand nach meiner Rede die Presse informiert.«

»Jemand, der dir ganz eindeutig nicht wohlgesonnen ist«, vollendete Nancy düster. »Was ist also mit diesem Menschen?«, wandte sie sich an Tebbins. »Eventuell wollte der Dieb Anna ja ruinieren.«

»Auch dieser Spur gehen wir nach«, antwortete Tebbins, griff in die Brusttasche seiner Jacke und zog einen schmalen Block daraus hervor. »Es gibt da einen Menschen namens … ah, hier steht er – Peter Dashay. Soweit mir bekannt ist, hat er am Tag nach dem Diebstahl in der Eingangshalle des Museums eine Riesenszene veranstaltet.«

»Peter?« Fast hätte Anna laut gelacht. »Die Vorstellung, dass er mitten in der Nacht auf Raubzug durch ein Museum schleichen könnte … Himmel, das ist einfach absurd.«

»Warum?«, fragte Tebbins. »Er schien ziemlich wütend auf Sie zu sein.«

Sie zuckte mit den Schultern. »Er war in seinem männlichen Stolz verletzt.«

»Es gibt Männer, bei denen würde das bereits als Motiv genügen.«

Anna schüttelte den Kopf. »Ich glaube, auf ihn trifft das nicht zu. Er ist ziemlich kleinlich und manchmal auch tyrannisch, aber davon abgesehen ist er völlig zahm.«

»Gerade die Zahmen muss man unentwegt im Auge haben«, belehrte Nancy sie, »gerade bei denen brennen manchmal die Sicherungen durch.«

Tebbins enthielt sich eines Kommentars. Er machte sich lediglich eine Notiz auf seinem Block. »Gibt es sonst noch jemanden, der eine Rechnung mit Ihnen zu begleichen haben könnte?«

»Oh, wahrscheinlich«, meinte Anna. »Aber ich wüsste niemand Bestimmten. Niemand hat mir seine Abneigung deutlich gezeigt.«

»Tja, dann.« Er steckte den Notizblock wieder ein. »Besorgen Sie mir die Liste der Leute, die während der Installation der Sicherheitsanlage im Museum waren. Der Leute, die eventuell öfter oder länger als gewöhnlich dort herumgehangen und eine Menge Fragen gestellt haben. Außerdem bereiten wir uns darauf vor, sämtliche Angestellten noch einmal zu vernehmen.«

»Warum?«, wollte Nancy wissen.

»Weil sich der Schock über den Diebstahl und den Todesfall inzwischen gelegt hat. Weil sie inzwischen Zeit hatten, um über die Sache nachzudenken und weil einigen von ihnen irgendwelche Kleinigkeiten eingefallen sein könnten, die merkwürdig gewesen – und für uns wichtig sind.«

»Er ist gar nicht so blöd«, lobte Nancy, nachdem Tebbins gegangen war.

»Nein«, pflichtete ihr Anna bei. »Aber er zieht die Schlinge, die um meinen Hals liegt, zunehmend fester.«

Sonntagmorgen brachte Gil Garcia seine Tochter zurück zu ihrer Mutter. Die erzwungene Trennung von dem Mädchen fand er immer wieder von Neuem schrecklich. Es war, als schnitte jemand einen Teil seines Herzens aus seiner Brust. Nach fünf Jahren sollte er daran gewöhnt sein, doch das war nicht der Fall.

Steif, ja beinahe widerstrebend, ließ sie sich von ihm umarmen. Sie war bestimmt noch wütend wegen Jamie, doch Gil war nicht bereit, einen Rückzieher zu machen, und ein anderer Weg, um die Wogen zu glätten, fiel ihm nicht ein.

Nachdem Trina im Haus verschwunden war, bedachte Rina, seine Ex-Frau, ihn mit einem missbilligenden Blick. »Toll«, sagte sie, »sieht aus, als hättest du in dieser Woche wieder mal dein Talent als Vater unter strahlenden Beweis gestellt.«

Zorn wogte in ihm auf. In Rinas Augen machte er nie irgendetwas richtig. »Allerdings«, erwiderte er tonlos. »Ich habe ihr erklärt, dass ich nicht will, dass sie diesen Jamie noch mal sieht.«

»Super«, erklärte sie sarkastisch. »Dann haben wir bald also unsere private Version von Romeo und Julia.«

Er schüttelte den Kopf und merkte, dass der alte ohnmächtige Ärger über Rina in ihm hochkletterte. »Ich möchte mit dir darüber reden.«

Sie rollte mit den Augen, als ringe sie mühsam um Geduld. »Weißt du, Gil, du musst endlich aufhören, die Welt mit den Augen des Polizisten zu sehen. Deine Tochter ist fünfzehn, und sie wird mit Jungen ausgehen, ob du es möchtest oder nicht.«

»Das ist mir bewusst. Aber ich wäre ein verantwortungsloser Vater, wenn ich nicht dazwischen funken würde, wenn der Freund meiner Tochter sich weigert, sie auf ihren Wunsch hin nach Hause zu fahren, vor lauter Wut mit Sand nach ihr tritt und ihr sogar damit droht, ihr eine zu kleben. Das Ganze ging so weit, dass sie sich von jemand anderen hat nach Hause fahren lassen müssen.«

Während ein paar Sekunden wurde die Ungeduld in Rinas Augen durch etwas anderes verdrängt. Schuldgefühle? Nahm er tatsächlich Schuldgefühle wahr? Wurde sie von ihrem Freund womöglich ähnlich behandelt? Oder waren ihr bereits weitere Vorfälle zwischen Jamie und ihrem Kind bekannt? »So etwas hat er doch nicht schon vorher gemacht, oder?«, insistierte er deshalb.

»Nein. Nein. Hör zu, ich werde mit ihr reden, okay?«

»Reden wird nicht reichen. Sie weigert sich, über vernünftige Argumente auch nur nachzudenken. Sie entschuldigt sein Verhalten damit, dass er halt sauer auf sie war. Aber die beiden sind keine kleinen Kinder, die beim Spielen im Sandkasten aneinander geraten sind, Rina.«

»Ich weiß«, erwiderte seine Ex-Frau, machte ohne ein Wort des Abschieds kehrt und marschierte ins Haus.

Gil setzte sich in seinen Wagen und hätte am liebsten seine Faust in das Armaturenbrett gerammt. Es war einfach unmöglich, ein Kind aus der Ferne zu erziehen.

Während des gesamten Rückwegs machte er sich Sorgen um seine Tochter. Doch als er im Museum eintraf, musste er diesen Gedanken vorläufig verdrängen. Was ihm, als er Anna in der Eingangshalle entdeckte, überraschend leicht fiel.

In ihrem grünen Hosenanzug sah sie fantastisch aus. Wieder fühlte er sich unwiderstehlich zu ihr hingezogen, hatte das Bedürfnis, die Schultern zu straffen und die Brust zu recken. Himmel! Er zwang sich, nicht allzu breit zu lächeln.

Nancy stand neben ihr. Sie trug eine kurze Hose und ein graues T-Shirt zusammen mit einem Stetson und wadenhohen Stiefeln. Typisch für jemanden aus Texas. Oder eventuell einfach typisch Nancy, dachte er, begrüßte beide Frauen und fragte: »Wo sind all die anderen?«

»Keine Ahnung«, antwortete Anna. »Aber es ist auch erst kurz nach zehn.«

»Viertel nach, um genau zu sein«, verbesserte Nancy. »Anscheinend nehmen sie es mit der Pünktlichkeit nicht so genau.«

»Wir warten auf Tebbins und die Leute von der Überwachungsfirma, richtig?«

Beide Frauen nickten.

»Wann wird die Ausstellung heute geöffnet?«

»Um zwölf«, erklärte Anna.

»Dann ist momentan niemand hier?«

»Nur der Wachmann«, informierte Anna ihn und nickte in Richtung des Häuschens neben dem Eintrittskartenschalter.

»Aber die Eingangstüren sind geöffnet.«

»Ich schätze, er denkt, da wir auf die Polizei und die Leute des Sicherheitsunternehmens warten, wären wir okay.«

Gil war alles andere als froh über diese Antwort. Er hätte gedacht, es gehöre zur Routine, jeden, der außerhalb der Öffnungszeiten ins Museum kam, zu überprüfen. »Würden Sie mich eine Sekunde entschuldigen?«, fragte er die beiden Frauen.

»Klar, auch zwei.«

Er spürte, dass Anna ihm hinterhersah, als er in Richtung des verglasten Häuschens ging und sich mit seiner Marke auswies.

Der Wachmann bat ihn zu sich herein. Dann hatte man also freien Zugang zu dem Raum. Nachdenklich klopfte er beim Eintreten gegen das Fenster und merkte, es war aus kugelsicherem Glas. Kugelsichere Scheiben, doch die Tür stand offen. Wirklich super.

Drinnen bedachte er den Wachmann, der auf einem grauen Schreibtischstuhl vor einer Doppelreihe großer, jeweils in vier Bilder unterteilter Monitore saß, mit einem breiten Lächeln. Der Mann hatte die graue Uniform einer bekannten Wach- und Schließgesellschaft an und trug an seinem Gürtel neben einem großen Schlüsselring eine gesicherte Pistole. Er war mittleren Alters, mit schütterem Haar und einem leichten Bauch.

»Officer, was kann ich für Sie tun?«, fragte er, und Gil las von dem Schild auf seiner Brust den Namen J. Wiggins ab.

»Ich habe mich bloß gefragt, was Sie den ganzen Tag hier drinnen machen. Und wie Sie es schaffen, wach zu bleiben.«

»Nehmen Sie sich doch einen Hocker.«

Gil nahm gehorsam Platz und sah sich die Monitore an. »Ist es nicht manchmal furchtbar ermüdend, ständig auf all diese Bildschirme zu starren?«

»Nee. Während der Öffnungszeiten ist natürlich deutlich mehr los als jetzt. Eigentlich muss man aber nur darauf achten, dass nichts Ungewöhnliches passiert. Man guckt also nicht wirklich auf die Monitore, wenn Sie wissen, was ich meine. Man sitzt nur da und lässt alles an sich vorbeirauschen, bis einem etwas auffällt.«

»Und wie oft kommt das vor?«

»Oh, jetzt, mit der Maja-Ausstellung, täglich ein paar Dutzend Male. Meistens hampeln irgendwelche Kinder vor den Bildschirmen herum. Manchmal sind es Pärchen, die miteinander streiten.« Er schüttelte den Kopf und grinste. »Manchmal wünschte ich, wir hätten auch Lautsprecher in den Ausstellungsräumen installiert.«

»Das kann ich verstehen.«

»Erinnert mich an die Serie *Honeymooners*, falls Sie die noch kennen.« Der Wachmann drehte sich etwas mit seinem Stuhl und beschrieb, was auf den diversen Bildschirmen zu sehen war. »Das hier ist die Ausstellung in der oberen Etage, die mit den Sachen, die von der versunkenen Galeone geborgen worden sind. Dort ist momentan kaum was los, weil sie sie gerade verändern. Meistens ist nur an Wochentagen oder samstags jemand dort, und auch dann nur vor allem Leute, die ich kenne, Angestellte und freiwillige Helfer.«

Gil nickte.

»Das hier ist das Foyer, und das hier sind die Ticket-Schalter. Da drüben sind sämtliche Eingangstüren, und hier sehen Sie das Lager. Dort ist es oft recht hektisch. Und das da sind die Räume, in denen sich die Pocal-Ausstellung befindet. Dort ist immer jede Menge los.«

Gil nickte erneut. »Was, wenn Sie sich eine Stelle genauer ansehen wollen?«

»Oh, das ist ganz einfach.« Er klickte mit der Maus auf eins der Bilder und sofort erstreckte es sich über den gesamten Bildschirm. »Und – sehen Sie hier? Mit diesem Knopf hier kann man alles vergrößern.« Zur Demonstration drückte er schwungvoll auf den Knopf, worauf man die leere Vitrine, in der zuvor der Dolch gelegen hatte, in Großaufnahme sah. Eine Minute später stellte er zurück auf normale Sicht und teilte durch einen letzten Mausklick den Bildschirm wieder in vier Teile auf.

Gil blickte auf die Monitore des Foyers und sah auf zwei Bildern Anna und Nancy aus verschiedenen Perspektiven. Sie standen zusammen und sprachen. Wenn er das Bild vergrößern ließe, könnte er von ihren Lippen ablesen, worum es bei der Unterhaltung gerade ging.

»Was ist mit den Gängen und Büros, in denen keine Kameras montiert sind?«

»Tja, tagsüber ist das nicht weiter wichtig, denn es sind ja alle da. Aber wenn wir schließen, drehe ich alle halbe Stunde eine Runde.«

»Dann könnte also jemand in einem der Büros sein, ohne dass irgendwer es merkt?«

»Ich würde es früher oder später merken. Ich nehme an, wenn man vorsichtig wäre, könnte man sich dort verstecken, aber...« Er zuckte mit den Schultern. »Weshalb sollte man das tun? Man kann dort sowieso nichts machen.«

Nochmals nickte Gil, als stimme er ihm zu. »Haben Sie Eddy Malacek gekannt?«

»Den Jungen, der ermordet wurde? Ja, flüchtig. Ich meine, ich habe ein paarmal beim Schichtwechsel mit ihm gesprochen, und dann haben wir uns getrennt. Er wirkte ziemlich nett. Und er war sehr zuverlässig. Er hat mich nicht ein Mal warten lassen. Als ich hörte, dass mein Unternehmen ein paar Studenten als Teilzeitkräfte anheuern würde, war ich davon nicht gerade begeistert, aber Eddy war okay. Er schien die Sache wirklich ernst zu nehmen.« Wiggins schüttelte betrübt den Kopf. »Ich glaube, er hatte ziemlich hochfliegende Träume.«

»Was für hochfliegende Träume?«

»Oh, ich meine nur, dass er aufs College ging und so.

Seine Freundin ebenfalls, hat er mir erzählt. Die beiden wollten es unbedingt zu etwas bringen.«

Dann lachte Wiggins leise auf. »Auch ich wollte es mal zu etwas bringen. Das Problem war nur, dass ich nicht weit genug in die Zukunft gesehen habe.«

»Was haben Sie gemacht?«, fragte Gil ihn lächelnd.

»Oh, ich war schlicht zu hastig. Habe direkt nach der Highschool als Bauarbeiter angefangen. Dachte, ich könnte es bis ganz nach oben schaffen. In Ohio war ich Vorarbeiter, aber dann bekam meine Frau ziemlich schlimme Arthritis, und der Doktor meinte, in warmem Klima ginge es ihr besser, weshalb wir hierher gezogen sind. Die Bezahlung ist allerdings deutlich schlechter.«

»Das habe ich gehört.«

Wiggins nickte mißmutig. »Hier gibt es keine Gewerkschaften. Es heißt, hier hätte man ein verbrieftes Recht auf Arbeit.« Er schnaubte verächtlich. »Aber damit wollen sie nur sagen, dass man das Recht hat, sich jederzeit auf die Straße setzen zu lassen.«

»Wurden Sie auf die Straße gesetzt?«

»Ich wünschte, dass es so wäre. Nein, ich bin gestürzt und habe mich dabei am Rücken verletzt. Also sitze ich hier rum, werde älter und fetter und kann meinen alten Beruf vergessen.« Er lachte kurz. »Aber dafür habe ich es in meinem neuen Job bis ganz an die Spitze gebracht…«

Gil fiel in sein Lachen ein. Doch er hatte noch eine Frage, die er Wiggins stellen wollte, seit dieser erzählt hatte, dass Eddy nie zu spät zur Arbeit erschienen war.

»Tja«, meinte er deshalb, als Wiggins' Gelächter langsam verebbte, »dann gibt es also Kollegen, die Sie warten lassen?«

Sobald die Frage draußen war, hätte er sich dafür am liebsten selbst geohrfeigt, denn sofort wurde die Miene des Wachmannes verschlossen.

»Das ist keine große Sache«, erklärte Wiggins tonlos. »Manchmal kommt eben einer von den Jungs ein bisschen später. Das könnte jedem von uns passieren. Entweder steht man im Stau, hat Probleme mit dem Auto, oder es kommt sonst etwas dazwischen. Wie gesagt, keine große Sache.«

»Wie viel kommen die Jungs denn dann zu spät?«, beharrte Gil auf seiner Frage. Jetzt war es eh nicht mehr zu ändern.

»Ein paar Minuten.«

»Wie viele Minuten? Zehn, fünfzehn?«

»Ein *paar*.«

Das war das Ende des Gesprächs. Gil jedoch machte sich in Gedanken eine Notiz, Tebbins zu bitten, den Wachmann etwas genauer unter die Lupe zu nehmen, von dem Eddy am Morgen seiner Ermordung abgelöst worden war. Etwas an der Art, in der Wiggins anfangs über die Unpünktlichkeit der Jungs gesprochen hatte, legte die Vermutung nahe, dass zumindest einer der Kollegen nicht besonders zuverlässig war. Vielleicht kam einer dieser Männer fast jedes Mal zu spät.

Aus dem Augenwinkel nahm Gil eine Bewegung wahr und wandte sich nochmals den Monitoren zu. »Ist außer uns vieren noch jemand im Gebäude?«

Wiggins schüttelte den Kopf.

»Ich dachte, ich hätte etwas auf einem der Bildschirme gesehen.«

»Ich nicht. Wissen Sie, die Bilder fangen manchmal ein bisschen an zu wackeln. Das war vermutlich das, was Ihnen aufgefallen ist.«

»Möglich.« Trotzdem starrte er weiter auf das Bild des Lagers. »Sind die Ausgangstüren an die Alarmanlage angeschlossen?«

»Alle, außer den Ausgangstüren vorne. Aber das ist nicht weiter gefährlich. Niemand kann sie von außen öffnen.«

»Kann der Alarm ausgeschaltet werden?«

»Ja. Natürlich. Die Türen sind kodiert.«

»Kodiert?«

»Wegen eines möglichen Feuers. Wenn jemand eine der Türen öffnet, geht der Feueralarm los. Man muss in der Lage sein, die Dinger abzuschalten. Sie haben ja keine Ahnung, wie viele Leute den Alarm auslösen, weil sie finden, das ist ein Riesenspaß.«

Gil hatte eine ungefähre Ahnung, doch das sagte er nicht. In diesem Augenblick betrat nämlich Tebbins gefolgt von Dinah Hudson und zwei zotteligen jungen, laptop-bewehrten Männern in Shorts und T-Shirts das Museum. Einer der beiden Männer war ungewöhnlich bleich. Was man in Florida außer bei Kranken nur sehr selten sah. Man wurde auch braun, ohne dass man sich extra in die Sonne legte. Es reichte bereits, wenn man hin und wieder über einen sonnenhellen Parkplatz zu seinem Wagen ging.

Dann schien der Typ also ein Stubenhocker zu sein. Wahrscheinlich saß er während der Woche in einem fensterlosen Raum in seiner Firma und verbrachte die übrige Zeit mit irgendwelchen Computerspielen.

Gil erhob sich von seinem Hocker. »Danke für die Hilfe, Mr. Wiggins.«

»Kein Problem. Sie können sich jederzeit wieder an mich wenden«, antwortete der Wachmann, auch wenn die Offerte nicht recht überzeugend klang.

Draußen im Foyer entschuldigte sich Tebbins für sein verspätetes Erscheinen. »Tut mir Leid, dass es so spät geworden ist. Auf der 275 gab es einen schweren Unfall, und Dinah und ihre Männer saßen dahinter fest. Sie haben mich angerufen, um mir Bescheid zu geben, dass es später werden würde.« Er kratzte sich am Ohr. »Ich habe die Sache überprüft und kam zu dem Ergebnis, dass es Stunden dauern könnte, bis die Straße wieder freigegeben würde. Deshalb bin ich los, um sie zu retten.«

»Es ist wirklich cool, wenn man von der Polizei an all den anderen Wagen vorbeigeleitet wird«, erklärte der bleiche Typ mit einem begeisterten Grinsen. »Wie oft haben uns die Leute den Stinkefinger gezeigt, Dinah?«

Sie runzelte die Stirn. »Ich habe nicht gezählt. Auf solche Dinge achte ich nicht.« Sie deutete auf die beiden. »Das hier sind meine zwei besten Leute, Turk und Boomer.« Der bleiche Kerl war Turk. »Und das sind nicht ihre echten Namen, aber auf etwas anderes reagieren sie nicht. Turk ist zuständig für die Software und Boomer für die Hardware.«

Nancy musterte die beiden. »Warum Turk und Boomer?«

Es war Boomer, der die Erklärung für die Namen gab. »Weil er auf dem Gebiet der Software ein echter Turkey, das heißt, ein echter Versager ist, und ich …«, er zuckte mit den Schultern, »belassen wir es dabei, dass ich, als ich mit den Computern anfing, ein paar Sachen zum Explodieren gebracht habe – boom.«

Turk kicherte vergnügt. »Mann, das war echt irre. Ständig haben die Funken gestoben, es hat gestunken und gequalmt. Ich wünschte, ich hätte damals meine Marshmallows zum Grillen dabei gehabt.«

»Glauben Sie den beiden kein Wort«, mischte Dinah sich ein. »Anders als die meisten anderen Menschen lernen sie aus ihren Fehlern. Egal, um welches Problem es geht – sie beißen sich darin fest wie hungrige Bulldoggen. Und zwar wie Bulldoggen mit Hirn.«

Turk blinzelte Boomer an. »Willst du der Bulle sein oder die Dogge?«

»Du hast weitaus mehr Bullshit als ich im Kopf. Ich hingegen bin ein echter Spürhund. Gib mir eine Fährte und ich folge ihr mühelos bis zum Ende.« Er legte den Kopf in den Nacken und heulte wie ein Wolf.

Dinah rollte mit den Augen, Anna und Nancy lachten, und Gil und Tebbins tauschten schweigend Blicke miteinander aus.

Dann wandte sich Dinah an die beiden Frauen. »Welche von Ihnen ist Nancy?«

»Ich.« Verglichen mit Turk und Boomer nahm sich Nancy in ihrer Garderobe gar nicht mehr so seltsam aus.

»Das hätte ich mir denken können«, meinte Dinah mit einem schmalen, humorlosen Lächeln. »Ich sage Ihnen gleich, dass es bei uns keine Hintertüren gibt. Das ist streng verboten, denn dadurch würde das gesamte System kompromittiert.«

Nancys Lächeln war ebenso verkniffen. »Klar ist es verboten, aber ich kenne doch meine Kollegen.«

»Immer mit der Ruhe, Mädels«, meinte Boomer. »Dinah, Sie wissen, dass es durchaus möglich ist. Turk und ich haben das gesamte System für Sie eingerichtet, aber wir hatten nicht als Einzige damit zu tun. Eventuell ist uns von jemandem was untergejubelt worden, und wir haben's übersehen.«

Dinah knurrte missbilligend. »Genau Derartiges sollt ihr verhindern.«

»Meistens schaffen wir das auch. Die Typen, die mit uns arbeiten, wissen, dass wir sie stets im Auge haben. Aber ich denke, dass eben nichts unmöglich ist. Das habe ich von Anfang an so eingeschätzt. Turk, wie steht's mit dir?«

»Es wäre möglich«, erklärte Turk mit einem Schulterzucken. »Es ist nicht besonders wahrscheinlich, aber durchaus möglich.«

»Vor allem bei einem System wie diesem«, stellte Boomer

fest. »Ich habe mich seit dem Diebstahl damit beschäftigt und bisher noch nichts gefunden. Aber es ist ein komplexes, speziell auf den Kunden zugeschnittenes System. Vielleicht hat es irgendwelche Unzulänglichkeiten, die uns bisher noch nicht ins Auge gefallen sind.« Er bedachte Nancy mit einem lüsternen Blick. »Ein paar zusätzliche Augen wären also durchaus nützlich.«

»Augen sind alles, was ihr von mir bekommen werdet«, antwortete Nancy und grinste. »Meine Augen und mein Hirn.«

Dann begaben sie sich in den Raum, in dem das Hirn, also die Zentrale des Sicherheitssystems gelagert war. Angesichts der offenen Tür zog Tebbins eine Braue in die Höhe. »Warum ist der Raum nicht abgeschlossen?«

»Das sollte er eigentlich sein«, antwortete Dinah. »Aber nicht nur wir, sondern auch die Angestellten des Museums haben einen Schlüssel.«

»Es ist gar nicht nötig abzusperren«, meinte Turk. »Sobald sich jemand an den Geräten zu schaffen macht, kriegen wir einen Alarm.«

»Offenbar nicht immer«, antwortete Tebbins trocken und winkte die anderen vor sich in den Raum.

Gil zog ihn diskret beiseite. »Unmittelbar vor Ihrer Ankunft habe ich auf einem der Überwachungsmonitore etwas Seltsames gesehen. Ich glaube, ich schau mich mal um.«

»Meiden Sie die Ausstellungsräume. Die Bewegungsmelder müssten nämlich eingeschaltet sein.«

»Ich habe die Bewegung in der Lagerhalle gesehen.«

»Wollen Sie Verstärkung?«

Gil schüttelte den Kopf. »Nicht nötig. Der Wachmann denkt, ich hätte nur einen Wackler des Monitors gesehen. Er meint, so etwas käme ab und zu mal vor.«

»Okay. Falls Sie mich brauchen, geben Sie Zeichen.«

Als er sich zum Gehen wandte, hörte Gil, wie Turk erklärte: »Womöglich waren es Sonneneruptionen, Junge. Hast du nicht gehört, wie sie Anfang der Woche bei ein paar Radiosendern alles durcheinander gebracht haben?«

»Genau«, antwortete Boomer. »Als habe der Typ darauf gewartet, dass das genau in dem Moment passiert.«

»He, war ja bloß ein Vorschlag.«

Kopfschüttelnd begab sich Gil in die menschenleere, stille Tiefe des Museums.

17

Als er um die erste Ecke bog, hörte er die Stimmen der anderen noch gedämpft, und nach der zweiten Ecke herrschte eine solche Stille, dass Gil hätte meinen können, er wäre völlig allein.

Nur, dass er sich nicht alleine fühlte. Auch wenn es vielleicht verrückt war, hatte er das Gefühl, als wäre noch etwas oder jemand in der Nähe – und zwar jemand anderes als die Menschen im Technikraum und der Wachmann vorne an der Tür.

Je weiter er den Korridor entlangging, umso stärker wurde das Kribbeln in seinem Nacken und umso schwerer das Gewicht zwischen seinen Schultern. Etwas oder jemand war außer ihm in diesem Teil des Hauses.

Er kehrte zurück in die Eingangshalle und griff die Überlegung noch mal auf. *Etwas?* Er hatte sich auch früher schon in unheimlichen Situationen befunden, in denen er in der Dunkelheit eines verlassenen Gebäudes auf die Suche nach einem bewaffneten Täter gegangen war, nie zuvor jedoch hatte er dabei etwas anderes als einen Menschen im Sinn gehabt.

Am liebsten hätte er diesen Gedanken wieder verdrängt, doch das war unmöglich. Das Gefühl, das er jetzt hatte, war irgendwie anders. Worin genau der Unterschied bestand, hätte er nicht sagen können. Hier ging es um etwas Größeres als die Gemeinheit des durchschnittlichen Mörders oder Diebs.

Höchste Zeit, sich wieder auf die Realität zu konzentrieren, ermahnte er sich streng. Dieser Fall berührte ihn in einer Weise wie kein anderer zuvor. Zum Beispiel in Bezug auf Anna. Nie hatte er sich derart zu einer Verdächtigen hingezogen gefühlt – und vor allem nicht in einem Ausmaß, dass er von ihr träumte.

Nicht, dass er nicht früher schon ein paar Mal persönlich involviert gewesen wäre. Es hatte ein paar jugendliche Straftäter gegeben, mit denen er echtes Mitleid empfunden und denen er versucht hatte zu helfen. Er hatte misshandelte Ehefrauen getroffen und hatte heißen Zorn auf ihre Peiniger verspürt. Für die Menschen, die er im Rahmen seiner Arbeit kennen lernte, hatte er sich stets ehrlich interessiert.

Aber diesmal war es anders.

Und jetzt hatte er auch noch absurde Fantasien, dass *etwas* ihn verfolgte? Es war allerhöchste Zeit, dass er den Sinn für die Realität mobilisierte.

Er ignorierte das Gefühl, marschierte hinüber zu Wiggins und erklärte, dass er in die Lagerhalle gehen würde.

»Einen Augenblick«, antwortete der Wachmann. »Ich stelle besser vorher die Bewegungsmelder ab.«

Er griff nach dem Schlüsselring an seinem Gürtel, zog die Gummischnur, an der er hing, ein wenig in die Länge, steckte einen der Schlüssel in einen schmalen Schlitz und tippte ein paar Zahlen in den Computer ein.

»Okay«, meinte er dann. »Jetzt können Sie gehen.«

»Dann haben Sie also sowohl einen Code als auch einen Schlüssel?«

»Ja. Außerdem werde ich noch angerufen und nach dem Grund für die Abschaltung gefragt. Ziemlich gutes System, finden Sie nicht auch?«

Trotz der berechtigten Zweifel, die Gil hinsichtlich der Sicherheit der Vorrichtung hegte, nickte er beeindruckt.

»Wie viele Leute haben diesen Schlüssel?« Sicher hatte

Tebbins diese Frage schon gestellt, wenn ja, hatte er jedoch Gil nicht darüber informiert.

»Nur der Wachmann, der mich ablöst. Bei jedem Schichtwechsel findet eine Schlüsselübergabe statt.«

»Sonst niemand?«

»Ich nehme an, dass die Sicherheitsfirma noch einen Schlüssel hat.«

»Und woher kennen Sie den Code?«

»Jeder Wachmann hat einen eigenen. Und die verschiedenen Bereiche des Systems sind nummeriert, also ist es eine ständig wechselnde Kombination verschiedener Zahlen. Ziemlich unwahrscheinlich, dass jemand diesen Code jemals errät.«

Und selbst wenn, war das egal, überlegte Gil. Schließlich war für die Nacht des Raubes keine Abschaltung verzeichnet.

»Danke«, sagte er und kehrte zurück in den anderen Teil des Gebäudes.

Sobald er das Foyer verließ, hatte er erneut das ungute Gefühl, nicht allein zu sein. Das Gefühl beobachtet zu werden. Allerdings war niemand in der Nähe, und niemand konnte sich so schnell wie er bewegen, ohne dabei irgendwelche Geräusche zu verursachen.

Es folgte ihm also niemand. Aber möglicherweise wich ihm jemand aus?

Er spürte das Adrenalin, das sich in seinen Adern sammelte, seine Sinne schärfte und seine Gedanken ruhiger werden ließ. Die kalte Luft, die aus den Deckenventilatoren auf ihn herunterwehte, lag wie Eis in seinem Nacken. Jeder Schatten wirkte düster und bedrohlich. Obgleich seine Schuhe weiche Sohlen hatten, hallte das Echo seiner eigenen Schritte von den Wänden.

Er griff unter seine Jacke und zückte seine Waffe. Nur zweimal im Verlauf seiner Karriere hatte er woanders als im Schießstand feuern müssen. Er hoffte, das würde sich heute nicht ändern.

Die großen Metalltüren der Lagerhalle waren unverschlossen. Er hatte keinen Schlüssel erbeten und Wiggins hatte keinen angeboten, was wahrscheinlich hieß, dass der Raum nur selten abgeschlossen war. Was des Weiteren besagte, dass man sich im Museum allzu sehr auf das elektronische Sicherheitssystem verließ. Der Sache musste er nachgehen.

Vorsichtig öffnete er eine der beiden schweren Flügeltüren und wartete ab. Es war nichts zu hören, und nirgends schien sich etwas zu bewegen. Er trat in den höhlenartigen Raum und lauschte, als die Tür mit einem dumpfen Laut hinter ihm ins Schloss fiel.

Der Raum erstreckte sich über zwei Etagen. Ein Lastenfahrstuhl transportierte die zum Teil sicher schweren Güter hinauf zu einem überdimensionalen Garagentor im zweiten Stock. Es roch nach Holz, nach kaltem Schweiß, feuchtem Beton und Öl. Überall waren hölzerne Kisten und kleinere metallene Frachtcontainer übereinander gestapelt. An der linken Wand des Raums stand in weißer Farbe WARENEINGANG, an der rechten Wand stand WARENAUSGANG und über einer kleinen, abgetrennten Ecke waren die Worte LEERE CONTAINER aufgemalt.

Der Raum wirkte gleichzeitig aufgeräumt und desorganisiert. Gil nahm an, dass ein oder höchstens zwei Personen wirklich wussten, was in diesem Bereich genau geschah.

Außerdem bot die Umgebung ein hervorragendes Versteck. Das Kribbeln in seinem Nacken wurde zunehmend stärker. Er spürte die Nähe eines anderen Wesens wie ein Hund die Spur eines anderen Tieres witterte. Seine Augen wanderten aufmerksam über jede Nische, in der sich sein Opfer – oder vielleicht sein Jäger – möglicherweise verbarg.

Denn dass sich jemand vor ihm versteckte, war ihm zwischenzeitlich klar. Und zwar jemand, der ihm gefährlich werden konnte. Er entsicherte seine Pistole und schob sich in der Hoffnung, sein Opfer eventuell zu überraschen, dicht an den Kistenstapeln entlang tiefer in den Raum. In Gedanken verfluchte er das verstohlene Rascheln seiner Jacke am Stoff seiner Hose, denn er war sich sicher: Wenn er es hören konnte, hörte der andere es auch.

Er nahm an, dass Wiggins über den Monitor verfolgte, was er tat. Wahrscheinlich würde sich der Wachmann, wenn er Gil mit gezückter Waffe durch die Halle schleichen sah, denken, dass etwas nicht stimmte. Diese Überwachung aus der Ferne war beinahe so gut wie ein zweiter Mann.

Allerdings weigerte sich nach wie vor ein Teil seines Gehirns zu glauben, dass tatsächlich jemand hier war. Was hätte dieser Jemand hier verloren? Hier passierte nichts, und es würde auch bis morgen nichts passieren. Angesichts der strengen Überwachung, unter der die Halle stand, ergab es schlicht keinen Sinn. Man konnte weder etwas stehlen noch brachte man, wenn man sich hier versteckte, irgendetwas in Erfahrung.

Vielleicht also versteckte das unsichtbare Wesen sich nicht wirklich. Vielleicht war es lediglich, während Gil den Korridor entlanggeschlichen war, direkt vor ihm hier hereingeschlüpft.

Aber warum in aller Welt sollte jemand so was tun?

Die Gedanken, die ihn bestürmten, waren nicht gerade angenehm. In der Tat verstärkten sie noch sein Gefühl, nicht der Jäger zu sein, sondern der Gejagte.

Er umfasste die Pistole fester und lugte vorsichtig hinter die Kisten.

Wiggins, der halbwegs bequem vor seinen Monitoren saß, begann sich zu fragen, ob der Cop möglicherweise verrückt war. Es konnte niemand in dem Raum sein. Bis er die Bewegungsmelder ausgeschaltet hatte, hätte keiner die Halle betreten oder verlassen können, ohne dass es zu einem Alarm gekommen wäre. Verdammt, vor zwei Wochen hatte eine *Maus* das verdammte Ding in Gang gesetzt. Natürlich hätte ihr das nicht gelingen dürfen, aber offensichtlich hatte der Nager den Strahl tatsächlich gerade lange genug unterbrochen, als dass die Sirene losgegangen war.

Wirklich witzig.

Aber heute? Nein. Total unmöglich.

Weshalb zum Teufel schlich der Cop dann durch die Gegend, als wäre er sich sicher, er wäre nicht allein? Vielleicht, weil er es tatsächlich nicht war?

Der Gedanke beunruhigte Wiggins. Er begann sich zu fragen, was er am besten täte. Sollte er Verstärkung rufen? Selber gehen und dem Typen helfen? Allerdings sollte er sein Häuschen außer zu den routinemäßigen Rundgängen durch das Museum nicht verlassen, und seine Kollegen wären frühestens in zwanzig Minuten da.

Ach, vermutlich war seine Sorge übertrieben. Es war niemand in der Halle außer dem Polizisten. Und dass er herumschlich, als dächte er, es würde ihm jemand auflauern, hieß noch lange nicht, dass man den Spezialtrupp rufen musste.

Also lehnte sich Wiggins auf seinem Stuhl zurück, verfolgte weiter, was Gil in der Lagerhalle tat – und spürte, dass sein Unbehagen wuchs.

Anna, die sich, während ihre Schwester mit Turk und Boomer über so geheimnisvolle Dinge wie Unterprogramme und Programmabläufe sprach, im Hintergrund gehalten hatte, wurde zunehmend nervöser.

»Was macht Gil bloß so lange?«, fragte sie schließlich Tebbins.

Er sah auf seine Uhr. »Keine Ahnung. Ich gebe ihm noch fünf Minuten, dann gehe ich ihn suchen.«

»Vielleicht sollte ich mal mit dem Wachmann sprechen.«

Tebbins zögerte. »Sind Sie sicher, dass Sie allein durch diese Korridore gehen wollen? Sie werden nicht überwacht.«

Sie war sich der Tatsache bewusst, dass es vielleicht verrückt war, ohne Begleitung durch das Haus zu laufen. Für den Fall, dass irgend etwas passierte, sollte sie ihren Platz an Tebbins Seite besser nicht verlassen.

Gleichzeitig jedoch machte sie sich Gedanken um Gil.

»Wissen Sie«, murmelte Tebbins leise, »ich habe Sie noch nie danach gefragt, um was für ein Szenario es dem Typen geht, wenn er wirklich an den Fluch glaubt.«

Ein kalter Schauder rann ihr über den Rücken. Nur mit allergrößter Mühe war es ihr gelungen, den Diebstahl als bloßen Diebstahl anzusehen. Ohne Verbindung zu dem Fluch. Sie wollte nicht glauben, dass jemand durch die Gegend lief, der an den Fluch glaubte und ihn für irgendwelche kranken Spiele nutzte. »Ich weiß es nicht«, antwortete sie gepresst. »Ich schätze, es käme darauf an, wie er seine eigene Rolle sieht.«

»Wie zum Beispiel?«

»Keine Ahnung. Möglicherweise sieht er sich als Rächer?«

»Für die Entweihung des Grabes?«

»Ja. Oder er ist der Ansicht, dass wir mit der Ausstellung des Dolchs ein Sakrileg begangen haben.«

»Hmm. Was noch?«

Sie zuckte mit den Schultern. »Weiß nicht. Eventuell hat er sich angesichts der Dinge, die in der Zeitung gestanden haben, vorgenommen, den Fluch zur Gänze zu erfüllen.«

»Zur Gänze?«

»Ja. Wenn dieser Typ nämlich denkt, dass mein Vater für die Entdeckung des Grabes verantwortlich gewesen ist, denkt er, dass auch Nancy und ich verflucht wären. Der Legende nach werden die Menschen, die das Grab entweihen, bis in die zweite Generation verfolgt. Aber das habe ich Ihnen doch bereits alles erzählt.«

Er wandte sich ab und blickte auf die drei über die Konsole gebeugten Köpfe, auf die Stapel von Videokassetten in den automatischen Wechslern sowie auf Dinah Hudson, die den Prozess mit Missbilligung verfolgte, auch wenn ab und zu ein Vorschlag von ihr kam.

»Ja«, sagte er langsam, »stellen wir uns also mal vor, er hätte wirklich Letzteres im Sinn. Dadurch würden sowohl Sie als auch Ihre Schwester zu Zielpersonen, oder?«

»Genau.« Anna hatte das Gefühl, als lege sich eine zentnerschwere Last auf ihre Schultern. »Darüber haben Nance und ich bereits gesprochen.«

»Es wäre nett gewesen, mit *mir* darüber zu sprechen.« Er sah sie forschend an und strich beinahe sinnlich über das eine Ende seines Schnurrbarts.

Zorn meldete sich in ihr. »Es wäre deutlich einfacher mit Ihnen zu reden, wenn ich nicht den Eindruck hätte, dass Sie alles, was ich sage, so lange verdrehen, bis es zu Ihrer Überzeugung passt, dass ich schuldig bin.«

»Ich glaube gar nicht unbedingt, dass Sie schuldig sind. Aber ich wäre ein Narr, wenn ich all die Zufälle und Möglichkeiten nicht beachten würde, aufgrund derer Sie in die Sache einbezogen sind.«

»Ich nehme an, Sie haben Recht. Tja, Wenn man mir erst das Herz herausgeschnitten hat, werden Sie definitiv wissen, dass nicht ich diese Taten begangen habe.«

Tebbins war ehrlich entsetzt. »Das meinen Sie doch wohl nicht ernst!«

Anna war selbst von ihrer Eröffnung überrascht. Bisher hatte sie nicht einmal in dieser Richtung gedacht. Offenbar jedoch hatte dieser Satz in der Tiefe ihres Unterbewusstseins nur darauf gelauert, dass sie ihn endlich aussprach. Doch dass würde sie Tebbins nicht erklären. Schließlich sollte er nicht denken, sie wäre verrückt. »Warum nicht? Wenn es diesem Typen wirklich um den Fluch geht, wäre die einzig richtige Vorgehensweise die, uns bei lebendigem Leib die Herzen rauszuschneiden und sie dem alten Gott zu opfern.«

»Gütiger Himmel.« Dies war das erste Mal, dass Tebbins in ihrer Nähe Gefühle zeigte. Doch diese beiden Worte drückten deutlicher aus, was er bei ihrer Aussage spürte, als hätte er es ausführlich erklärt.

Anna wollte jedoch diesem Menschenopfer-Gedanken nicht weiter nachsinnen. Bereits der flüchtige Gedanke rief Übelkeit und Grauen in ihr wach, was bei näherer Betrachtung garantiert Panik in ihr auslösen würde.

»Ich sorge mich um Gil«, wandte sie sich deshalb wieder ihrem Anfangsthema zu. »Er ist schon viel zu lange weg.«

Wiggins sah, wie es passierte. Er sah, wie die riesengroße Katze auf Gil zusprang und Gil instinktiv einen Schritt zurücktrat. Doch das war nicht genug.

Gil vernahm ein beinahe unhörbares Scharren an einer der Kisten und wirbelte herum. Was er sah, war eine riesengroße Katze, die direkt auf ihn zusprang. Es war die größte

Katze, die er jemals außerhalb eines Zoos gesehen hatte, mit gelbem Fell und weit aufgerissenen grünen Augen. Eine Sekunde zu spät erkannte er die Panik im Blick des wilden Tiers.

Noch während er nach hinten auszuweichen versuchte, stürzte eine der Kisten von dem nahen Stapel, die ihn unter sich begrub.

Wiggins sah, dass sich an anderer Stelle noch etwas bewegte und sprang von seinem Stuhl. Er konnte nicht erkennen, was dieses Etwas war. Es verschwand zu schnell hinter einer Kiste.

Er schnappte sich sein Funkgerät, verständigte die Polizei des Campus', verließ seinen Posten und blieb gerade lange genug stehen, um die Tür hinter sich mit einem Schlüssel abzuschließen.

Dann hetzte er den Korridor hinunter zum Technikraum und brüllte: »Wir haben ein Problem im der Lagerhalle! Ein Polizist wurde verletzt!« Er zwang sich, sein Tempo zu beschleunigen und wünschte sich, er wäre fünfzehn Jahre jünger und hätte keinen Bauch.

Als sie die Rufe des Wachmanns hörten, blickte Tebbins in die erschrockenen Gesichter der Anwesenden und erklärte: »Sie bleiben alle hier. Und schließen Sie die Tür hinter mir ab.«

Dinah nickte, Anna jedoch hastete hinter ihm her.

»Seien Sie nicht dumm«, herrschte er sie an. »Sie können sowieso nicht helfen.«

Sie nickte und blieb hinter ihm zurück, er jedoch erkannte die Sorge und Angst in ihrem Blick.

Auf dem Weg zur Lagerhalle rief Tebbins Verstärkung. In fünf Minuten würde es hier im Museum vor Polizisten wimmeln. Doch das wäre zu spät. Er zückte seine Waffe, auch wenn sie ihm nicht das geringste Gefühl von Sicherheit verlieh.

Fast gleichzeitig mit dem erschöpften Wachmann erreichte er die Tür.

»Verdammt, ich bin ganz einfach nicht im Form«, keuchte Wiggins.

»Sie sitzen zu viel am Schreibtisch«, antwortete Tebbins, doch die Worte kamen automatisch. Er dachte an das, was er hinter den Türen finden würde, und überlegte, ob Wiggins eher eine Hilfe oder eine Last bei der Rettung des Kollegen wäre. »Was ist passiert?«

»Verdammt, ich habe keine Ahnung. Plötzlich sprang aus dem Nichts diese riesige Katze auf Ihren Kollegen zu, und dann hat eine der Kisten ihn unter sich begraben.« Er schnaufte. »Außerdem denke ich, hat sich in der Halle noch etwas anderes bewegt.«

Tebbins ging in Gedanken eilig eine ganze Reihe möglicher Szenarien durch. Sie alle führten zu demselben Ergebnis. Gil war verletzt, eventuell sogar schwer, und wenn der Verbrecher in der Halle war, würde er bestimmt die Chance nutzen und ihn töten.

»Wir gehen rein«, erklärte er deshalb entschieden. »Ziehen Sie Ihre Waffe.«

Kaum jedoch hatte er die Worte ausgesprochen, als er hörte, wie sich eine riesige Metalltür öffnete. So wie es klang, schien es ein Garagentor zu sein. *Verdammt!*

»Feuern Sie nicht eher, als bis Sie sicher wissen, worauf genau Sie zielen«, sagte er zu dem Wachmann und öffnete vorsichtig die Tür. »Jetzt!«

Gil lag mit dem Gesicht nach oben unter der schweren Kiste. Dicke Splitter hatten sich in seine Haut gebohrt, und der Sturz hatte ihn vorübergehend Sterne sehen lassen. Doch inzwischen war er wieder bei Bewußtsein. Außerdem hielt er in seiner rechten Hand nach wie vor seine Waffe.

Abgesehen von winzigen Bewegungen, um zu ergründen, ob er verletzt war, rührte er sich nicht. Teils, um von einem potenziellen Gegner nicht gehört zu werden, und teils, um selbst zu hören, ob jemand nach ihm suchte.

Es herrschte vollkommene Stille. Er meinte, das leise Tapsen von Pfoten zu hören, war sich aber nicht sicher. Niemand rannte panisch durch die Gegend. Was in aller Welt ging in dieser Halle vor sich?

Schließlich bewegte er sich leicht, um zu probieren, ob er die Kiste von sich hinunterschieben könnte. Doch sie war viel zu schwer. Im Liegen hatte er nicht genügend Kraft.

Er fühlte sich so hilflos wie ein auf einem Streifen Fliegenpapier gefangenes Insekt.

Dann hörte er ein lautes Klicken, das Knirschen des sich öffnenden Garagentores, ein paar Sekunden später ein neuerliches Klicken, eine kurze Pause, das Knirschen des Tores, das sich wieder schloss, und schließlich ein abschließendes lautes Krachen, als es wieder auf den Betonboden der Lagerhalle traf.

Im selben Moment wurde eine andere Tür geöffnet.

»Garcia!«, drang Tebbins' Stimme an sein Ohr.

»Ich bin okay, aber ich kann mich nicht bewegen. Ich glaube, der Typ ist gerade durch das Tor geflüchtet.«

»Ich hefte mich ihm an die Fersen. Wiggins, Sie bleiben hier. Versuchen Sie, ob Sie die Kiste von ihm runterheben können.«

»Klar.«

Gil hörte, wie Tebbins mit erstaunlich leichten Schritten durch die Halle rannte.

»Hey, ist *das* die Katze?«, rief er, ließ das Garagentor erneut in die Höhe fahren, und seine Schritte entschwanden nach draußen in den Hof.

Die Kiste bewegte sich ein wenig, und neue Splitter gruben sich in Gils Gesicht und linke Hand. »Vorsicht«, sagte er. »Ich mag meine Haut dort, wo sie ist.«

»Tut mir Leid. Das Ding ist verdammt schwer. Sind Sie sicher, dass Sie nichts gebrochen haben?«

Gil hörte das Geräusch sich nähernder Sirenen. Offenbar war die Verstärkung auf dem Weg. »Ich glaube schon.«

»Dann sollten wir besser warten, bis die Kavallerie eintrifft. Können Sie problemlos atmen?«

»Es reicht zumindest aus.«

»Okay, wir warten lieber«, erklärte Wiggins in bestimmtem Ton. »Ein alter Knochen mit kaputtem Rücken reicht nicht aus, um das Ding von Ihnen runterzubekommen, ohne dass dabei Hackfleisch aus Ihnen wird.«

»Hey, Hackfleischpastete habe ich immer schon gemocht.«

Wiggins prustete kurz. »Nicht, wenn Sie selbst eine der Zutaten sind.«

Es war einfach erniedrigend, dachte Gil betrübt. Er war gefangen unter einer Kiste und konnte Tebbins nicht bei der Verfolgung desjenigen helfen, von dem die Kiste auf ihn hinuntergestoßen worden war. Und das alles, weil er sich beim Auftauchen einer verdammten Katze erschrocken hatte. Fraglos einer riesigen Katze. Aber trotzdem nur einer Katze.

Wiggins unterbrach Gil in seinen schwarzen Gedanken. »Die Katze, die ich auf dem Monitor gesehen habe, war größer als das Biest da drüben. Viel größer. Sie hat ausgesehen wie ein Panther.«

Gil erinnerte sich an die verrückte Minute, in der er die

Katze hatte auf sich zuspringen sehen. »Ich weiß nicht«, sagte er. »Sie war lang ausgestreckt. Wahrscheinlich hat sie deshalb so gewaltig ausgesehen.«

Durch das Eintreffen der Verstärkung fand ihre Unterhaltung ein abruptes Ende.

Wenig später hatten sie zu sechst die Kiste behutsam von Gil heruntergehoben, und fünf Minuten später war auch Tebbins wieder da.

»Sie sehen toll aus«, lobte er Gil. »Wie ein menschliches Nadelkissen.«

»Haben Sie ihn gesehen?«

Tebbins schüttelte den Kopf. »Dort draußen war keine Menschenseele. Diese Ecke des Campus ist völlig unbelebt, aber die Kollegen suchen weiter. Ist mit Ihnen alles in Ordnung?«

»Ja.«

Tebbins zeigte auf eine große gelbe Katze, die aufmerksam neben dem Kontrollknopf des Garagentores auf dem Boden lag. »Da ist Ihre Katze.«

Gil runzelte die Stirn. »Ich schätze schon.«

»Ich sage Ihnen«, erklärte Wiggins. »Es ist nicht dasselbe Tier. Das Biest, das ich gesehen habe, war wesentlich größer.« Er breitete die Arme aus, um zu zeigen, wie groß das Tier gewesen war.

Im selben Moment streckte die Katze genüßlich eine ihrer Pfoten aus, kam dabei auf den Knopf, und sofort rollte das Garagentor herunter.

Gil fing an zu lachen. »All die Aufregung wegen einer verdammten Katze.«

Daraufhin fielen alle anderen erleichtert in sein Gelächter ein.

Alle außer Wiggins, der auf dem Weg zurück auf seinen Posten über seltsame Vorgänge schimpfte und darüber, dass er verdammt sein wollte, wenn er jemals wieder alleine im Museum seine Arbeit tun würde.

Gil und Tebbins gingen nicht auf sein Gemurmel ein. Keiner der beiden glaubte, dass die Katze die Kiste umgeworfen hatte. Dazu war das Ding viel zu schwer.

Die Frage war, wie hatte jemand in die Halle kommen können, ohne dass dabei der Alarm ausgelöst worden war? Verschwunden war der Kerl bestimmt in der Sekunde, als das Garagentor wie durch ein Wunder aufgegangen war.

»Jetzt haben wir zum zweiten Mal dasselbe Problem«, erklärte Tebbins. »Ich kann es kaum erwarten, den Kerl endlich zu schnappen.«

»Ich genauso wenig. Wenn auch aus einem anderen Grund.«

Auf einer Seite der Ladebucht fanden sie eine halb versteckte Tür. Die dort gestapelten Kisten bildeten einen schmalen Gang, und die Öffnung war gerade groß genug, als dass man die Tür problemlos auf bekam. Es dauerte nicht lange, bis sie herausgefunden hatten, dass diese Tür nicht mit einem Bewegungsmelder ausgerüstet war.

Und zwar aus gutem Grund. Sie führte in einen Gang mit mehreren Büros, einer Toilette und einem Notausgang nach draußen. Jeder, der versuchen würde, auf diesem Weg hinauszukommen, löste automatisch den Alarm des Notausganges aus.

Sie kehrten zurück in die Mitte der Halle und schauten sich noch einmal um.

»Es muss schwer sein, sich in diesem Raum auf die Bewegungsmelder zu verlassen«, meinte Gil. »Hier wird jede Menge hin und her geschoben. Also werden von den Bewegungsmeldern bestimmt nur die Türen überwacht.«

»So sieht es zumindest aus«, pflichtete ihm Tebbins bei. »Und was macht eine Katze hier in dieser Halle? Man sollte meinen, irgendjemand hätte sie längst auf dem Monitor entdeckt oder aber sie hätte sich dadurch verraten, dass sie hin und wieder den Alarm auslöst.«

»Das sollte man meinen.«

Die Lösung dieses Rätsels bestand eventuell darin, dass die Katze zwar nicht in den Lagerraum gehörte, aber leicht hineinschlüpfen konnte. Katzentoilette, Futter und Wasser fanden sich nämlich in einem der Büros.

»Wie also ist sie hier hereingekommen?«, überlegte Tebbins.

»Jemand – Menschliches – ist hereingekommen, und die Katze ist ihm heimlich nachgeschlichen.«

»Offensichtlich. Aber das lässt die Antwort auf die Frage offen, wie dieser Jemand in die Büros gekommen ist, ohne dass dabei Alarm ausgelöst wurde.«

»Haben Sie ebenfalls das ungute Gefühl, dass wir uns im Kreis drehen?«

»Absolut. Dauernd läuft es auf ein und dieselbe Frage hinaus. Wenn wir herausfinden, wie der Typ es anstellt, die Bewegungsmelder zu umgehen, haben wir es geschafft.«

»Ich glaube, ich an Ihrer Stelle«, sagte Gil, der nicht vergaß, dass er in diesem Fall als Ermittler nur geduldet wurde, »würde den Wachmann bitten, die Alarmanlage wieder einzuschalten. Dann könnten wir probieren, ob es uns gelingt, sie irgendwie zu überlisten.«

»Gute Idee.« Tebbins zog sein Funkgerät hervor und rief einen der Beamten vorne in Wiggins Häuschen an. »Mellors, sagen Sie dem Wachmann, dass er die Bewegungsmelder in der Lagerhalle wieder einschalten soll. Wir werden sehen, ob sie funktionieren. Sagen Sie allen Bescheid, dass es möglicherweise gleich Alarm geben wird.«

Er hängte das Funkgerät zurück an seinen Gürtel. »Okay. Lassen Sie uns hoffen, dass es klappt.«

»Eigentlich hoffe ich eher, dass es das nicht tut. Vielleicht kommen wir ihm ja auf die Schliche, bevor er wieder untertauchen kann.«

»Genau das meine ich.« Tebbins kratzte sich am Kopf. »Etwas mehr Zutrauen könnten Sie ruhig zu mir haben. Mein Hirn hat mich bisher noch nie im Stich gelassen.«

»Habe ich jemals etwas anderes behauptet? Außerdem bin ich es, der sich diesen Typen bereits zweimal durch die Lappen hat gehen lassen. Das ist ziemlich peinlich.«

Tebbins zwirbelte an seinem Schnurrbart. »Das würde ich nicht sagen. Aber Sie müssen sich auf alle Fälle die Splitter aus dem Gesicht entfernen lassen.«

»Später.«

Tebbins' Funkgerät begann zu rauschen, eine Stimme sagte, die Bewegungsmelder wären wieder in Betrieb, und Tebbins wedelte höflich mit der Hand. »Bitte.«

Gil ging in Richtung der Tür, durch die man in den Korridor gelangte. Ehe er sie jedoch erreichte, wurde sie von außen aufgerissen, und Anna platzte in den Raum.

»Gil, ist mit Ihnen alles in Ordnung?«, fragte sie schwer atmend und wandte sich, noch ehe er ihr eine Antwort geben konnte, an seinen Kollegen. »Lassen Sie mich nie wieder ohne Informationen irgendwo zurück. Ich wäre vor lauter Sorge fast verrückt geworden.«

Ohne Anna auch nur einer Antwort zu würdigen, sahen Tebbins und Gil einander an.

»Ich höre keinen Alarm«, erklärte Gil kaum überrascht.

»Ich auch nicht.«

»Was meinen Sie, woran das liegt?«

»Was meinen *Sie*? Hat es eventuell etwas mit unserem großen Unbekannten zu tun?«

»Wovon reden Sie beide?«, fragte Anna nun verdutzt.

»Lassen Sie uns das Garagentor ebenfalls überprüfen«, sagte Gil zu Tebbins.

»Oh, ja.« Tebbins wandte sich an die nach wie vor auf dem Boden lagernde Katze und befahl: »Los, mach uns das Tor auf.«

Zu seiner und Gils Überraschung drückte die Katze mit der Pfote auf den Knopf, und das Tor rumpelte langsam hoch. Tebbins Augen wurden starr.

»Sie ist trainiert«, erklärte Anna in ungeduldigem Ton. »Unser Lagerverwalter hat ihr diesen Trick beigebracht. Sie macht das schon fast so lange, wie ich hier beschäftigt bin.«

»So, so«, grummelte Tebbins und ging zum Tor. »Hätte nicht der Alarm losgehen müssen, als das Tor geöffnet wurde?«

»Ich denke ja«, meinte Gil. »Am besten, wir fragen Dinah Hudson.«

Tebbins trat hinaus in den Hof und zurück in die Halle. »Nichts.«

»Höchst interessant«, bemerkte Gil. »Wir sollten uns die Ausstellungsräume noch mal genauer ansehen. Zuerst jedoch ...«

Tebbins nickte. »Wir lassen diese Halle nicht unbeaufsichtigt zurück, bis Hudson und ihre beiden Computer-Freaks der Sache auf den Grund gegangen sind.«

»Was zum Teufel hat das alles zu bedeuten?«, mischte sich nun Anna ins Gespräch. »Außerdem müssen Sie sich die Splitter aus dem Gesicht entfernen lassen, Gil. Sie könnten sich entzünden.«

Er grinste sie gut gelaunt an. »Die Dinger können noch ein bisschen warten. Die Bewegungsmelder sind nämlich inzwischen zwar eingeschaltet – aber hören Sie einen Alarm?«

Sie wurde bleich und riss entsetzt die Augen auf. »Soll das heißen, dass die Halle nicht geschützt ist? Mein Gott, wir haben Artefakte im Wert von hunderttausend Dollar von der versunkenen Galeone in diesen Kisten liegen.«

»Aber nichts von der Maja-Ausstellung?«

»Nein, natürlich nicht. Die Dinge sind alle drüben …« Sie brach ab. »Oh, mein Gott, was, wenn der Alarm in den Ausstellungsräumen auch nicht funktioniert?«

Sie machte auf dem Absatz kehrt und rannte aus dem Raum.

»Scheint, als hätten wir sie in ziemliche Aufregung versetzt«, bemerkte Gil. »Aber sie sollte nicht alleine durch das Museum rennen.«

»Laufen Sie ihr nach«, forderte ihn Tebbins auf. »Ich kann auch ohne Sie auf Hudson und ihre Männer warten.«

Gil blieb lange genug stehen, um den Kollegen mit hoch gezogener Braue zu mustern. »Wäre es im Bereich des Möglichen, dass sich Ihre Sicht der Dinge etwas verändert hat?«

»Leicht. Ganz leicht. Schließlich war sie, als die Kiste auf Sie runterpolterte, mit *mir* zusammen in einer völlig anderen Ecke des Museums.«

»Und als ich diesem Spinner durch ganz Temple Terrace hinterhergehechelt bin, war sie zu Hause mit ihrer Schwester. Das sollten Sie ebenfalls bedenken.«

»Ich bedenke stets alles«, antwortete Tebbins fröhlich und zwirbelte an seinem Bart. »*Alles.* Was ich auch Ihnen heiß empfehlen möchte.«

17

Spinner. Der Beobachter fand die Bezeichnung alles andere als passend, selbst wenn sie noch etwas besser war als *irre* oder *verrückt*. Aber er hatte sowieso wichtigere Dinge zu bedenken.

Zweimal hatte er die Sache verbockt, und vor allem nach diesem letzten Fehlschlag würde sein Leben deutlich schwerer als zuvor. Nachdem er vor Garcia quer durch Temple Terrace hatte flüchten müssen, waren die Bullen zumindest noch nicht sicher, ob der Kollege nicht lediglich einen normalen Spanner verfolgt hatte. Dieses Mal jedoch… dieses Mal hatten sie zu vieles in Erfahrung bringen können.

Und es war seine eigene Schuld, das war ihm bewusst. Er war keiner, der die Schuld für sein Versagen auf andere abwälzte. Als er das Gerücht vernommen hatte, die Bullen und die Leute von der Überwachungsfirma würden heute nach möglichen Hintertüren im Sicherheitssystem des Museums suchen, hatte es ihn unwiderstehlich ebenfalls ins Museum gezogen. Er musste wissen, was sie dachten und wie dicht sie ihm auf den Fersen waren. Statt jedoch etwas zu erfahren, hatte er ihnen weitere Hinweise auf sich selbst gegeben.

Und das alles, weil er die Bewegungsmelder in der Lagerhalle hatte außer Betrieb setzen müssen, um die Möglichkeit zu haben, sich vor den Wachmännern zu verstecken, die die Neigung hatten, manchmal verschlossene Bürotüren zu öffnen, um zu überprüfen, ob dort jemand war.

Er war kein Mörder. Er wollte keinen weiteren Wachmann töten. Eddy Malacek hatte nur deshalb sterben müssen, weil er hatte sichergehen müssen, dass Eddy über die Nacht nichts hatte ausplaudern können und weil es die beste Möglichkeit der Ablenkung gewesen war. Eddys Tod hatte den Eindruck entstehen lassen, als wäre er in irgendeiner Weise in den Diebstahl involviert gewesen, ohne dass er es hätte leugnen können. Wirklich praktisch.

Aber er wollte keinen Wachmann töten, der zufällig des Nachts durch irgendeine falsche Tür kam. Also hatte er sich am Nachmittag des Vortags in den Technikraum geschlichen und das Sicherheitsprogramm durch Eingabe von einem Code minimal verändert. Die Zahlen hatte er gekannt, weil er einem der Programmierer bei der Arbeit zugesehen hatte, als das Programm getestet worden war.

Anfangs hatte es leichte Störungen gegeben. Die gab es immer, hatte der Programmierer ihm erklärt. Also gab es eine versteckte Funktion, die es ihnen erlaubte, einen beliebigen Teil des Systems außer Betrieb zu setzen, während alles andere lief. Anders wäre das System ja nicht zu überprüfen, ohne dass es ständig zu irgendwelchen Notfallmeldungen kam.

Der Beobachter hatte dieses Wissen zusammen mit den Codes, die er über die Schulter des Programmierers hinweg vom Bildschirm abgelesen hatte, gewinnbringend genutzt.

Nun jedoch würden sie in Erfahrung bringen, wie es ihm gelungen war, die Sicherheitsvorrichtung des Museums zu überlisten. Letztes Mal hatte er seine Spuren noch verwischen können, diesmal leider nicht. Ihn erfüllte die Angst, dass sie ihm dadurch zu nahe kamen.

Herrje, er hatte die Sache wirklich total verbockt. In dem Bemühen zu verfolgen, was die Leute des Überwachungsunternehmens taten, hätte er sich beinahe erwischen lassen. Woher aber hätte er wissen sollen, dass sich dieser Garcia ausgerechnet in der Lagerhalle umsehen wollte? Sicher hatte er die verdammte Katze auf dem Monitor gesehen.

Im Ergebnis war er gezwungen gewesen, dicht gefolgt von dem Polizisten, durch den dunklen Korridor zu schleichen. Er hatte gehofft, im Lagerraum wäre er sicher, weil sie alle dachten, die Bewegungsmelder wären in Betrieb.

Ein riesengroßer Fehler. Und wenn ihm nicht schleunigst etwas einfiel, war er geliefert.

Gil holte Anna am Rand der Eingangshalle ein. »Entschuldigen Sie, Ma'am«, fragte er sie höflich. »Aber wo genau wollen Sie eigentlich hin?«

»Ich werde die Ausstellungsräume überprüfen. Was, wenn noch etwas gestohlen worden ist?«

Inzwischen standen die Besucher vor den Ticketschaltern Schlange. Vier zusätzliche Wachmänner hatten ihren Dienst begonnen, und hier und da liefen uniformierte Polizisten durchs Foyer.

»Dann lassen Sie uns gehen. Aber vorher sollten wir checken, ob die Alarmanlagen in den Räumen wirklich ausgeschaltet sind.«

Wiggins, der immer noch schlecht gelaunte Selbstgespräche führte, erklärte Gil, er hätte sämtliche Bewegungsmelder deaktiviert. »Schließlich geht's hier zu wie auf dem Bahnhof«, knurrte er erbost.

»Okay«, sagte Gil zu Anna. »Gehen wir der Sache nach.«

Gemeinsam betraten sie die Räume, in denen die Pocal-Ausstellung angesiedelt war.

Turk und Boomer sahen einander an, als einer der Polizisten aus Tampa sie in die Lagerhalle bat.

»Himmel«, meinte Turk.

»Da hast du ja einen schönen Scheiß gebaut«, erklärte Boomer und schüttelte den Kopf.

»Den Teufel hab ich getan. *Du* und deine Leute, ihr habt den Scheiß gebaut.«

»Jungs«, warnte Dinah gereizt. »Boomer, lassen Sie uns gehen und die Sache unter die Lupe nehmen.«

Gil und Anna eilten in Rekordzeit durch die Räume. Annas Gesicht war angespannt, und sie sprach kaum ein Wort.

Schließlich betraten sie den für die Angestellten des Museums reservierten Fahrstuhl, um in die obere Etage zu fahren, in der unter anderem die nächste Ausstellung vorbereitet wurde. »Ich möchte fast wetten, dass nichts verschwunden ist«, erklärte Gil. »Wenn dieser Typ es auf die übrigen Artefakte abgesehen hätte, hätte er sie bereits während des ersten Einbruchs geklaut. Und außer ihm und uns weiß niemand, dass die Bewegungsmelder ausgeschaltet waren.«

»Wahrscheinlich haben Sie Recht«, antwortete sie mit gepresster Stimme. »Aber ich bin verantwortlich für diese Stücke, und ich muss wissen, dass garantiert keins von ihnen fehlt.«

Als sie den *Alcantara*-Saal betraten, überlegte Gil beim Anblick der zahlreichen teils geöffneten und teils geschlossenen Kisten und Container, wie sie jemals wissen wollte, ob noch alles da war. In einer Ecke des riesengroßen Raums waren ein paar Kanonen platziert. Überall lagen und standen Werkzeuge, Bretter, Glasscheiben und halb bemalte Wandschirme sowie die Überreste der bisherigen

Ausstellung – Gemälde, leere Schaukästen und ein paar riesengroße Schaubilder.

»Die wirklich wertvollen Dinge haben wir im Keller«, meinte Anna.

»Hat jemand letzte Woche nach den Stücken gesehen?«

»Natürlich. Ivar und ein paar von meinen Leuten. Aber nachts kommt dort unten niemand rein. Die Tür ist mit einem Zeitschloss ausgerüstet. Und es hat tatsächlich nichts gefehlt.«

Trotzdem ging sie durch den Raum als erwarte sie irgendwelche Zeichen von Vandalismus vorzufinden, nickte jedoch nach zehn Minuten zufrieden. »Okay. Es ist alles in Ordnung. Also, was ist jetzt mit den Splittern in Ihrem Gesicht?«

Gil tupfte sachte auf einen besonders großen Splitter in seiner linken Wange. »Wenn Sie eine Pinzette hätten?«

Eine Mappe in der Hand und Dinah auf den Fersen, kam Boomer in der Lagerhalle an. Tebbins wartete dort zusammen mit zwei uniformierten Polizisten.

»Okay«, erklärte Boomer und lehnte seine Mappe neben der Tür gegen die Wand. »Lassen Sie uns gucken, ob er den Stromkreislauf an irgendeiner Stelle unterbrochen hat.«

»Ist das denn möglich?«, staunte Tebbins. »Ich dachte, Ms. Hudson hätte erklärt, dass bei einer Unterbrechung sofort Alarm gegeben wird.«

Boomer musterte ihn. »Hey, Mann, ich hätte auch behauptet, dass niemand ungehindert an die Vitrine kommt, in der der Dolch gelegen hat. Inzwischen jedoch sieht's so aus, als wäre nichts unmöglich. Aber wie sagt man doch so schön? Jetzt pflücken wir der Sache mal auseinander.«

Tebbins hob eine Hand. »Das ist mir nur recht. Auch wenn ich bisher der Meinung war, dass Sie das schon die ganze Woche tun.«

Dinah runzelte die Stirn. »Natürlich tun wir das.«

Boomer schnaubte. »Also bitte, Dinah. Unsere Fantasie setzt uns manchmal Grenzen. Wenn wir rausgefunden haben, wie der Typ die Sache gedeichselt hat, sollten wir ihn engagieren.«

Dinah überraschte Tebbins, indem sie mit einem schwachen Lächeln meinte: »Ab und zu ergibt das, was er sagt, tatsächlich einen Sinn.«

»Gott sei Dank«, parierte er. »Schließlich muss in diesem Fall endlich *irgendetwas* einen Sinn ergeben.«

»Oh, das tut es«, sagte Boomer, der inzwischen auf dem Boden kniete und die Stromzufuhr des Lasers prüfte, der ungefähr dreißig Zentimeter über der Erde von ihm angebracht worden war. »Wir sind lediglich zu blöd, um es zu erkennen. Ich kann es echt kaum erwarten, diesen Typen zu treffen. Schließlich hat er das gesamte System nicht nur genauestens durchschaut, sondern es obendrein noch hervorragend genutzt.«

»In welcher Hinsicht?«, fragte Tebbins, nicht, weil er die Antwort auf die Frage nicht schon kannte, sondern weil er hoffte, jemand würde etwas sagen, wodurch etwas Licht ins Dunkel kam.

»Tja, er hat das beste Versteck für sich gefunden. Hier drinnen sind Kameras sinnlos, außer vielleicht zu dem Zweck, jemanden zu filmen, der tatsächlich versucht, etwas zu klauen. Man könnte sich hier drinnen ziemlich lange verstecken. Die Bewegungsmelder sollen das verhindern, aber wenn es einem gelingt, sie außer Betrieb zu setzen, würde keiner besondere Aufmerksamkeit auf diesen Raum verschwenden. Warum nicht? Weil wir alle wissen, dass niemand hier hereingelangen kann, ohne dass es sofort zu einer Meldung kommt. Was in aller Welt hat Ihr Kollege überhaupt hier drin gewollt?«

»Er«, antwortete Tebbins trocken, »hat die Bewegungen der Katze auf dem Monitor gesehen.«

Anna und Gil kehrten zurück in ihr Büro, wo sich in einer ihrer Schubladen eine Pinzette fand. »Ich kriege öfter mal beim Auspacken der Kisten einen Splitter in den Finger.«

»Das kommt mir jetzt zupass. Wie steht's mit einem Spiegel?«

»So etwas gibt es hier nur auf der Toilette.«

Er sah sie mit hochgezogener Braue an. »Sie haben keinen in der Handtasche?«

Sie schüttelte den Kopf. »Tut mir Leid.«

»Und auch keinen Puder?«

Sie antwortete mit einem nochmaligen Schütteln ihres Kopfs. »Ich mache mir keine allzu großen Gedanken über mein Make-up.«

»Wow, jetzt ist es endgültig um mich geschehen.«

Bei diesen Worten stieg ihr eine leichte Röte in die Wangen, und sie fragte ihn überrascht: »Was wollen Sie damit sagen?«

Er bedachte sie mit seinem hinreißendsten Lächeln. »Meine Exfrau hat mehr Zeit damit verbracht, sich selbst im Spiegel zu betrachten, als mich oder Trina anzusehen.«

»So schlimm kann sie ja wohl nicht sein. Schließlich haben Sie eine wunderbare Tochter.«

»Eine Tochter, die zurzeit nicht mal mit mir spricht.«

»Das wird sich wieder legen. Schließlich ist sie fünfzehn und somit in einem Alter, das im Allgemeinen als nicht gerade unproblematisch gilt.«

»Ja«, antwortete er philosophisch. »Vielleicht fällt ihr ja in zehn bis zwanzig Jahren meine Telefonnummer wieder ein.«

Gegen ihren Willen musste Anna lachen. »Seien Sie doch nicht derart dramatisch.«

»Ich bin nur realistisch. Und jetzt ziehen Sie mir bitte die Splitter aus dem Gesicht.« Er reichte ihr die Pinzette.

»Ich will Ihnen nicht weh tun.«

Er zuckte mit den Schultern. »Glauben Sie mir, ich will mir noch weniger weh tun, als Sie es wollen. Ich schäme mich nicht, zuzugeben, dass ich in solchen Dingen ein Riesenfeigling bin. Also fangen Sie am besten rasch an.«

»Der Stromkreislauf ist nirgends unterbrochen«, verkündete Boomer eine halbe Stunde später. »Das heißt, es ist Turks Problem. Habe ich es doch gewusst!«

Am anderen Ende des Museums blickte Nancy auf die dekompilierten Codereihen, die Turk langsam über den Bildschirm seines Laptops rollen ließ. »Hey, ›Normalisieren‹, was ist das für ein Programm? Weshalb ist es nicht kommentiert?«

Auf dem Weg zurück zum Technikraum legte Tebbins eine kurze Stippvisite in Annas Büro ein. »Es liegt nicht an den Geräten«, erklärte er seinem Kollegen. »Also ist der Wurm in der Software.«

»Aha – dann hatte Nancy Recht«, bemerkte Anna, während sie einen weiteren Splitter aus Gils Wange zupfte.

»Sieht danach aus.« Tebbins beugte sich zu Gil hinunter und betrachtete sein Gesicht. »Sie müssen damit zu einem Arzt.«

»Das sage ich die ganze Zeit«, pflichtete ihm Anna bei. »Schließlich kann ich nicht sicher sein, dass ich die Dinger alle erwische und sich die Schnittstellen nicht entzünden.

Aber er ist zu stur.« Sie berührte Gils rechten Augenwinkel und befahl: »Schließen Sie ihre Augen.«

Was er gehorsam tat.

»Nie im Leben«, erklärte Anna und legte die Pinzette entschieden auf den Tisch. »Sie haben einen Splitter mitten in Ihrem Lid. Und an Ihrem Auge pfusche ich garantiert nicht herum.«

Gil berührte vorsichtig sein Lid. »So schlimm wird es nicht sein.«

»Ich schätze, Sie haben keine Ahnung, wie dünn Ihre Lider sind. Ich habe, als ich auf dem College war, bei einem Augenarzt gejobbt. Gil, Sie brauchen einen Arzt.«

»Unbedingt«, stimmte ihr Tebbins zu. »Einer meiner Männer wird Sie rüberfahren. Anna, Sie werden ihn begleiten. Aus irgendeinem Grund missfällt mir der Gedanke, dass Sie heute noch länger hier im Museum sind.«

Gil stöhnte. »Das wird Stunden dauern.«

Tebbins schlug ihm vergnügt auf die Schulter. »Prima. Jetzt hauen Sie schon ab. Ich halte Sie weiter auf dem Laufenden.«

»Hier kommt niemand dran«, erklärte Turk gerade, als Tebbins den Technikraum betrat. Dinah und Boomer saßen bereits wieder auf ihren Stühlen.

»Es ist da«, beharrte Nancy klar auf ihrem Standpunkt. »Also kommt auch jemand dran.«

»Was ist los?«, wollte Tebbins wissen.

»Oh, verdammt«, entfuhr es Turk und er wedelte frustriert mit den Händen durch die Luft.

»Es gibt ein Unterprogramm, mit dem der Alarm an verschiedenen Stellen abgeschaltet werden kann«, erklärte Dinah. »Es ist ein reines Testprogramm und *keine* Hintertür.«

»Aber es kann als solche genutzt werden«, widersprach Nancy.

»Nur, dass niemand außer uns Zugang dazu hat«, meinte Turk beleidigt.

Nancy piekste ihn mit einem Finger in die Brust. »Ein guter Hacker könnte es durchaus schaffen.«

Tebbins wandte sich erneut an Dinah. »Was genau geht hier vor sich?«

Sie seufzte leise. »Für Testzwecke haben wir ein Unterprogramm in die Software integriert. Wir müssen das System überprüfen können, ohne dass es dabei jedes Mal Alarm gibt. So wird der Alarm durch das Programm umgangen, ohne dass das System vorher ausgeschaltet wird. Statt tatsächlich das Alarmsignal zu geben, das Sie und Ihre Kollegen auf den Plan ruft, zeigt der Computer still an, dass ein Alarm gegeben worden ist.« Sie bemerkte Tebbins' argwöhnischen Blick und fuhr hastig fort. »Hören Sie, Sie kennen doch die Geschichte von dem Jungen, der zu häufig ›Hilfe‹ gerufen hat. Wenn es zu oft Alarm gibt, ignorieren die Leute ihn nach einer Weile. Die Sicherheit eines Systems wird dadurch vergrößert, dass zuverlässig nur dann Alarm gegeben wird, wenn wirklich was passiert. Außerdem werden von dem Programm nur die Bewegungsmelder berücksichtigt, nicht aber die Vitrinen. Den Alarm an den Vitrinen kann nichts und niemand unterbinden.«

»Okay«, erwiderte Tebbins. »Weshalb sagte er, dass niemand an das Programm herankommt? Sie kommen doch offenbar dran.«

»Weil«, erklärte Turk und machte eine ausholende Geste mit seinem rechten Arm, »das Programm in einem geheimen Menü versteckt ist.«

Als Nancy schnaubte, funkelte er sie giftig an.

»Hören Sie«, wandte er sich abermals an Tebbins. »Um in das Menü zu kommen, brauchen Sie ein Passwort.«

»Als wäre das ein besonderes Problem«, fiel ihm Nancy abermals ins Wort. »Hacker fischen ständig die richtigen Passworte heraus oder tricksen sie aus.«

»Ja«, meinte Turk. »Aber hier gibt es zusätzlich ein paar andere Komplikationen.«

»Noch mal ganz von vorne«, bat Tebbins in leicht ungehaltenem Ton. »Erklären Sie mir das Ganze von Anfang an. Nancy hat also ein Unterprogramm oder was auch immer gefunden, mit dem man den Alarm umgehen kann. Okay. Und wenn sie es hat finden können, weshalb sollte das nicht auch jemand anderem gelingen?«

»Sie hat es gefunden«, sagte Turk, »weil sie meinen dekompilierten Code gelesen hat.« Er zeigte auf den Bildschirm seines Laptops. »Sehen Sie? Das ist eine Art Brücke zwischen Englisch und Maschinensprache. Aber es ist selbst für einen erfahrenen Programmierer schwer zu lesen, weil es kein richtiges Englisch ist. Es ist ein Haufen von Befehlen, und man muss sie sorgfältig verfolgen, um zu sehen, was genau alles bedeutet, und – Mann – man könnte eine Ewigkeit damit verbringen, nur einen Teil des Codes zu knacken.«

»Deshalb werden Kommentare eingebaut«, mischte sich Nancy wieder ein. »Kommentare sind wie Notizen – auf englisch –, die die Programmierer verwenden, um zu erklären, was jede Zeile oder jedes Unterprogramm des Codes genau bewirkt.«

»Genau«, pflichtete ihr Turk mit selbstzufriedener Stimme bei. »Aber in unserem Fall ist es noch nicht mal wichtig, dass man diese Zeilen lesen kann, denn *dieser* Code ist in dem im Museum installierten System gar nicht enthalten. Hier haben wir nur den kompilierten Code, der ausschließlich in Maschinensprache abgerufen werden kann.«

Er beugte sich neben Nancy über die Konsole, tippte ein paar Befehle, und einen Moment später wurde das Menü auf dem Bildschirm durch eine scheinbar endlose Folge von Einsen und Nullen ersetzt.

»Das«, erklärte Turk, »ist alles, was man von hier aus sieht. Nur so kann die Maschine das Programm lesen. Ein Bandwurm von Befehlen, die alle dem Computer mitteilen, in welcher Reihenfolge er welche Teile der Alarmanlage an- oder ausgehen lassen soll. Wunderschön, nicht wahr?«

Tebbins hätte eher ein anderes Wort benutzt, doch er musste gestehen, dass er beeindruckt war. »Und trotzdem ist es jemandem gelungen, das System zu umgehen.«

»Ich weiß.« Turk knurrte frustriert. »Was ich versuche, ist, Ihnen allen zu erklären, dass niemand lediglich mit Glück das System umgehen kann. Meiner Meinung nach kann niemand den Code in der kurzen Zeit, seit er hier installiert ist, geknackt haben. *Niemand.*«

Dinah nickte. »Er hat Recht. Bis heute Morgen hat keiner hier im Haus auch nur etwas von der Existenz dieses Unterprogramms geahnt. Dadurch wird natürlich zusätzlich die Sicherheit erhöht.«

Tebbins starrte auf den Bildschirm. »Irgendjemand doch.«

Turk tippte einen weiteren Befehl, und auf dem Bildschirm erschien wieder das vorherige Menü.

»Okay. Obwohl es so gut wie ausgeschlossen ist, dass zufällig jemand über diese Sache hätte stolpern können, sind wir selbst gegen dieses Risiko gefeit. Nancy hat das Programm in dem dekompilierten Code vor allem deshalb finden können, weil es anders aussieht. Zum einen gibt es dazu nur sehr wenige Kommentare, und zum anderen ist der Befehl für das Unterprogramm selbst irreführend gewählt. Nehmen wir also an, jemand hätte den dekompilierten Code gefunden und gelesen, so wie Nancy es getan hat. Trotzdem könnte sie ihn noch lange nicht benutzen.«

Nancy sah aus, als wollte sie ihm widersprechen, doch sie hielt den Mund.

»Als Erstes«, meinte Turk, »muss sie in den Raum gelangen. Der Zugang ist Angestellten unseres Unternehmens und theoretisch der Museumsdirektorin vorbehalten. Angenommen, sie schafft es irgendwie hier herein. Dann kann sie das System vor Ort immer noch nicht dazu bringen, irgendwas zu tun, solange sie nicht über den passenden Zugangscode verfügt. Um in die so genannten öffentlichen Menüs wie das hier zu gelangen, braucht sie ein siebenstelliges, alphanumerisches, fallbezogenes Passwort. Boomer, wie groß sind die Chancen, dass sie dieses Wort herauskriegt?«

Boomer zog seinen Taschenrechner aus dem Gürtel. »Ich kann mich nicht erinnern. Warte, ich rechne es kurz aus.«

»Vergessen Sie's«, erklärte Tebbins. »Ich kann mir durchaus vorstellen, dass es unzählige Möglichkeiten gibt.«

»Genau. Und um weiterzukommen, müssen Sie zuerst in dieses Menü. Das ist also bereits ein riesiges Problem. Dann, wenn man in dem Menü drin ist, muss man weiter wissen, wie man in das Geheimmenü gelangt. Dazu braucht man einen Befehl«, er zeigte auf eine Zeile mit dem Wort COMMAND, »und muss diesen an der richtigen Stelle eingeben.« Er wählte die Zeile COMMAND. Sofort wurde der Bildschirm schwarz, und es blinkte nur noch ein Fragezeichen auf.

»Aber bevor ich den Befehl eingebe, guckt bitte alle weg.

Ich habe nämlich keine Lust, noch mal alles zu verändern.«

Alle erfüllten ihm den Wunsch, nur Tebbins starrte, obgleich er nicht erkennen konnte, was genau Turk eingab, weiter auf den Bildschirm.

»Okay«, erklärte Turk, als auf dem Bildschirm ein kleines *p* mit einem Fragezeichen erschien.

»Das ist die Frage nach dem Passwort. Wie bereits vorhin handelt es sich erneut um einen siebenstelligen Code. Wieder ist die Chance, dass man ihn errät, so gut wie null, und man hat nur drei Versuche. Wenn man die falschen Zahlen eingibt, schaltet sich das System automatisch ab. Und mit Abschalten ist wirklich abschalten gemeint. Zwar kann man weiter alles überwachen, aber keine Menschenseele kann mehr aktiv etwas tun. Wir kriegen einen Hackeralarm, und ich muss herkommen und das System mit einem anderen Code wieder zum Laufen bringen. Einem Code, den nur ich alleine kenne und der bombensicher verschlossen im Safe unserer Firma liegt.«

Tebbins zog sich einen Stuhl heran und setzte sich neben Turk vor den Computer. Turk erklärte weiter. »Okay, sagen wir, der Kerl hat trotzdem so viel Glück gehabt. Er gibt den Code in den Computer ein…« Als Turk ein paar Tasten drückte, erschienen auf dem Bildschirm sieben Sternchen. »Sie haben hoffentlich bemerkt, dass jemand, der mir über die Schulter blickt, das Passwort auf gar keinen Fall lesen kann.«

Auf dem Monitor erschien ein weiteres Menü. Es war schlichter und weniger hübsch als das, was zuvor über den Bildschirm geflimmert war – nämlich einfach eine nummerierte Liste kurzer Wörter. Turk zeigte auf die Stelle, an der *9) bpa* zu lesen war.

»Das ist das Bypass-Programm. Wenn ich auf Enter drücke, erscheint das hier.« Wieder blinkte ein Fragezeichen auf. »Ich muss das nächste Passwort nennen, muss den Bereich eingeben, den ich prüfen will, und, je nachdem, ob ich den Bypass ein- oder ausschalten will, eine Eins oder eine Null. Und das alles ist miteinander verknüpft.«

Er machte eine kurze Pause. »Wir haben also jede Menge Schutzschichten in die Programme integriert. Als Erstes muss man wissen, dass es überhaupt die Möglichkeit der Systemumgehung gibt. Die Tatsache, dass nur ein paar wenige Leute innerhalb unseres Unternehmens Kenntnis haben von der Existenz dieses Programms, ist der größte Sicherheitsgarant, den man sich denken kann. Glauben Sie mir, auf gut Glück kommt niemand bis hierher.

Und selbst dann ist es völlig sinnlos, wenn man nicht genauestens weiß, was das Programm bewirkt. Aber gehen wir davon aus, dass der Typ das herausgefunden hat. Er weiß von der Existenz dieses Programms und weiß, dass er damit die Bewegungsmelder einzeln deaktivieren kann. Trotzdem braucht er drei verschiedene Passworte, muss wissen, mit welchem Befehl er Zugang zu dem Geheimmenü bekommt, und muss genau wissen, wie er die Informationen, die das Programm von jedem Anwender verlangt, richtig eingibt. Er kann nicht einfach rumprobieren, weil dann das gesamte System heruntergefahren würde. Selbst der beste Hacker hätte demnach nur eine minimale Chance.«

»Was ist mit der internen Überprüfung?«

Turk zuckte mit den Schultern. »In der Nacht des Raubes wurde nichts verzeichnet. Wir haben es gleich am nächsten Morgen überprüft. Das ist auch so eine Sache, die ich nicht verstehe.«

»Er muss gewusst haben, dass sein Zugriff irgendwo verzeichnet werden würde«, stellte Nancy fest. »Also hat er die Datei bestimmt gelöscht.«

»Vielleicht kriege ich sie ja noch mal hin«, antwortete Turk. »Vielleicht ist sie ja noch irgendwo versteckt.«

»Wie das?«, wollte Tebbins wissen.

»Wenn man eine Datei löscht, bleibt sie zunächst noch erhalten«, erläuterte ihm Nancy. »Anfänglich wird das erste Zeichen des Dateinamens verändert und der Ursprungsname im Verzeichnis gelöscht.« Tebbins hob verwirrt die Hand, und sie atmete tief durch. »Wenn man eine Datei im Computer löscht, wird sie im Grunde nur versteckt und die Stelle, an der sie sich befindet, als frei markiert, sodass sie früher oder später von einem anderen Programm überschrieben werden kann.«

Während Nancy gesprochen hatte, hatte Turk eifrig getippt. »Verdammt, der Kerl ist wirklich gut. Hier ist nichts zu finden. Wahrscheinlich hat er den Dateinamen derart verändert, dass das Ding nicht mal mit der Restore-Funktion wieder gefunden werden kann.« Er wandte sich an Tebbins. »Die Datei ist weg, Mann. Sie ist einfach futsch.«

Nancy nickte. »Dann ist es also jemandem gelungen, an die Codes zu kommen. Wer hat die Codes alles gekannt?«

»Ich und meine beiden Assistenten«, antwortete Turk. »Sonst niemand. Das heißt, außer dem Tresor in unserer Firma.«

»Dann«, meinte Tebbins, »muss ich mit Ihren Assistenten sprechen. Und zwar dringend.«

»Aber«, Turk war in seiner Ehre als Software-Ingenieur eindeutig gekränkt, »das ist nach wie vor keine Erklärung dafür, wie er den Dolch aus dem Schaukasten geklaut hat.« Er zeigte mit dem Daumen über die Schulter in Richtung des Kollegen. »Das ist *seine* Sache, Mann.«

Der Beobachter, der im Raum neben der Eingangshalle Position bezogen hatte, spitzte angestrengt die Ohren. Und war zum ersten Mal ernsthaft in Sorge, dass seine Mission womöglich misslang.

Er tat, als blättere er in irgendwelchen Papieren und hob von Zeit zu Zeit den Kopf, als andere Angestellte an seiner Tür vorübergingen und ihn beiläufig grüßten. Wieder war er unsichtbar, wieder wurde er durch die Tatsache geschützt, dass sein Aufenthalt an diesem Ort völlig normal war. Doch das war ihm derzeit nur ein geringer Trost.

Er musste so schnell wie möglich handeln. Sonst wäre es zu spät.

18

Für den Fall, dass Nancy nach Hause fahren wollte, bevor sie wieder zurück war, ließ Anna ihre Wagenschlüssel im Technikraum zurück. Tebbins gab Gil eine schnelle Zusammenfassung der Dinge, die herausgefunden worden waren, und versprach, er würde ihn umgehend über die Ergebnisse seiner Gespräche mit Turks Assistenten informieren.

Bis zum Krankenhaus der Universität war es nicht weit. Wie in Krankenhäusern üblich, hatte sich Anna auf stundenlanges Warten gefasst gemacht, doch bereits zehn Minuten nach ihrem Erscheinen bat man Gil in den OP, und Anna und der Polizeibeamte, der sie beide gefahren hatte, blieben allein im Warteraum zurück.

Der Beamte schien an einer Unterhaltung nicht interessiert zu sein. Er blätterte eine Zeitschrift nach der anderen durch und zog ab und zu sein Funkgerät hervor, aus dem ein leises Knistern drang, dessen gesprochenen Inhalt Anna nicht einmal annähernd verstand.

Sie nahm an, dass er lieber etwas anderes täte.

Tja, da ging es ihr nicht anders. Sie war eingesperrt in ihrem eigenen Leben. Überall, wohin sie ging, wurde sie verfolgt. Ihre Aktivitäten wurden in einem Maß gehemmt, dass es geradezu absurd war. Die Stunden, in denen sie auf etwas, irgendetwas, wartete, wurden mit jeder Minute länger.

Doch sie war nicht dumm. Sie würde nicht versuchen, ihren Bewachern zu entkommen oder sich an Orte zu begeben, an denen sie eine wehrlose Zielscheibe für ihren

Verfolger wäre. Er beherrschte sein Spiel zu gut, als dass sie hätte denken können, sie wäre in einer Menge, am Strand oder in einem Einkaufszentrum vor ihm sicher. Also nahm sie die Beschränkung ihrer Bewegungsfreiheit ergeben in Kauf.

Was jedoch nicht hieß, dass es ihr gefiel.

Sie warf ihre Zeitschrift auf den Tisch und begann im Wartezimmer auf und ab zu tigern. Gil würde wahrscheinlich nach der Behandlung sofort ins Museum zurückgefahren werden wollen. Sie hingegen nicht. Allmählich erschien der Ort ihr wie ein Grab. Und zwar ihr eigenes.

Das einzig Gute, was sich bisher bei diesem ganzen Durcheinander für sie ergeben hatte, war die Begegnung mit Gil und seiner Tochter. Und selbst das zählte nicht viel, denn wenn der Fall erst einmal abgeschlossen war, würde sie die beiden sicher nie wieder sehen.

So viel zu dem berühmten Silberstreif am Horizont, den es laut ihrer Mutter in allen Lebenslagen gab.

Eine Stunde später kam Gil etwas erschöpft aus dem Behandlungsraum zurück. Sie hatten sein Augenlid genäht.

»Das ist wirklich lästig«, erklärte er ihr beleidigt. »Ich spüre es bei jedem Blinzeln. Aber ansonsten geht's mir gut. Wollen Sie zurück ins Museum?«

Anna schüttelte den Kopf. »Ich würde lieber nach Hause fahren. Im Museum komme ich mir vor wie das berühmte fünfte Rad am Wagen. Zu Hause kann ich wenigstens ein paar Dinge erledigen, während man mich überwacht.«

»Das kann ich verstehen. Ich nehme an, die Streifenwagen sind noch dort?«

»Ich schätze, schon.«

»Dann lassen Sie uns fahren. Ich werde eine Zeit lang bleiben. Tebbins weiß ja, wie er mich erreicht.«

Aus irgendeinem Grund machte der Gedanke, mit Gil

allein zu sein, ihr Angst. »Das ist nicht nötig. Ich bin sicher, Sie wollen zurück ins Museum, um zu sehen, was Tebbins treibt.«

Gil zuckte mit den Schultern. »Wie gesagt, er weiß, wo er mich findet.«

Die beiden Streifenwagen standen noch vor Annas Haus. Die Polizeibeamten plauderten fröhlich miteinander, fanden jedoch die Zeit, sowohl Gil als auch Anna sorgfältig zu überprüfen, ehe sie ihnen erlaubten, ihr eigenes Zuhause zu betreten. Im Gegenzug überprüfte der Detective aus Tampa die beiden rangniedrigeren Chargen, ehe er tatsächlich ging.

»Sehen Sie?«, erklärte Anna. »Ich bin vollkommen sicher. Es ist wirklich nicht nötig, dass Sie den Babysitter für mich spielen.«

Er stand in der Mitte ihres Wohnzimmers und sah sie reglos an. Die Blicke aus seinen dunklen und ihren grünen Augen verschmolzen miteinander, und es war, als hülle die warme Luft im Zimmer sie beide wohlig ein. Anna überlegte, ob sie es je zuvor so empfunden hatte, als hingen ungezählte wunderbare Möglichkeiten über ihr. Sie wagte nicht einmal sich zu bewegen, aus Furcht, der glückselige Moment würde dadurch zerstört.

Schließlich fragte er mit sanfter Stimme: »Wovor hast du Angst?«

Unter den gegebenen Umständen eine absurde Frage. Doch keiner von ihnen beiden dachte bei diesen Worten an den Berg von Problemen, der sie zurzeit fast unter sich begrub.

Er zog seine Anzugjacke aus und warf sie auf die Couch. Seine Krawatte war bereits im Krankenhaus verschwunden. Anna hielt den Atem an. Das Universum, das offenbar nicht völlig herzlos war, bot ihr etwas Wunderbares.

Gil trat ganz nahe zu ihr. »Ich sollte kein derartiges Gefühl haben.«

Sie wusste darauf keine Antwort. Und hätte auch gar nichts herausgebracht, wenn sie eine gewußt hätte. Denn tief in ihrem Innern war sie sich der Tatsache bewusst, dass sie ihn in diesem Augenblick mehr wollte als alles andere auf der Welt.

»Du bist eine Verdächtige. Das hier könnte das Ende meiner Karriere sein.«

Ihre Antwort war ein leises Flüstern, das nicht aus ihrem Mund zu kommen schien: »Ich werde es niemandem erzählen.«

Das Lächeln, mit dem er sie bedachte, wärmte sie bis in die Spitzen ihrer Zehen.

Tebbins saß im Konferenzraum und beobachtete über den Tisch hinweg Turks Assistenten. Dinah Hudson, die den Mann bereits gebeten hatte zu kooperieren, hatte am Kopfende des Tisches Platz genommen und verfolgte schweigend das Geschehen.

Tebbins hätte Arnold LaCombe nicht mal angeheuert, um seine Schuhe zu polieren. Der Mann mochte ein guter Programmierer sein, aber er war ein arroganter Fatzke und vor allem eindeutig bekifft.

Tebbins war Realist. Ihm persönlich war es völlig egal, wenn jemand ab und zu Marihuana rauchte. Schließlich war es fast das Gleiche wie für andere der gelegentliche Drink. Er selbst trank ja auch gerne hin und wieder ein Gläschen guten Weins.

Nur dass Marihuana-Raucher im Gegensatz zu Wein- oder Biertrinkern etwas Illegales taten. Und das, konstatierte Tebbins, sagte einiges über sie aus.

In dieser Minute wirkte Arnold LaCombe wie jemand,

der nach einem durch und durch misslungenen Wochenende gerade wach genug war, um der Welt schlecht gelaunt und widerspenstig zu begegnen. Doch erforderlichenfalls zog Tebbins gerne die Daumenschrauben an.

»Ich will wissen, ob jemand ein ungewöhnliches Interesse an dem Sicherheitssystem gezeigt hat, während Sie damit beschäftigt waren«, erklärte er dem Mann.

»Was heißt ungewöhnlich?« LaCombe lungerte in einem T-Shirt und einer kurzen Hose, die beide aussahen, als hätte er nicht nur einmal in ihnen geschlafen, genervt auf seinem Stuhl. Nein, dachte Tebbins, ich würde diesen Mann nicht einmal die Hundescheiße aus meinem Garten entfernen lassen. Während der Woche trat er seinem Arbeitgeber gegenüber eventuell zivilisierter auf. Turk und Boomer waren zwar seltsam, doch sie nahmen ihre Arbeit ernst und waren hilfsbereite Kerle.

»Dass er zum Beispiel Fragen gestellt hat«, antwortete Tebbins.

»Das haben sie alle. Es hat hier von Leuten gewimmelt, und ständig hat mich irgendwer mit blöden Bemerkungen genervt.«

Was Tebbins nicht recht glaubte. »Ich meine Leute, die mit gezielten Fragen nach der Funktionsweise des Systems, nach den Testverfahren, an Sie herangetreten sind.«

LaCombe zuckte mit den Schultern. »Schätze, dass so was vorgekommen ist. Wahrscheinlich haben sogar mehrere Leute nach solchen Sachen gefragt. Was aber nicht heißt, dass ich ihnen auch eine Antwort darauf gegeben hätte. Das dürfen wir nämlich nicht.«

»Trotzdem muss ich wissen, wer diese Fragen gestellt hat.«

»Woher zum Teufel soll ich das bitte wissen? Hier sind Hunderte von Leuten rumgelaufen. Meinen Sie etwa, es hätte mich auch nur ansatzweise interessiert, wer diese Leute sind?«

»Aber jemand hat ganz gezielte Fragen nach dem System gestellt.«

»Das habe ich nicht gesagt. Ich habe nur gesagt, dass das nicht auszuschließen ist.«

»Ich habe Ihnen gesagt, dass Sie kooperieren sollen, Arnold. Also bitte«, meinte Dinah seufzend.

»Ich kooperiere ja. Immer wieder haben mir irgendwelche Leute irgendwelche Fragen nach dem System gestellt. Ich habe keine Ahnung, wer diese Leute waren. Ich habe keine Fragen beantwortet, die ich nicht hätte beantworten sollen.«

»Ich will hoffen, dass das stimmt«, erklärte Tebbins. »Denn wenn nicht, kriegen wir Sie vielleicht wegen Beihilfe dran.«

Das brachte Leben in den Typen. Seine bereits geweiteten Pupillen wurden tatsächlich nicht größer. »Ich werde drüber nachdenken. Vielleicht fällt mir ja noch was ein«, erwiderte er hastig.

»Tun Sie das.«

LaCombe verließ den Raum, und Dinah schlug mit ihrer flachen Hand zornig auf den Tisch. »Und dabei machen wir immer wieder unangekündigte Drogentests bei unseren Leuten! Ich frage mich, weshalb er bisher niemals aufgefallen ist.«

»Vielleicht sollten Sie versuchen, das herauszufinden.«

Sie nickte. »Darauf können Sie sich verlassen. Und eines kann ich Ihnen garantieren. Wenn ich je auch nur vermutet hätte, dass er Drogen nimmt, wäre er schon längst nicht mehr in unserem Unternehmen. Jetzt ist er auf alle Fälle gefeuert.«

»Noch nicht«, widersprach Tebbins. »Ich will nicht, dass er aufhört, über diese Sache nachzudenken.«

Sie seufzte. »Das ist wahrscheinlich die gerechte Strafe für meine bisherige Blindheit. Aber nur solange diese Sache hier läuft. Er ist eine Gefahr für unsere Firma.«

»Was ist mit dem anderen Typen?«

»Akeem Wilson. Nach dem Auftritt von LaCombe traue ich mich beinahe nicht mehr, etwas über ihn zu sagen.«

»Bitte tun Sie es trotzdem.«

»Clever, verantwortungsbewusst und zuverlässig. Wenn Turk uns je verlassen würde, bekäme er seinen Posten.«

Wilson war ein klein gewachsener Mann, und ein breites Lächeln erhellte sein dunkles Gesicht. Er grüßte Tebbins mit einer angenehmen, leisen Stimme und reichte ihm die Hand. Anders als die anderen Programmierer wirkte er mit seiner khakigrünen langen Hose und seinem frischen Polohemd richtiggehend elegant.

»Ja«, sagte er als Antwort auf Tebbins erste Frage. »Es haben sich sehr viele Leute für unsere Arbeit interessiert. Da hat Arnie Recht. Aber ich weiß, was Sie mit speziellen Fragen meinen. Auch die habe ich gestellt bekommen. Einmal, als wir früh morgens einen der gerade installierten Bereiche testen wollten. Mehrere Leute wollten wissen, wie wir das machen, ohne dass dabei Alarm gegeben wird. Ich habe ihnen erklärt, dass das ein Berufsgeheimnis ist.«

Diese Antwort weckte Tebbins' Interesse. »Dann wussten also die Leute im Museum, dass Sie den Alarm abschalten konnten, ohne dass dabei das gesamte System vom Netz genommen wird.«

»Nun, zumindest einige von ihnen schienen es zu wissen.« Er rieb sich nachdenklich das Kinn. »Einer von ihnen war Mr. Gregor. Ich glaube, er ist der Verwalter des Museums. Er war deshalb etwas in Sorge. Damals hatten sie eine Reihe sehr wertvoller Stücke in der Lagerhalle liegen, und er hatte Angst, dass sie während des Tests nicht geschützt wären. Natürlich habe ich ihn beruhigt. Das erschien mir angemessen.«

Dinah nickte. »Ich hätte genauso gehandelt, Akeem.«

Er bedachte sie mit einem Lächeln.

»Und wer wusste noch darüber Bescheid?«, bohrte Tebbins weiter.

»Da gab es einige.« Wilson runzelte die Stirn. »Ich meine mich zu entsinnen, dass einer von ihnen ein Freund der Museumsdirektorin war. Er hat ziemlich häufig im Museum rumgehangen, aber ich glaube, sie hat ihn nicht allzu sehr gemocht. Außerdem hatte ich den Eindruck, dass er nicht zum Museumspersonal gehörte, sondern Dozent drüben an der Uni war. Tja, er hat sich für alles Mögliche interessiert. Und dann war da noch einer der jungen freiwilligen Helfer. Ein besonders hilfsbereiter Typ. Ich glaube, dass er sogar Boomer beim Verdrahten einiger der Räume zur Hand gegangen ist. Auf alle Fälle schien er ein totaler Fan von ihm zu sein.«

»Wie viel haben diese Leute in Erfahrung bringen können?«

»Nichts, was ihnen auch nur ansatzweise etwas hätte nützen können«, antwortete Akeem. »Zumindest nicht von mir. Unser Unternehmen hat eine strenge Geheimhaltungspolitik, und zufällig liegt mir sehr viel an meinem Job.«

Dinah lächelte wohlwollend.

Tebbins verfolgte währenddessen einen anderen Gedankengang. »Was ist mit LaCombe? Könnte er den Leuten etwas erzählt haben?«

Akeem Wilson zögerte.

»Los«, forderte ihn Dinah auf. »Sie können die Sache für ihn sowieso nicht mehr schlimmer machen.«

»Tja«, meinte Akeem nach ein paar Sekunden. »Arnie

gibt gern ein bisschen an. Ich weiß nicht, ob er was gesagt hat, was er nicht hätte sagen sollen, aber meines Erachtens war er ab und zu gefährlich nahe dran.«

Als sein Handy schrillte, schob sich Gil gerade vorsichtig in Anna hinein. Verdammt, dachte er und beschloss, den Anruf kurzerhand zu ignorieren.

Es war wie ein Rausch über beide gekommen. In der einen Minute hatten sie noch im Wohnzimmer miteinander gesprochen – und schon in der nächsten hatten sie sich nackt auf ihrem Bett gewälzt. Ihrer beider Ungeduld war überwältigend gewesen und hatte keinen Raum für Feinheit oder Zärtlichkeit gelassen. Als hätten sie nur wenige Minuten. Was vielleicht der Wahrheit entsprach.

Alles, was er wusste, war, dass er ein paar der unglaublichsten Minuten seines Lebens mit dieser Frau verbrachte, und dass das alles war, was zählte.

Er pumpte noch vehementer in sie, spürte, dass sie erschauderte und hörte ihren leisen, keuchenden Schrei, worauf er ebenfalls mit einem gutturalen Stöhnen kam.

Abermals schrillte sein Handy.

»Verdammt«, murmelte er, sackte auf ihr zusammen und spürte, wie ihre vom Schweiß glitschigen Körper aufeinander trafen.

»Du solltest besser dran gehen.«

Er hob den Kopf und sah die Angst in ihren Augen. »Es ist alles in Ordnung«, erklärte er mit rauer, atemloser Stimme. »Es ist alles in Ordnung. Ich verspreche dir, es ....«

»Geh bitte endlich dran«, wiederholte sie und wandte sich von ihm ab.

Sie bedauerte ihr Tun. Und nun, da sein Kopf allmählich wieder klarer wurde, reute es auch ihn. Nicht, weil er sie nicht gewollt hätte, oh, nein. Nicht, weil es nicht phänomenal gewesen wäre, sondern weil er eine Grenze überschritten hatte, die zu überschreiten ihm niemals erlaubt gewesen war.

Die Mailbox seines Handys schaltete sich ein, und das Klingeln hörte auf.

»Anna …«

»Schon gut. Wir sind beide erwachsene Menschen.« Sie sah ihn wieder an und bedachte ihn mit einem, wenn auch schwachen, Lächeln. »Es war einfach der falsche Zeitpunkt, das ist alles.«

Sie hatte Recht. Nächste Woche, nächsten Monat, dachte er und versprach: »Es wird der rechte Zeitpunkt kommen.«

Sie antwortete nicht.

Erneut schrillte das verdammte Handy los. Er setzte sich auf und machte sich auf die Suche nach dem Apparat. Er lag auf dem Wohnzimmerfußboden zwischen seiner Unterhose und einer seiner Socken.

»Garcia!«

»Hallo – was macht das Gesicht?«, fragte Tebbins, wobei sein Ton verriet, dass er wusste, dass das Gesicht momentan nicht die allergrößte Sorge seines Kollegen war. Wahrscheinlich war der blöde Streifenpolizist zum Museum gefahren und hatte dort berichtet, dass Gil bei Anna geblieben war.

»In Ordnung. Was ist los?«

»Diese Frage sollte ich wohl Ihnen besser stellen. Sich mit einer Verdächtigen in einem Mordfall einzulassen, ist ja wohl das Dümmste, was ein Detective tun kann, Garcia.«

»Sagen Sie einfach, was los ist.«

»Gerne.« Tebbins machte eine bedeutungsvolle Pause, und Gil sah deutlich vor sich, wie er sich genüsslich über seinen Schnurrbart strich.

»Okay«, fuhr er schließlich gnädig fort. »Wir haben drei Personen, die sich auffallend für das Alarmsystem interessiert haben. Ivar Gregor, Peter Dashay – können Sie sich noch erinnern? Annas Freund.«

Bei diesen Worten kochte leichter Ärger in Gil hoch, doch er ging darüber hinweg. »Und?«

»Und ein freiwilliger Helfer und gleichzeitiger Teilzeit-Angestellter, an dessen Namen sich niemand erinnern zu können scheint. Gregor und Dashay kann ich momentan nirgendwo erreichen. Das muss also warten.«

»Okay. Die beiden können wir morgen auch noch sprechen. Aber dieser andere Typ... Hören Sie, wir müssen noch einmal den Wachmann befragen, von dem Malacek nach seiner letzten Wache abgelöst worden ist.«

»Weil er der Typ ist, der ständig zu spät kommt?« Tebbins begann leise zu summen. »Tja, und weiter? Wir haben die Videoaufnahme gesehen. Der Wachwechsel hat stattgefunden. Da hat Malacek eindeutig noch gelebt.«

»Entschuldigung. Aber gerade wegen der Dinge, die wir auf den Kassetten nicht gesehen haben, frage ich mich, ob die Dinge, *die* wir sehen, alle wirklich wahr sind.«

Tebbins verstummte und erklärte nach ein paar Sekunden mit einem fast reumütigen Lachen: »Sie haben mir gerade das Gefühl gegeben, ein Vollidiot zu sein, was mir nicht unbedingt gefällt. Unglücklicherweise haben Sie sicher Recht. Aber das Labor hat nach wie vor keinen Beweis für eine Manipulation der Videos gefunden.«

»Irgendetwas ist an dieser Sache nicht sauber, das wissen wir beide ganz genau. Ich denke schon darüber nach, seit ich mich heute Morgen mit dem Wachmann unterhalten habe. Dabei kam mir der Gedanke, dass es doch leichter wäre, einzelne Kassetten auszutauschen als irgendeine Aufnahme zu ändern.«

»Guter Gedanke«, erklärte Tebbins nachdenklich. »Ich werde herausfinden, wer der Typ ist, und mich mit ihm unterhalten. Außerdem sollte ich mir die Kassetten von der Nacht noch mal persönlich ansehen. Eventuell kann mir ja Anna dabei helfen, indem sie schaut, ob dieser Mensch an Orten im Museum auftaucht, an denen er nichts verloren hat.«

»Dann schließen Sie also Gregor und Dashay als Verdächtige aus?«

»Noch nicht. Aber unser großer Unbekannter ruft eine größere Neugier in mir wach. Okay, machen Sie mit der Sache weiter, bei der ich Sie gerade unterbrochen habe.« Sein Ton verriet, dass er genauestens wusste, wobei Gil von ihm unterbrochen worden war. »Ich rufe an, sobald ich den Wachmann gefunden habe.«

»Danke.« Gil drückte auf den Aus-Knopf, drehte seinen Kopf und sah Anna an der Tür stehen – komplett bekleidet und mit einem distanzierten Blick, der ihm in der Seele weh tat.

»Zeit, wieder in die Rollen des Kriminalbeamten und der Verdächtigen zu schlüpfen«, erklärte sie ihm kühl.

»Anna ...« Wieder einmal wusste er nicht, was er sagen sollte. Er war nicht in der Position, um ihr irgendwelche wilden Versprechungen zu machen. Und es wäre auch nicht klug, momentan etwas Derartiges zu tun.

»Schon gut.« Sie lächelte leicht. »Kein Problem.«

Dann klingelte abermals sein verflixtes Handy, nur dass dieses Mal der Anruf jeden anderen Gedanken aus seinem Hirn vertrieb.

»Wo zum Teufel hast du die ganze Zeit gesteckt?«, fauchte seine Ex-Frau. »Ich versuche seit über einer halben Stunde dir zu sagen, dass Trina mit Jamie durchgebrannt ist!«

Tebbins telefonierte mit dem Wachmann. Sein Name war Johnny Kews, und er war dafür, dass man ihn an einem Sonntag störte, erstaunlich gut gelaunt.

»Sicher, ich hatte die Schicht am Morgen nach dem Diebstahl.«

»Genau. Also, was ich von Ihnen wissen möchte, ist, ob Eddy noch da war, als Sie zum Dienst erschienen.«

Stille. »Sie haben das Video gesehen. Natürlich nicht.«

Tebbins hatte das Gefühl, als schrumpfe sein Ego auf die Größe eines Stecknadelkopfs zusammen, was ihm alles andere als gefiel. Es dauerte einen Moment, bis er mit ruhiger Stimme fragen konnte: »Warum haben Sie das bei unserer ersten Unterhaltung nicht erwähnt?«

»Was versuchen Sie mir vorzuwerfen? Schließlich hatten Sie doch die Kassette. Sie haben gesehen, was passiert ist. Ich dachte, wenn Sie mehr hätten wissen müssen, hätten Sie danach gefragt.«

Tebbins hatte das Bedürfnis, sich wie ein ungezogenes Kind zu benehmen und nach irgendwas zu treten. Doch er bremste sich. Schließlich benahm sich Hercule Poirot nie wie ein Arschloch. Wobei dem Meisterdetektiv natürlich auch niemals ein derart blödsinniger Fehler unterlief.

»Auf der Kassette ist zu sehen, wie Sie zehn Minuten zu spät zum Dienst erscheinen und die zurückgelassenen Schlüssel von Malacek an sich nehmen.«

»Oh, Junge.« Kews pfiff durch die Zähne. »In Wahrheit war ich sogar zwanzig Minuten zu spät. An dem Morgen herrschte ein furchtbarer Verkehr. Eddy war schon weg, als ich ins Museum kam. Ich nahm an, er hätte eventuell einen Kurs und deshalb nicht auf mich gewartet. Aber ansonsten war alles normal, als ich im Museum ankam. Das habe ich persönlich überprüft. Also bestand für mich kein Anlass, den Jungen zu verpfeifen. Sicher hätten sie ihn dann gefeuert.«

Tebbins nahm an, dass Kews weniger aus Sorge um Eddy als vielmehr um sich selbst den Mund gehalten hatte. »Dann war also außer Ihnen niemand im Gebäude?«

»Keine Menschenseele.«

»Sind Sie sich da sicher?«

»Völlig sicher. Ich habe es, wie gesagt, persönlich überprüft. Und zwar genauestens. Ich wollte meine Verspätung nicht erklären müssen. Tja, ich schätze, dass ich das jetzt wohl trotzdem machen muss.« Er seufzte leise. »Ich habe keine Ahnung, was man auf der Kassette sieht, aber Tatsache ist, dass ich zu spät kam und Eddy bereits verschwunden war. Bei der Überprüfung der Räume habe ich mich total abgehetzt. Wir müssen bei jedem Wachwechsel das gesamte Museum checken, und an dem betreffenden Morgen bin ich durch das Haus fast gerannt.«

»Ist in der Zeit zwischen Ihrem Eintreffen und acht Uhr dreißig sonst noch jemand gekommen?«

»Nein. Die ersten Angestellten trudeln meist gegen kurz vor neun ein. An dem Morgen habe ich den ersten Menschen nicht vor, oh, ich schätze, zehn vor neun gesehen.«

Was keine Erklärung dafür war, wie jemand um halb neun die Videokassetten im Technikraum hatte vertauschen können. Wenn er nicht schon vorher dort gewesen und Malacek vielleicht schon lange vor Ende seiner Schicht verschwunden war.

Wir haben heute sehr vieles in Erfahrung bringen können, dachte Tebbins nach dem Ende des Gesprächs. Einschließlich der Tatsache, dass er manchmal das, was er direkt vor Augen hatte, schlichtweg übersah. Ihm graute schon davor, es Garcia zu erzählen.

Doch so viel sie auch herausgefunden hatten, es war nicht genug. Um die erneute Durchsicht der Videobänder aus der Nacht des Einbruchs kam er nicht herum.

Eine Stunde später saß Tebbins hinter seinem Schreibtisch. Er hatte sich Kopien der Videos machen lassen, die ihn am meisten interessierten, und nun lagen zwölf Kassetten – überwiegend aus dem Foyer während der Party, während der Nacht und des folgenden Morgens – ordentlich gestapelt vor ihm und warteten darauf, dass er sie sich während endlos langweiliger Abendstunden ansah. Er stöhnte leise.

Zugleich jedoch lag vor ihm auf dem Schreibtisch ein interessanter Ordner. Er schlug ihn auf und fand die von ihm bei der Telefongesellschaft bestellte Auflistung sämtlicher von Anna Lundgren aus ihrem Haus und ihrem Büro während des letzten Monats geführten Gespräche. Die Sekretärin, Joyce, hatte eine kurze Notiz für ihn auf das oberste Blatt geklebt.

Sehen Sie sich besonders die von mir überprüften Nummern an. Sie gehören alle ausländischen Kunst- und Antiquitätenhändlern und Museen.

Tebbins spürte, dass sein Herz schneller klopfte. Gott, er liebte Joyce. Ihre Tätigkeit als Sekretärin hielt sie nicht davon ab, hervorragende Detektivarbeit zu leisten. Und vor allem machte sie oft mehr als nötig. Wie das hier zum Beispiel. Er hatte sie lediglich um die Beschaffung der Telefonlisten gebeten. Die Nummern hatte sie aus eigenem Antrieb überprüft.

Er überflog die Nummern und bemerkte, dass Anna regelmäßig von zu Hause aus bei den Händlern angerufen hatte. Natürlich musste sie von Zeit zu Zeit mit anderen Museen telefonieren, doch mit *Händlern*? Und dann noch von zu Hause?

Er griff zum Telefon, wählte Garcias Nummer und war leicht überrascht, als dieser rüde schnauzte: »Was ist jetzt schon wieder los?«

Tebbins hielt den Hörer ein Stückchen von sich ab, schenkte ihm einen missbilligenden Blick und drückte ihn dann erneut an sein Ohr. »Tebbins«, bellte er zurück. »Wir müssen miteinander reden. Könnten Sie Anna netterweise kurz alleine lassen?« Sicher hatte er den Kollegen schon wieder in einer delikaten Situation erwischt.

»Ich bin nicht mehr dort. Ich bin auf der Jagd nach meiner Tochter, die von zu Hause weggelaufen ist. Hoffentlich haben Sie also eine wirklich gute Neuigkeit für mich.«

»Jagen Sie ruhig weiter. Ich wollte Sie nur wissen lassen, dass ich eine Liste der von Anna im letzten Monat geführten Telefongespräche vor mir liegen habe. Sie hat mehr als ein Dutzend Anrufe bei ausländischen Kunst- und Antiquitätenhändlern getätigt. Und zwar von zu Hause.«

Gil drückte den Aus-Knopf seines Handys und warf es neben sich auf den Sitz. Antiquitätenhändler? Sein bereits bleischwerer Magen sank noch ein wenig tiefer. Himmel. Grundgütiger Himmel.

Dann war der Kerl, dem er bis auf den Golfplatz hinterhergelaufen war, vielleicht ihr Komplize, der sie hatte treffen wollen – oder tatsächlich ein ganz normaler Spanner. Der Dolch in ihrem Bett hatte die Polizei womöglich bloß auf eine falsche Fährte locken sollen. Das Durcheinander in der Lagerhalle war eventuell wirklich einzig einer Katze und einer schlecht ausbalancierten Kiste zu verdanken. Was für eine Blamage.

Vergiss es, sagte er sich streng. Finde erst mal deine Tochter. Mit Anna kannst du dich später noch befassen.

Rina sagte, sie hätte Trina verboten, mit Jamie an den Strand zu fahren. Als Rina jedoch am Morgen wach geworden wäre, hatte sowohl die Tochter als auch ihr Badeanzug gefehlt.

Gil nahm an, es wäre nichts weiter als ein Akt der Ungehorsamkeit eines heranwachsenden Mädchens. Doch nach dem, was bei ihrem letzten Ausflug mit Jamie vorgefallen war, traute er dem kleinen Arschloch nicht weiter, als er ihn hätte werfen können. Nein, eigentlich nicht mal so weit. Jamie würde Trina eine Lehre erteilen wollen dafür, dass sie ihn neulich stehen gelassen hatte und mit einem anderen Jungen davongefahren war. Das dachte nicht nur er, sondern offenbar auch Rina. Andernfalls hätte sie ihn niemals über das Verschwinden ihrer Tochter informiert beziehungsweise von ›durchgebrannt‹ gesprochen.

Bei Jamie war niemand zu Hause, also beschloss Gil, sich an den Stränden umzusehen.

Und er kannte die Marke und das Nummerschild von Jamies Wagen. Also griff er nach seinem Handy und bat die Kollegen, ebenfalls die Augen offen zu halten.

Dies war der einzige Vorteil, den er als Kriminalbeamter hatte. Ansonsten war er ein kompletter Idiot und machte ständig irgendwelche blöden Fehler. Wirklich blöde Fehler. Aus lauter Angst, er würde noch einmal betrogen, hatte er Frauen fünf Jahre lang gemieden. Und dann ließ er sich ausgerechnet mit einer Verdächtigen in einem Mordfall ein.

Scheiße, das versprach, ein endlos langer, Nerven aufreibender Tag zu werden.

Noch einmal zog Tebbins das Telefon zu sich heran, wählte diesmal jedoch nicht die Nummer des Kollegen, sondern die von Anna Lundgren.

»Hallo?«, meldete sie sich mit dumpfer Stimme.

»Hier spricht Tebbins«, antwortete er. »Ich brauche Ihre Hilfe.«

Was sie ein wenig aufzumuntern schien. »Was kann ich für Sie tun?«

»Ich habe einen Haufen Videokassetten, die ich noch mal durchgehen muss, und ich möchte, dass Sie mir helfen, die Leute, die man darauf sieht, zu identifizieren. Hätten Sie vielleicht ein paar Stunden für mich Zeit?«

»Sicher, mit Vergnügen.«

»Danke. Dann schicke ich einen Beamten, der Sie zu mir nach Hause fahren wird.« Aus einem ganz bestimmten Grund. Auf der Wache wäre sie sicher angespannt und übertrieben vorsichtig in allem, was sie sagte. Bei ihm zu Hause wäre die Atmosphäre weniger bedrohlich und eventuell ließ dort ihr Argwohn etwas nach. »Sagen wir, in einer dreiviertel Stunde?«

»Wenn Ihr Kollege kommt, werde ich bereit sein.«

Die Sache wurde zu gefährlich, dachte der Beobachter, als er Tebbins von der Wache bis nach Hause folgte. Zu gefährlich. Am besten, er hätte den Dolch niemals entwendet.

Doch noch während er dies dachte, wusste er, dass er ihn hatte an sich bringen müssen. Er brauchte den Dolch, um das Opfer zu vollbringen, und brächte ihn am Schluss, um den Bann des Fluches endgültig zu brechen, zurück an seinen rechtmäßigen Platz. Ihm war klar, er hatte keine andere Wahl.

Doch die Ereignisse begannen sich zu überstürzen. Die Polizei war ihm auf die Schliche gekommen, bevor er das Opfer hatte bringen können. Es war ein grober Fehler gewesen, den unechten Dolch in Annas Bett zu deponieren. Er war so von dem Verlangen erfüllt gewesen, sie wissen zu lassen, dass sie ein Opfer desselben grauenhaften Fluches wie ihr Vater werden würde, dass ihm dieser Schnitzer leider unterlaufen war.

Er hatte nicht geglaubt, dass die Polizei, wenn Anna den

Dolch fand, ihr Haus unter Bewachung stellen würde. Er hatte angenommen, sie würden sich die Sache kurz ansehen und dann wieder verschwinden. Stattdessen hatte er einem der Bullen ein Schlafmittel verpassen müssen, nur, um sich dem Haus nähern zu können. Und dabei hatte ihn Garcia um ein Haar erwischt. All diese Dinge reichten, um die Befürchtung in ihm wachzurufen, dass sich die höheren Mächte gegen ihn verschworen.

Das jedoch war unmöglich, erinnerte er sich. Er hatte den Jaguargott auf seiner Seite. Nein, es war nur eine neuerliche Prüfung. Er musste sich eben beweisen, das war alles.

Weil sie ihm aber so nahe waren, brauchte er etwas Zeit. Er hatte Tebbins am Telefon sagen hören, er sähe sich die Videokassetten aus der Nacht des Raubes noch mal an. Das genau musste er verhindern. Er war bisher davon ausgegangen, dass sie ihn nicht entdecken würden, weil er die Kassetten der Kameras aus dem Foyer und aus den Ausstellungsräumen für die Zeit zwischen null Uhr dreißig und acht Uhr dreißig morgens ausgewechselt hatte. Aber die Bilder der Kassetten davor und danach waren die Originale.

Es war kein Problem gewesen, Aufnahmen der Nachtschichten aus der vorangegangen Woche zu kopieren. Die Bilder aus dem Foyer während der Party jedoch hätte er niemals fälschen können. Auch die Kassetten vom Morgen hatte er nicht austauschen können, denn da hatte man den Raub bereits entdeckt und sämtliche Aufnahmen gesichert.

Er hätte den Diebstahl in einer anderen Nacht begehen sollen, das war ihm im Nachhinein klar. Dann hätte er Kassetten nehmen können, auf denen man deutlich gesehen hätte, wie er am Abend nach der Schicht normal das Haus verließ. Das hätte ihm ein gewisses Alibi verschafft, selbst wenn er ihnen keine Kassette hätte unterschieben können, die ihn am nächsten Morgen bei seiner Ankunft im Museum zeigte.

Wenn jemand bemerkte, dass...

Er begann lautlos zu fluchen. Das war der Preis für seinen Hochmut. Er hatte ja unbedingt ein unmögliches Verbrechen direkt im Anschluss an das Fest begehen müssen. Er hatte sich überlegt, dass sämtliche Gäste potentiell verdächtig waren und ihm dadurch verstärkten Schutz boten.

Allerdings hatte er ein großes Loch, sein eigenes Alibi betreffend, hinterlassen. Und wenn Tebbins das auffiel...

Er musste Tebbins aus dem Verkehr ziehen, zumindest so lange, bis er die Gelegenheit bekam, Anna und besser auch Nancy dem Jaguargott zu opfern.

Er hatte keine Wahl. Auch wenn er es hasste, andere in die Sache mit hineinzuziehen. Er wollte ja eigentlich nicht mal Anna und ihre Zwillingsschwester töten. Doch es gab für ihn keinen anderen Weg, um sich selber vor dem Fluch zu schützen. Was er unglücklicherweise von dem Polizeibeamten nicht behaupten konnte.

Der Fluch hatte sich inzwischen zusätzlich auf Unbeteiligte erstreckt. Auf Menschen, deren einzige Schuld darin bestand, wenn auch nur am Rande, in die Sache involviert zu sein. Genau wie seine eigenen Eltern.

Er beruhigte sich mit der Erkenntnis, das er mit dem Erfolg seiner Mission auf Dauer Leben retten würde. Und zwar die Leben derer, die vom Fluch getroffen werden würden, brächte niemand den Dolch zurück an seinen rechtmäßigen Platz. Hatte nicht die letzte Woche erst gezeigt, dass der Fluch heute noch Menschen ins Unglück stürzte, weil seine grauenhafte Kraft offensichtlich ungebrochen war?

Er musste sich beeilen.

Tebbins kam gut gelaunt nach Hause. Sie standen kurz vor ihrem großen Durchbruch. Inzwischen wusste er genug, um Anna mit ein paar gezielten Fragen aus dem Konzept zu bringen. Aber er würde damit warten. Sie schien es nicht eilig zu haben, sich irgendwohin abzusetzen. Und bis nicht der Bericht des Toxikologen über den Kaffee, den sie dem Polizisten mit vor die Tür gegeben hatte, auf seinem Tisch lag, hatte er keine handfesten Beweise. Nein, er brauchte noch einiges mehr.

Und er hoffte, dass er heute Abend etwas mehr bekäme.

Erst jedoch musste er dafür sorgen, dass ihr Aufenthalt in seinem Haus den Anschein eines Freundschaftsbesuchs bekam. Er öffnete eine Packung aus England importierter Scones, der süßen Brötchen, die man dort regelmäßig zum Fünf-Uhr-Tee genoss, und arrangierte sie beinahe liebevoll auf einem mit einem Zierdeckchen geschmückten Teller. Den stellte er neben das Teeservice aus feinem Porzellan, das er vor ein paar Jahren teuer erstanden hatte, weil er von dem Muster mit den kleinen blauen Rosen so angetan gewesen war.

Das Aufsetzen des Teewassers und das Aufwärmen der Milch müssten warten, bis Anna da war.

Zufrieden blickte er sich um und prüfte, ob sein Fernseher auf Videobetrieb geschaltet war. War er.

Fertig.

Er summte »Rule Brittania«, ging in sein Schlafzimmer hinüber und zog dort seine Smokingjacke an.

Anna empfand ein leichtes Unbehagen. Sie sagte sich, das wäre total idiotisch, denn schließlich wurde sie in einem Polizeiwagen ins Haus eines Kriminalbeamten gefahren, und trotzdem ließ sich das Unbehagen nicht vertreiben. Es störte sie, Tebbins zu Hause zu besuchen, statt auf dem Revier. Sie hatte leider keinen guten Grund gefunden, ihn anzurufen und abzusagen.

Also saß sie unbeweglich in dem ihr geschickten Wagen und erinnerte sich daran, dass Tebbins nur wenige Sekunden, nachdem sie den Dolch auf ihrem Schreibtisch im Museum vorgefunden hatte, in ihrem Büro erschienen war. Weshalb sollte nicht ein Detective in den Raub verwickelt sein?

Auf alle Fälle hatte er ausreichende Kenntnisse und die richtigen Beziehungen für einen derartigen Coup. Wenn er wollte, bekam er problemlos alle gewünschten Informationen über ihr Sicherheitssystem geliefert, und, was das Allerbeste war – in seiner Funktion als ermittelnder Beamter war er für alle, einschließlich der anderen Ermittler, als Täter absolut undenkbar.

Aber er kann mir nichts tun, versuchte sie sich zu beruhigen. Schließlich kam sie in Begleitung eines Cops. Sie war also völlig sicher, und es gab nicht den geringsten Grund, panisch oder auch nur argwöhnisch zu sein.

Trotzdem nahm ihr Widerwillen stetig weiter zu. Sie wünschte, Nancy hätte sie begleitet, aber Nancy hatte angerufen, um ihr mitzuteilen, sie tränke auf dem Weg nach Hause zusammen mit Boomer und Turk noch irgendwo ein Bier. Ein amüsiertes Lächeln umspielte Annas Mund bei dem Gedanken, wie geschockt die beiden Typen wären, sollten sie versuchen, bei der attraktiven Frau zu landen.

Doch die Belustigung hielt nicht lange an. Ihr wurde immer mulmiger zumute, und sie hatte das Gefühl, als stünde ein großes Unglück bevor, als stürze sie jeden Augenblick in ein abgrundtiefes, rabenschwarzes Loch.

Sie musterte den Polizisten, der sie fuhr, und wusste, sie saß in der Falle. Also blieb nur noch zu hoffen, dass sie hier den guten Jungs ausgeliefert war.

Der Beobachter versteckte sich hinter einer Weinranke im Garten von einem von Tebbins' Nachbarn und beobachtete das Haus. Er stand in der Nähe eines Feuerameisenhügels, und die ekelhaften Viecher krochen an den Innenseiten seiner Hosenbeine rauf und verätzten ihm die Haut. Er hätte sich bewegen müssen, doch dazu fand er nicht den Mut. Noch nicht. Tebbins lief immer noch zu viel im Haus herum, wie man durch die erleuchteten Fenster deutlich sah.

Dann fuhr der Streifenwagen vor. Ein Beamter stieg aus, umrundete die Kühlerhaube und öffnete seinem Fahrgast schwungvoll die Tür.

Anna! Sofort, als er sie erkannte, stiegen Euphorie und gleichzeitig Verzweiflung in ihm auf. Zwei seiner Zielpersonen unter einem Dach! Doch der Polizist … der Polizist wäre ein Problem.

Als Tebbins an die Tür kam, spitzte er die Ohren und hörte, dass der Detective den Streifenbeamten zum Abendessen schickte.

Der Beobachter stand wirklich unter einem guten Stern. Eindeutig war der Jaguargott nach wie vor auf seiner Seite. Er sah dem abfahrenden Streifenwagen nach, legte eine Hand prüfend auf die Tasche, in der seine Pistole steckte, und die andere auf den kleinen schwarzen Plastikbeutel mit dem Dolch. Er hatte sein Werkzeug dabei und brauchte nur noch auf die passende Gelegenheit zu warten …

19

Anna rutschte das Herz bis in die Knie, als Tebbins den Streifenpolizisten weg zum Abendessen schickte. Er schien ihre Enttäuschung zu bemerken, auch wenn er bestimmt nicht wusste, was der wahre Grund für ihre plötzliche Betrübnis war.

»Hier sind Sie sicher«, versuchte er sie zu beruhigen. »Es weiß niemand, wo Sie sind. Er kann Sie also nicht finden.«

Die große Frage war die nach der Identität des unbekannten *Er*, dachte Anna elend, während er sie ins Wohnzimmer führte und sie sich dort aufs Sofa setzte. Tebbins vergewisserte sich, ob sie Earl Grey mochte, entschuldigte sich und ging, um den Tee aufzubrühen, hinüber in die Küche.

Zumindest hatte er in Bezug auf die Videokassetten nicht gelogen. Ein großer Stapel der Bänder lag neben dem Fernseher auf einem kleinen Tisch. Dann hatte er ja eventuell auch hinsichtlich aller anderen Dinge die Wahrheit gesagt.

Ein paar Minuten später kehrte Tebbins mit einem Teewagen zurück. Die Eleganz der Kanne und der Tassen überraschte Anna, dann jedoch fragte sie sich, warum. Schließlich war Tebbins in allen Dingen ein ungewöhnlicher Mann.

»Ich habe die Kanne vorgeheizt«, versicherte er ihr, »und die Milch etwas gewärmt.«

»Wunderbar.« Obgleich sie Tee für gewöhnlich schwarz trank und auch die Feinheiten der Zubereitung normalerweise ignorierte, wusste sie den Aufwand, den sie nur vom Hörensagen kannte, und den er ihretwegen betrieb, durchaus zu schätzen.

Zu ihrer Erleichterung setzte er sich in den Sessel neben dem Sofa und nahm dann eine der hauchdünnen Tassen und Untertassen in die Hand. »Wie möchten Sie Ihren Tee?«

»Bitte ohne alles.«

»Ts.« In seine Augen trat ein spöttisches Blitzen. »Eine Barbarin.«

Sie schaffte es, sein Lächeln zu erwidern. »Ich fürchte, ja.«

»Ich hoffe, Sie essen wenigstens gerne Scones.« Er hielt ihr den Teller hin und wartete, dass sie eins der süßen Brötchen probierte.

»Ich glaube nicht, dass ich jemals zuvor welche gegessen habe.« Das Ganze war einfach absurd. Völlig absurd. Sie hatte das Gefühl, als hätte sie eine Reise an den Anfang des vorigen Jahrhunderts unternommen.

Nachdem er sie bedient hatte, schob er den Teewagen zur Seite und ging zu den Videos hinüber. »Ich versuche zu entscheiden, welche wir uns zuerst ansehen sollen.«

»Wonach suchen Sie denn überhaupt?«

Er wandte sich ihr zu, steckte eine Hand in seine Hosentasche und zwirbelte mit der anderen seinen Schnurrbart. »Einer der Menschen, für die ich mich interessiere, ist ein Teilzeit-Angestellter und freiwilliger Helfer des Museums. Die Sache ist die: Ich weiß nicht, wie er heißt. Aber es gibt eine Reihe solcher Leute, oder?«

»Wir heuern oft Studenten an«, stimmte ihm Anna zu. »Ivar kennt die genauen Zahlen. Ich weiß nur, dass es eine ganze Menge waren, aber sie kommen und gehen, sodass man sie nicht alle persönlich kennt.«

»Wie steht es mit den Leuten, die von Anfang bis Ende bei den Arbeiten für die Ausstellung geholfen haben? Möglicherweise schon zu dem Zeitpunkt, als Sie gezwungen waren, dem Kuratorium von Ihrem Vater zu erzählen.«

Auch wenn sie nicht wusste, warum, begann Anna zu erschaudern. Die Erwähnung des Todes ihres Vaters rief regelmäßig eine gewisse Trauer in ihr wach, bisher jedoch hatte sie niemals das ungute Gefühl in ihr geweckt, als würde sie von unsichtbaren Augen geradezu durchbohrt. »Lassen Sie mich überlegen.«

Doch das Überlegen fiel ihr schwer. Es war, als wolle ihr Hirn sich nicht auf dieses Thema konzentrieren, denn ihre Gedanken sprangen wild zwischen all den Ängsten, die sie plagten, hin und her. »Ungefähr … ein Dutzend«, erklärte sie endlich. »Eventuell auch ein paar mehr. Ich bin mir nicht ganz sicher. Ich arbeite nicht ständig mit ihnen zusammen, und wir haben so viele freiwillige Helfer, dass man irgendwann den Überblick verliert. Wirklich, Tebbins, Ivar könnte Ihnen diese Fragen besser beantworten als ich.«

»Nun, ich möchte vor allem wissen, ob Sie irgendwelche Gesichter wieder erkennen können.«

Sie nickte bedächtig. »Die meisten bestimmt.«

»Dabei interessiert mich besonders, ob Ihnen jemand aufgefallen ist, der am Abend der Party im Museum war, aber nicht gegangen ist. Jemand, der vielleicht am Morgen da war, ohne dass man ihn auf dem Video das Haus betreten sieht.«

»Oh!«, platzte sie erleichtert heraus. »Ich glaube, das kriege ich hin. Ich dachte, Sie wollten jede Menge Namen oder so.«

»Wie Sie selber sagten, kann ich die Namen vermutlich besser von Ivar kriegen. Ich glaube, ich habe eine solche

Liste sogar bereits von ihm erhalten. Jetzt aber brauche ich jemanden, der die Gesichter der Leute identifizieren kann.«

»Das sollte ich schaffen.«

»Hervorragend.«

Sie verfolgte, wie er die erste Kassette in den Schlitz des Videorekorders schob und versuchte, da sie annahm, das Ganze würde ein endloser und langweiliger Prozess, sich zu entspannen. Doch ihr Gefühl, dass etwas Schlimmes passieren würde, nahm beständig zu, bis es schließlich das gesamte Wohnzimmer zu füllen schien.

Sie rutschte nervös auf dem Sofa hin und her und kämpfte gegen das Bedürfnis, über die Schulter zu lugen, um zu prüfen, ob sonst noch jemand da war. Tebbins schaltete den Videorekorder ein, und sein Fernseher begann zu rauschen.

»Das hier ist angeblich eine Kassette aus einer der Kameras in der Eingangshalle vom Abend vor dem Raub«, sagte er zu ihr. »Denken Sie dran, ich möchte, dass Sie darauf achten, welche Angestellten und freiwilligen Helfer anwesend waren – oder ob irgendjemand da war, der nicht hätte da sein sollen.«

»In Ordnung.«

»Die Aufnahme beginnt um sechzehn Uhr dreißig«, erläuterte Tebbins und kehrte zurück an seinen Platz.

Es war noch öder als erwartet. Unablässig starrten sie auf Standbilder von irgendwelchen Leuten. »Ich hatte etwas anderes erwartet«, erklärte Anna nach einer Weile. »Das sind ja alles Fotos.«

»Stimmt«, pflichtete ihr Tebbins bei. »Dadurch wird Material gespart. Der Computer speichert ungefähr ein Bild pro Sekunde.«

Weshalb auch die Durchsicht aller Kassetten schneller

gehen würde, dachte Anna. Nach kaum zwanzig Minuten konnten sie bereits verfolgen, wie die Leute des Catering-Service ähnlich den Stars der frühen Hollywood-Filme mit ruckartigen Bewegungen das Büfett für die Party errichteten. Anna atmete erleichtert durch. Auf diese Weise brauchten sie zumindest nicht endlose acht Stunden für jedes einzelne Band.

Noch während Anna diesen freudigen Gedanken hegte, hörten sie aus dem hinteren Bereich des Hauses plötzlich einen lauten Knall.

Sofort war Tebbins auf den Beinen und hielt eine Sekunde später eine Pistole in der Hand. »Bleiben Sie hier«, warnte er Anna.

Hier bleiben? Alleine? Eisige Schauder des Entsetzens rannen über ihren Rücken, und sie sah ihm mit panisch aufgerissenen Augen hinterher.

Jeff Ingles fuhr von Tebbins' Haus zu einem kleinen, ein paar Blocks entfernt gelegenen Restaurant. Ein Hamburger oder ein Steak-Sandwich wäre jetzt genau das Richtige für ihn. Er hatte seit dem Frühstück nichts mehr gegessen, und seine Schicht hatte gerade erst begonnen. Zur Hölle mit dem Jungen, dafür dass er um halb elf mit Zungen- und Brustwarzenpiercing am Frühstückstisch hatte erscheinen müssen. Woraufhin seine Mutter Roxie einen hysterischen Anfall bekommen hatte und durch nichts und niemanden zu beschwichtigen gewesen war.

Auch Jeff hatten die Piercings nicht gefallen. Verdammt, natürlich nicht. Er sah dieses Zeug zu oft an den jungen Leuten, die er zu verhaften gezwungen war. Aber er hatte längst herausgefunden, dass sein Sohn Vic für irgendwelche krummen Dinger bereits aufgrund seiner Schüchternheit bestimmt nie zu haben wäre. Ebenso wie er herausgefunden hatte, dass der Junge auf Autoritätsgebaren reagierte wie Katzen, wenn man sie gegen den Strich bürstete. Roxie war noch nicht so weit. Sie versuchte hartnäckig, jede Handlung ihres Sohns zu kontrollieren, und sie erwartete, dass Jeff, weil er ein Cop war und eine Waffe in seinem Halfter stecken hatte – auch oder vor allem – zu Hause unbarmherzige Strenge walten ließ.

Als ob Jeff jemals seine Waffe auf seinen eigenen Jungen richten würde.

Von dem Moment an war es auf jeden Fall ein verlorener Tag für ihn gewesen. Roxie hatte Vic so lange Hausarrest erteilen wollen, bis er die Ringe wieder entfernte. Was überhaupt nicht machbar war. Jeff war sich der Tatsache bewusst, dass sie den Jungen nicht an die Kette legen konnten. Außerdem war er überzeugt, dass durch eine solche Strafe nichts besser wurde. Aber, Himmel, Roxie hatte sogar verlangt, dass Jeff Vic erforderlichenfalls in ein Umerziehungslager für jugendliche Delinquenten steckte – als hätte sich der Junge eines schweren Verbrechens schuldig gemacht.

Nicht, dass das Jeff alles egal gewesen wäre. Aber sein Sohn war ein Hormon geplagter Teenager, der eben dumme, für Teenager typische Dinge anstellte. Selbst wenn diese Piercings echt widerlich waren, sorgte sich Jeff darüber doch noch lange nicht so, wie wenn der Junge sich zum Beispiel bis zwei Uhr in der Früh irgendwo herumtrieb. Was er bisher nicht getan hatte.

Es wäre nett gewesen, wenn Vic hätte Fußballspieler werden wollen, aber er strebte Berühmtheit als Rock Star an. Jeff schätzte, dass das ausreichte, um ihn von Drogen fernzuhalten und ihn dazu zu bewegen, dass er bis zum regulären Schulabschluß auf der Highschool bleiben würde. Der Rest war normale jugendliche Rebellion.

Auf jeden Fall war es eine Erleichterung für ihn gewesen, am späten Nachmittag das Haus verlassen und zum Dienst fahren zu können. Der Umgang mit den Problemen auf der Straße war eindeutig leichter als der Umgang mit seiner in Tränen aufgelösten Frau. Er hatte einen Hauch von Mitgefühl mit seinem Sohn empfunden, als er die Tür hinter sich geschlossen hatte.

Doch nun, während er schon ein paar Blocks von Tebbins' Haus entfernt war, kam ihm ein neuer unguter Gedanke. Die Frau, Anna Lundgren, wurde offenbar von jemandem verfolgt, weshalb Jeff gebeten worden war, sie zu begleiten. Weshalb also hatte Tebbins ihn dann so schnell fortgeschickt?

Verdammte Detectives. Sie vergaßen, dass die Arbeit am Schreibtisch sowohl die Reflexe als auch die Instinkte, die sie auf der Straße brauchten, allmählich in Vergessenheit geraten ließen. Sie standen nicht mehr täglich in der Schusslinie. Was durchaus okay war, solange sie nicht dachten, dass sie noch so hellwach wären, wie sie es früher vielleicht einmal gewesen waren.

Und die Frau zu Tebbins nach Hause gebracht zu haben … Auch das war etwas, was Jeff nicht ganz in Ordnung fand. Es war einfach nicht korrekt.

Er grübelte ein paar Minuten über der Situation nach, dann jedoch hatte er das Restaurant erreicht und der Gedanke an das Steak-Sandwich war zu verlockend, um ihm zu widerstehen. Außerdem hatte Tebbins nicht gesagt, wann genau er wieder da sein sollte, weshalb er seine Mahlzeit am besten in aller Ruhe genoss.

Jamie und Trina zu finden war überraschend einfach. Na ja, eigentlich nicht überraschend, verbesserte sich Gil, denn schließlich hatte er sämtliche Kollegen in der näheren Umgebung alarmiert. Anscheinend war diesem aufgeplusterten Arschloch überhaupt nicht in den Sinn gekommen, dass Trinas Vater genug Freunde auf den Polizeistationen hatte, um Hilfe von sämtlichen Gesetzeshütern an den Stränden zu kriegen. Natürlich nicht offiziell, aber sie brauchten weniger als eine Stunde, um Jamies Wagen auf einem öffentlichen Parkplatz in der Nähe des Don Cesar Hotels in St. Pete Beach zu finden.

Eine Arbeit, die ihnen noch dadurch erleichtert worden war, dass der kleine Wichser einen Strafzettel bekommen hatte, weil er nach Ablauf der erlaubten Parkzeit keine neuen Münzen in die Parkuhr geworfen hatte.

Gil schaffte es in Rekordzeit vom Madeira Beach dorthin. Er hatte die Suche am Clearwater Beach am Nordende der Barrier Inseln in Angriff genommen, denn da er sich auf dem Weg zurück von Tampa bereits in der Nähe befunden hatte, hatte er gedacht, es wäre logisch, finge er dort an.

Dank der Tatsache, dass die Touristensaison so gut wie vorbei war, schaffte er es ohne Stau den Gulf Boulevard hinunter und fand seine Tochter zusammen mit ihrem vermaledeiten Freund im Gewahrsam zweier ihm bekannter Polizisten aus St. Pete.

Jamie verzog beleidigt das Gesicht, zu Gils großer Überraschung tat Trina das jedoch nicht. Als sie ihn entdeckte, wollte sie ihm entgegenlaufen, einer der Cops jedoch hielt sie zurück.

Der andere Polizist, Mel Gasper, zog Gil ein Stück zur Seite. »Hören Sie«, setzte er an. »Ich möchte kurz mit Ihnen reden, bevor Sie zu den beiden rübergehen.«

»Was ist passiert?«

»Das ist ja das Problem. Nichts, weswegen wir ihn verhaften könnten. Aber, ehrlich gesagt, gefällt mir diese

Sache ganz und gar nicht. Allerdings war es vielleicht ja nur ein blöder Scherz.«

Gil sah ihn ungeduldig an. »Sagen Sie mir einfach, was passiert ist.«

»Er hat sie in der Nähe des Wassers im Sand vergraben.«

»Aha.« Gil bemühte sich, seine Ungeduld zu unterdrücken. »Okay.«

»Nun, die Sache ist die: Nachdem er sie fest eingegraben hatte, hat er ihr erklärt, er würde sie dort liegen lassen. Als wir sie fanden, waren bereits ein paar Wellen über ihren Kopf gerollt, und sie war vollkommen hysterisch.«

Gil biss die Zähne aufeinander. Ehe er jedoch etwas erwidern konnte, packte ihn Mel am Arm. »Tun Sie nichts Unüberlegtes, Mann. Diese Teenies machen ständig irgendwelche blöden Scherze. Rechtlich können Sie nichts dagegen unternehmen.«

Anna verfolgte, wie Tebbins lautlos durch das Wohnzimmer zum Flur schlich,. Als er ihrem Blickfeld durch die Tür entschwand, fragte sie sich panisch, ob sie sich nicht besser irgendwo versteckte.

Aber eventuell war ja nichts Schlimmes passiert, versuchte sie sich zu beruhigen. Niemand war so dämlich und brach im Haus eines Polizisten ein. Niemand. Nicht mal ihr Verfolger.

Dann hörte sie zwei Schüsse.

Zusammen mit Mel marschierte Gil über den Parkplatz auf Jamie und seine Tochter zu. Es bereitete ihm ein gewisses Vergnügen, dass Jamie, als er sein Gesicht sah, erschrocken einen Schritt zurückwich.

»Daddy«, rief Trina mit tränenerstickter Stimme. Als sie sich ihm jedoch in die Arme werfen wollte, stoppte er sie.

»Gleich. Erst habe ich noch ein Wörtchen mit dem jungen Mann zu reden.«

Jamie runzelte erbost die Stirn, bewies jedoch genügend Überlebenswillen, indem er den Mund hielt, als Gil sich gefährlich vor ihm aufbaute.

»Ich sage dir jetzt, wie es weiter gehen wird, mein Kleiner«, erklärte Gil dem Jungen. »Du wirst dich niemals wieder auch nur in die Nähe meiner Tochter wagen. Denn wenn du das tust, werde ich dafür sorgen, dass du es bitter bereust. Mein Job wird mir egal sein. Alles wird mir egal sein. Ich werde dich bis ans Ende der Welt verfolgen, und dann ist es um dich geschehen.«

Jamies Versuch, verächtlich zu schnauben, war kein besonderer Erfolg. »Das können Sie nicht machen. So etwas ist verboten.«

»Es gibt ein älteres Gesetz als das, das der Gerichtshof vertritt«, erklärte Gil mit eisiger Stimme. »Hast du mich verstanden? Ein älteres Gesetz. Es besagt, dass Väter ihre Töchter schützen. Und die möglichen Konsequenzen sind mir völlig egal.«

Jamies Blick zuckte zu Mel und zum anderen Polizisten. »Er hat mich bedroht. Das darf er nicht tun.«

»Tatsächlich? Ich habe nichts gehört«, antwortete Mel. »Du, Dave?«

»Kein Wort.«

Jamie knurrte empört und wandte sich giftig an Trina: »Du bist sowieso eine hässliche, fette Kuh. Lauf also ruhig nach Hause zu Daddy, denn dort gehörst du hin.«

Trina brach in Tränen aus und warf sich in die Arme ihres Vaters.

»Zeit, ein bisschen Ordnung hier am Strand zu schaffen«, meinte Mel mit gut gelaunter Stimme.

Dave nickte. »Sieh zu, dass du verschwindest«, befahl er

Jamie. »Und sieh zu, dass du keinem von uns je wieder über den Weg läufst.«

St. Pete Beach war klein genug, so dass die Drohung durchaus ernst zu nehmen war.

O Gott!

Anna sprang vom Sofa und überlegte, was sie tun sollte. Weglaufen? Aber dann wäre sie ganz alleine auf der Straße. Und was war mit Tebbins? Sie konnte ihn nicht einfach im Stich lassen. Vielleicht war er verletzt.

Ihr Herz hämmerte wie Pferdehufe bei einem wilden Galopp. Ein Teil von ihr betete verzweifelt, dass Tebbins zurückkommen und ihr erklären würde, er hätte einen Eindringling geschnappt. Aber brach jemand am helllichten Tage so mir nichts, dir nichts im Haus eines Polizisten ein? Nein, garantiert nicht.

Es war ihr Verfolger. Er musste es sein. So verrückt es klang – er hatte offenbar herausgefunden, wo sie sich aufhielt. Tebbins musste auf ihn geschossen haben. Aber weshalb tauchte er nicht wieder auf?

O Gott, sie musste sich verstecken. Gehetzt schaute sie sich um. Etwas Geeignetes fiel ihr nicht auf. Aber der Gedanke daran, ganz alleine auf die Straße rauszulaufen, wo sie ihrem Verfolger schutzlos ausgeliefert wäre, war ebenso erschreckend wie die Überlegung, was wohl gerade im rückwärtigen Teil von Tebbins' Haus geschah.

Sie konnte trotzdem versuchen zu flüchten.

Und lieferte dadurch Tebbins, der womöglich verwundet war, vollends seinem Gegenspieler aus.

Nein.

Sie atmete tief durch, griff sich ihre Handtasche und schlich hinüber in die Küche. Ein Messer – zwar nicht so effektiv wie eine Pistole, aber es bot zumindest einen gewissen Schutz. Dann gab es noch ihr Pfefferspray. Sie fischte es aus ihrer Tasche.

Sollte sie die Polizei anrufen? In der Küche nahm sie den Hörer des Telefons von der Gabel und gab hastig die Notruf-Nummer ein. Dann jedoch wurde ihr bewusst, dass kein Geräusch aus dem frei in der Luft baumelnden Hörer kam. Sie hob ihn an ihr Ohr. Nein. Die Leitung war tot.

Sie kniff kurz die Augen zusammen und ermahnte sich, ruhig zu bleiben und gründlich zu überlegen. Sie konnte Tebbins nicht alleine lassen, weil sie nicht wusste, ob er verwundet war. Sie musste in den hinteren Teil des Hauses und schauen, ob sie ihm helfen konnte.

Mit dem Messer und dem Pfefferspray bewaffnet, schlich sie lautlos zur Tür und spähte vorsichtig den Korridor hinab. Nichts. Drei Türen, zwei zur Rechten und eine zur Linken, standen offen. Ganz am Ende des halbdunklen Ganges fand sie eine weitere geöffnete Tür. Dahinter sah sie einen hölzernen Schreibtisch und Bücherregale.

Sie sollte kehrtmachen und wegrennen. Doch der Gedanke, dass Tebbins möglicherweise schwer verwundet war, hielt sie davon ab. Sie würde es sich nie verzeihen, wenn er stürbe, weil sie geflohen war. Niemals.

Sie zwang sich den ersten Schritt in den Korridor. Wer auch immer hier eingebrochen war, war eventuell längst vor Schreck wieder verschwunden. Vielleicht hatte Tebbins ihn mit seiner Waffe in die Flucht geschlagen. Sie versuchte sich daran zu erinnern, wie die zwei Schüsse geklungen hatten, und kam zu dem Ergebnis, dass möglicherweise aus zwei verschiedenen Waffen gefeuert worden war.

Dann könnte Tebbins verletzt sein, und der Eindringling könnte – entweder um zu flüchten oder um Anna draußen aufzulauern – das Haus bereits verlassen haben.

Echtes Entsetzen war eine seltsame Erfahrung. Es war

anders als die Nervenanspannung oder das kribbelnde Unbehagen, das sie manchmal während eines Thrillers im Fernsehen auf der Kante ihres Sessels hocken ließ. Momentan war sie verwundert, wie ruhig sie war und wie genau sie Dinge wahrnahm, die normalerweise bedeutungslos erschienen.

Jedes Geräusch, selbst ihr eigener Atem, klang laut in ihren Ohren. Die Weichheit des Teppichs, die ihr andernfalls bestimmt niemals aufgefallen wäre, fühlte sich unter den Sohlen ihrer Schuhe wie ein Kissen an. Das Messer in ihrer Hand war eigenartig leicht, als hätte das Gesetz der Schwerkraft vorübergehend keine Geltung.

An der ersten Tür blieb sie kurz stehen und lauschte. Nichts. Gerade wollte sie den Raum betreten, um sich dort genauer umzuschauen, als vom Ende des Flurs ein leises Stöhnen an ihre Ohren drang. Tebbins. Er war also tatsächlich verletzt.

Sie nahm das Messer fester in die Hand und beschleunigte das Tempo ihrer Schritte. Wenn er blutete, zählte jede Sekunde. Sie musste ihn so schnell wie möglich finden.

Das Stöhnen hatte geklungen, als käme es vom Ende des Ganges aus dem Zimmer mit dem Schreibtisch. Sie streifte ihre Schuhe ab und schlich auf Zehenspitzen weiter.

Dann hörte sie hinter sich ein Geräusch.

Sie wirbelte herum und stand einem Menschen gegenüber, den sie kannte. In einer seiner Hände hielt er eine Pistole. In der anderen den gestohlenen Dolch.

Das Steak-Sandwich sah aus wie in der Werbung. Keins der krümeligen kleinen Dinger mit viel zu dünn geschnittenem Fleisch, das schmeckte wie Pappe, sondern eine fast einen Zentimeter dicke, saftige Scheibe in einem Brötchen, dem man deutlich ansah, wie kross und frisch es war. Himmlisch.

Jeff biss herzhaft in das Sandwich, genoss die Explosion des würzigen Geschmacks in seinem Mund und fing den Saft, der versuchte, an seinem Kinn hinabzulaufen, mit der Zunge auf. Aus dem Funkgerät an seinem Gürtel drangen neben leisem Rauschen die Gespräche der Kollegen, doch er hörte gar nicht richtig hin.

Noch während er den zweiten Bissen seines Sandwiches nahm, stolperte sein Herzschlag. Es gab einen Alarm bei Tebbins! Die Überwachungsgesellschaft hatte eine Unterbrechung der Telefonleitung gemeldet.

Trotzdem zögerte Jeff. Er brauchte sich nicht darum zu kümmern. Gewiss war bereits eine andere Einheit unterwegs. Dieses Steak war einfach köstlich, und er war halb verhungert. Wahrscheinlich war es sowieso falscher Alarm. Die meisten Alarme, die aus Privathäusern vermeldet wurden, waren falsch.

Aber er war im Dienst. Er sollte die Frau beschützen, die von ihm zu Tebbins' Haus gefahren worden war. Leise fluchend schluckte er den Rest des Sandwich-Bissens hinunter, warf zwölf Dollar auf den Tisch und ging zu seinem Wagen. Ein Einsatz war immerhin noch besser als seine hysterische Frau.

Mit Dolch und Pistole, beziehungsweise mit Messer und Pfefferspray bewaffnet, standen sie einander gegenüber. Sie starrten einander an, und irgendwo hinter Anna stöhnte Tebbins erneut.

»Lance«, sagte sie mit ungläubiger Stimme. »Lance.«

Lance Barro, der angenehme, nette, hilfsbereite Student, der sich neben seiner Arbeit als Wächter freiwillig zahllose Stunden im Museum abgerackert hatte. Lance Barro, der ruhige, unaufdringliche, zuverlässige Lance Barro, der eins ihrer besten Arbeitspferde gewesen war.

Aber er sah anders aus als sonst. Mit seiner durchschnittlichen Größe und seinem durchschnittlichen Aussehen fiel er für gewöhnlich keinem Menschen auf. Momentan jedoch wäre er jedem aufgefallen. Seine grünen Katzenaugen waren hart und schienen gleichzeitig zu glühen. Irre. Sein Gesicht war völlig reglos und sah aus, als spanne sich die Haut über den Knochen.

»Lance«, wiederholte sie noch einmal. Irgendein Instinkt sagte ihr, sie müsse versuchen, den sympathischen Menschen zu erreichen, der irgendwo in seinem Inneren versteckt war, der sich hinter der Maske des Raubtiers verbarg. Gleichzeitig jedoch versuchte sie die Chancen zu berechnen, vor diesem Wahnsinnigen zu fliehen. Sie waren gleich null. Er stand zwischen ihr und den Türen. Und er hatte eine schussbereite Waffe in der Hand.

Bei dieser Erkenntnis machte es in ihrem Innern klick. Sie wusste, sie würde sterben. Die einzige Frage war die nach der Art, wie sie ums Leben kommen würde.

»Lance?«

»Anna«, sprach er ihren Namen beinahe zärtlich aus. »Sie wissen, warum ich hier bin.«

So musste sich eine Maus fühlen, wenn ein Falke sie vom Boden riss und mit sich forttrug. Der Körper mochte weiterkämpfen, Geist und Seele jedoch gaben auf. Flohen an einen weit entfernten Ort. An einen Ort, an dem kein Platz für die geringste Furcht war.

»Nein«, antwortete sie.

»Natürlich wissen Sie das«, erklärte er sanft. »Sie sind das Opfer. Es ist die einzige Möglichkeit, um alle anderen zu retten.«

»Alle anderen?«

»Es geht um den Fluch, Anna. Sie wissen, dass es darum geht. Ihr Vater hat das Grab gefunden.«

Sie versuchte zu verstehen, was er sagte. Gleichzeitig sann sie fieberhaft nach einem Weg, diesem Verrückten zu entfliehen. Doch die Waffe zielte unmissverständlich und schussbereit auf sie.

»Machen Sie es sich leicht, Anna«, bat Lance mit ruhiger Stimme. »Lassen Sie das Messer fallen. Ich werde die Sache so schmerzlos wie möglich für Sie durchführen.«

»Schmerzlos?«, wiederholte sie ungläubig. »Das ist wohl ein Witz.«

Er schüttelte den Kopf. »Sie wissen, dass das kein Witz ist. Ich brauche Ihr Herz. Ihr lebendiges Herz. Sie können es mir entweder freiwillig geben, wodurch es ein wahres Opfer würde, das sie zu einer Göttin werden ließe. Oder ich schieße Ihnen ins Bein und nehme es mir.«

Himmel, sie konnte nicht glauben, dass ihr tatsächlich jemand solche Vorschläge in aller Gemütsruhe vortrug. Sie musste es schaffen, seine Wünsche gegen ihn zu verwenden.

»Nur ein Krieger darf als Opfer dargeboten werden«, antwortete sie und umklammerte die Dose mit dem Pfefferspray fester.

Er schüttelte den Kopf. »Sie wissen, dass das nicht stimmt, Anna. Außerdem verlangt der Fluch etwas anderes von mir.«

»Aber ich habe nichts verbrochen.«

»Das habe ich auch nicht.«

»Sie?« Vor lauter Überraschung hätte sie fast das Messer fallen lassen.

»Meine Eltern und meine Freunde sind bei der Explosion der Raffinerie gestorben, und ich beinahe auch.«

Das warf ein völlig neues Licht auf das, was dieser Irre tat, ein Licht, das alles andere als beruhigend für sie war. Ihr Mund war staubtrocken trocken, als sie sagte:

»Das tut mir Leid. Aber – hat es nicht bereits genug Tote gegeben?«

»Dem Fluch muss ein Ende gemacht werden. Das sind Sie uns anderen schuldig, Anna. Schließlich hat Ihr Vater das Unglück über uns gebracht. Lassen Sie jetzt das Messer fallen, sonst muss ich auf Sie schießen.« Er zielte mit der Pistole auf ihre Beine.

Sie ließ das Messer fallen, und es plumpste auf den dicken, weichen Teppich. Nie zuvor in ihrem Leben hatte sie eine solche Wehrlosigkeit empfunden.

Nun versuchte sie, Zeit zu gewinnen. »Dann sind also Sie derjenige gewesen, der mit Reed Howell gesprochen hat.«

»Das ist doch jetzt egal. Ich musste lediglich dafür sorgen, dass Ihnen klar ist, was passiert. Schließlich brauchten Sie eine gewisse Vorbereitungszeit.«

»Vorbereitungszeit?« Die Pistole. Sie fixierte die Pistole. Er brauchte sie lebendig. Er würde es also eventuell nicht wagen, tatsächlich auf sie zu schießen, wenn sie sich so schnell bewegte, dass sie kein gutes Ziel für ihn bot.

»Für das Opfer«, sagte er, als spräche er mit einer Gehirnamputierten. Allmählich verlor er die Geduld. »Kommen Sie, Anna. Das ist nun mal Ihr Schicksal. Und es ist der einzige Weg, um mich und die anderen zu retten.«

»Welche anderen?«

»Sämtliche Überlebende des Erdbebens und der darauf folgenden Explosion.«

»Aber – weshalb sind Sie überhaupt in Gefahr? Ich habe Ihnen doch gar nichts getan.«

»Es ist der Fluch«, antwortete er, als würde dadurch alles hinlänglich erklärt.

Die Erkenntnis, dass er versuchte, nicht nur irgendwelche gesichtslosen anderen, sondern zusätzlich sich selbst zu retten, gab ihr neue Energie. Er würde das Wagnis nicht eingehen, sie so kurz vor Erreichen seines Ziels einfach mit der Pistole umzubringen.

Sie atmete tief durch, sprang ihn unvermittelt an und sprühte ihm dabei das Pfefferspray mitten ins Gesicht. Heulend taumelte er gegen die Wand, als sie sich an ihm vorbeidrängte. Die paar Tropfen, die sie selber dabei erwischte, brannten echt wie Feuer. Leider bekam sie auch etwas in ihr linkes Auge, das sofort zuschwoll.

Was ihr allerdings noch stärker auffiel, war das heiße Lodern in ihrem linken Arm, gefolgt von einem Pochen, als hätte er mit einem Vorschlaghammer auf sie eingeschlagen.

Er hatte ihr eine tiefe Wunde mit dem vermaledeiten Dolch verpasst.

Doch sie hatte nicht die Zeit, um darüber nachzudenken. Sie hörte ihn hinter sich fluchen, als sie durch den Flur ins Wohnzimmer hinüberrannte. Er würde sich bestimmt schnell erholt haben. Aber der knappe Vorsprung musste reichen.

Während sie durch den Raum hetzte, schuf sie, indem sie Lampen und Tische umwarf, hinter sich eine Art Hindernisparcours.

Schließlich erreichte sie die Haustür, zerrte den Riegel des Sicherheitsschlosses hoch und sprintete hinaus in das anbrechende abendliche Dunkel.

20

Jeff Ingles bog zügig mit seinem Streifenwagen in die Straße, in der Tebbins' Haus lag, und trat, als eine Frau wie aus dem Nichts in wahnwitzigem Tempo aus einer Hecke brach, mit aller Macht auf die Bremse. Er vernahm das Quietschen der Reifen und spürte, wie er gegen den Sicherheitsgurt geschleudert wurde, noch bevor der Ford zum Stehen kam. Hörte den grausigen Knall, mit dem sie auf die Kühlerhaube seines Fahrzeugs krachte.

In Zeitlupe musste er mit ansehen, wie sie ihr Blut auf dem Blech der Motorhaube verschmierte, als sie bäuchlings aufschlug und vor dem Wagen auf die Straße glitt. *Mein Wagen hat schon gestanden!*, rief eine nutzlose Stimme in seinem Kopf. *Ich habe sie gar nicht erwischt!* Wie hypnotisiert verfolgte er, wie erst das Gesicht und schließlich auch die blutverschmierte Hand der Frau, die er hatte schützen sollen, aus seinem Sichtfeld entschwand.

Er bellte in sein Funkgerät, stieß gleichzeitig die Tür auf und hastete um den Wagen. Sie lag reglos auf der Straße. In das Kupferrot ihrer Haare mischte sich ein zusätzlicher, schrecklicher Rotton, und obgleich ihr Gesicht ihm zugewandt war, nahm sie ihn kaum wahr. Sie bewegte ihre Lippen, und er beugte sich dichter über sie, ohne zu bemerken, dass ihn stetig fließendes Blut aus ihrem Arm benetzte. Wieder bewegte sie die Lippen.

»Tebbins«, wisperte sie so leise, dass er sie kaum verstand.

Um die Blutung zu stoppen, presste er seine Hand auf

ihre Wunde. Er hatte auf der Polizeischule gelernt, dass er möglichst niemals mit dem Blut anderer Menschen in Berührung kommen sollte. Dazu jedoch war es sowieso zu spät, dachte er verschwommen. Vielleicht würde sie sterben. Er klemmte sich sein Funkgerät zwischen Kopf und Schulter und erklärte der Zentrale, er brauchte einen Krankenwagen und umgehend Verstärkung. *Umgehend, jawohl!*

Ein zweiter Streifenwagen kam neben ihm zum Stehen. »Überprüft das Haus«, rief Ingles den Kollegen zu. »Vielleicht ist der Angreifer noch drinnen. Möglicherweise hat er auch den Detective, der dort wohnt, erwischt.«

Die Beamten nickten, zückten ihre Waffen, rannten zum Haus und hielten nur kurz an, um eine ankommende dritte Streife zu informieren. Ingles registrierte das nur aus dem Augenwinkel. Er konzentrierte sich ausschließlich auf die Frau. »Ma'am, was ist passiert?«

Erneut flüsterte sie mit erstickter Stimme ein einziges Wort. »Tebbins.«

Dann schloss sie die Augen.

Sie war ihm entkommen! Die Bullen waren zu schnell da gewesen, und sie war ihm entwischt. Panisch kroch der Beobachter durch eine Reihe von Gärten, versteckte sich dabei so gut wie möglich im Gebüsch und hoffte, dass ihm das anbrechende Dunkel genügend Schutz bot.

Er hatte Panik, dass sie sterben würde, ehe er ihr Herz herausgeschnitten hatte. Panik, seine Mission könnte endgültig fehlgeschlagen sein. Panik, dass die Bullen ihn fangen würden und seinen Plan, dem Fluch ein Ende zu bereiten, dadurch endgültig durchkreuzten.

Lance Barro hatte größere Panik als je zuvor in seinem Leben.

Anna wusste, wer er war. Wenn sie überlebte – was er hoffte, denn nach wie vor hatte er seine Aufgabe nicht erfüllt –, würde sie ihn identifizieren und sein Vorhaben dadurch unglaublich erschweren.

Oh, verdammt, er hatte die Sache wirklich total verbockt. Niemals hätte er versuchen sollen, Tebbins und Anna gleichzeitig zu erwischen. Wo hatte er seinen Verstand gelassen? Was hatte er sich dabei nur gedacht?

Er hätte noch etwas warten sollen. Er hätte geduldiger sein müssen. Er hätte die Dinge gründlicher durchdenken müssen, statt sich von seiner Furcht dazu verleiten zu lassen, überstürzt zu handeln. Ihm hätte bewusst sein müssen, dass der Versuch, sich um beide gleichzeitig zu kümmern, die Wahrscheinlichkeit eines Fehlschlags erheblich steigerte.

Er fragte sich, ob Nancy als Opfer genügen würde, sollte Anna sterben. Weshalb nicht? Schließlich waren die beiden nicht nur Schwestern, sondern Zwillinge. Beide Herzen zu opfern wäre natürlich ideal gewesen, aber vielleicht reichte auch eins. Es störte ihn, dass er ohne Nancys plötzliches Erscheinen eventuell nie erfahren hätte, dass Anna eine Zwillingsschwester hatte. Wenn er nur eine der beiden opferte, wäre das genug?

Als er merkte, dass er anfing, sich gedanklich im Kreis zu drehen, hockte er sich hinter ein schmuddeliges Fahrzeug auf einem dunklen Parkplatz hinter einem Einkaufszentrum.

Er konnte nicht nach Hause, aber das war kein Problem. Er hatte sich für diesen Zeitpunkt gewappnet und alles Wichtige aus seiner Wohnung längst entfernt. Er hatte gewusst, dass er nach vollbrachter Tat würde fliehen müssen. Also tauchte er eben etwas früher unter. Keine große Sache.

Aber er musste sich eine Weile verstecken. Er brauchte

etwas Zeit, um sich zu beruhigen und die Situation neu zu bewerten. Sein gesamter Plan war fehlgeschlagen, und alles, was er unternommen hatte, um seine bisherigen Fehler auszumerzen, hatte die Dinge nur noch schlimmer gemacht.

Also brauchte er einen neuen Plan. Am besten wiegte er sie zunächst einmal in Sicherheit. Und dann würde er erneut zuschlagen.

Jetzt ging es ihm schon viel besser und er steuerte einen Elektronikladen an, mischte sich dort unter die Leute und sah sich, ohne die Absicht, irgendwas zu kaufen, mehrere Spiele an.

Gil kam gegen Mitternacht ins Krankenhaus, in dem Tebbins' Partner, ein junger Mann namens Vance Newman, wartete. Newman machte keinen besonders erfreuten Eindruck.

»Sie sind beide im OP«, erklärte er Gil. »Sie hat eine durchtrennte Oberarmarterie und er eine Schusswunde in der Brust. Sie vermuten, dass dadurch auch seine Lunge verletzt worden ist.«

»Himmel.« Gil hatte größere Probleme, diese Neuigkeiten zu verdauen. Tebbins ... nun, er hatte gedacht, dass ihm der Kerl eher unsympathisch wäre. Darin hatte er sich offenbar geirrt. Die Sorge um den Kollegen schnürte ihm regelrecht die Atemwege ab. Und Anna. Der Gedanke an Anna rief einen beinahe unerträglichen Schmerz in seinem Innern wach. »Was genau ist passiert?«

»So, wie wir die Sache sehen«, antwortete Newman, »hat sie ihn attackiert.«

»Sie hat ihn attackiert?«, fragte Gil entgeistert.

»So sieht es zumindest aus. Sie muss auf ihn geschossen haben. Wir haben die Pistole im Korridor gefunden.«

Gil schüttelte den Kopf. »Was ist mit einem möglichen Eindringling?«

Newman rollte mit den Augen. »Ja, sicher. Nur, dass augenscheinlich außer den beiden niemand dort war.«

»Ich will den Tatort sehen.«

Newman schüttelte den Kopf. »Nicht nötig. Wir gehen der Sache bereits nach.«

»Ich will den Tatort sehen«, wiederholte Gil ein wenig schärfer. »Tebbins und ich arbeiten zusammen an diesem Fall.«

Newman sah aus, als wolle er nochmals widersprechen, doch dann gab er plötzlich nach. »Okay, warum nicht? Aber ich begleite Sie.«

Es war wie an jedem anderen Ort, an dem ein Verbrechen begangen worden war. Das Grundstück war mit gelbem Plastikband für jeglichen Publikumsverkehr gesperrt, und das helle Licht der von der Spurensicherung benutzten Neonlampen ergoss sich durch die Fenster in den Garten. Die Leute hatten ihre Arbeit fast beendet. Zumindest direkt vor Ort.

Für Gil jedoch war es unterschiedlich zu anderen Tatorten. Er war schon vorher einmal hier gewesen. Als Gast und als Kollege. Die arbeitenden Techniker passten einfach nicht hierher – in das ihm so bekannte Haus.

Auf dem Rasen waren Plastik-Markierungszeichen verstreut. Sie kennzeichneten eine Blutspur vom Haus bis zu der Hecke zwischen dem Grundstück von Tebbins und dem seines Nachbarn. Gil folgte der Spur mit den Augen bis zurück zur Haustür. Gott, sie musste jede Menge Blut verloren haben.

Im Inneren des Hauses fanden sich noch mehr Blut und jede Menge umgestürzter Möbel.

Die Blutspur führte den Korridor hinab, wurde jedoch in der Mitte plötzlich dünner. Es sah nicht mehr so aus, als wäre das Blut aus einer verletzten Arterie herausgesprudelt, sondern als hätte sich jemand mit einer weniger stark blutenden Wunde aus dem Raum am Ende des Ganges bis dorthin geschleppt.

»Dies ist die Stelle, an der wir Tebbins gefunden haben«, erklärte Newman. »Zusammen mit der Pistole und dem Messer.«

Gil nickte und zog seine eigenen Schlüsse aus den beiden Spuren.

»Bisher nehmen wir an, dass sie hinten in seinem Arbeitszimmer auf ihn geschossen hat. Dann ging sie, wahrscheinlich auf der Suche nach irgendetwas, zurück ins Wohnzimmer. Vielleicht hatte sie es auf die Videokassetten abgesehen. Schließlich ist sie eine der Verdächtigen in dem Museumsraub, oder?«

»Es gibt Leute, die das denken.«

»Tja, wir nehmen an, dass irgendetwas auf den Bändern zu sehen ist, was sie belastet. Also hat sie auf ihn geschossen und kehrte in die Diele zurück. Nur, dass Tebbins noch bei Bewusstsein war und den Korridor entlangkroch. Sie hat ihn gehört, kam zurück, und er hat mit dem Messer auf sie eingestochen.«

Gil nickte bedächtig. »Wo zum Teufel hatte er das Messer her? Und wo war seine Pistole?«

»Sie lag hinten im Arbeitszimmer, dort, wo auf ihn geschossen worden ist. Er selbst hat ebenfalls einmal geschossen.«

»Und das Messer?«

Newman zuckte mit den Schultern. »Vielleicht hat er es aus irgendeinem Grund mit in das Arbeitszimmer genommen. Messer werden für alles Mögliche benutzt.«

»Stimmt. Aber er hatte eine Pistole. Weshalb also hat er nicht die, statt des Messers mit in den Flur gebracht?«

Newman trat unbehaglich von einem Bein aufs andere. »Er war verwundet. Er hat nicht mehr klar gedacht.«

»Aber klar genug, um den Flur heraufzukriechen.«

»Vielleicht hat sie das Messer mitgebracht, als sie hörte, dass er sich bewegte. Vielleicht wollte sie sich damit zusätzlich schützen.«

Aber sie war diejenige, auf die eingestochen worden war. Irgendetwas störte Gil an diesem Szenario. Wenn man es allerdings noch ein wenig aufpolierte, und wenn es nicht jede Menge Gegenbeweise gab, hätte es vor Gericht eindeutig Bestand. Bisher hatte der Verfolger, wer auch immer der Kerl war, erfolgreich jede Spur verwischt.

»Gibt es Anzeichen dafür, dass sich jemand gewaltsam Zugang zum Haus verschafft hat?«

Newman schüttelte den Kopf. »Die Flügeltür vom Arbeitszimmer in den Garten war nicht abgeschlossen. Aber nichts weist darauf hin, dass jemand dort hereingekommen ist.«

»Jemand hat gesagt, Anna wäre, als sie durch die Hecke brach, fast von einem Polizisten überfahren worden.«

»Ja.« Newman zog einen kleinen Block aus der Gesäßtasche seiner Hose und klappte ihn auf. »Jeff Ingles. Er hat die Lundgren zuvor von ihrem Haus hierher gefahren hat.«

»Ich möchte mit ihm reden.«

Jeff Ingles hatte sich von dem Schreck noch nicht erholt. Die Sanitäter hatten ihn von Kopf bis Fuß mit Sauerstoffperoxid besprüht und heimgeschickt, um gründlich zu duschen und sich frische Kleider anzuziehen. Natürlich hatte Roxie sofort ihren Unmut von ihrem Sohn auf ihren Gatten umgelenkt. Die ganze Zeit, während er unter der Dusche gewesen war, hatte sie vor der Kabine gestanden und sich mit zornbebender Stimme über seine Dummheit ausgelassen, mit dem Blut einer Fremden in Berührung zu kommen, sowie darüber, dass jeder Geschlechtsverkehr während des nächsten halben Jahres – bis sie sicher wäre, dass er sich nichts eingefangen hätte – für sie gestrichen wäre. Das jedoch war weniger eine Drohung als vielmehr eine Freude für ihn. Zu seiner großen Überraschung hatte Vic seine Partei ergriffen und diskutierte mit seiner Mutter heftig darüber, dass die Rettung von Anna Lundgrens Leben eine Geste echten Heldentums gewesen war.

Jeff, der es nicht gewohnt war, dass sein Sohn etwas anderes als eine vertrottelte Nervensäge in ihm sah, hatte sich über diese Reaktion gefreut. Allerdings hatte es ihm missfallen, Vic allein mit Roxie im Haus zurücklassen zu müssen, als er erneut zum Dienst gefahren war. Andererseits konnte Vic mit Roxies Wutanfällen wesentlich gelassener umgehen als er selbst.

Nach seiner Rückkehr an den Tatort beantwortete er eine Reihe von Fragen und wartete darauf, dass ihm jemand sagte, was er, abgesehen vom Schreiben des Berichts, weiter tun sollte. Eigentlich sollte er ja die Lundgren schützen, doch die lag im Krankenhaus, und er überlegte, ob er hinfahren und dort ein Auge auf sie haben sollte, nachdem ihm das zuvor eindeutig nicht gelungen war. Dieser Gedanke rief ein Gefühl des Elends und ernste Gewissensbisse in ihm wach.

Doch gerade, als er beschloss zu fragen, wo sie ihn jetzt brauchen könnten, gerade, als die Leute von der Spurensicherung ihre Sachen einpackten, bat ihn ein Detective aus St. Pete um ein Gespräch.

Auch wenn er nie direkt mit ihm zusammengearbeitet

hatte, erkannte er Vance Newman. Der Detective war ein relativer Neuling, der vor zirka einem Jahr aus Orlando zu ihnen gestoßen war.

Auch Garcia erkannte er wieder. Ihn hatte er schon im Museum gesehen.

»Also, was ist das für eine Geschichte?«, wollte Garcia von ihm wissen.

»Ich hatte den Auftrag, Anna Lundgren gegen sechs ins Haus von Detective Tebbins zu bringen.«

»Hat Ihnen irgendwer gesagt, warum?«

»Ja, Sir. Detective Tebbins hat gesagt, sie wäre eine wichtige Zeugin, und er bräuchte ihre Hilfe bei der Durchsicht irgendwelcher Videokassetten. Außerdem hat er gesagt, jemand hätte sie bedroht, und ich sollte deshalb besonders wachsam sein. Was ich auch gewesen bin. Als ich Ms. Lundgren bei ihm abgeliefert hatte, meinte er, bei ihm wäre sie sicher, und ich sollte irgendwohin zum Abendessen fahren. Das habe ich getan.«

Garcia nickte. »Und dann?«

»Während ich aß, hörte ich über Funk, dass es im Haus von Tebbins einen Alarm gegeben hätte. Also fuhr ich sofort zurück. Ich bog dort drüben um die Kurve, und plötzlich sprang eine Frau aus dem Gebüsch und rannte direkt auf die Straße. Ich habe eine Vollbremsung gemacht, um sie nicht zu überfahren. Ungefähr in der Sekunde, in der mein Wagen stand, ist sie mir auf die Kühlerhaube gekracht.«

»Es gab also einen Zusammenstoß?«

Die Erinnerung an den Zusammenprall war noch allzu frisch, und es dauerte einen Moment, ehe er mit halbwegs distanzierter Stimme weitersprechen konnte. »Ja, Sir. Es gab einen Zusammenstoß. Ich stand bereits, aber sie rannte mir direkt in den Wagen. Mit voller Wucht. Dann glitt sie zu Boden. Ich stieg aus und tat, was ich konnte, um die Blutung zu stoppen.«

»Und die Frau war Ms. Lundgren?«

Jeff nickte.

»Hat sie versucht zu fliehen?«

»Ich hatte den Eindruck, dass sie vor irgendwem davongelaufen ist.«

»Nein, ich meine, hat sie in irgendeiner Art versucht, *Ihnen* zu entkommen?«

Jeff war ehrlich überrascht. »Nein, Sir. Es war offensichtlich, dass sie auf die Straße rannte, weil sie Hilfe holen wollte. Sobald mein Wagen in Sicht kam, brach sie aus dem Gebüsch und lief direkt auf mich zu. Sie hat also eindeutig nicht versucht, vor mir zu fliehen.«

Er merkte, wie Garcia Newman ansah, doch das war nicht sein Problem. Alles, was er wollte, war, dass diese verdammte Schicht endlich ein Ende hätte und er nach Hause fahren könnte. Oder in ein Motel. Alles, was er wusste, war, dass es lange dauern würde, bis er das Geräusch vergäße, mit dem Anna Lundgren auf der Motorhaube seines Wagens aufgeschlagen war, oder den Anblick ihres Bluts, das ihn sprudelnd im letzten Licht der Sonne begoss.

»Vergessen Sie's«, sagte Gil zu Newman. »Vergessen Sie es einfach. Sie haben es viel zu eilig.«

Newman bekam vor lauter Zorn einen roten Kopf. »Ohne Beweise kaufe ich Ihnen die Geschichte von dem Phantom-Angreifer bestimmt nicht ab.«

»Sie haben Beweise. Die Telefonleitungen sind von außen durchgetrennt worden. Wann hätte Anna Lundgren so was tun sollen? Sie stand ständig unter Beobachtung durch die Polizei. Wollen Sie etwa behaupten, Officer Ingles hätte ihr nach ihrer Ankunft extra ein paar Minuten

Zeit gegeben, damit sie in den Garten laufen, den Baum raufklettern und die Leitung kappen kann? Oder dass Detective Tebbins sie nach draußen geschickt hat und selbst im Haus geblieben ist, damit sie die Gelegenheit bekommt, so etwas zu tun?«

Newman runzelte die Stirn. »Das reicht als Beweis nicht aus. Die Leitung könnte aus einem völlig anderen Grund tot gewesen sein. Vielleicht war es ein reiner Zufall. Oder vielleicht hatte sie einen Komplizen.«

Das Wort ›Komplize‹ rief ein gewisses Unbehagen in Gil wach. Nancy? Wo steckte Nancy überhaupt? Dann jedoch verwarf er den Gedanken. Auch wenn es womöglich verrückt war, hielt er Anna einfach nicht für fähig, auf Tebbins zu schießen.

»Abgesehen von der kaputten Telefonleitung hat die Sache noch einen gänzlich anderen Haken«, sagte er nach einer kurzen Pause.

»Ich höre.«

»Der Gedanke, dass sie auf ihn geschossen haben soll, ohne auch nur zu versuchen, anschließend zu flüchten, ist schlicht absurd. Weshalb hätte sie so lange im Haus bleiben sollen, bis er durch den halben Flur hinter ihr hergekrochen war? Selbst wenn das so gewesen sein sollte, weshalb hat sie dann nicht einfach noch einmal auf ihn geschossen? Das Ganze passt nicht zusammen. Lassen Sie mich Ihnen sagen, wie es meiner Meinung nach abgelaufen ist.«

»Tun Sie sich keinen Zwang an.«

»Der Angreifer drang durch die Flügeltür ins Haus ein. Tebbins hat etwas gehört und schaute nach. Es wurde auf ihn geschossen, und er hat selbst einmal zurückgeschossen. Anna hat sich die einzige Waffe genommen, die sie finden konnte – nämlich ein Messer aus der Küche –, und hat sich auf die Suche nach Tebbins gemacht. Auf halbem Weg den Korridor hinunter hat sie dann den Angreifer getroffen.«

»Und warum hat der Angreifer nicht auch auf sie geschossen?«

Gute Frage, dachte Gil und starrte in die Dunkelheit des Abends. Eine wirklich gute Frage. »Ich schätze«, sagte er nach zwei Sekunden, »das liegt daran, dass er ihr bei lebendigem Leib das Herz rausschneiden muss.«

Von dem Moment an, in dem Anna aus dem Aufwachraum in ein normales Zimmer kam, wich Nancy nicht mehr von ihrer Seite. Tebbins lag noch auf der Intensivstation, doch die Prognosen für beide waren gut.

»Das freut mich zu hören«, meinte Nancy, als Gil mit dieser Botschaft kam. »Aus irgendeinem Grund habe ich diesen Idioten zwischenzeitlich nämlich richtiggehend gern.«

»Er ist kein Idiot«, widerprach Gil, »höchstens etwas seltsam.«

»Und ob er ein Idiot ist. Er weiß, dass es jemand auf meine Schwester abgesehen hat, aber schickt den Polizisten, der sie bewachen soll, trotzdem weg. Das macht ihn für mich zu einem ausgemachten Schwachkopf.«

Da konnte Gil ihr schwerlich widersprechen. Er betrachtete Anna, die mit leuchtend roten Haaren, ansonsten jedoch kreidebleich unter der blauen Decke lag und schlief. Im Verlauf der Jahre hatte er viele Menschen verhören müssen, die noch schlechter ausgesehen hatten, doch da hatte er auch kein persönliches Interesse an ihnen gehabt.

»Ist sie überhaupt schon einmal wach geworden?«

»Ab und zu höre ich sie stöhnen. Aber ganz bei Bewusstsein war sie noch nicht. Warum?«

»Wir müssen sie fragen, ob sie den Täter gesehen hat.«

»Wir?«

»Detective Newman wartet draußen vor der Tür.«

Nancy runzelte die Stirn. »Sie glauben also nicht, dass Anna es getan hat? Sie sind also nicht restlos davon überzeugt, dass sie erst auf Tebbins geschossen und sich dann selbst das Messer in den Arm gerammt hat? Diese Bullen da draußen im Flur haben sie vorhin angesehen, als würden sie sie am liebsten eigenhändig erwürgen. Ich habe den Eindruck, dass sie denken, sie hätten es bei ihr mit einer Serienmörderin zu tun. Erst Richter und jetzt Tebbins.«

»Man könnte tatsächlich den Eindruck gewinnen, dass sie es selber war«, erklärte Gil ihr widerstrebend. »Das erkennen Sie doch sicher ebenfalls.«

Sie musterte ihn aus roten, verquollenen Augen. »Ich dachte, Sie wären auf *ihrer* Seite.«

»Bin ich ja. Genau das ist der Grund, weshalb ich Anna fragen muss, ob sie gesehen hat, wer es war.«

Nancy senkte den Kopf und zupfte nervös an ihren Fingern. »Was, wenn sie nicht weiß, wer es war? Ich meine, was ist, wenn sie jemanden gesehen hat, aber ihn nicht identifizieren kann?«

»Dann kann sie uns zumindest eine Beschreibung geben, an der wir uns orientieren können.«

Nancy nickte langsam. »Sorgen Sie nur dafür, dass die Typen da draußen wissen, dass es genauso wichtig ist, jeden Fremden von diesem Zimmer fernzuhalten wie dafür zu sorgen, dass Anna und ich es nicht verlassen. Himmel!« Kopfschüttelnd blickte sie aus dem Fenster. »Als wäre sie in ihrem Zustand in der Lage aufzustehen und irgendwohin zu spazieren.«

»Ich werde dafür sorgen, dass die Leute wissen, worin ihre Aufgabe besteht.« Er trat neben Annas Bett und ergriff zärtlich ihre Hand. Er hatte das Gefühl, als läge der Nachmittag mit ihr nicht erst ein paar Stunden, sondern eine Ewigkeit zurück. Die Erinnerung war klar und schmerzlich, zugleich jedoch endlos weit von der Gegenwart entfernt.

Sie hätten niemals miteinander schlafen dürfen. Nie. Nicht nur, weil es seiner Berufsethik widersprach, sondern weil er spürte, dass er sie beide, wenn auch unbewusst, dadurch verletzt hatte. Er traute seiner eigenen Urteilskraft nicht mehr, und sie hatte wahrscheinlich das Gefühl, als hätte er sie … lediglich benutzt. Als hätte er, der er eventuell ihre Zukunft in der Hand hielt, die Situation zu seinem Vorteil ausgenutzt.

Dieser Gedanke hinterließ einen bitteren Geschmack in seinem Mund.

Doch es ließ sich nicht mehr ändern. Er riss sich zusammen, widerstand dem Bedürfnis, sie auf den Mund zu küssen, legte sanft ihre Hand auf die Bettdecke zurück, nickte Nancy zu und kehrte zurück in den Flur.

Er bliebe weiter an der Sache dran. Auch wenn das nicht sein Distrikt war, überließe er diesen Fall garantiert nicht einem Ignoranten wie Vance Newman.

Nicht, solange sich jemand dort draußen herumtrieb, der Anna nach dem Leben trachtete.

Am nächsten Morgen war er auf dem Weg in die Cafeteria, um sich einen Kaffee zu besorgen, als sein Chef ihn anrief. Er suchte sich ein ruhiges Eckchen und hob das Handy an sein Ohr. »Was gibt's, Ed?«

»Ich dachte, solange Seamus Urlaub hat, ginge es bei uns endlich mal ein bisschen ruhiger zu«, begann Ed Sanchez mit einer Stimme, die vor Sarkasmus troff. »Und jetzt höre ich plötzlich Gerüchte, denen zufolge Sie Ihre Nase – eventuell aus lauter Langeweile – zu tief in einen Fall der Kollegen aus Tampa stecken.«

»Ich arbeite an meinem eigenen Fall«, antwortete Gil und verfluchte in Gedanken den Kollegen Newman, von dem er sicher verpfiffen worden war. »Und zwar den Mordfall Malacek.«

»Das Letzte, was ich gehört habe, war, dass es nach einer Überdosis aussah.«

»Der Bericht des Toxikologen ist immer noch nicht da. Und wie ich Ihnen bereits erläutert habe, scheint ein direkter Zusammenhang zwischen seinem Tod und dem Raub in dem Museum zu bestehen.«

»Ihr Name ist auf der anderen Seite der Bucht inzwischen wohl bekannt. Ich nehme an, Sie wissen, was ich damit meine.«

»Ja. Aber ebenso weiß ich, dass ich einen Mörder jage. Ich brauche nicht zu kooperieren, ich kann überall ermitteln, wohin mich meine Spuren führen.«

»Innerhalb vernünftiger Grenzen und auch nur, solange Sie nicht anderen dabei auf die Füße treten. Genau das haben Sie aber anscheinend getan.«

Gil seufzte und rang mühsam um Geduld. »Die Zusammenarbeit erfolgte auf Vorschlag von Detective Tebbins.«

»Der, wie ich höre, zurzeit bewusstlos auf der Intensivstation des Krankenhauses liegt. Dadurch wurden die Rollen neu verteilt.«

»Es ist immer noch derselbe Fall, und deshalb gelten nach wie vor dieselben Regeln.«

Jetzt war Sanchez derjenige, der seufzte. »Weshalb sind Sie bloß so heiß auf diese Sache? Wenn es wirklich eine Verbindung zu dem Raub in dem Museum gibt, werden sie den Kerl schon schnappen, und Sie kriegen den Mann auf dem Silbertablett serviert.«

»Ich bin deshalb so heiß auf diese Sache, weil sie die falsche Person verdächtigen. Und wenn sie nicht allmählich in der richtigen Richtung suchen, wird vielleicht noch jemand getötet.«

»Wie man mir erzählte, ist sie wirklich hübsch.«

Zur Hölle mit Newman, dachte Gil. Newman musste gesehen haben, wie er am Vorabend im Krankenhaus Annas Hand gehalten hatte. »Außerdem hat der Täter sie als nächstes Opfer auserkoren. Ich bleibe also weiter an der Sache dran.«

»Ich könnte Sie abziehen.«

»Nicht. Tun Sie das nicht.«

Sanchez schwieg einen Moment. »Ich könnte eine Grundsatzvereinbarung vorschlagen.«

»Das könnten Sie tun«, stimmte Gil ihm zu. Durch eine Grundsatzvereinbarung über die Zusammenarbeit von Beamten verschiedener Zuständigkeitsbereiche wäre er nämlich in Tampa offiziell mit der Klärung des Falles betraut. Die Zusammenarbeit, die er und Tebbins inoffiziell begonnen hatten, würde auf Befehl ihrer jeweiligen Vorgesetzten zwischen ihm und Newman offiziell. »Wenn die in Tampa auf diesen Vorschlag eingehen.«

»Es lohnt sich zumindest ein Versuch«, antwortete Sanchez und fügte nach einer kurzen Pause hinzu: »Nur sorgen Sie dafür, dass mir keine weiteren Beschwerden über Sie zu Ohren kommen.«

Erleichtert drückte Gil den Aus-Knopf seines Handys und holte sich seinen Kaffee. Er hatte Zeit gewonnen, und mit etwas Glück würde Anna bald erwachen und den Täter identifizieren.

Mit ein wenig Glück. Es war wirklich allerhöchste Zeit, dass sie endlich einmal Glück hatten in dieser Angelegenheit.

Als er ins Krankenhaus zurückfuhr, war Vance Newman bereits dort. Der Kerl wirkte so frisch, als hätte er ein paar Stunden bestens geschlafen und obendrein noch ausgiebig geduscht. Außerdem wirkte er, als er Gil entdeckte, leicht überrascht.

»Sind Sie immer noch hier?«, fragte er nicht gerade freundlich.

»Ich ermittle in einem Mordfall, falls Sie sich erinnern. Lundgren ist eine wichtige Zeugin. Mein Boss wird eine Grundsatzvereinbarung zwischen unseren Abteilungen erbitten, und ich bin sicher, dass Ihr Boss ihm diese Bitte nicht abschlagen wird.«

Newman verdaute das kurz und erklärte schulterzuckend: »Aber kommen Sie mir bloß nicht in die Quere.«

Gemeinsam betraten sie das Zimmer, in dem Anna lag. Nancy saß am Rand des Bettes und wirkte, wenn auch erschöpft, so doch deutlich glücklicher als am Abend zuvor. »Sie war wach«, erklärte sie. »Und hat sogar mit mir gesprochen.«

Newman nickte. »Ich muss ihr ein paar Fragen stellen.«

»Aber strengen Sie sie ja nicht zu sehr an. Die Krankenschwester meint, sie brauche Ruhe, weil sie schließlich jede Menge Blut verloren hat.«

»Ich weiß«, sagte er mit einer Stimme, die nichts als einstudiertes Mitgefühl verriet. Dann wandte er sich an Anna. »Ms. Lundgren? Ms. Lundgren, können Sie mich hören?«

Annas Lider gingen flatternd auf, und sie sah ihren Befrager aus schmalen, schmerzerfüllten Augen an.

»Ms. Lundgren? Wer hat auf Sie eingestochen?«

»Lance Barro.«

»Wer hat auf Detective Tebbins geschossen?«

»Lance.« Eine Träne rann über ihre Wange. »… Tebbins … okay?«

»Er wird wieder gesund«, erklärte Gil, als Newman Anna keine Antwort auf ihre Frage gab. »Er wird wieder vollkommen gesund.«

»Lance«, flüsterte sie. »Es war Lance. Ich habe ihn gemocht...«

»Okay«, mischte sich Nancy ein. »Das reicht. Sie haben Ihren Namen. Und jetzt kommen Sie endlich in die Gänge, finden Sie diesen Hurensohn und ziehen Sie ihn aus dem Verkehr.«

Doch so einfach sollte es nicht werden. Barro war an diesem Morgen weder zur Arbeit noch zu seiner Vorlesung erschienen, und in der Nähe seiner Wohnung hatte ihn schon seit mehreren Tagen niemand mehr gesehen. Bis zum Abend machte es den Eindruck, als hätte ihn der Erdboden verschluckt.

Und was noch schlimmer war, empfand Gil bei der Überprüfung der Studentenakte von Lance Barro, er war tatsächlich so etwas wie ein unsichtbarer Mann. Die Aufzeichnungen waren echt. Das war aber auch schon alles. Keiner seiner Dozenten konnte sich an mehr erinnern, als dass er in ihrem Unterricht gewesen war. Sein Tutor erinnerte sich daran, dass er einmal mit ihm gesprochen hatten, sonst jedoch an nichts. Dasselbe galt für Barros Vorgraduiertenstudium an der Universität von Minnesota. Er war lediglich ein Gesicht im Klassenraum gewesen, ein Name in den Büchern.

Weiter zurück ließ sich sein Werdegang unmöglich verfolgen. Es war, als hätte er sich mit dem Eintritt ins College selber neu erfunden. Und hätte aus seiner Person so etwas wie ein Staatsgeheimnis gemacht. Selbst sein Passbild sagte nichts über ihn aus. Es zeigte ein neutrales, völlig unauffälliges, reglos in die Kamera blickendes Gesicht.

Er bemühte sich weder um ein Lächeln noch hatte er einen irgendwie abgelenkten Blick. Nichts.

Lance Barro hatte offenkundig jahrelange Übung darin, sich zu verstecken. Gil machte sich keine Illusionen über die Leichtigkeit, mit der ein Mensch verschwinden konnte. Vor allem in einem ausgedehnten, von zahllosen anonymen Wesen bevölkerten, großstädtischen Dschungel wie der Gegend um die Bucht von Tampa. Mit der richtigen Haltung und Körpersprache konnte er problemlos durch ein mit seinem Steckbrief gepflastertes Einkaufszentrum schlendern, ohne dass ihn irgendjemand bemerkte.

Gil fuhr zurück ins Krankenhaus und betrachtete Annas im Schlaf weiches Gesicht, während sich Nancy unbequem auf einem Stuhl zusammengekauert hatte und mit einem schlechten Traum zu kämpfen schien. Während er Anna ansah, wurde ihm plötzlich deutlich, dass er im Verlauf der auf den ersten Blick ergebnislosen Arbeit dieses Tages mehr hatte in Erfahrung bringen können, als ihm bisher bewusst gewesen war. Er wusste, Newman würde weiter Jagd auf Barro machen. Doch er würde ihn nicht finden. Irgendwie müsste Gil ihn dazu bringen, dass er statt dessen zu ihm kam.

Während er auf die Venen starrte, die deutlich unter Annas bleicher Haut durchschienen, war ihm gleichzeitig klar, welche Bedeutung ›irgendwie‹ in diesem Kontext hatte. Und dass ihm diese Bedeutung nicht im Mindesten gefiel.

21

Fünf Tage später übernahm Tebbins vom Krankenlager aus erneut die Kontrolle über den Fall. Sein eigentlicher Partner war deshalb beleidigt, Gil hingegen dankbar. Newman war ein Einfaltspinsel. Selbst wenn Tebbins über einen gewissen Überschuss an Fantasie verfügen mochte, war das allemal nützlicher als Newmans schwerfällige, belanglose Gedankengänge, die ihm nur erlaubten, das zu sehen, was offensichtlich war.

Anna, die den linken Arm in einer Schlinge trug, und Nancy waren ebenfalls zugegen. Nancy hatte verlangt, dass Newman ein paar Stühle aus leeren Krankenzimmern konfiszierte, damit sie und Anna in einer Ecke sitzen konnten. Als Newman behauptet hatte, für sie alle wäre in dem kleinen Zimmer nicht genügend Platz, war Anna explodiert.

»Ich weiche nicht«, erklärte sie Newman eisig. »Schließlich ist es *mein* Herz, das der Kerl rausschneiden will. Und ich habe alles Recht der Welt zu erfahren, was Sie gedenken, dagegen zu unternehmen.«

»Lassen Sie sie bleiben«, meinte Tebbins. Seine Stimme klang noch matt, und sein Schnurrbart war der ärztlichen Behandlung zum Opfer gefallen. Doch seine aufgrund des langen Sonnenmangels blasse Oberlippe wirkte beinahe wie ein Ersatz.

Das Kopfende des Betts war hoch gestellt, damit er sie alle sehen konnte. Seine Bewegungen waren verzögert, und wegen des Tropfs, an dem er hing, der Radius sehr beschränkt. Er wirkte irgendwie geschrumpft, als hätte das Erlebte ihn eines Teils seiner Persönlichkeit beraubt.

Doch sein Blick war wach und seine Zunge scharf wie gewohnt. »Berichten Sie«, bat er jetzt Anna. »Was genau hat er zu Ihnen gesagt?«

»Im Grunde nur, dass er mein Herz opfern muss, um dem Fluch ein Ende zu bereiten.«

»Dann glaubt er also an den Fluch.«

»Ja, das tut er. Anscheinend hat die Explosion der Raffinerie in Mexiko seine Familie getötet, und er bildet sich offensichtlich ein, indem er mich opfert, könnte er eine Menge anderer Leben retten.«

»Ein seltsames Motiv.« Tebbins hob den rechten, nadelfreien Arm, um sich den Schnurrbart zu zwirbeln, und zuckte, als er ins Leere traf, gepeinigt zusammen. »Und immer noch wissen wir kaum was über ihn.«

»Wir wissen rein gar nichts«, meinte Gil. »Er hat seine Spuren bereits seit Jahren sehr sorgfältig verwischt. Hat sich, während er ein äußerlich normales Leben führte, möglichst unsichtbar gemacht.«

»Dann hat er diese Sache also bereits seit langer Zeit geplant.«

»So sieht es zumindest aus.«

»Dann müssen wir ihn irgendwie aus der Reserve locken.«

Gil konnte es nicht ändern. Unweigerlich wanderte sein Blick zu Anna, und sie sah ihn mit großen Augen an.

»Sie brauchen einen Köder«, sagte sie schließlich. »Das ist es, was Sie denken, oder?«

Er nickte widerstrebend.

Tebbins schnalzte mit der Zunge. »Das kommt nicht in Frage.«

Nancy widersprach deutlich vehementer. »Sie werden

meine Schwester ganz bestimmt nicht wie einen Wurm am Angelhaken diesem Irren vor der Nase baumeln lassen. Garantiert nicht.«

»Nein«, stimmte Gil ihr überraschend zu. »Das wollen wir auch nicht. Aber das Problem ist: Solange wir den Kerl nicht haben, schwebt Anna weiter in Gefahr. Er ist hundertprozentig noch hinter ihr her. Wir müssen also dafür sorgen, dass wir alles unter Kontrolle haben, wenn er schließlich auftaucht.«

»Mit einer solchen Vorgehensweise wäre meine vorgesetzte Dienststelle nicht einverstanden«, mischte sich Newman ein. »Und deshalb lasse ich das nicht zu.«

»Schweigen Sie, solange Sie nichts anderes als Widerspruch zu formulieren haben«, meinte Tebbins, ohne ihn dabei auch nur eines Blickes zu würdigen.

Newman verstummte, sah jedoch nicht so aus, als würde er klein beigeben.

»Mir gefällt die Idee genauso wenig«, fuhr Gil fort. »In der Tat finde ich sie sogar schrecklich. Ich versuche seit vier Tagen, eine andere Möglichkeit zu finden, aber bisher haben wir von Barro nicht die geringste Spur. Nicht die allergeringste. Er ist von derartiger Unauffälligkeit, dass er problemlos in einer Menge untertauchen kann, ohne dass er dort je gefunden wird. Wir haben weder Bekannte noch Freunde gefunden, die er hätte um Hilfe bitten können. Keine Verwandten und, abgesehen vom Museum, nicht mal irgendwelche Orte, an denen er sich gerne aufgehalten hätte. Jeder scheint ihn zu kennen, ohne ihn wirklich zu kennen, wenn Sie wissen, was ich meine. Er hat nicht mal eine Freundin. Oder einen Freund. Es ist, als würde er gar nicht existieren.«

Selbst Newman musste, wenn auch widerstrebend, nicken. »Wir haben alles überprüft. Kein Wagen, keine Kreditkarten, und auf seinem Konto gab es die letzte Bewegung am Freitag, als er alles bis auf ein paar hundert Dollar abgehoben hat. Er hat sich also darauf vorbereitet zu verschwinden. Und er könnte überall sein.«

»Genau.« Gil wandte sich an Tebbins. »Wir müssen ihn aus der Reserve locken. Denn wenn wir das nicht tun, könnte er Anna noch über Wochen, Monate oder sogar Jahre hinweg verfolgen. Er wird so lange warten, bis er das Gefühl hat, dass es ungefährlich ist, wieder auf der Bildfläche zu erscheinen. Und wir beide wissen, dass niemand während einer so langen Zeitspanne für ihre Sicherheit garantieren kann.«

Tebbins seufzte und schloss ermattet seine Augen.

»Sagen Sie mir, was wir stattdessen machen können«, meinte Gil. »Ich greife jeden Vorschlag dankbar auf. Das Letzte, was ich will, ist, diese beiden Frauen nochmals in Gefahr zu bringen.«

»Das sind wir doch ununterbrochen«, erklärte Anna. »Also werde ich es tun.«

»Nein«, widersprach Nancy leidenschaftlich. »*Ich* werde es tun. Ich bin eindeutig in besserer Verfassung, und ich konnte schon immer hervorragend so tun, als wäre ich du. Ich kann sogar deine Stimme imitieren.«

Gil schämte sich für die Erleichterung, die er bei diesem Angebot empfand. Schämte sich, weil ihm Anna derart wichtig war, dass er es lieber sah, wenn sich ihre Schwester in Gefahr begab als sie. Schämte sich, weil er wusste, dass Anna ihn verdammen würde, käme sie jemals dahinter, was er gerade dachte.

Tebbins klappte die Augen wieder auf. »Ich habe keine bessere Idee«, räumte er widerwillig ein. »Und Sie haben Recht. Solange wir diesen Barro nicht erwischen, sind die Lundgrens in Gefahr. Wenn er an diesen bescheuerten

Fluch glaubt, wird er seinen Plan nicht fallen lassen, nur weil die Umsetzung ein paar Probleme mit sich bringt.«

»Richtig«, stimmte Gil ihm zu. »Die Sache wurde bereits schwierig für ihn, als ich ihm hinterhergehetzt bin. Seither läuft es für ihn nicht so, wie er es möchte.«

Tebbins nickte nachdenklich, hob erneut die rechte Hand in Richtung seines Mundes, hielt jedoch mitten in der Bewegung inne. »Trotzdem brauchen wir noch eine Methode, mit der er sich aus der Reserve locken lässt.«

»Was bedeutet«, meinte Gil, »dass wir uns seinen Glauben zunutze machen müssen. Wir müssen ihn dazu bringen, dass er denkt, der Fluch hätte sich gegen ihn gewendet.«

»Ja«, pflichtete ihm Tebbins mit plötzlich blitzenden Augen bei. »Ja, genau.«

»Die Sache hat nur einen winzigen Haken«, sagte Newman aus der Ecke, in die er sich beleidigt zurückgezogen hatte. »Sie müssen in der Lage sein, mit ihm zu kommunizieren. Wie zum Teufel wollen Sie das machen, wenn Sie nicht mal wissen, wo er ist?«

Gil zuckte mit den Schultern. »Oh, ich denke, dass Reed Howell ein passendes Sprachrohr ist.«

»Eine gute Idee«, lobte Anna. »Und nachdem er all diese unschönen Geschichten über meinen Vater verbreitet hat, ist er mir was schuldig.«

Natürlich hatte Newman auch diesmal etwas einzuwenden. »Sie können die Presse nicht belügen. Dadurch bringen Sie uns alle in Verruf.«

»Niemand«, erklärte Tebbins, »hat etwas von lügen gesagt.«

»Nein, Lügen kommen nicht in Frage«, stimmte Gil seinem Kollegen listig zu. »Eine etwas nuancierte Darstellung der Tatsachen genügt.« Er trat ans Fenster und schaute hinunter auf den Parkplatz, der, während die Sonne im Westen unterging, allmählich in Dunkelheit versank.

»Wir wissen, er glaubt an den Fluch. Wir wissen, er denkt, dass er sich und andere dadurch rettet, dass er Anna tötet. Er hat davon gesprochen, ihr Herz zu opfern, und … Anna, was hat er noch gesagt?«

»Der Legende zufolge wird das Opfer durch seinen Tod eine gottgleiche Gestalt. Früher war es eine Ehre, als Opfer auserwählt zu werden. Anscheinend wollte er mir die Sache dadurch versüßen.«

»Dann denkt er also, dass die Götter auf seiner Seite sind«, fuhr Gil mit seiner Überlegung fort. »Was, wenn wir ihn davon überzeugen, dass das nicht der Fall ist?«

»Dann gerät er in helle Panik«, antwortete Anna. »Ich glaube, dass er schon jetzt halb panisch ist, weil er in der Überzeugung lebt, dass sich der Fluch, wenn es ihm nicht gelingt, mein Herz zu opfern, gegen ihn wenden wird.«

»Dann werden wir ihn also davon überzeugen, dass der Fluch von ihm verlangt, sich selbst zu opfern – und nicht Ihre Schwester oder Sie.«

»Das ist leichter gesagt als getan.«

»Ich weiß nicht«, mischte Tebbins sich nachdenklich ein. »Möglicherweise ist das gar nicht so schwierig, wie es klingt.« Plötzlich grinste er. »Nein, es ist sogar ganz leicht.«

Mehrere Tage später nahmen Anna, Nancy und Gil zum Beginn der Abendnachrichten vor dem Fernseher in Annas Wohnung Platz. Der *Sentinel*, die Zeitung, für die Reed Howell schrieb, gehörte einem Medienkonglomerat, das auch im Besitz eines lokalen Fernsehsenders war. Reed hatte die Exklusivrechte an der Geschichte von Anna verlangt und dazu noch einen kurzen Film, um durch einen

Bericht in den Abendnachrichten den Leuten bereits vor Erscheinen der Zeitungen am nächsten Morgen den Mund wässrig machen zu können. Gil und Tebbins hatten lange über die Sache gesprochen und schließlich zugestimmt. Doppelt genäht hält besser, war ihr Resultat.

Allerdings hatten sie darauf bestanden, dass Anna nicht selbst vor die Kamera trat, vor allem, weil nicht Anna aufgenommen wurde, sondern Nancy, und weil Gil befürchtete, dass Barro, wenn er sie genau betrachtete, eventuell dahinter kommen würde, dass die »wundersame« Genesung der von ihm verletzten Anna nur vorgegaukelt war.

Also verfolgten sie jetzt, wie Nancy hinter Annas Schreibtisch saß und so tat, als sähe sie irgendwelche Papiere durch, während Howell einen kurzen Text zu dieser Szene sprach. Einmal zeigte die Kamera in Großaufnahme einen kleinen Verband an Nancys linkem Arm.

»Es ist geradezu gespenstisch«, meinte Anna, als der Bericht vorbei war.

»Was?«, fragte ihre Schwester und schaltete den Fernseher aus.

»Bisher habe ich immer gedacht, wir glichen uns wie ein Ei dem anderen. Jetzt aber habe ich gesehen, wie sehr du dich verändern musst, um so zu tun, als wärst du ich.«

Gil saß auf dem Sofa neben Anna – eine Tatsache, bezüglich derer sich jeder von ihnen eine Bemerkung tunlichst verkniffen hatte – und erklärte: »Ja, Sie bewegen sich anders. Und Sie haben eine unterschiedliche Stimme.«

Nancy musterte ihn. »Die Frage ist – bin ich als Anna durchgegangen?«

»Ja«, antwortete Gil entschieden. »Wenn er die Aufnahme sieht, wird er davon überzeugt sein, dass Sie Anna sind.«

Lance sah den Bericht tatsächlich. Er hatte inzwischen ein Zimmer in einem schäbigen Haus in einer üblen Gegend, jedoch in relativer Nähe zur Universität. Niemand wollte wissen, wer er war oder wann er kam und ging. Es hatte gereicht, hundert Dollar bar auf den Tisch zu blättern, und schon hatte er für eine Woche eine Unterkunft.

Es war kein besonders schöner Raum. Voller Kakerlaken, schmutzig, mit einem nackten Holzfußboden, der schon seit Menschengedenken nicht mehr gereinigt worden war. Er hatte auf dem durchlöcherten Stück Stoff gelegen, das wohl einmal eine Matratze gewesen war, und hatte endlos lange überlegt, wie er Anna nun erwischen könnte. Schließlich war er verzweifelt und frustriert in eine nahe gelegenen Bar gegangen, hatte an der Theke Platz genommen und ein kleines Bier bestellt.

Gerade rechtzeitig zum Beginn der Abendnachrichten.

Annas Gesicht erschien auf dem Bildschirm am Ende der Theke und zog ihn in seinen Bann. Wegen des Lärms, den die anderen Gäste veranstalteten, konnte er Reed Howell kaum verstehen, als dieser davon sprach, dass Anna wie durch ein Wunder bereits wieder genesen sei und dass die Polizei zuversichtlich wäre, ihn in den nächsten Tagen zu erwischen. Dann zeigten sie das Foto, das in seinem Studentenausweis klebte, und er fuhr erschrocken zusammen – ehe er sich darauf besann, dass ihn gewiss niemand hier erkannte. Nicht nur, weil er viel zu gewöhnlich aussah, sondern, weil es nicht die geringste Ähnlichkeit zwischen dem Bild und seinem wahren Aussehen gab. Keiner würdigte ihn auch nur eines Blickes.

Reed sprach weiter davon, dass Anna ihre Arbeit wieder aufgenommen hätte und dass sie keine Angst verspürte, weil im Museum diverse Sicherheitsvorkehrungen getroffen worden wären. Nun, da Barro der Polizei als Täter bekannt war, würde es ihm nicht noch mal gelingen, sich ihr unerkannt zu nähern. Der Bericht endete damit, dass Howell erklärte, auch wenn Lance Barro anscheinend dachte, die Götter seien mit ihm, wäre es doch offensichtlich, dass eher Anna Lundgren ihr besonderes Wohlwollen genoss.

Lance trank nicht mal sein Bier aus. Er stieß sich von der Theke ab, stand auf und hastete hinaus in den warmen Abend.

Plötzlich sollten die Götter auf Annas Seite sein?

Der Gedanke rief heißen Zorn in seinem Innern wach. Wie konnte sie so überheblich sein, so etwas zu behaupten? *Er* diente dem Jaguargott, nicht sie. *Er* widmete sein Leben und seine Kraft der Aufgabe, den Dolch zurückzubringen an seinen rechtmäßigen Platz.

Gleichzeitig jedoch verspürte er einen Anflug von Angst. Er hatte auf Tebbins geschossen und auf Anna mit dem Messer eingestochen. Er hatte das Blut mit eigenen Augen durch die Gegend spritzen sehen. Sie konnte unmöglich bereits wieder gesund sein, wenn nicht tatsächlich irgendeine Gottheit helfend eingeschritten war. Auch Tebbins hatte den Anschlag überlebt.

Irgendetwas lief total falsch. Was, wenn Howells Behauptung stimmte? Was, wenn die Götter wirklich auf Annas Seite waren? Was, wenn er, Lance, die Sache derart vermasselt hatte, dass ihm die Gunst des Jaguargotts entzogen worden war?

Er musste seine Fehler sühnen, und zwar möglichst bald. Die ganze Nacht hindurch lief er durch die dunklen, einsamen Straßen und überlegte, wie er die Sache am besten handhabte. Der Plan mußte auf jeden Fall gelingen.

Er konnte es sich nicht leisten, noch einmal zu versagen. Das wusste er genau.

Anna weigerte sich rundweg, sich von Nancy auch im Museum vertreten zu lassen.

»Um Himmels willen«, regte Nancy sich auf, »warum denn bitte nicht? Du bist schwer verwundet. Du hast nicht die Kraft, um diese Sache durchziehen zu können.«

»Ich habe jede Menge Kraft, und ich will verdammt sein, wenn ich zulasse, dass du dich an meiner Stelle diesem Löwen zum Fraß vorwirfst.«

Nancy winkte ab. »Im Museum wird es nur so von Polizisten wimmeln. Er wird nicht mal Atem holen können, ohne dass man ihn dabei erwischt.«

»Genau«, antwortete Anna und sah ihre Schwester mit blitzenden Augen an. »Weshalb ich auch gut selbst dort sitzen kann.«

Tebbins und Gil hatten bei dieser Entscheidung nichts zu sagen. Tebbins, der frisch aus dem Krankenhaus entlassen war, saß mit bleicher Miene in einer Ecke von Annas Wohnzimmer auf einem Stuhl. Gil stand an einem der Fenster und spähte auf die von der Morgensonne erhellte Straße. Um Barro in Sicherheit zu wiegen, waren die beiden Streifenwagen abgezogen worden, und die Beamten saßen bei ihnen im Haus.

Keiner von ihnen hatte in der letzten Nacht besonders gut geschlafen. Heute Morgen war die Story in der Zeitung, mit reißerischer Überschrift, gleich auf der ersten Seite. Sie alle nahmen an, dass Barro, selbst wenn er die Nachrichten am Vorabend nicht mitgekriegt haben sollte, den Artikel nun garantiert las.

Wo würde er jetzt zuschlagen? Und wann? Wahrscheinlich würde er versuchen, Anna abends zu erwischen, wenn sie nach Schließung des Museums, vorgeblich, um versäumte Arbeit nachzuholen, länger als die anderen Angestellten blieb. Dort hätte er mehr Möglichkeiten, um sich zu verstecken, oder zumindest ginge er bestimmt davon aus. Was er nicht wissen würde, war, dass jede Menge Polizisten ebenfalls dort waren, bereit, sich auf alles und jeden zu stürzen, das oder der auch nur näher als fünfzig Meter an Anna herankam.

Doch auch hier im Haus konnte er es versuchen. Deshalb blieb eine der Schwestern, unter Polizeischutz, ständig hier.

»Sie beide«, sagte Gil, »werden in Gefahr sein. Das kann ich gar nicht häufig genug wiederholen. Anna, Sie haben noch nicht die Kraft, um erst den ganzen Tag und zusätzlich den Abend im Museum zu verbringen.«

»Genau«, bestärkte Nancy diese Warnung. »Sei nicht blöde, Anna. Ich werde dich vertreten. Hier kannst du dich wenigstens ein bisschen hinlegen, wenn du ermüdest. Und hier hast du es bequem.«

»Sie werden alle wissen, dass du mich vertrittst! Du hast von meiner Arbeit nicht die geringste Ahnung. Du kennst nicht einmal die Leute.«

Tebbins seufzte. »Da hat sie leider Recht.«

»Ich fahre einfach so spät wie möglich hin«, versuchte Anna Nancy zu beruhigen. »Wann ich dort erscheine, ist ja egal. Nach allem, was ich durchgemacht habe, wird bestimmt niemand erwarten, dass ich pünktlich bin. Also fange ich spät an und höre auch spät auf. Am helllichten Tag, wenn es im Museum nur so vor Leuten wimmelt, wird er sowieso nichts tun.«

»Wenn du sowieso erst später anfängst«, beharrte Nancy starrsinnig auf ihrem Standpunkt, »kann ich das locker für dich übernehmen. Ein paar Stunden gelingt es mir doch leicht, du zu sein.«

»Haben Sie beide immer schon gerne gestritten?«, wollte plötzlich Tebbins von den beiden Frauen wissen.

Er schien darauf nicht ernsthaft eine Antwort zu erwarten, denn als weder Anna noch Nancy etwas darauf sagte, blieb auch er ruhig.

Das Problem war noch nicht gelöst, dachte Gil und beobachtete wieder die Straße. Sie befanden sich in einem echten Zwiespalt, einem, der einzig daraus resultierte, dass Anna eine Zwillingsschwester hatte.

»Sie fahren beide ins Museum«, erklärte er am Ende. »Anders geht es nicht. Nach dem, was Anna über sein Motiv gesagt hat, hat er es vermutlich sowieso auf beide abgesehen.«

»Wenn sie zusammen sind, werden unsere Probleme dadurch vielleicht noch größer«, widersprach ihm Tebbins. »Nicht nur, dass wir zwei Personen gleichzeitig beschützen müßten. Würde er dadurch, zwangsweise es mit beiden gleichzeitig aufzunehmen, nicht womöglich nur verschreckt?«

»Denkbar.« Gil wandte sich vom Fenster ab den anderen zu. »Aber meiner Meinung nach bleibt uns keine andere Wahl. Wir wollen nämlich nicht, dass er bequem zwischen zwei getrennten Opfern wählen kann.«

Der nachmittägliche Wechsel des Wachpersonals im Museum verlief völlig normal. Einziger Unterschied war der, dass Polizisten in den Uniformen der Wachgesellschaft steckten. Weitere Beamte in Zivil taten, als wären sie Besucher des Museums.

Der Technikraum wurde bewacht, damit Barro keine Gelegenheit bekam, abermals das Sicherheitssystem außer Funktion zu setzen, und um zu verhindern, dass irgendjemand unbemerkt das Haus betrat oder verließ, waren auch in den Büros in der Nähe der Außentüren Ermittler verborgen.

Einer nach dem anderen bezogen sie unauffällig ihre Posten und warteten darauf, dass das Museum endlich schloss.

Anna und Nancy saßen in ihrem Büro. Anna kämpfte sich mit bleicher, doch entschlossener Miene durch die Berge von Papier auf ihrem Schreibtisch, während sich Nancy mit der Lektüre von Zeitschriften die Langeweile vertrieb.

Nach und nach wurde es im Museum ruhiger. Draußen wurde es allmählich dunkel, und schließlich stand Anna auf und schloss die Jalousien.

Sie richteten sich ein für eine lange Nacht.

Gegen Mitternacht saß Anna dösend hinter ihrem Schreibtisch, und Nancy lungerte auf ihrem Stuhl und knabberte an ihren Nägeln. Gil rieb sich die müden Augen. Heute Nacht gab es für sie nichts mehr zu tun. Sie waren alle total erschöpft. Am besten fuhren sie nach Hause und versuchten es am nächsten Tag erneut.

Er wusste, durch das lange Warten ließ die Wachsamkeit der Menschen nach. Die Zeit war eindeutig auf Barros Seite. Mit jeder ereignislosen Nacht nahm die Sicherheit der potenziellen Opfer weiter ab.

Er rüttelte Anna vorsichtig wach. »Wir machen für heute Schluss«, erklärte er, als sie ihn ansah. »Wir brauchen alle etwas Ruhe.«

Sie nickte verschlafen, und selbst Nancy wirkte zu erschöpft, um zu protestieren. Also packten sie ihre Sachen, und Gil hob sein Funkgerät an den Mund.

»Wir machen Schluss. Ziehen Sie einen Teil der Leute ab, damit alles aussieht wie normal.«

Die meisten der verdeckten Ermittler gingen zu ihren Wagen. Einige von ihnen hatten Dienstschluss, andere hingegen brachten Anna und Nancy nach Hause und setzten ihre Arbeit dort fort.

Die neue Schicht, eine Gruppe von Leuten sowohl von der Kripo als auch von der normalen Polizei, bezogen Posten im Foyer. Der leitende Beamte, ein Korporal aus Tampa, blickte stirnrunzelnd auf einen jungen Mann, der statt in Zivil in Uniform zum Dienst erschienen war.

»Wie lange bist du bei der Truppe, Junge?«

»Seit sechs Wochen.«

Der ranghöhere Beamte seufzte. »Tja, okay. Du übernimmst den Technikraum.« Das war die leichteste Arbeit und der sicherste Platz für einen Neuling. Dort, hinter verschlossenen Türen, konnte ihm am wenigsten passieren.

Und so begab sich Lance Barro, in der Kleidung eines Polizisten, genau in den Raum des Museums, der ihm am liebsten war.

22

Es war zehn Uhr des nächsten Abends. Anna saß zusammengesunken über ihrem Schreibtisch und wirkte noch erschöpfter als in der Nacht zuvor. Nancy hatte die Lektüre der Magazine aufgegeben und spielte an einem Ende des Tisches Solitaire.

Gil lief Gefahr, einen Trampelpfad in den Teppichboden zu fräsen, und so fragte er, um sich ein wenig abzulenken: »Wer möchte Kaffee?«

»Kaffee?«, fragte Anna.

»He, hier wimmelt es von Polizisten. Und Sie bilden sich doch wohl nicht allen Ernstes ein, wir würden ohne Kaffee überleben. Ich wette, sie haben irgendwo da draußen auch Doughnuts deponiert.«

Anna verzog den Mund zu einem schwachen Lächeln.

»Klingt gut«, antwortete Nancy. »Anna?«

Anna nickte. »Danke.«

»Wie trinken Sie Ihren Kaffee?«

»Schwarz«, antworteten die Schwestern wie aus einem Mund.

»Das macht es mir leicht.« Er lächelte und hoffte, dass es natürlich auf die beiden wirkte, denn er wollte nicht, dass sie bemerkten, wie angespannt er war. »Schließen Sie die Tür hinter mir ab.«

Er wartete im Flur, bis er das Klicken des Schlosses hörte. Dies war eine gute Gelegenheit für ihn zu prüfen, ob die Wachsamkeit der Männer noch nicht nachgelassen hatte. Der Beamte vorn im Pförtnerhäuschen, der in der

Uniform der Wachgesellschaft steckte, nippte an seinem Kaffee und biss genüsslich in einen glasierten Doughnut. »Und? Wie läuft's?«

»Alles okay«, kam die gleichmütige Antwort. »Jeder ist an seinem Platz und sämtliche Geräte funktionieren.«

Doch Gil hatte sich schon einmal von den Geräten täuschen lassen. »Behalten Sie trotzdem die Bildschirme im Auge. Der Typ ist wirklich clever.«

Der Beamte nickte. »Kein Problem.«

»Ist der Kaffee genießbar?«

»Ich habe ihn eben selbst gekocht. Die Kanne ist noch voll.«

Gil ging in den Pausenraum hinüber. Ein Beamter in Zivil füllte dort ein halbes Dutzend Styroporbecher mit Kaffee, offensichtlich, um sie zu verteilen. Neben der Kanne stand eine Schachtel mit zwei Dutzend Doughnuts, und fast hätte Gil gegrinst. War das nicht wirklich typisch?

»Alles okay?«, fragte er auch den Polizisten, und der nickte.

»Kein Laut, keine Bewegung. Heute Abend kommt hier niemand unbemerkt rein.«

Gil hoffte, dass es wenigstens jemand versuchen würde. Er füllte drei Becher für sich und die Frauen und trug sie auf einem Plastiktablett zurück in Richtung des Büros.

Nancy öffnete die Tür und ließ ihn herein. »Wissen Sie«, sagte sie, als sie sich einen der Becher nahm. »Das hier ist das Langweiligste, was ich je erlebt habe.«

»So ist es meistens, wenn man irgendwo auf der Lauer liegt.«

»Bestimmt ist dieser Kerl ganz in der Nähe.«

»Vielleicht.« Gil schloss diese Möglichkeit absolut nicht aus. »Aber damit setzen wir uns auseinander, wenn es so weit ist. Eher nicht.«

Es war erstaunlich, dachte Lance, wie leicht er an Informationen herankam. Wahrscheinlich dachten die Bullen, sie hätten ihre Pläne sorgfältig geheim gehalten, doch hatte er genug Gespräche mitbekommen, um zu wissen, wie die Sache angegangen werden sollte. Sie stellten ihm eine Falle und hofften, er liefe blind hinein. Der Gedanke war für ihn erregend, ja, er rief sogar eine gewisse Euphorie in ihm wach. Auf diese Art und Weise würde sein Triumph noch größer.

Und es war so kinderleicht, Dinge herauszufinden. Geradezu erschreckend leicht. Die Menschen sprachen, ohne den schlanken, jugendlichen Kollegen, der gemütlich Kaffee trank und an seinem Doughnut nagte, dabei auch nur zu beachten. Als er als Einziger in Uniform erschienen war, hatte er befürchtet, ihm wäre ein Riesenfehler unterlaufen, anscheinend jedoch hatte die Verkleidung ihm sogar noch genutzt. Er hatte bemerkt, wie geringschätzig die anderen ihn gemustert hatten, als er in den Technikraum beordert worden war.

Alles lief zu seinen Gunsten, und beinahe meinte er, den Sieg bereits zu riechen. Der Jaguargott hatte ihn nicht im Stich gelassen. In dieser Hinsicht hatte Anna sich eindeutig geirrt.

Er hatte den Tag auf dem Kriechspeicher oberhalb des oberen Stockwerks zwischen den Strom- und Wasserleitungen verbracht. Es war heiß und unbequem gewesen, aber bereits in der Planungsphase hatte er genügend Wasser und Müsliriegel dort oben deponiert, um die stickige Enge ein paar Stunden problemlos zu ertragen.

Jetzt war wieder Abend, und das Museum gehörte ganz alleine ihm. Letzte Nacht hatte er, ohne dass irgendjemand etwas davon wusste, die Alarmanlage kurzgeschlossen und zugleich dafür gesorgt, dass alles aussah wie normal.

Er konnte gehen, wohin er wollte. Egal, an welchen Ort. Außerdem hatte er selbst den Kaffee für die Kollegen aufgesetzt und – fast hätte er sich vor Freude die Hände gerieben – den Rest des Rohypnol, das er bereits vor Wochen auf der Straße erstanden hatte, heimlich darin aufgelöst. Die Dosis haute zuverlässig selbst den Allerstärksten um.

Danach wären sie ihm alle ausgeliefert. Jeder Einzelne von ihnen.

Und er würde auf dem Altar in der Ausstellung ein doppeltes Opfer bringen. Zwei junge Frauen zugleich. Bestimmt war ihm der Jaguargott dann endgültig gewogen.

Und er war für alle Zeiten vom Joch des Fluchs befreit.

Er brauchte nur noch einen Augenblick zu warten. Einen kurzen Augenblick.

Anna schlief in ihrem Schreibtischsessel ein. Sie gähnte, lehnte sich zurück und schloss die Augen. Gil betrachtete ihr schlafendes Gesicht und fühlte sich selbst entsetzlich müde. Er sah auf seine Uhr. Noch eine Stunde, und er würde die Aktion für heute abblasen. Morgen müsste er überlegen, wie Barro auf anderem Weg zu schnappen war.

Am besten, er machte sich schon jetzt darüber Gedanken, doch dazu war er zu k.o.. Er lenkte seinen Blick auf Nancy und merkte, dass auch sie, zusammengerollt auf einem der Stühle, eingeschlafen war. Wie schaffte sie das nur?

Da er mit niemandem mehr reden konnte, fielen auch ihm beinahe die Augen zu. Seltsame traumgleiche Bilder wogten ihm durch den Kopf, und er musste sich ein paar Mal schütteln, damit er nicht wie die beiden Frauen einfach auf der Stelle einschlief.

So geht das nicht, ermahnte er sich, griff nach seinem Funkgerät und rief nach den Kollegen.

Doch niemand gab ihm eine Antwort. Kein Einziger von ihnen reagierte.

Ihm kam ein erschreckender Gedanke. Der Kaffee! Man hatte ihnen ein Schlafmittel verpasst.

Das Adrenalin, das diese Überlegung durch seine Adern schießen ließ, verringerte die Wirkung des Mittels, unter dem er stand. Er stand auf und beschloss zuerst mal, Verstärkung von außen zu erbitten.

In diesem Moment ging die Bürotür auf, und ein uniformierter Beamter trat ein.

»Was zum Teufel geht hier vor sich?«, fragte Gil den jungen Mann mit schwerer Zunge. »Es hat niemand auf meinen Funkspruch reagiert.«

»Das liegt daran, dass sie alle tief schlafen«, antwortete der Polizist, und ehe Gil reagieren konnte, zückte er seinen Schlagstock und schlug ihm damit krachend über den Schädel.

Anna hatte einen eigenartigen Traum. Ein Polizist, der aussah wie Lance Barro, drängte sie, ihm zu folgen. Bei ihm wäre sie sicher, versicherte er ihr. Sie müsste ihm nur folgen. Vielleicht hätte sie ihm nicht vertraut, doch neben ihm stand Nancy und bat sie ebenfalls, sich zu beeilen. Auch wenn Nancys Stimme irgendwie eigenartig klang, auch wenn sie so verschwommen sprach, als wäre sie betrunken.

Doch sicher war alles in Ordnung, denn der junge Polizist half ihr sogar beim Gehen und sprach die ganze Zeit beruhigend auf sie ein. Nur, weshalb sah er aus wie Lance Barro?

Sie traten durch die Flügeltür, durch die man in die Pocal-Ausstellung gelangte. Der Raum war nur spärlich beleuchtet, und Anna kämpfte gegen die bizarren, aus den Schatten aufsteigenden Bilder. Der Dschungel wirkte dichter und gefährlicher als sonst, und sie fragte sich, ob dies vielleicht ein echter Urwald war. Vielleicht hatte sie eine wundersame Reise durch Zeit und Raum gemacht. Oder vielleicht war dies alles tatsächlich nur ein Traum.

Nein, dachte sie benommen, und erste leichte Panik stieg in ihrem Innern auf. Dies war die Ausstellung. Jawohl. Das erkannte sie an den schwach erleuchteten Vitrinen. Und immer noch war Nancy dicht an ihrer Seite. Manchmal geriet sie leicht ins Stolpern, als wäre der Boden unter ihren Füßen uneben und rau. Sie selbst wäre sicher ebenfalls gestolpert, nur, dass der junge Polizist sie fürsorglich hielt.

Sie sah ihn lächelnd an, um sich bei ihm für seine Hilfe zu bedanken, doch im trüben Licht des Raumes wirkte sein Gesicht mit einem Mal wie eine fremde, harsche Maske. Wer war er?

Dann kamen die Stufen. Jetzt wusste sie wieder, wo sie waren, und das nahm ihr einen Teil ihrer Angst. Die Grabkammer des Pocal. Sie waren in der Ausstellung. Anscheinend dachte er, dass sie und Nancy hier besser aufgehoben wären.

Er ließ sie los, und sie sank direkt neben dem Sarkophag zu Boden. Undeutlich spürte sie den Schmerz in ihrem Arm, doch schien es, als käme das heiße Pochen aus weiter Ferne. Nancy sackte neben ihr in sich zusammen.

»Nance?«, lallte sie den Namen ihrer Schwester mühsam, ohne dass diese darauf reagierte.

Es war seltsam, es war wirklich seltsam. Dann wandte sich mit der Überlegung, wie es jetzt wohl weitergehen würde, an den Polizisten.

Sah den Dolch und wusste, er hatte sie erwischt.

Gil rollte sich stöhnend auf den Rücken und starrte in ein grelles Licht. Was war passiert?

Ihm war hundeübel, sein Schädel dröhnte, als hätte eine Planierraupe ihn überrollt, und am liebsten hätte er die Augen wieder zugekniffen.

Wo war er? Dann fiel es ihm ein. Plötzlich war alles wieder da. Er hatte erst ein Schlafmittel und dann einen Schlag auf den Kopf verpasst bekommen.

Nancy! Anna! Unter neuerlichem Stöhnen rollte er sich auf den Bauch und kämpfte sich mühsam auf die Beine. O Gott, sie waren nicht mehr da!

Er griff nach dem Telefon und wählte hastig die Nummer der Polizei.

Lance Barro betrachtete die beiden wunderbaren Frauen und empfand echte Trauer, weil er sie nicht am Leben lassen konnte. Obgleich es richtig und notwendig war, die beiden zu opfern, tat es ihm ehrlich Leid.

Sie waren wirklich reizende Geschöpfe. Beide verströmten Jugend, Lebendigkeit und Schönheit. Wodurch sie zu perfekten Opfern wurden. Die Auserwählten waren stets jung gewesen, in der Blüte ihres Lebens. Krieger, wie Anna selbst erläutert hatte, junge Männer oder Frauen. Über Jahrhunderte hinweg hatten die Mayas und Azteken ihre Welt durch derartige Opfer an die Gottheiten bewahrt. Jetzt würde er seine eigene Welt bewahren und die Welten anderer, die nicht mal wussten, dass der Fluch auch sie betraf.

Es machte ihn glücklich und gleichzeitig auch unglücklich, dass gerade er als Hohepriester auserkoren worden war. Er hatte Anna immer gern gehabt, und auch ihre Schwester hätte er bestimmt gemocht.

Ein Teil von ihm rebellierte gegen die Mission.

Doch er wusste, das war ein wichtiger Bestandteil dieses Opfers. Fiele es ihm leicht, wäre es bar jeder Bedeutung.

Die Verabreichung des Rohypnol war ideal gewesen, dachte er zufrieden. Früher waren die Sinne der Opfer durch Haschisch umnebelt worden. Er war eben einfach einen Schritt weiter gegangen, um dafür zu sorgen, dass die Opferung der beiden Frauen problemlos vonstatten gehen würde. Dass sie kooperieren würden, wie es auch damals üblich gewesen war.

Trotzdem zögerte er noch. Er wusste nicht, ob er es schaffen würde. In ein paar Minuten der Klarheit fragte er sich, ob er tatsächlich fähig wäre, Menschen bei lebendigem Leib das Herz herauszuschneiden. Er hatte darüber gelesen, hatte es sich häufig bildlich vorgestellt, doch nun, da die Stunde gekommen war, erschreckte ihn das Ungeheure der von ihm geplanten Tat.

Auch dies war bestimmt nur ein Test, beruhigte er sich jedoch. Seine Entschlossenheit wurde lediglich auf die Probe gestellt. Er durfte jetzt auf gar keinen Fall schwanken.

Er hatte den Ort für das Opfer sorgfältig gewählt. In einem anderen Raum der Ausstellung fand sich die Kopie eines Altars, doch er war zu dem Schluss gelangt, dass das Ritual größere Bedeutung hätte, hielte er es auf der Replik des Sarkophages ab. Er symbolisierte das in Mexiko entweihte Grab.

Natürlich wäre es noch besser, da stilvoller, gewesen, Anna und Nancy in dem echten Grab zu opfern. Doch das war unmöglich. Wie hätte er sie je dorthin locken sollen?

Also musste die Kopie genügen. Seine Absicht würde auch an dieser Stätte deutlich. Und schließlich waren Riten immer symbolischer Natur.

Seine beiden reizenden Gefangenen sahen ihn fragend

an. Nancys Blick war hoffnungslos verschwommen, als nähme sie ihre Umgebung nur mit größter Mühe wahr. Annas Blick war etwas wacher, als zöge ihr drogenumnebeltes Gehirn eine Verbindung zwischen ihm und dem Dolch in seiner Hand. Doch das Rohypnol tat seine Wirkung. Sie saß völlig reglos auf der Erde und äußerste nicht den leisesten Protest. Gut.

Ermutigt beschloss er, dass Nancy den Anfang machen würde. Selbst wenn Annas Hirn umwölkt war, sollte sie verstehen, was mit ihr passierte. Um das perfekte Opfer abzugeben, müsste sie begreifen, was mit ihr geschah. Dadurch, dass sie sah, wie ihrer Schwester das Herz aus der Brust geschnitten wurde, würde sie sich ihrer Rolle in dem Szenario bewusst.

Er legte den Dolch auf die Vitrine, in der er einst ausgestellt gewesen war, beugte sich zu Nancy hinunter und half ihr auf die Füße.

»Kommen Sie«, bat er mit sanfter Stimme. »Sie dürfen etwas für mich tun.«

Sie nahm ihn zwar kaum wahr, bemühte sich aber, ihm zu folgen. Fast musste er sie tragen, doch zumindest war sie kein lebloses Gewicht, das er durch die Gegend schleppen musste, sondern half im Rahmen ihrer Möglichkeiten mit.

»Dort hinauf«, befahl er mit weicher Stimme, platzierte sie auf den Deckel des Sarkophags und drückte sie beinahe zärtlich auf den Rücken.

»So«, erklärte er ihr freundlich. »Und jetzt schlafen Sie einfach ein.«

»Nancy …«, drang Annas Wispern an seine Ohren. In der Stille, die ihn in der Grabkammer umgab, klang es regelrecht gespenstisch.

Er sah sich alarmiert nach ihr um, doch sie saß nach wie

vor völlig reglos auf dem Boden. Gut. Das Beruhigungsmittel ließ ihn nicht im Stich. So sollte es auch sein. Erforderlichenfalls hätte es noch Stunden gewirkt, er jedoch brauchte nur noch ein paar Minuten.

Er machte sich auf die Suche nach dem Dolch.

Tebbins war total frustriert. Statt aktiv am Geschehen teilzuhaben, saß er aufgrund seiner Verletzung tatenlos zu Hause rum. Genervt hockte er vor seinem Funkgerät und schüttelte den Kopf. Nichts, nichts, nichts.

Es ärgerte ihn maßlos, dass dieser widerliche Kerl, dieses Tier, vielleicht gewitzter war als er. Sicher ließen seine Vorgesetzten ihn mit dieser Aktion nicht endlos lange gewähren. Eventuell bekam er noch ein, zwei Nächte, dann aber würden sie von ihm verlangen, die Vergeudung von Ressourcen zu beenden.

Und dann? Müsste er dann in ein paar Tagen oder Wochen in der Zeitung lesen, dass der verstümmelte Leichnam einer gewissen Anna Lundgren aufgefunden worden war? Diese Überlegung ließ ihm keine Ruhe.

Noch während er darüber nachdachte, wusste Tebbins unvermittelt, dass er auf dem falschen Dampfer gewesen war. Kein Meisterdieb und kein von einer ganzen Armee von Helfern unterstütztes Genie hatte diese Taten begangen, sondern ein einzelner Verrückter.

Genau die Art von Täter, die am allerschwersten zu erwischen war.

Dann drang eine Meldung durch sein Funkgerät. Er setzte sich kerzengerade auf und knirschte mit den Zähnen, als ein heißer Schmerz seine Brust durchzuckte. Dreißig Sekunden später jedoch war er bereits am Telefon und bestellte einen Streifenwagen. Jetzt hielt ihn nichts mehr hier. Er musste auf der Stelle ins Museum.

Die Welt schien sich um Gil zu drehen, als befände er sich während eines wilden Sturmes mitten auf dem Meer. Der Boden schien zu schwanken und zwang ihn, sich an den Wänden abzustützen, während er den Korridor hinunterschwankte in Richtung des Foyers.

Er hatte keine Ahnung, ob sein Zustand die Folge des Schlafmittels oder des Schlags über den Schädel war, doch das war jetzt auch egal. Der einzig klare Gedanke, der ihn bei Besinnung hielt, war, dass er Anna finden musste. Und zwar sofort.

Im Foyer war niemand, doch die Wände bewegten sich drohend auf ihn zu. Er sah den Rücken des Polizisten, der im Pförtnerhäuschen vor den Monitoren saß, rief zu ihm hinüber, erhielt jedoch keine Antwort.

Er tastete sich an der Wand entlang zu ihm nach vorn. Die Tür des Häuschens war verschlossen. Er hämmerte gegen die Scheibe, doch noch immer kam keine Reaktion. Anscheinend hatte der Kerl auch ihm ein Schlafmittel verpasst. Das Adrenalin, das bei diesem Gedanken durch Gils Körper wogte, kämpfte mit der Droge, und plötzlich wurde ihm so übel, dass er sich kaum noch auf den Beinen halten konnte.

Doch zum Hinfallen war jetzt keine Zeit. *Dazu war jetzt einfach keine Zeit.* Mit reiner Willenskraft unterdrückte er die Übelkeit und zerrte an seiner Waffe. Sie schien im Halfter stecken bleiben zu wollen, schließlich jedoch gab sie nach.

Um sein Ziel nicht zu verfehlen, musste er sie direkt auf das Türschloss legen.

Er drückte ab. Das Geräusch des Schusses hallte durch die Eingangshalle und klingelte in seinen Ohren. Oh, Gott, vielleicht hätte er das besser nicht getan. Was, wenn auch Barro denn Schuss gehört hatte?

Doch für diese Überlegung war es sowieso zu spät. Und

ohne die Monitore gab es keine Hoffnung, dass er die beiden Schwestern noch rechtzeitig fand.

Er drückte die Tür auf, schob den schnarchenden Kollegen an die Seite und beugte sich über die Konsole. Die Bilder tanzten vor seinen Augen und nahmen erst nach einigen Sekunden konkrete Formen an.

Dann aber sprangen ihm die Aufnahmen der Grabkammer ins Auge, und plötzlich sah er klar. Zwei Kameras zeigten die wie schlafend auf dem Deckel des Sarkophags liegende Nancy. Eine weitere zeigte einen Mann in der Uniform der Polizei.

In der Hand hielt er den Dolch.

Das Adrenalin gewann die Oberhand über die Droge. Gil machte kehrt und rannte, wenn auch auf etwas unsicheren Beinen, hinüber zu der Tür, hinter der die Ausstellung begann.

Anna sah den Dolch. Alles andere war verschwommen, doch das Messer selbst kam überdeutlich auf sie zu. Das erneute Pochen ihres Arms, der immer noch in einer Schlinge lag, rief die Erinnerung an die ihr bereits zugefügten Schmerzen wach. Er würde ihr das Herz aus der Brust schneiden.

Aus irgendeinem Grund fand sie diesen Gedanken weniger erschreckend als vielmehr interessant. Sie sollte sich fürchten. Das war ihr klar. Doch war sie von einer enormen Gleichgültigkeit erfüllt. Einer seltsamen Distanziertheit, als würde das, was gleich geschähe, jemand anderem widerfahren statt ihr selbst.

Und tatsächlich bewegte sich der Dolch an ihr vorbei. Sie folgte ihm mit verträumten Augen und fragte sich, als sie sah, wie er hoch in die Luft gehoben wurde, weshalb sie sich je vor ihm gefürchtet hatte.

Nancy!

Die plötzlich in ihr aufwallende Kälte vertrieb alle Verträumtheit. Er würde Nancy töten! Und irgendwie war das viel schlimmer als das, was er mit ihr selber tun würde.

Sie zwang ihre widerstrebenden Muskeln sich, wenn auch schleppend, zu bewegen, drehte sich in Richtung des nahen Sarkophags, beugte sich vornüber und biss Lance Barro mit aller Kraft in die Achillesferse. Halb spuckte und halb erbrach sie Blut und Gewebe auf den Boden.

Ein schmerzerfülltes Heulen erfüllte die Kammer, und der Dolch fiel klirrend auf die Erde.

Sie musste ihn erwischen. Mühsam, als bewege sie sich durch einen Sumpf, kroch sie auf ihn zu. Dass der Dolch vielleicht verflucht war, dass vielleicht ihr Vater seinetwegen gestorben war, war ihr vollkommen egal.

Alles, was sie interessierte, war, dass er nicht auch das Leben ihrer Schwester nahm.

Der Dschungel schien sich um Gil zu schließen. Auf der Suche nach den Lichtschaltern in dem Paneel an der Wand hatte er die Geräuschkulisse erwischt und eingeschaltet, und nun drangen entferntes Donnergrollen und die hellen Rufe irgendwelcher Vögel an sein Ohr.

Außerdem hörte er einen entfernten, durch die labyrinthartige Anlage der Ausstellung gedämpften Schrei. Schrie da jemand vor Schmerz? Gott, Anna ....

Dschungelpfade und Ausstellungsräume wechselten miteinander ab. Sein Hirn spielte ihm Streiche, und er hatte das Gefühl, als wäre die Luft zu schwer, zu heiß, zu feucht und als streckten die künstlichen Bäume bedrohlich ihre künstlichen Äste nach ihm aus.

Und egal, wie schnell er meinte zu rennen – er war nicht schnell genug.

Lance lag, heulend vor Schmerzen, zusammengerollt auf dem Boden. Anna hielt den Dolch in ihrer Hand, lehnte sich gegen den Sarkophag und schüttelte verzweifelt ihre Schwester. »Nancy! Nancy, lauf! Du musst weglaufen!«

Stöhnend schlug Nancy ihre Augen auf, wurde jedoch nicht wirklich wach.

Panik brach durch den Drogenschleier, der über Anna lag, jedoch nicht genug, als dass sie die bleierne Schwere ihrer Glieder überwand. Tränen strömten über ihre Wangen, als sie Nancy erfolglos weiter schüttelte.

Gleichzeitig drehte sich Barro auf den Rücken und kämpfte sich auf die Beine.

Der Dolch. Wenn sie den Dolch versteckte, konnte er Nancy nichts tun. Der Dolch war wichtiger Bestandteil des obszönen Rituals.

Sie drehte sich um und stolperte in dem Bewusstsein, dass sie nur ein paar Sekunden hatte, auf den Ausgang zu.

Es war wie in einem Alptraum. Egal, wie schnell sie sich zu bewegen versuchte, es war, als wate sie durch einen Sumpf. Die Treppe kam einfach nicht näher.

O Gott, bitte steh mir bei …

»Können Sie nicht mehr aufs Gas treten?«, feuerte Tebbins den Beamten an, von dem er sich ins Museum fahren ließ.

Das Blaulicht des Wagens blitzte, die Sirene heulte, aber jede Kreuzung war ein Hindernis, an dem der Fahrer das Tempo seine Wagens drosseln musste. Pausenlos gab es irgendwelche Idioten, die meinten, sie müssten noch schnell vor dem heranjagenden Einsatzwagen die Straße überqueren.

Doch der Polizist gehorchte gerne und trat das Gaspedal bis zum Anschlag durch. Bis zur nächsten Ampel, wo er mit quietschenden Bremsen abermals das Tempo drosseln musste, um halbwegs unbeschadet auf die andere Seite zu gelangen. Tebbins knirschte so fest mit den Zähnen, dass ihm bereits der Unterkiefer weh tat.

Was zum Teufel war bloß im Museum schief gegangen?, fragte er sich ein ums andere Mal.

Gil stolperte durch einen weiteren von künstlichen Bäumen gesäumten schmalen Gang. Sein Schädel hämmerte derart, dass er kaum noch etwas sah. Das Labyrinth, das ihm als Besucher klein und überschaubar vorgekommen war, erschien ihm heute Abend durch und durch verwirrend und vor allem kilometerlang. Einmal verlor er derart die Orientierung, dass er nicht mehr wusste, auf welcher Seite der Eingang und wo der Ausgang eines der Ausstellungsräume war.

Dann jedoch wurde er etwas klarer, und er lief schwankend weiter. Er verfluchte das Schlafmittel und den Hieb auf den Kopf, weshalb er weder ganz bei Kräften noch ganz bei Sinnen war.

Dann hatte er endlich den Eingang der Grabkammer erreicht, den dunkel gähnenden Schlund, durch den man über eine kurze Treppe in die Tiefe gelangte. Gott, er hoffte, er käme nicht zu spät.

Anna kämpfte sich die Stufen zur Ausgangstür hinauf und hatte das Gefühl, als wäre jede einzelne ein tausend Meter hoher Berg. Hinter sich hörte sie Lance, der stöhnend ein Bein nachzog, trotzdem jedoch beständig näher zu kommen schien.

Sie wagte nicht, sich umzudrehen und zurückzusehen auf ihren mörderischen Feind.

Zwei Stufen noch – und sie hatte die Ausgangstür erreicht. Sie war zu, wie jeden Abend abgeschlossen, und drei endlose Sekunden lang hatte sie die Befürchtung, der Notfallmechanismus würde nicht so funktionieren wie geplant

Sie drückte mit aller Kraft gegen die Tür – das Schloss sprang auf, und sie hörte …

… wie nur wenige Meter hinter ihr Lance wütend zischte: »Du Hexe, jetzt werde ich dich kriegen.«

Sie zwängte sich durch die Tür und stolperte in den mit Stühlen und dem Gästebuch bestückten Raum, durch den man die Ausstellung verließ. Hinter sich hörte sie, wie die Tür vor Lance ins Schloss fiel, eine Sekunde später jedoch nochmals aufgestoßen wurde und er ihr verbissen folgte.

Er bewegte sich inzwischen deutlich schneller als zu Anfang, sie hingegen nicht. Immer noch klebte der Boden unter ihren Füßen, und immer wieder musste sie im Laufen – wenn man das Laufen nennen konnte – innehalten, damit sie nicht fiel.

Weiter! Bleib nicht stehen. Er darf den Dolch nicht noch einmal bekommen. Weiter.

Wieder kam er ein Stückchen näher. Sie floh hinaus auf die Galerie. Beinahe spürte sie in ihrem Nacken seinen heißen Atem.

Plötzlich wurde ihr schwindelig, als sie das Ende der Galerie und tief unter sich die Eingangshalle sah. Sie wollte weiter vor ihm flüchten, doch sie geriet ins Schwanken und …

… er packte ihren Arm. Packte ihren verletzten Arm.

Mit einem Schmerzensschrei ging sie zu Boden und verlor dabei den Dolch.

Wild keuchend und panisch begann sie, auf einem Arm und Beinen, die den Gehorsam verweigerten, auf die Waffe zuzurobben. Weiter. Nur nicht aufgeben. Kriech einfach stur weiter.

Sie erreichte das Geländer, doch als sie sich umdrehte, um es mit ihrer gesunden Hand packen und sich daran hochziehen zu können, bot sich ihr ein Anblick wie aus ihrem grässlichsten Alptraum.

Lance stand direkt über ihr, hob den Dolch mit beiden Händen hoch über seinen Kopf und ließ die scharfe Klinge grausam im grellen Licht der Lampen blitzen.

Um ein Haar wäre Gil kopfüber von der Treppe in die Grabkammer gestürzt. Nur eine der beiden Schwestern war noch da. Sein Herzschlag setzte kurz aus, und er stolperte zum Sarkophag. Nancy.

»Nancy!« Er schüttelte sie unsanft, und sie rollte sich stöhnend zu einem Ball zusammen. Nirgends sah er Blut. Gott sei Dank.

Aber Anna…

Selbst im Dämmerlicht des Raumes sah er die dunkle, nasse Spur, die sich in Richtung Ausgangstreppe zog. Er ließ Nancy zurück und rannte in der Hoffnung, es sei noch nicht zu spät, durch das Zimmer und die Stufen hinauf in Richtung Galerie.

Tebbins' Wagen kam mit quietschenden Bremsen vor dem Museum zum Stehen. Der Sicherheitsgurt schnitt so schmerzhaft in seine verwundete Brust, dass eine Sekunde lang alles vor seinen Augen verschwamm.

Er hörte, dass jetzt andere Polizeiwagen heranbrausten, doch er konnte nicht warten. Mit seiner gesunden Hand griff er um seinen Bauch und löste, ohne auf das Stechen seiner Wunde zu achten, entschieden seinen Gurt. »Los!«

Die Eingangstür war abgeschlossen. Außer einem Polizisten, der anscheinend schlafend vor den Monitoren hockte, war drinnen niemand zu sehen.

Dann jedoch bemerkte er eine Bewegung auf der Galerie.

»Schießen Sie das Schloss auf«, knurrte er den neben ihm stehenden Beamten an. »Und zwar jetzt sofort!«

Der junge Mann gehorchte, knackte das Schloss mit zwei gezielten Schüssen, trat vorsichtig die Tür auf und schlich vor Tebbins ins Haus.

Mit hoch über dem Kopf erhobenem Dolch stand Lance Barro oben auf der Galerie und sah auf Anna hinunter.

»Erschießen Sie ihn«, befahl Tebbins dem Polizisten in einem Ton, der keinen Widerspruch duldete.

Gil platzte durch die Ausgangstür der Ausstellung und sah, dass Barro mit gezücktem Dolch seitlich von ihm direkt über Anna stand. Kurzfristig zweifelte er daran, dass er den Kerl, wenn er auf ihn schoss, auch tatsächlich traf.

Im selben Moment ertönte von unten erst ein Ruf und dann ein Schuss.

Gil hörte, wie die Kugel krachend auf das Stahlgeländer traf und beobachtete, wie Barro überrascht zu ihm herumfuhr.

Mit plötzlich völlig klarem Kopf zielte er und drückte ab.

Die Kugel ging daneben. Er war nach wie vor zu zittrig. Barro verzog den Mund zu einem grausigen Lächeln.

Gil sackte auf ein Knie und stützte sich, um genauer zu treffen, mit einem Ellenbogen ab.

»Seht ihr?«, erklärte Barro zufrieden. »Ihr könnt mich nicht erschießen. Der Jaguargott beschützt mich.« Damit hob er den Dolch erneut hoch über seinen Kopf, um …

»Wetten, dass ich es doch kann, du elender Bastard?« Gil drückte nochmals ab.

Barros Arme flogen nach hinten, er stolperte in Richtung des Geländers, verlor die Balance und stürzte in die Tiefe.

23

Ohne auf irgendetwas anderes zu achten, rannte Gil zu Anna. Ihr Gesicht war eine Maske des Schmerzes, und sie hatte ein blutverschmiertes Kinn.

»Anna? Anna, ist alles in Ordnung?«

»Es geht mir gut… es geht mir gut… aber was ist mit Nancy?«

»Sie ist ebenfalls okay. Sie schläft, aber sie ist okay.«

»Oh, Gott, ich habe ihn gebissen. Als wäre ich ein Tier…« Sie rollte sich auf ihren unverletzten Arm und begann zu würgen.

»Es ist gut«, sagte er leise und strich ihr über den Rücken. »Es ist alles gut. Du hattest keine andere Wahl.«

Dann beugte er sich über das Geländer und spähte ins Erdgeschoss hinunter, wo Tebbins zusammen mit dem Polizisten dicht an Barros lang ausgestreckten Körper herangetreten war. »Ist er tot?«

»Mausetot«, antwortete der Kollege.

Anna atmete tief ein. »Ich muss ihn sehen. Ich muss ihn einfach sehen, Gil. Anders kann ich es nicht glauben…«

Das konnte er verstehen. Obgleich er selbst noch nicht wieder ganz sicher auf den Beinen war, half er ihr behutsam auf die Füße, und wie zwei Betrunkene tasteten sie sich langsam über die Rampe hinunter ins Foyer. Eine Gruppe anderer Polizisten stürmten durch die Tür, doch Gil und Tebbins würdigten sie keines Blickes.

Tebbins zeigte auf den Leichnam. Die Spitze des Dolchs ragte wie ein blutgetränkter Jadeobelisk aus seinem Rücken.

»Am Ende wurde er durch seine eigene Waffe getötet«, sagte er. »Mitten durchs Herz.« Er hob den Kopf und blickte Anna an. »Scheint, als hätten die Götter Sie doch am Schluss beschützt.«

Eine Woche später gingen Gil, Anna und Nancy ungeduldig in der Eingangshalle des Museums auf und ab. Ein diskretes Schild neben der Tür bat die Besucher um Verständnis für die noch laufenden Reparaturen. Unter der Galerie war dort, wo man den blutbefleckten Teppich rausgerissen hatte, ein Viereck nackten Bodens. Hoch oben in der Wand zeigte eine frisch verputzte, noch nicht gestrichene Stelle, wo eine Kugel eingeschlagen war. Die Tür des Pförtnerhäuschens war bereits ersetzt, an den Schlössern der Eingangstüren jedoch sah man noch, dass jemand gewaltsam in das Gebäude eingedrungen war. Die Presse hatte ausführlich über die Geschehnisse berichtet, sodass sich draußen bereits eine lange Schlange von Menschen gebildet hatte, die es danach drängte, die wieder eröffnete Ausstellung zu sehen.

Anna hätte Tebbins beinahe nicht erkannt. Mit hängenden Schultern kam er durch die Eingangstür geschlurft. Ja, er schlurfte tatsächlich. Fort waren der elegante, altmodische Anzug und die schwarze Melone. Sein Haar war kunstvoll zerzaust, ein zu großer, zerknitterter Trenchcoat hing über einem schlichten, braunen Anzug, und zwischen seinen Zähnen klemmte eine nicht angezündete Zigarre.

»Tebbins?«, fragte sie verdattert. »Sind das wirklich Sie?«

Gil begann bereits zu lachen, ehe der Kollege schulterzuckend meinte: »Sie haben mir den Schnurrbart abgenommen. Und ohne Schnurrbart wäre der Poirot einfach nicht echt.«

»Und deshalb sind Sie jetzt Columbo.« Gil schüttelte grinsend den Kopf.

Tebbins klopfte auf beide Taschen seines Trenchcoats, zog schließlich einen in ein zerknülltes Taschentuch gehüllten Gegenstand daraus hervor, schlug eine Ecke des Stoffvierecks zurück und enthüllte dadurch einen Teil des Dolchs. »Den möchten Sie sicher zurück haben, Anna, und kriegen ihn auch. Aber noch nicht sofort. Es ist zwar nicht weiter wichtig, aber ein paar Kleinigkeiten machen mir noch zu schaffen.« Er zuckte wieder mit seinen Schultern. »Was meinen Sie, Ma'am, könnten wir uns vielleicht den Tatort noch mal ansehen?«

Er spielte seine neue Rolle ebenso perfekt wie zuvor die Rolle des Poirot, erkannte Anna und lächelte. »Natürlich, Tebbins, gehen wir nach unten.«

Als sie die Grabkammer betrat, zuckte sie fast unmerklich zusammen.

»Alles in Ordnung?«, fragte Gil jedoch auf der Stelle besorgt.

»Alles okay«, antwortete sie und hoffte, dass ihre Stimme größere Überzeugung suggerierte, als sie empfand. »Nur war ich seit jener Nacht noch nicht wieder hier drin. Aber ich muss mich daran gewöhnen. Schließlich ist es *meine* Ausstellung und nicht die von Lance Barro.«

»Tut mir sehr Leid, Ma'am«, meinte Tebbins. »Aber es gibt da noch ein paar Kleinigkeiten, die ich wissen müsste, um meinen Bericht schreiben zu können.«

»Sie wollen doch nur angeben«, erklärte Gil mit einem matten Lächeln. »Sie haben doch schon längst herausgefunden, wie er es gemacht hat.«

Tebbins öffnete die Vitrine. »Ich bin gestern wach geworden und habe mich am Arm gekratzt. Dort, wo die Nadel des Tropfs gesessen hat.« Er nahm die Zigarre aus dem Mund und tippte sich gegen die Stirn. »Und da kam mir ein Gedanke. So hat er es gemacht.«

»Ich verstehe echt nicht, was Sie damit sagen wollen«, meinte Nancy, und auch Anna bedachte ihn mit einem verständnislosen Stirnrunzeln.

Tebbins ging ein wenig in die Hocke und zeigte unter die Vitrine. »Dieser Vakuumalarm. Er musste den Sensor täuschen, damit dieser dachte, der Druck hätte sich nicht verändert. Also musste er dafür sorgen, dass das Vakuum direkt neben dem Sensor stets gleich blieb.« Er inspizierte ein paar Sekunden lang den Boden der Vitrine, richtete sich auf und musterte prüfend auch die Oberfläche. »Sehen Sie? Genau hier.«

Anna trat einen Schritt näher an den Kasten, und Tebbins zeigte mit der Fingerspitze auf die Stelle, an der der Sensor in den Kasten eingelassen war. »Ich erkenne überhaupt nichts.«

»Sie müssen sehr genau hinsehen«, forderte Tebbins. »Es ist nur ein winzig kleines Loch. Und zwar direkt – hier.«

»Ja«, stimmte Gil ihm nach genauerer Betrachtung der Vitrine zu. »Aber das ist nicht mal groß genug für eine Nadel.«

Tebbins legte wie in Zeitlupe die Hände aneinander. »Genau. Für eine Nadel. Wie ich bereits sagte, hat mich die Einstichstelle der Infusionsnadel darauf gebracht. Er brauchte das Loch nur klein genug zu machen, damit der Druck nicht so weit abfiel, dass es tatsächlich Alarm gab. Bei minimalen Druckveränderungen tritt automatisch die Ausgleichspumpe in Aktion. Und jetzt schauen Sie sich die Öffnung für den Sensor mal genauer an. Sehen Sie, wie nass sie wirkt? Wie sie schimmert?«

Anna nickte. »Könnte vom Kondenswasser herrühren.«

Tebbins schüttelte den Kopf. »Silikon. Er hat eine Spritze

mit Silikon gefüllt, direkt neben dem Sensor das winzige Loch in den Glaskasten gebohrt und dann die Öffnung mit einer Silikonblase luftdicht versiegelt.« Er hob den Kopf und funkelte die anderen der Reihe nach an. »Auf diese Weise blieb das Vakuum direkt neben dem Sensor erhalten, als er die Vitrine geöffnet hat, und es gab keinen Alarm.«

»Aber was ist mit dem Druckschalter?« Gil zog fragend die Augenbrauen hoch. »Wie hat er den Dolch herunternehmen können, ohne dass der Schalter Alarm gegeben hat?«

»Einfach, indem er vorsichtig und behutsam vorgegangen ist«, erwiderte Tebbins. »So.«

Er legte den echten Dolch mit der Spitze auf die immer noch in der Vitrine liegende gläserne Kopie und schob langsam beide Waffen genau übereinander, bis der echte Dolch direkt über dem Schalter lag.

»Der Druck auf den Schalter hat sich zu keinem Augenblick verändert«, erklärte Tebbins. »Was daraus ersichtlich wird, dass der Alarm momentan tatsächlich eingeschaltet ist. Er musste nur aufpassen, dass die Dolche ständig aufeinander lagen, damit das Gewicht auf dem Schalter gleich blieb.«

Jetzt lag der Dolch des Pocal wieder an der Stelle, an der er seit der Ausstellungseröffnung hätte liegen sollen. Tebbins wickelte den Glasdolch in sein Taschentuch und wandte sich an Anna. »Darf ich den zur Erinnerung behalten?«

»Ich will ihn ganz bestimmt nicht«, antwortete sie im Brustton der Überzeugung.

»Danke, Ma'am«, murmelte Tebbins, beäugte nochmals die Vitrine und nickte. Dann klappte er den Glasdeckel des Kastens zu, schaltete die Vakuumpumpe ein, nickte ein zweites Mal und sagte lächelnd: »Damit dürfte der Fall endgültig abgeschlossen sein.«

»Er war wirklich clever«, meinte Nancy.

»Na ja, auf alle Fälle haben Sie Ihren Dolch zurück«, antwortete der Detective. »Ich schätze, ich mache mich mal wieder an die Arbeit.« Er schlurfte Richtung Ausgang, machte eine kurze Pause und drehte sich noch einmal um. »Äh, was ich noch sagen wollte …«

Jetzt lachte sogar Anna. Selbst seinen Abgang hatte er anscheinend sorgfältig geprobt.

Er tippte sich mit einem Zeigefinger an die Stirn und wandte sich an den Kollegen aus St. Pete. »Ich bin einfach neugierig. Wann genau wechseln Sie zu uns nach Tampa?«

»Ich? Weshalb sollte ich das tun?«

Anna zog lächelnd die Brauen in die Höhe. »Weil *ich* in Tampa bin.«

»Das ist ein guter Grund«, antwortete Gil und wurde tatsächlich bis über beide Ohren rot.

Nancy verzog das Gesicht zu einem breiten Grinsen. »Endlich, Mädel. Wurde auch allerhöchste Zeit.«